OBRAS DE JORGE DE SENA

OBRAS DE JORGE DE SENA

TÍTULOS PUBLICADOS

OS GRÃO-CAPITÃES
(contos)
ANTIGAS E NOVAS ANDANÇAS DO DEMÓNIO
(contos)
GÉNESIS
(contos)
O FÍSICO PRODIGIOSO
(novela)
SINAIS DE FOGO
(romance)
80 POEMAS DE EMILY DICKINSON
(tradução e apresentação)
LÍRICAS PORTUGUESAS
(selecção, prefácios e notas)
TRINTA ANOS DE POESIA
(antologia poética)
DIALÉCTICAS TEÓRICAS DA LITERATURA
(ensaios)
DIALÉCTICAS APLICADAS DA LITERATURA
(ensaios)
OS SONETOS DE CAMÕES E O SONETO QUINHENTISTA PENINSULAR
(ensaio)
A ESTRUTURA DE «OS LUSÍADAS»
(ensaios)
TRINTA ANOS DE CAMÕES
(ensaios)
UMA CANÇÃO DE CAMÕES
(ensaio)
FERNANDO PESSOA & C.ª HETERÓNIMA
(ensaios)
ESTUDOS DE LITERATURA PORTUGUESA — I
(ensaios)
ESTUDOS SOBRE O VOCABULÁRIO DE «OS LUSÍADAS»
(ensaios)
O REINO DA ESTUPIDEZ — I
(ensaios)
O INDESEJADO (ANTÓNIO REI)
(teatro)
INGLATERRA REVISITADA
(duas palestras e seis cartas de Londres)
SOBRE O ROMANCE
(ingleses, norte-americanos e outros)
ESTUDOS DE LITERATURA PORTUGUESA — II
(ensaios)
ESTUDOS DE LITERATURA PORTUGUESA — III
(ensaios)
POESIA — I
(poesia)

ESTUDOS DE LITERATURA PORTUGUESA-II

© Mécia de Sena
Capa de Edições 70

Todos os direitos reservados para a língua portuguesa
por Edições 70, Lda., Lisboa — PORTUGAL

EDIÇÕES 70, LDA. — Av. Elias Garcia, 81 r/c — 1000 LISBOA
Telefs. 762720/762792/762854
Telegramas: SETENTA
Telex: 64489 TEXTOS P

Esta obra está protegida pela Lei. Não pode ser reproduzida,
no todo ou em parte, qualquer que seja o modo utilizado,
incluindo fotocópia e xerocópia, sem prévia autorização do Editor.
Qualquer transgressão à Lei dos Direitos de Autor será passível
de procedimento judicial.

JORGE DE SENA

ESTUDOS DE LITERATURA PORTUGUESA-II

edições 70

INTRODUÇÃO

Tendo Estudos de Literatura Portuguesa — I *sido publicado seguindo um plano de organização do Autor, Jorge de Sena, e sendo o remanescente de escritos (dizendo respeito à literatura portuguesa) uma variedade e quantidade de material para a publicação do qual eu não tinha a mínima orientação, não se me apresentava fácil a tarefa. Comecei, pois, por dividir os textos em categorias várias, que fui reunindo, e com os quais acabei formando dois volumes.*

Para este, Estudos de Literatura Portuguesa — II, *destinei, em primeiro lugar, todos aqueles textos que haviam pertencido a* Da Poesia Portuguesa, *cujo desmantelamento o Autor previra e iniciara, quando lhe fora óbvio que dele não haveria reedição. Estes textos, e pela ordem em que nessa obra apareciam, são precedidos da respectiva* Nota introdutória, *que noutro conjunto não faria sentido.*

Distanciados estes ensaios, por constituírem reedição em volume, por uma Tentativa de um panorama coordenado da Literatura Portuguesa *— embora restrito, este, à primeira metade deste século —, fui em seguida agrupando os textos de crítica, resenhas bibliográficas, ensaios breves, prefácios, notas, palestras, inquéritos e badanas, deixando para um terceiro volume as comunicações a congressos, colóquios e simpósios, assim como verbetes de dicionário. Além da dificuldade de agrupamento, é óbvio que muitos outros problemas me foram surgindo: textos incompletos, textos escritos em outras línguas (francês, espanhol ou inglês) que havia que traduzir ou cotejar com resumos em português, e até a busca de textos desaparecidos, por certo desencaminhados naquelas mudanças de continente, e nos continentes, que a nossa vida foi, com uma regularidade bastante incómoda. Felizmente me não faltaram amizades prontas a ajudar-me: Jean Longland, Jacinto*

Baptista, Jorge Fazenda Lourenço, Luís Amaro, Pedro da Silveira, Miriam Moreira Leite (com as minhas desculpas por algum lapso), me buscaram e forneceram textos, informações, reparos, enfim tudo aquilo que se torna imprescindível e inapreciável ajuda, sobretudo se se vive numa longínqua Califórnia.

À falta de melhor critério, excepto para o primeiro grupo acima mencionado, os textos, todos publicados na íntegra, estão colocados por ordem de escritos, apresentados, ou primeira publicação, a menos que se refiram a um mesmo autor, ocorrência em que foram colocados seguidos. Notas bibliográficas, tão completas quanto as consegui ou soube, se encontram no fim do volume para todos os textos inseridos.

Por insistências várias, entre as quais a de Tiago de Oliveira, e porque, embora gostasse da ideia, hesitava em pô-la em prática, acrescento no último estudo aqui reunido (Problemática de Júlio Diniz) um apêndice com os apontamentos que esse estudo exigiu. Não só eles podem ser de ajuda a futuros estudiosos daquele autor, que espero apareçam, como faz patente o cuidadoso método de trabalho de Jorge de Sena.

A ortografia foi actualizada, excepto quando essa actualização colidia com a preocupação de clareza, ou preferência, do Autor.

Um reparo quero avançar antes que me seja feito. Incluo aqui uma crítica a Ambiente *de Jorge Barbosa. Com todo o devido respeito por uma cultura de direito próprio e independente, aqui a republico, uma vez que não me será talvez possível organizar aquele volume de escritos sobre África e escritores africanos de expressão portuguesa que Jorge de Sena planejava e de que fala em Régio, Casais, a «presença» e outros afins (nota referente a «Dois escritos sobre António de Navarro», pp. 255-58). Sigo, de resto, o critério que o próprio Jorge de Sena já seguira ao incluir no primeiro volume destes* Estudos de Literatura Portuguesa *uma resenha a* A Study of Capeverdean Literature, *de Norman de Araújo. Afinal, e até 1974, Cabo Verde era parte dos portugueses «territórios ultramarinos»...*

Também por dois ou três textos aqui reunidos o título da obra deveria ter sido alargado para «e Cultura» — mas entendi que essa falta de rigor me seria perdoada, para não alterar o título geral que Jorge de Sena lhes dera, dando-o ao primeiro volume, título que desejei conservar.

Dois especiais agradecimentos reservei para terminar: Isabel Maria de Sena, excelente colaboradora das tarefas inglórias e importantemente mínimas, e Joaquim-Francisco Coelho, de cujo conselho sempre dependo.

Santa Barbara, 31 de Janeiro de 1986

Mécia de Sena

I
DE «DA POESIA PORTUGUESA»

I

DE «DA POESIA PORTUGUESA»

NOTA INTRODUTÓRIA

Ao fim de vinte anos de prosa (e também de versos...), que se cifram em algumas centenas de ensaios, críticas, conferências, prefácios, palestras e artigos, este livro «da poesia portuguesa» não é, e de certo modo nunca poderia ser, aquele volume de estudos que eu desejaria publicar primeiro, quando me surgisse enfim a oportunidade que gratamente devo agora à Editorial Ática. Não que este livro não contenha textos sobre poetas portugueses, que desejava incluir numa primeira colectânea de ensaios meus sobre a nossa poesia; mas não só a limitação de páginas estipulada para a colecção de ensaístas em que ele é publicado me obriga a não incluir diversos textos que muito contribuiriam para um todo mais coerente, como o lançamento recente de uma antologia de algumas «páginas» especiais do suplemento literário de *O Comércio do Porto* ([1]) — iniciativa a todo os títulos louvável e meritória — me privou de nove ensaios, alguns dos quais estimo particularmente, e gostaria de intercalar entre outros que neste volume figuram, se este volume fosse o meu sonhado livro «da poesia portuguesa». Espero que o meu público, se o tenho, saiba juntá-los aos aqui presentes — já que uns e outros são afinal do que as circunstâncias me permitiram, até hoje, realizar em volume, sobre a poesia portuguesa, ou mais exactamente, sobre poetas portugueses. E foi sempre, ao longo destes vinte anos, *de* e *para* a poesia portuguesa que escrevi, ainda quando parece que escrevo de «other voices, other rooms». Não se aceita impunemente do destino o ser-se poeta aqui.

([1]) *Estrada Larga,* Porto Editora, 1958.

Não é sem amargura, uma amargura funda, que para comigo mesmo reconheço a necessidade de antepor esta nota a esses ensaios que aí vão. Ter escrito tanto, com tão apaixonado desinteresse como sempre o fiz, e ao fim de vinte anos ir folhear tudo, reler tudo, procurar tudo, para seleccionar material para um livrinho — é triste. Outros, mais felizes, foram menos profissionais do que eu, publicaram sempre as suas colectâneas a tempo e horas, e podem agora rever-se na erudição de outrem, libertos do que escreveram e até de escreverem já; alguns poucos, tanto ou mais profissionais, e como eu agrilhoados a esta mania de botar sentença, igualmente tiveram a sorte de se ir coligindo, e esses seus volumes são como marcos miliários, onde os transeuntes escreveram os nomes ou os cães alçaram a perna, é certo, mas que, bons ou maus, ficaram a atestar uma acção persistente e continuada, já que, na maior parte dos casos, os que nos leram há vinte anos não são os que nos lêem agora (as pessoas fartam-se ...), ou não se lembram de ter lido em nós o que agora repetem (as pessoas apropriam-se ...). Por tudo isto, uma colectânea tardia, embora nela figurem dois estudos que têm procura e estão esgotados nos breves folhetos que deles oportunamente se fizeram, e outros dois ou três que nunca foram vistos em letra de forma, como é o caso da presente edição, é, para o autor, e independentemente de quaisquer circunstâncias, um livro que não se contempla sem a amargura de que falei. Valerá realmente a pena? Que interesse terá tudo isto? Haverá de facto quem nos leia com a mesma atenção que pusemos no escrever? Quanto mais os anos passam, e quanto mais o convívio dos outros vai passando por mim, mais vou desesperando; e a tal ponto que, se me surge alguém a referir-me o que eu algures disse, fico literalmente pasmado, numa enleada gaguez de quase gratidão.

Eu nunca pretendi ser didáctico, ensinar fosse o que fosse; e sempre achei detestável o tom de honesta exposição catedrática, benevolente ou irada, a que não escapa mesmo o melhor do nosso ensaísmo ou articulismo crítico. Tenho para mim que a arte do ensaio — de que a fatalidade de escrever artigos é uma variante modesta, embora eu me preze de nunca ter escrito um «artigo» que tencionasse esquecer ... — reside essencialmente em levar os outros ao engano, em desprevení-los capciosamente, ou chocá-los com uma brutalidade calculada, para instilar-lhes homeopaticamente, pilularmente, a dúvida, a compreensão, a tolerância, a lucidez, tudo coisas demasiado subversivas para, sem vómito contraproducente, serem engolidas em doses maciças, não douradas. O ensaio é, ou deve ser, anti-didáctico — contribuir discretamente para a confusão dos espíritos. O nosso mal, entre nós, não é sabermos pouco; é estarmos todos convencidos de que sabemos muito. Não é sermos pouco inteligentes; é andarmos convencidos de que o somos muito. E o tom didáctico, informativo, demonstrativo, conclusivo, longe de auxiliar e propiciar o esclarecimento, contribui precisamente para confirmar as pessoas, já de si suficientes, na ilusão de que, se não sabiam ainda tudo, foi o tudo o que ficaram a saber. Nunca quis, pois, ensinar nada, nem sequer a pensar. Outros, antes de mim, se aplicaram, por vezes com lamentável êxito, a tão meritórias tarefas. Eu quis, apenas, e continuo a querer, que desistam de escrever e de pensar os que não nasceram para isso; e que atentem «no que mais importa», como dizia Plotino, quantos foram e são enganados, continuamente, pelas verdades que lhes são oferecidas, ainda quando elas sejam de facto verdades. Porque as não há sem um contexto humano, antropológico e social, que lhes defina os limites; e o próprio Deus, ao que os cristãos crêem, não teve outro remédio, para redimir-nos, que habitar entre nós — nós, humanos, que, se apenas em Portugal, fiava mais fino.

Não deixa de ser audacioso que eu tenha dito querer que desistam de escrever e de pensar por escrito os que não nasceram para isso. Como hei-de eu justificar-me de falar de poesia? Quando eu era muito jovem, os meus amigos literários, principalmente os mais velhos, tinham imensa pena de que eu escrevesse versos, em vez de aplicar a minha tão grande inteligência a escrever sobre as obras deles. Era inteligente demais para poeta, achavam. Não lhes fiz a vontade, e foi quanto perdi. Embora nunca tenha traído um amigo (de inimigos não falo, pois se contam, em geral, ao que me dizem, entre pessoas que não conheço ou que não deveria conhecer), e tenha aceitado, como se o não foram, várias traições que de amigos sofri, o certo é que não lhes fiz a vontade, nem me dei por achado. Continuei a publicar poemas, já que me apareciam, e escrevi sempre, em prosa, apenas de quem e do que me pareceu conveniente e oportuno; e nunca soube, nem quis, agradar, ou servir os outros para que em troca estes me servissem a mim. De modo que os meus ensaios e artigos, além de possuírem a suspeita qualidade de serem escritos por um poeta (ou de, reconhecidos como válidos, lançarem sobre o poeta a suspeita de ele o não ser...), não só não me favoreceram nunca com aquilo a que se chama uma «carreira», como, no fundo, desagradaram sempre a toda a gente, mesmo àqueles que os estimaram porque, neles, nunca poupei nada ou ninguém. Devo dizer, em abono da verdade, que, à semelhança de quantos com eles se incomodaram, nem sequer me poupei a mim.

O exercício da crítica, em Portugal, padece gravemente da mesquinhez das circunstâncias. Ou o crítico arma à cultura, à problemática, à informação internacional actualizada, e ao lê-lo temos a impressão de ele andar aqui por engano; ou se coloca em grandes alturas, fechado em si próprio, e parece-nos que está esgrimindo contra moinhos de vento; ou, ainda que não reflicta nos seus escritos os «cancans», as paixonetas literárias, as embirrações momentâneas (que também há quem disto, com algum impressionismo poético a dulcificá-lo, faça crítica), mergulha na realidade das questões, das opiniões, sem juízos preconcebidos, sem simpatias ou antipatias que o animem, e escreve de sua justiça. E então sucede-lhe, como a nenhum dos outros, que não há quem não pense que o crítico o ataca, que o crítico vive preocupado com a existência dele, que a única motivação do crítico, ao escrever, é dar-lhe cabo da vida. Eu aproveito a oportunidade para declarar, de uma vez para sempre, que — e de modo algum isto envolve um juízo exagerado a meu próprio respeito — para mim ninguém é suficientemente importante para que eu escreva pensando nele. Se acaso alguém se sente visado no que tenho escrito, se há indivíduos que se arranham nas minhas prosas, a culpa é deles, e não minha. Somos tão poucos, nesta terra, que as carapuças sobram sempre. Se fôssemos muitos, e a seriedade uma coisa mais bem repartida, ver-se-ia que o que eu quero é que tenham todos muita saúde. Mas que os erros, as ideias feitas, os falsos prestígios, a escamoteação das razões profundas, etc., a tenham também — isso não. Contra tudo o que apouca a dignidade do espírito é que eu sempre escrevi, e continuarei a escrever, ainda quando os compromissos e as complacências de todas as cores e feitios (como todos se entendem bem!) se dêem as mãos para me liquidar. Lamento muito, mas já não é possível. Eu bem sei — ou não tivesse lido algumas histórias literárias — quantos séculos de inteligência são precisos para repor em termos justos o que foi desvirtuado por alguns anos de concertada estupidez. A maldade tem sete fôlegos, e sempre fascinou, por mais fácil, os historiadores. Mas eu não conto com as histórias literárias, exactamente como a vida me ensinou a não esperar de ninguém o que não é capaz de dar. A literatura, de resto, é algo de somenos que nunca me interessou; salvo raras excepções que me espantam, sempre a achei uma forma de analfabetismo, exactamente como o ensino universitário: uma e outro não conferem cultura, mas ideias feitas, preconceitos, muita presunção vazia. Eu não escapei, é certo, nem a uma, nem a outro. Mas tive talvez a sorte de que foi científica ou técnica a formação que recebi do último. Isso me deu uma disposição de espírito que me dificulta a compreensão dos literatos: sempre me parece que não estão falando de coisa alguma, quando não comentam a vida alheia. E será talvez por isso que eles têm tanta dificuldade em entender-me a mim: parece-lhes inconcebível que uma pessoa diga exactamente aquilo que diz,

e não esteja disfarçando, com ornamentos de estilo, a imprecisão em subtileza.
De resto, entre nós, uma circunstância dificulta sumamente o entendimento seja de quem for. As pessoas escrevem, e são lidas, como se tivesse de ser do domínio público o que elas pensam de tudo. Tudo se afere pela ideia que temos do que a pessoa é, e não por aquilo que a pessoa diz, ao identificar-se honestamente com a circunstância — e num ensaio nada mais deveria interessar. Há uma espécie de pacto tácito entre escritores e leitores, uma cifra, um calão, um dialecto afinal da nossa insuficiência (ou suficiência) provinciana. E daí que se não entenda uma pessoa a quem se aplique uma cifra errada. Os leitores nunca me hão-de entender, enquanto persistirem no equívoco de supor que eu sou, por exemplo, católico *ou* comunista. Porque não sou, nem nunca fui, praticante de religião ou de política, e aqueles dois rótulos ou são de prática, ou não são nada. E de mais há neste país quem abuse deles. Mas ora aí está precisamente o que eu sou: nada. Tudo o mais é prosa ensaística. E dessa já neste escrito afirmei achar que deve limitar-se a contribuir, e discretamente, para a confusão dos espíritos. Com a maior discrição possível me esforcei por que esta nota introdutória fosse um bom ensaio.

Resta-me terminar dizendo que, por entender eu que somos responsáveis *no tempo,* os textos são aqui publicados, salvo pequenos cortes ou arranjos de frase, qual foram proferidos ou primeiramente impressos.

Lisboa, Junho de 1958.

SOBRE POESIA,
ALGUMA DA QUAL PORTUGUESA

Devo dizer, para começar, que não sou grande leitor de poesia, naquele sentido em que o são quantos devoram os produtos poéticos, principalmente os das línguas que lhes são acessíveis, até à vigésima categoria dos produtores. O tempo não me sobra para viver recluso na poesia dos outros; e nunca me sobrou feitio para suportar o que tem certo encanto, certa profundeza ou mesmo certa originalidade, e pouco mais terá. Devo mesmo acrescentar que nenhum poeta, ainda que muito grande, ocupa, nas minhas releituras ou no meu convívio espiritual com a *presença* dos livros, um lugar equivalente ao que ocupam alguns filósofos, alguns romancistas, alguns ensaístas, E mesmo todos estes são sempre preteridos pela música. Não sou, portanto, e como se queria demonstrar, um grande leitor de poesia. A sofreguidão pelo convívio do poema impresso ou a adoração exclusiva por certos grandes nomes, que vejo ser norma de quase todas as pessoas que conheço (e conheço, infelizmente, muitas) ou até das que não conheço (felizmente, muitas mais) são coisas que, instintivamente e um pouco escandalizadamente, tenho por desbragamentos, amolecimentos viciosos da «moral poética», a única que verdadeiramente me merece um respeito autêntico, não codificado pela sociedade em que vivo.

De facto, sempre que leio o que me parece ser os olhos de alguém postos em alvo porque esse alguém acumula três ou quatro «chavões» da sua predilecção — e isto com a consequente preocupação de nos provar que aqueles três ou quatro são, efectivamente, os «maiores» de todos —, fico muito agoniado. Estas coisas são, para mim, precisamente aquelas que, por constituírem matéria de gosto pessoal, de privado e intransmissível deleite, me parece exibicionismo referir. Como por outro lado, a sede de estar ao par, de ler tudo o que, revestido de *outro* prestígio, se publica, me parece uma incontinência, uma projecção de um anseio adolescente que não teria sido, a seu tempo, convenientemente satisfeito pelas vias adequadas.

A poesia portuguesa é pobre de poetas. Há, realmente, muitos poemas, muita poesia difusa; mas grandes poetas, não tantos. Toda a gente o demonstra — ou o demonstram os jornalistas de província ou os escritores da mesma, quando celebram, os primeiros, a grandeza de qualquer poetastro conterrâneo e mais ou menos falecido (e são legiões, cujos efectivos melhor demonstram a nulidade colectiva), ou os segundos, a excelência da poesia pátria, citando repisadamente sempre os mesmos cinco ou seis muito grandes nomes.

Claro que, se tivermos por poesia um desejo de ternura ou de eloquência teológico-métrica, uma ilusão de ser poesia a própria convicção de que se é poeta — há muita poesia, muitíssima. Se, porém, entendermos que a poesia é, antes, uma saciedade dolorosamente adquirida, uma desilusão total quanto à garantia de uma desculpa para *ser-se* — não há. Ou melhor, há só, integralmente e da cabeça aos pés, alguns poetas, paradoxalmente aqueles grandes nomes repisados em abono da excelência colectiva. E, mesmo esses, talvez nem todos.

Pouco me interessa, ou nada, a questão de saber se em consequência destas ou de outras aritméticas de avaliação do património poético, somos dos povos mais ou menos ricos em poesia. É que eu não sei o que seja riqueza poética, nesse sentido de propriedade restrita, concreta, colectável; e, para fingir que o sei, não me dou ao conforto de identificar a rara poesia autêntica com aquele vasto panorama de inúmera figuração, mais ou menos ilustre, a qual, bem mais que os cinco ou seis grandes nomes de citação permanente, constitui uma literatura. Porque os muito grandes são-no, sob certos aspectos, precisamente porque transcendem esse panorama em que não cabem e à luz do qual não podem, como os outros, ser totalmente compreendidos. O mais nacional deles — e em geral o que faz, para muitos dos seus admiradores, o mais lacrimejantemente consolador motivo de admiração — é, muitas vezes, o resultado lamentavelmente provinciano de um conjunto de circunstâncias que os impediram de ser universalmente maiores.

É evidente que este desencanto, este moralismo poético, esta falta de gosto por fingimentos de vertigem à beira de abismos de papelão linguístico — defeitos meus — não me talham para leitor assíduo de poesia, com especial referência à poesia dos portugueses, poesia sempre cómoda, palaciana, perfeitamente acessível à placidez de teses universitárias num país em que, tradicionalmente, a Universidade se destina à formação de funcionários públicos, cujas aventuras espirituais, como é lógico e decente, devem confinar-se nos limites de um regulamento disciplinar.

Não me proponho, porém, e ao contrário do que é costume cívico dos intelectuais pátrios, como exemplo a ninguém. Vai sendo tempo, julgo eu, de darmos o exemplo de não dar exemplo nenhum. Por isso me abstive de apresentar como verdades irremediáveis e eternas o que não passa da minha verdade, aqui e agora. E apenas proponho, não, é claro, um exemplo... mas uma proposta: que os poetas meus compatriotas (dispensados necessariamente os defuntos) se leiam e releiam a si mesmos e uns aos outros até ao enjoo da própria complacência. E que, já agora, cessem de admirar exclusivamente meia dúzia de grandes, não só porque há muitos por esse mundo fora, como porque isso é desculpa para, em secreta verdade, se admirarem apenas a si próprios. Ora não há poesia que resista, sem ficar vesga e enfeitada, a tão concentrada contemplação.

Quem pode, de resto, passar a vida, a menos que pretenda aniquilá-la, a contemplar aquela visão do nada, só momentânea embora, mas que basta para dar emprego no mundo às religiões e às políticas? Eu, palavra que não posso. E consolo-me pensando que o Sá-Carneiro foi muito grande por não ter podido.

1954

UM ESQUECIDO PREFÁCIO DE
OLIVEIRA MARTINS

Ao rondar dos quarenta anos, Oliveira Martins escreveu um prólogo ao terceiro volume de poesias do seu jovem amigo Luís de Magalhães ([1]). Mas dá-se o caso de não ter sido coligido em nenhum dos volumes subsequentes que mãos dedicadas organizaram ([2]), e não o creio menos disperso que os artigos reunidos por António Sérgio, nem menos desconhecido que as páginas relembradas por Lopes de Oliveira. Não tenho mesmo ideia de que o citem os numerosos investigadores que por Oliveira Martins e a sua época se têm interessado. E necessariamente que citam Luís de Magalhães, que foi vulto proeminente desse tempo e pertenceu à roda íntima das grandes figuras da intelectualidade portuguesa da segunda metade do século XIX. Nas cartas de Oliveira Martins para o mesmo Luís de Magalhães, espalhadas na confusão cronológica que é o volume de «correspondência geral» publicado em 1926, não há também qualquer referência a este prólogo, o que não admira, pois que, por essas alturas, Oliveira Martins está fixado no Porto, dirigindo o Caminho de Ferro da Póvoa e o Museu Industrial da Escola Comercial e Industrial, que organizara, e ao alcance amigo do autor de *Brasileiro Soares,* romance muito apreciável para o qual Eça de Queiroz escreverá um prefácio bem conhecido. Este Luís de Magalhães, ligado por laços de família a muitas figuras de destaque e assim prefaciado pelos melhores do seu tempo, era, como

---

([1]) *Odes e Canções,* de Luís de Magalhães, com um prólogo de Oliveira Martins, Porto, 1884.

([2]) Foi posteriormente a este escrito que o desenterrou, incluído em volume das «*Obras Completas*», Guimarães Edit.

se sabe, filho do célebre José Estêvão, o émulo de Garrett nas lutas parlamentares, e veio a ser, como seu pai, político respeitado e ilustre. À data da publicação das *Odes e Canções* tem, porém, apenas 25 anos, e ainda não é o sucessor de Eça de Queiroz na direcção da *Revista de Portugal,* nem o Sr. Conselheiro que falecerá em 1935.

Esse ano de 1884 é crucial para Oliveira Martins, e este prefácio é um dos escritos que antecedem a sua entrada na política activa como estadista, ou o que tem sido chamado a sua reviravolta política, de que tão amargamente será forçado a desistir. É numa tarde de Novembro desse ano que ele se abre com Luís de Magalhães e lhe diz das suas intenções([3]). Mas 1884 é também o ano em que Eça de Queiroz está no Porto a contas com *A Relíquia* e a corte à D. Emília. Ramalho está pela Foz; Junqueiro por Viana; e Antero, isolado em Vila do Conde, entregue à resolução espiritual do seu testamento poético, que terminará em Março do ano seguinte. Todos os amigos estão pois perto de Oliveira Martins. E fotografam-se no Porto; é o «grupo dos cinco», arrumado pelo fotógrafo da «Casa Real» e da Fotografia União, da Praça de Santa Teresa: eis Oliveira Martins, Eça de Queiroz, Santo Antero, Junqueiro ainda sem barbas, e a «ramalhal figura» ([4]).

O Oliveira Martins que, nesta época, escreve esse primoroso prefácio, em que tanta delicadeza é posta na apreciação de um livro cuja fragilidade lhe era bem patente, está muito longe daquele que, cerca de dez anos antes, refundira para a *Revista Ocidental* um estudo sobre *A Morte de D. João;* e muito próximo do ensaísta que porá toda a sua inteligência e afectividade no prefácio aos

---

([3]) F. A. de Oliveira Martins — *O Socialismo na Monarquia — Oliveira Martins e a Vida Nova.*

([4]) Em 1884, já faleceram Guilherme de Azevedo (1882) e Guilherme Braga (1874); Camilo coroou com *A Brasileira de Prazins* (1882) a sua obra de génio; Gomes Leal publicou o maior e mais importante núcleo da sua vasta loucura (*A Canalha* em 75, *As Claridades do Sul* em 75, *A Fome de Camões* em 80, *A Traição* em 81, *A História de Jesus* em 83, e o primeiro *Anti-Cristo* nesse mesmo ano); os *Nocturnos,* de Gonçalves Crespo, são de 1882; António Feijó publica as *Líricas e Bucólicas,* enquanto Eugénio de Castro se sai timidamente ainda com as *Cristalizações da Morte;* Cesário Verde estreara-se em 1873 e continuará desconhecido dos grandes das letras até falecer em 1886; Junqueiro vai publicar *A Velhice do Padre Eterno* no ano seguinte, como o próprio Oliveira Martins, já autor glorioso e odiado da *História da Civilização Ibérica,* da *História de Portugal* e do *Portugal Contemporâneo,* publicará a *História da República Romana.*

Sonetos Completos de Antero de Quental (1886), um dos mais nobres estudos que sobre um poeta em Portugal se têm escrito. Ao republicanismo de 70, bastante retórico, que anima os esquemas apressados da *Revista Ocidental,* sucedeu a segurança do escritor magnífico das *Histórias* e do *Portugal Contemporâneo,* e um socialismo que vai aproximar-se da Monarquia para tentar reformar alguma coisa. É essa a atmosfera, ao mesmo tempo esperançada e triste, que se pressente no prefácio à loquacidade versejadora de Luís de Magalhães, no qual, de mistura com aproximações literárias grandiloquentes, muito epocais e que achamos hoje de mau gosto, transparece uma muito profunda visão genérica da Poesia e, em particular, da evolução ulterior da Poesia Portuguesa. Para os actuais críticos e amadores de poesia será sem dúvida chocante a omissão de dois poetas — Cesário e Gomes Leal — que temos hoje por dos maiores. Não devemos, porém, esquecer que é difícil a fariseus contemporâneos distinguir o que há de novo na obra de autores em que também persistem ou se desenvolvem motivos correntes na época. Aquilo que faz hoje o encanto de muitos versos de Cesário e de Gomes Leal, uma sintaxe prosaica e uma adjectivação paradoxal fechadas em versos requintadamente correctos, é comum a quase toda a poesia do tempo, que não lemos. E a revolução baudelairiana não fora ainda muito além de uma chocarrice mais ou menos macabra, uma nova mobília de que o próprio Oliveira Martins, já discretamente troçara ([5]), e cujo uso, ao que diz neste prefácio, «serve para pseudo-tribunos declamarem em pseudo-comícios» e «para um ou outro poeta, destituído de gosto, enfiar alexandrinos tão campanudos como insonsos» — o que assenta como uma luva ao Gomes Leal façanhudo, grande poeta por uma visão heteróclita ([6]) que não podia deixar de ser ridícula para o farisaísmo cultural e o já então snobismo político dos grandes homens da geração de 70. Não deixa, porém, de ser deliciosamente pertinente a estocada no «sr. conselheiro Tomaz Ribeiro, sobre cujos ombros pesam os gravíssimos encargos da governação»..., ou a subtil alusão aos abusos junqueirianos — e ainda não apareceu a *Pátria*... — «epopcias de estuque correspondentes ao lirismo de *papier-marché* dos parnasianos». Cesário e Gomes Leal não estão, pois, por completo ausentes, podendo mesmo entender-se que o *papier-marché,* se deve muito a uma imagem polémica do parnasianismo importado de França e não bem adequada ao

---

([5]) In «Os poetas da Escola Nova» (*Páginas Desconhecidas*).
([6]) Não será com G. L., ainda, a alternativa «inteiramente ocos» ou «infantilmente crentes»?

panorama português, até certo ponto lhes é aplicado como a outros contemporâneos (um Gonçalves Crespo, o incipiente Feijó, etc.).

Mas o que mais importa neste prefácio são as coordenadas de uma geometria simplista ainda que lúcida, que vai estruturar mais tarde o ensaio sobre Antero e que começa aqui por, catarticamente, eliminar das relações entre os dois grandes homens o mal-entendido acerca da morte da Poesia, em que Antero quis acreditar para fugir à sua própria morte, à sua condição de poeta «acessível às emoções da razão consciente», na feliz expressão de Oliveira Martins. Eliminada elegantemente a dolorosa verificação premonitória da trágica contraprova do suicídio, esta frase, então enquadrada numa geometria tipológica, transformar-se-á na fórmula perfeita cuja glosa por Fernando Pessoa ainda hoje escandaliza os amadores das «impertinências amaviosas» ([7]) — «É um poeta que sente, mas é um raciocínio que pensa. *Pensa o que sente; sente o que pensa*» ([8]) —, e, sem outra elegância que não a puríssima de uma amizade sem mácula, Oliveira Martins garantirá com o próprio Antero a eternidade da Poesia, «enquanto houver corações aflitos, e enquanto se falar a linguagem portuguesa» ([9]).

Porém, a análise da situação da actividade poética no quadro das preocupações intelectuais e sociais da época, que Oliveira Martins neste prefácio compõe segundo o método tão seu das fulgurações eloquentes e tão relevante de uma mentalidade que humildemente se maravilha com os acessos às «emoções da razão consciente», tem ressonâncias proféticas ([10]). Com efeito, parece-

---

([7]) Alusão aos versos do eminente Tomáz Ribeiro, feita por O. M. no prefácio em estudo.

([8]) O sublinhado é meu, mas a frase é de Oliveira Martins (Prefácio a *Sonetos Completos*, de Antero de Quental). Fernando Pessoa retoma-a inteiramente, dicotomizando-a, em 1927, ao escrever «Há duas espécies de poetas — os que pensam o que sentem, e os que sentem o que pensam». Cf. *Páginas de Doutrina Estética*, pág. 173. Mas já em Dezembro de 1924 publicara na *Atena 3* a verdade definitiva de «Ela canta, pobre ceifeira», com o verso célebre: «O que em mim sente 'stá pensando». A primeira versão, que apareceu nas *Cartas a Côrtes-Rodrigues*, publicadas por Joel Serrão e que J. Gaspar Simões, no II volume do seu estudo sobre o poeta, dá a pág. 78, como «de fins de 1914, princípios de 1915» e a pág. 79 como de 1914, é exactamente de 1-12-1914, segundo os manuscritos do poeta.

([9]) Prefácio a *Sonetos*.

([10]) Deve fazer-se notar igualmente a penetrante alusão ao sebastianismo, que O. M. deixa como que acidentalmente para o fim do prefácio, e de que, muito significativamente, António Nobre tentará levantar a pesada luva.

-nos que a mesma pena que evocará Nun'Álvares e a «ínclita geração», se detém a bosquejar o futuro da literatura do seu país. O leitor, se atentar, verá erguer-se o vulto de António Nobre — a «poesia pessoal (que era) ainda a única verdadeira» — António Nobre preparando-se, ali à beira do Porto, com 17 anos, e esquecendo as inglesas que Cesário o ensinara a ver em alexandrino «exacto», para escrever o *Só,* a «epopeia (daquele) tempo, (que) seria o poema do Egoísmo, se tal sentimento não fosse visceralmente incapaz de produzir poesia épica, isto é, poesia colectiva». Eis quase toda a poesia portuguesa subsequentemente sob a égide de Nobre, de quem certo modernismo sempre se reclamou, e que foi também um dos mestres do saudosismo. E nas frases em que Oliveira Martins se refere a Camões, («ou o mundo actual entrará na ordem e dessa ordem surgirá uma fé, dessa fé um entusiasmo, desse entusiasmo novos Camões» e «ninguém na era de Augusto pensava melhor do que Vergílio, ninguém no Portugal da Renascença melhor do que Camões»), esboça-se já uma frase orgulhosa quarenta anos mais nova: «Nem há hoje quem, no nosso país ou em outro, tenha alma e mente, ainda que conbinando-se, para compor um opúsculo como este.»[11] Mas vinte e oito anos bastarão para que, tragicamente «sem suporte» como o seu amigo Sá-Carneiro, o «Super-Camões» a si mesmo se teorize, a pretexto de teorizar de Pascoaes e seus seguidores... [12].

1951

---

[11] Fernando Pessoa — *Interregno.*
[12] Cf. Os artigos de Fernando Pessoa sobre a *Águia,* de 1912.

FLORBELA ESPANCA

Há pessoas que só sabem admirar num incondicionalismo hipócrita, às quais uma apologia não cega irrita muito mais que um viperino ataque. Eu não faria nunca uma conferência acerca de alguém que não admirasse; mas recusar-me-ia, sempre, a proferir um elogio fúnebre. Para necrológios, ainda há jornalistas especializados; e eu, infelizmente, não possuo talentos jornalísticos. Com o que possuo de capacidade de admirar — uma das mais raras capacidades nos tempos que correm, não é verdade? — e de espírito crítico, falei de Florbela Espanca. Génios sem defeito não conheço nenhum; e Florbela não era um génio — era, e é, um notável poeta. Lamento profundamente não possuir também o mau gosto necessário para me comover com o fogo de vistas, que, em poesia, os espíritos medíocres mais apreciam. É triste verificar, a cada passo, que o renome de Florbela provém do pior, do mais frouxo da sua obra. Dar-lhe, em troca de uma glória apenas digna de aliteratados e pretensiosos, a verdadeira glória a que tem direito por alguns versos que os excedem — foi quanto tentei fazer. Se o consegui ou não, não me interessa, porque me não interessam as opiniões de ninguém, nem as minhas. Interessam-me, sim, os factos. Um deles foi esta conferência.

Lisboa, 22/9/46

> *Quand on blesse un poète on perd l'éternité.*
>
> MILOSZ

O culto dos mortos é, em Portugal, extremamente necrófilo: amamos e defendemos, nos mortos, o que morreu com eles. E como todas as atitudes têm o seu contrário, é também isso que detestamos, quando, em nome de qualquer opinião, detestamos esses mesmos mortos.

Marcel Proust chamou a certa forma inferior de jacobinismo «*amour malheureux de la noblesse*»; chamemos, pois, amor infeliz da imoralidade, a esse imaginoso desejo de moralizar, depois de mortos, os que nos escaparam em vida.

Porquê este amor infeliz da imoralidade? Porque, hoje... o homem comum, sujeito aos constrangimentos de uma convivência policiada, não saborcia gulosamente a nudez da corista ou a indecência de uma rábula, no mesmo íntimo estado em que o romano lia o «*Satyricon*» de Petronius Arbiter, ou o gentil--homem do século XVIII folheava gravuras libertinas. O homem comum até perante si próprio finge não sentir determinados apetites, e limita a sua necessidade de expansão a actos que só confessa caso lhe reste algum juvenil sentimento do prazer em promiscuidade; quando, muito apenas, se não contenta com acenos significativos de ter compreendido o que, às vezes, por ser inexperiente, não compreendeu. E assim se transformou, socialmente, o mais natural da vida, numa espécie de maçonaria, falsa por não possuir de facto outros mistérios além das inibições dos seus próprios membros ... Enfim, aqueles ressentimentos que Camões teria suscitado ao afirmar:

Melhor é experimentá-lo que julgá-lo,
Mas julgue-o quem não pode experimentá-lo.

Por outro lado, acontece que se morre em Portugal muito devagar, como D. Sebastião já queria, e, diga-se de passagem, o destino tem-lhe feito a vontade. Mas não se morre quando se quer — e Florbela é bem um exemplo disso. Ora, para se ressuscitar, é necessário morrer de vez. E de tudo isto resulta que, em Portugal, é dificílimo ressuscitar. Veja-se qual será, entre nós, a condição do poeta, um ente cuja influência e cuja eternidade — aquela um tanto ambiciosa e ingénua eternidade da palavra escrita — dependem de sucessivas mortes e ressurreições. Eu explico.

Morre-se devagar, no sentido de que se atinge espiritualmente a decrepitude, no exacto instante da maturação total, e só os incompletos e os imperfeitos vão até ao fim.

Não se morre quando se quer, no sentido literal, mesmo para Florbela, porque a obra de um poeta — e quem diz um poeta diz um filósofo ou um artista — necessita da crítica implacável que, interpretando-a, sopesando os seus valores poéticos e filosóficos, lhe prepare um fundamentado renascimento de prestígio, e fundamentado já no que nela estava ainda implícito. Em poesia quantos mistérios se formam com o tempo! E quantos falsos mistérios dele se aproveitam!

De modo que pode o indivíduo-poeta aniquilar o seu ser humano e, juntamente, as virtualidades que possua; mas é-lhe impossível sustar a fermentação dos versos que publicou, e o desencadear de sugestões resultantes desses mesmos versos.

No entanto, uma crítica falsa, subordinada a outros critérios que não o histórico, a critérios que se não se limitem a situar a obra no plano geral da evolução de uma língua e de um povo, e da evolução do mundo, essa crítica falsa tem a incapacidade suficiente para não deixar morrer de vez, para contrariar a purificação que, por via dela, não mais começa a efectuar-se dentro da obra em questão. Eis a razão de ser difícil ressuscitar entre nós.

Os clássicos vivem das quebras da nossa admiração, e do esforço com que os reconquistamos. Ora, como é possível aguardar uma crítica implacável, mas justa — de justeza e de justiça, diria Claudel — num país onde, de há 50 anos a esta data, ninguém mais é considerado clássico? E pergunto ainda, onde, em que secretos arcanos da história literária, se estará dando uma documentada vivificação dos nossos clássicos?

Estão todos no caso da igualdade «semi-morto = semi-vivo», antes de divididos ambos os membros por «semi»... E estarão, enquanto se não esclarecer o conteúdo da palavra *clássico*, esclarecimento que me não cabe fazer aqui. Como não hão-de estar os chamados modernos — só protegidos por uma crítica partidária? E uma Florbela entre dois conceitos opostos de poesia — ou, pior, entre duas ausências de *poética*? Porque, de trás, vinha só uma vaga consciência da técnica tornada hábito. E dos então novos, uma pesquisa da poesia para lá da técnica e dos tratados de versificação.

*

A crítica, entre nós, ou visualiza uma unidade superior, expressa por palavras indefinidas e vastas, mas que deixam de fora toda a multidão dos factos quotidianos, tornados inclassificáveis; ou constrói, sobre esses factos, um sistema estreito, uma gaiola, dentro da qual não cabem o puro e o gratuito da especulação humana. Não cabe, também, o profundo, porque, como é sabido, abaixo do fundo dessas gaiolas não há nada, e esse fundo é um tabuleiro amovível, para limpeza do que fazem os canários, mesmo quando cantam.

Longe de mim a ideia de comparar o poeta ao canário, um daqueles pássaros, dos quais Jules Renard dizia que não sabem servir-se nem da liberdade, nem da gaiola... Mas deixem-me comparar a sociedade à dona de casa, que, ao matinalmente inspeccionar o tabuleiro, se irrita com o pássaro — e, afinal, porquê? — por ele ser de carne e osso.

Podemos, como consolação, imaginar que tal não sucede inteiramente por mal. Ao poeta, ao filósofo, ao artista, não se perdoa que esteja, porventura, só na obra a superior seriedade que não tenha sabido manter na vida. Menos se perdoa que, dos seus erros, o ser fadado para a expressão crie uma superior seriedade. Mas a verdade é que não há virtude que chegue à de uma obra pura, e é pura toda a obra que atinja um elevado grau de sentido (sem adjectivos, para não dizermos «humano», que é de menos, nem «universal», que será talvez demais, nem «vital», porque a vida, por com maiúsculas que se escreva, é sempre referida a esta ou estes, aqui e agora).

E como consolação, afirmei eu, podemos imaginar, possivelmente com alguma verdade, que pelo muito amor ao sonho inatingível é que o mundo não perdoa ao poeta — aquele ser *«que diz tudo e tudo sabe»*, segundo Florbela — três coisas: 1.º — que lhe não ofereça, mesmo no quotidiano banal, o espectáculo dessa vivência do sonho; 2.º — que só ele e outros raros a tenham suportado, e, ainda por cima, sem uma infalível garantia de autenticidade; 3.º — que apenas seja possível partilhar a inexprimível inteligência desses momentos puros, depois de, à leitura, ter levado a cabo um esforço de humilhação intelectual e de apreensão do oculto, despidos previamente aqueles capotes de convenções, sem os quais, na vida colectiva, se apanha tanto frio...

As mulheres, mais do que o homem, estão condenadas a apanhá-lo — nas ruas, quando lá caem; em sociedade, quando a sociedade gostaria de as ver lá caídas. Esse gosto — esse desejo — aparece, logo que a mulher se afirme não como independente e livre, mas, embora dependente e aprisionada, como mulher.

Não basta reconhecer e dignificar, digamos, *funcionalmente,* a mulher. É preciso aceitar-se a dualidade de cultura que é consequência fatal da dualidade dos sexos. Porque a instrução toda, desde a primária à superior, e a educação cívica são, e têm de ser, assexuadas. Mas a cultura, aquilo que se não ensina, nem a um nem a um curso, aquela formação que depende do indivíduo, é masculina ou feminina, embora civilizacionalmente muitos elementos possam ser considerados ora como masculinos ora como femininos, até de classe para classe de uma mesma sociedade. E não é a separação dos sexos que favorece a formação dessas culturas. A separação dos sexos não cria harmoniosas formas complementares, mas fantasiosas formas de auto-complementação. Exactamente o contrário do que propõe o Poeta de que nos vamos ocupar — Florbela Espanca. Aquele soneto «*a uma rapariga*», é, por certos sectores, considerado, passe o termo, uma apologia da desvergonha, precisamente pelas razões que expus. Mas desenganemo-nos; porque, se é valorizado por outros sectores, é-o por oposição ao moralismo dos primeiros — e não por aquilo que é, com a pureza possível: um ideário do destino feminino.

*

Quando um poeta se exprime habitualmente por uma forma — e sabe-se que as formas se estão reconstituindo de dentro e com todas as aparentes liberdades que o verso conquistou — pode ser perigoso não reparar nos outros poemas que tenha escrito. Florbela não escreveu só sonetos. Mas descobriu totalmente o acabado, o fechado, o feminino do soneto. Com efeito o soneto assemelha-se muito aos lavores femininos. O soneto quando cultivado pelas mulheres, é um ciclo continuado indefinidamente do último ao primeiro verso. Pelo menos assim parece aos nossos olhos, como aquelas rendas que os olhos masculinos viram começar numa ponta, acabar na outra, e, depois de aplicadas, não sabem onde começam ou acabam.

*

Os sonetos de Florbela, e exceptuo os manifestamente perfeitos, ou começam literários e acabam poéticos, ou começam poéticos e acabam literários. No primeiro caso, sente-se o tom elegíaco, de pouco fôlego, nos tercetos que não vão além do necessário para um soneto. No segundo caso, temos o poema, geralmente ode, que se perde no hábito do soneto.
  Serão, então, tecnicamente imperfeitos, uma vez que, num caso ou noutro, o soneto, por assim dizer, se completou? Nem sempre. No caso dos tercetos há uma corrida para o termo, que raríssimas vezes, é a «chave de ouro» parnasiana, e, pelo contrário, um verso desprovido de brilho formal e favorecendo o equilíbrio que os parnasianos julgavam possuir. Já no caso das quadras, se pode falar de completado, porque os tercetos desenvolvem, apenas paralelisticamente e com esmero de forma, o expresso pelas duas quadras. Mas as formas paralelísticas são tipicamente femininas, ou pelo menos significativas de uma passividade a que não é estranho o ritualismo repetitivo, de sedução da divindade, dos cânticos religiosos.
  O soneto de Florbela é latino, isto é, duas quadras e dois tercetos, e nunca em três quadras e um dístico, como o shakesperiano, que talvez ela não tenha conhecido. Suponhamos, erradamente, que o usara. E imaginem os dísticos finais, amargos, densos de emoção, que teria escrito — ela, que, quase sempre, guardou, no último terceto, alguns dos seus mais dolorosos tesouros — e isso ajudar-nos-á a compreender a força oculta nos seus versos, força que se espraia e reflui, espraiando-se de novo, em geral até meio do verso seguinte.

*

Os versos de Florbela recordam aqueles versos de senhoras que vêm nos jornais de modas, por exemplo. Durante muito tempo, julguei que a influência de Florbela se fazia sentir neles. Claro que faz: há sempre uns cetins já coçados nas mãos dela, e umas estrelas mal empregadas, como ela as não empregou (*«bordão de estrelas»*). Mas, folheando ilustrações, lendo muitos versos femininos bons e maus, anteriores a Florbela, vi que também eram semelhantes, que havia, principalmente, uma diferença de intensidade. Não devemos tomar aqui intensidade por veemência, quando esta é aplicada ao que habitualmente, se chama «ter uma explicação», isto é, debater, com violência, as mútuas queixas. Nesse caso, o poema é sempre uma réplica, ou a palavras que se pressupõem, ou a atitudes que se adivinham. Há disto em Florbela, como na maior parte dos poemas de amor, desde que o poeta não abstrai da criatura em causa, ou cria uma criatura abstracta para então se lhe dirigir.

Devem ter reparado que estou evitando empregar uma palavra terrivelmente perigosa pelo muito que tem sido gasta em filosofia e poesia: refiro-me a *profundidade*. É-se, muitas vezes, levado a classificar de profundo o indefinível ou o obscuro. Ora o entendimento em Florbela não é indefinível por ser complexo: é-o por ser feminino, sujeito a todo um complexo de inibições contra as quais o poeta luta. Objectar-me-ão que nada será mais claro que o seu desejo de ser amada. Sem dúvida. Esse desejo, porém, não é o sentimento, mas a causa dele; e o sentimento será, então, o conjunto de angústias ou certezas de que é vítima.

*

Note-se que há, em Florbela, dois aspectos de sedução poética: um, mais falível, ligado às imagens súbitas que encontra; outro, mais perene, menos sujeito às oscilações do gosto epocal, e proveniente da nua e desassombrada simplicidade com que se queixa ou murmura. E é deste último dos seus aspectos, desta pura consciência com que se sabe Mulher, que surgem versos maravilhosos, que, e isto é muito importante, podiam ser escritos por qualquer poeta num dado momento de total esmagamento pelo destino. Versos surdos, de ritmo descendente, carregados de sentido que transcende as próprias palavras, porque diz respeito a longa amargura, à consciência de uma experiência imensa: «*E olho assombrada as minhas mãos vazias* ...» E versos duma fúria inaudita, que não sabemos se deverão ser gritados, se deverão ser ditos numa estridência tornada sibilante pelo espumar da raiva. Nesses versos, julgamos ouvir as divindades telúricas, as Fúrias, reafirmando poderosamente a sua existência tal como, de tempos a tempos o fazem, quer na voz dos poetas, quer no reboar convulso dos povos revoltados.

*

Emily Brontë, a genial romancista de «*O Monte dos Vendavais*», mostra, nos seus poemas, uma energia muito masculina. Não esqueçamos, porém, que é tipicamente feminina — e nela patente — uma dureza de sentimentos, como direi?, calculista, no mais elevado sentido do termo. Também essa dureza se encontra em Florbela, expressa, porém, na teimosia com que sonha, quase cenograficamente, a sua vida com o ente amado. E nós quase sentimos que teria de ser assim — e ele, sentado numa cadeira, seria forçado a esperar, com a convicção de quem cumpre um dever, que ela viesse, pé ante pé, pousar os olhos nas páginas do livro que ele estivesse lendo. Ao contrário do homem, que, para apaixonar-se ou desejar, acumula cenários, a mulher só quando já apaixonada vê as quatro paredes em volta do amado, e se vê a si própria, lá dentro, junto dele. A mulher-poeta — e nenhuma em Portugal o foi como Florbela — nem necessita de amar realmente: basta-lhe o coração vazio, e tanto mais vazio quanto arde sempre insatisfeito o seu desejo.

Florbela pede, reclama, ordena, suplica que a amem, para apagar espiritualmente o seu anseio. Não nos interessa de que a insatisfação provenha. Só nos interessa tudo isso, na medida em que constitui a chave do poeta. Se, porém, é chave da chave, isto é, se o poeta transpôs o seu caso pessoal para uma expressão pessoal a partir da qual faz os seus versos — não. E assim como o poeta se não confessou integralmente como ser, tendo-se, no entanto, confessado integralmente como poeta — e é esta a distinção entre sinceridade poética e sinceridade individual, que aos demagogos tanto apraz confundir — não há o direito de exumar perante a sociedade, para seu gáudio, aquilo mesmo que foi, em vida, a cruz que ela impôs ao poeta. Porque a sociedade não merece confiança. A sociedade condena sempre; e, no fundo, não perdoa a fuga pelos caminhos do génio àqueles que perseguiu nos caminhos da vida, com um olhar hipócrita, em que brilha aquela conivência de maçonaria frustrada, que me perdoarão torne a apontar aqui.

*

Ao observarmos os versos de Florbela Espanca, temos de ter presente a sua época. A época de um poeta é, por vezes, extremamente restrita, ocupando uma escassa meia dúzia de anos. À primeira vista, se o poeta morreu novo, parece escusada esta afirmação, desde que se ponha de parte — e eu ponho — aquela crítica hipotética, que se preocupa com as possíveis obras do poeta, como, em vida dele, se ocupou com o que o crítico teria feito se tivesse a personalidade desse poeta: em duas palavras, usando uma fórmula doméstica — a crítica do *se a minha avó não morresse ainda agora era viva.*

Mas, de facto, pode o indivíduo que há-de ser poeta não trazer em si elementos de uma renovação, que não direi formal, por não haver em poesia renovações só formais, sob pena de a poesia se recusar a si própria. Veja-se ao que ficou reduzida a obra de um Eugénio de Castro, quando o poeta materializou sobre os seus ombros, em capelo, os ouropéis com que já sonhara nos versos ...

Ora, se o indivíduo traz dentro de si apenas a sua amargura ou a sua alegria, ou, mais exactamente, aquele desejo de corporização rítmica que as danças sagradas significam, ou aquele outro de vocalização irresistível, se traz só isso, que é fundamental, que é necessário para ser poeta, mas não é suficiente para criar uma poesia original, evidente se torna que esse indivíduo se submeterá, insensivelmente, às imagens habituais do seu tempo e à estilística dos seus camaradas. E quando a criação é humoral, fruto de reacções imediatas, a necessidade de expansão diminuirá cada vez mais a exigência, a menos que, em certas circunstâncias, a dor se não deixe enganar com o prazer estético das imagens, e, de profunda, exija uma expressão directa, lavada e limpa de enfeites, cuja beleza reside no pavor em que nos lança, pavor do homem perante o irrreparável da sua condição. Estou dizendo tudo isto pensando em Florbela, sem por um momento esquecer o seu caso. Esse pavor sentimo-lo, perante versos lavados como estes:

Espera... espera... ó minha sombra amada...
Vê que p'ra além de mim já não há nada
E nunca mais me encontras neste mundo.

Se é possível a pesquisa do elemento formal que determina a crise trágica destes versos, eu indicaria aquele *já,* que torna o sentimento do *nada-quantidade,* que tais versos exprimem, no sentimento de um mais vazio ainda, o *nada-qualidade,* para o qual nos falta uma palavra equivalente ao que os Ingleses definem por *nothingness.*

Depois, a perfeição da obra tida por feminina, ou é acaso da espontaneidade sensível, ou conseguida pela repetição paciente, ao contrário da masculina que se obtém pela pesquisa atenta. E assim, seria ainda por ser mulher que Florbela escreveu tantos sonetos? Sim e não.

A época era para o soneto. Choviam sobre as letras pátrias os sonetos anterianos, graças a um formalismo, misto de palavras abstractas e alegorias, que Antero favoreceu em si próprio, interessado como estava em exprimir-se filosoficamente, e veio a favorecer nos seus epígonos, muito mais interessados do que ele em se darem ares de sérios e profundos, já que é preciso, em poesia, fazer com que nos tomem a sério...

Mas a época era também para a *coquetterie* do verso, um luxo burguês que ficaria da pompa aristocrática do decadentismo. Florbela sofreu esta moda, como as outras que teve de usar: colares muito compridos, vestidos com a cintura quase no joelho, onde por sua vez a saia começava e acabava logo. Era mulher, aquilo usava-se, e nem num dos seus mais belos sonetos deixou de ter versos «*talhados em mármore de Paros*» para rimar com «*raros*»! Que essa *coquetterie* do verso foi nela, muitas vezes e felizmente, graciosa *coquetterie* está nesse mesmo soneto bem patente:

> (...) *esses versos raros...*
> *Mas, meu Amor, eu não tos digo ainda...*
> *Que a boca da mulher é sempre linda*
> *Se dentro guarda um verso que não diz!*

E é curioso verificar que foi esta *coquetterie* que, prendendo-a *objectivamente* muito a si própria, a salvou dos panteísmos sortidos que foram, essencialmente, o prato de resistência do seu tempo. E não só a *coquetterie*. A sua perfeita sensibilidade feminina não podia consentir na masculinização do universo, que todo o panteísmo implica.

Constantemente Florbela se compara à Terra. Ela é a charneca sequiosa de chuva:

> *Gosto de ti, ó chuva dos beirados*
> *... ... ...*
> *Talvez um dia entenda o teu mistério...*

Ou se compara a imagens fechadas — é

> *...um lago triste:*
> *Quantas ondas a rir que não lhe ouviste,*
> *Quanta canção de ondinas lá no fundo!*

E é tão irresistível o seu desejo de «*ser um pedaço da paisagem*», que, num soneto descritivo, em que o Alentejo aparece, longo e largo —

> *Há gritos arrastados de cantigas ...*
> *E eu sou uma daquelas raparigas ...*
> *E tu passas e dizes: Salve-as Deus!*

E, num soneto encantador — *Primavera* —, nem há imagens, mas perfeita identificação:

> *O campo despe a veste de estamenha*
> *... ... ...*
> *Também despi meu triste burel pardo.*

Portanto, nem caminho humanístico, nem dissolução panteísta. Deus desaparece perante a Natureza, sem se confundir com esta. Florbela é o princípio de todas as coisas, é a árvore que sente, a Primavera quando a Primavera chega; e o seu corpo é «*a sombra entre a mentira e a verdade ...*». Ao seu anseio físico não basta um deus-espírito; e, se deseja o amor de um Deus, como confessa, é o amor de um daqueles deuses exilados que procurou, que a procuram... Mas:

> *Nunca se encontra aquele que se espera ...*

Porque, mesmo que se procure, pensava Florbela, esse alguém é sempre

> *Alguém que veio ao mundo pra me ver*
> *E que nunca na vida me encontrou.*

E depois, como noutro passo, medita:

> *Agora que te falo, que te vejo*
> *Não sei se te encontrei... se te perdi...*

Esta tragédia do desencontro, do impossível tacto do espírito e da distância, do que não pode ser tocado por estar longe ou não ter corpo, a medonha consciência do invisível do mais puro amor, exprime-a Florbela poderosamente, ao perguntar a si própria:

> *Ó minhas mãos, aonde está o céu?*
> *Aonde estão as linhas do teu rosto?*

Do rosto desse amado sem rosto, que não compreende e não aceita o remédio para a solidão, que Ela lhe oferece, remédio para a solidão maldita:

> *Que contas dás a Deus indo sozinho,*
> *Passando junto a mim sem me encontrares?*

Compreende-se que, se ela, por volta de 1919, já era... «*a que no mundo anda perdida*», queira, anos depois, num frémito agónico, «*ser a Perdida, a que se não encontra*» — expressão para a qual chamo a vossa atenção, pela infinita riqueza trágica dos sentidos que possui.

Repare-se, porém, e não é sem emoção que tal aponto, nas imagens que a esta expressão se sucedem. «*Turris eburnea... A intangível... rutilante luz dum impossível...*» E se contemplarmos a altura que Florbela deseja, acima do mundo, para conter nos seus braços todo o mal da vida, é inevitável que não vejamos uma virgem, de pé sobre o mundo, e pisando a serpente. Não exagero ao proclamar este soneto uma peça fundamental da poesia de todos os tempos, pela identificação, num mesmo ser, de toda a simbologia feminina, que, desde a mais remota antiguidade, acompanha, ora renovando-se, ora reintegrando-se, as mais puras manifestações humanas. Não são as deusas helénicas da escultura, tornadas cânones de beleza, mas as deusas misteriosas da terra e do céu, as que viveram de facto no coração dos Gregos. Se quisermos um ciclo mítico da feminilidade poética de Florbela, podemos pôr: noite, aurora, terra, lago, sombra, noite, e o ciclo recomeça:

> *Mas eu sou a manhã: apago estrelas!*

— verso que mais reforça a minha interpretação, e dá toda a recomposição da noite materna, operada pela aurora virginal.

Mas era tempo de apelar para a Morte, cujo abraço será simultaneamente —

> *Lânguido e doce como um doce laço*
> *E como uma raiz sereno e forte.*

Mas como há-de apelar, nestes tempos que correm? Chamá-la pelo nome só? Não... Invocá-la segundo as regras de bem viver em sociedade? Que remédio! — «*minha Senhora Dona Morte...*» E pede-lhe que a «*desencante*».

Sempre ou quase sempre, na poesia portuguesa, a vida é sonho de que se acorda neste mundo ou no outro. E eis aqui, pela primeira vez, a vida *como encantamento*. «*Quebra-me o encanto!»* — o encantamento a que os deuses pagãos condenavam, o encantamento da mulher iludida, o encantamento dos contos de fadas da nossa infância... «Era uma vez...»

*

Não há dúvida de que esta linguagem não era audível no seu tempo. Esta originalidade profunda escapava aos literatos do verso, que, naturalmente, só veriam o preciosismo formal com que Florbela os imitava.

Pascoaes e o saudosismo, nessa originalidade, ouviriam, apenas, e com certa mas aparente razão, uma pálida ressonância da sua mitologia.

E por outro lado, um Fernando Pessoa, escondido na realização da sua obra conscientemente preparatória de um futuro, em que a mulher só figura como teria sido antes de extraída a célebre costeleta, Fernando Pessoa não se ocuparia, pelo menos em público, com esse acto de justiça concreta, esse reconhecimento do drama actual da costeleta independente...

E o movimento de crítica humanística, da crítica tornada *«presença»*, que ia surgindo então? Esse era caracterizado, necessariamente, pela incompreensão do feminino como feminino, e pelo primado do neutro e não do andrógino, por obra e graça de um humanismo cerebral, que, para ter um significado mais lato, dessexualiza a cultura. A esta cultura ambivalente, o mais profundo significado da obra de Florbela teria forçosamente de escapar.

Restava só o sentimento de camaradagem, que une os poetas, e fez encontrar ainda poesia — da boa — onde se queria ver só literatura — da má.

Resumindo, Florbela estava destinada a uma tripla infelicidade. O seu mundo não sabia interpretar, com justiça, a feminilidade, que as próprias mulheres procuravam então numa masculinização de costumes que lhes justificasse a livre tentação do homem. Os seus camaradas não estavam aptos a separar, nela e nos seus versos, a má literatura ambiente e os lamentos da mulher eterna*. E não havia, quer na crítica recionalista, empenhada em pensar claramente num país onde se pensa com a imaginação devaneadora, quer na crítica, digamos irracionalista, reagindo contra a outra e procurando desiludir da

---

* Na edição da Atica aparece *submersa*, sem que haja correcção nos respectivos volumes do Autor.

razão, com certa pertinência, uma intelectualidade que não passara previamente pela consciência da complexidade do ser individual, não havia, repito, quer numa, quer noutra, ocasião de louvar alguém que se afastava de ambas, na mesma medida em que, afirmando-se Mulher, se distinguia do Homem genérico, que o mesmo é dizer, do sexo masculino tornado abstracto, comum aos dois tipos de crítica.

*

O caso de Florbela põe, mercê de circunstâncias várias, o problema trágico da condição do poeta, daquela condição de que falei primeiro.

Que eu saiba, só talvez na Inglaterra, e com características diferentes, esse problema foi tão crucialmente posto como aqui. Byron e Shelley ainda hoje expiam, nas histórias da literatura inglesa, os seus pecados. Até Shakespeare os expia ... — como, de resto, em França, um Baudelaire.

E que direi de Portugal? — onde o próprio António Nobre é maltratado nas selectas, pelo feio crime de ter sido um «menino e moço», que sentiu mais do que convém num país onde até os críticos ateus possuem costelas à Manuel Bernardes?

Sá-Carneiro, outra vítima, chamava *sem suporte* a alguns dos seus poemas. Que haja poemas sem suporte ... Vá. Mas que seja *sem suporte* o puritanismo dos censores de versos — não. Ora são sem suporte todos os preconceitos, direi melhor, todos os prejuízos, desde que resultantes da especulação confusa ou da religiosidade mais confusa ainda. Se me permitissem, eu lembraria que, em religião, o dogma é pelo menos tão importante como a moral. E hoje, não só ao religioso se admite que, dentro de uma religião professa, use da fé sem conhecimento de causa ou com perverso conhecimento, como, o que é pior, a moral se degradou paralelamente, perdendo em significado ético-religioso quanto adquire de poder jurídico. Cabe hoje à lei, que não é consciência colectiva mas utilidade provisória, o que dantes cabia à consciência individual. E isto sob pena de se resvalar para aqueles produtos híbridos de protestantismo e de taylorismo, que são arautos da conquista e da rendição económicas ...

A moral, desprovida do seu conteúdo humano, tornada moral de Estado, não é moral, mas o regulamento para melhor eficiência e decoro da companhia majestática. E o homem, ou é um ser consciente, trabalhando à luz do dogma na realização integral do corpo divino, ou à luz da sua descrença, na realização da união humana, por instinto de defesa que essa descrença impõe —

ou é uma destas duas almas magníficas, ou é o mísero funcionário social de uma gigantesca burocracia abrangendo toda a terra: Kafka que o diga. Pobre funcionário público!... Não pode ir-se embora — o seu suicídio é um crime, não contra si próprio!, mas como um pedido de demissão apresentado inoportunamente... Tem de assinar o ponto da vida, com subserviência, todos os dias... Florbela não quis ou não soube nunca ser esse funcionário. Trabalhou muito mal — dizem. E um dia, como sabeis, um dia em que

> *Era o sol que os longes deslumbrava*
> *Igual a tanto sol que me fugiu!*

— um dia em que mais dolorosamente recordou o

> *divino impudor da mocidade,*

Florbela demitiu-se, farta de aturar os directores gerais.

Não foi há muitos anos. É, pois, naturalíssimo que esteja ainda correndo os trâmites do costume o seu processo disciplinar.

No entanto, com processo ou sem ele, com monumento ou sem ele, a sua grandeza é a mesma — se é que não aumenta, mercê da nossa simpatia. De resto, nunca um poeta escreveu para merecer um monumento póstumo. Um poeta escreve para que o leiam, para que o compreendam e amem. E a humanidade atraiçoa-se a si própria, diminui-se, atrasa a infinita efectivação do homem, quando não perdoa aos que em nome dela sofreram, quando não murmura e não faz sangue do seu sangue as palavras que, extraídas da linguagem de todos os dias, para exprimirem a angústia e a esperança de todas as horas, o poeta juntou de forma a dignificá-la. Houve um tempo em que a linguagem era sagrada. Saiba, hoje, o mundo compreender que a sua própria dignidade *existe,* na medida em que ele reconheça a incantação com que o consagram para o futuro, através de mil dores individuais, que ele não só não repartiu, mas muitas vezes provocou.

Num dos seus mais belos sonetos, Florbela o disse, em versos que são, ao mesmo tempo, um perdão e a consciência de que os erros se repetem:

> *E depois... Ah! depois de dores tamanhas,*
> *Nascerás outra vez de outras entranhas,*
> *Nascerás outra vez de uma outra Mãe!*

Mas nestes versos há mais: há o sentimento da maternidade gloriosa, desse poder de concepção que compete à poesia.

Favorecida pela sua dupla condição de mulher e de poeta, Florbela desejou escrever, para o amado,

> *Aquele verso imenso de ansiedade,*
> *Esse verso de amor que te fizesse*
> *Ser eterno por toda a Eternidade!...*

— e creio que o amor, na boca de uma mulher e de um poeta, não pode ter um desejo mais puro, porque a eternidade é o que as Mães desejam *ansiosamente* para os seus filhos. Todas as morais estão aquém disto; e, com maioria de razão, os moralistas, que estarão sempre, por nossa triste condição humana, abaixo das morais que proclamam.

Florbela — terra, noite, lago, mãe, irmã do seu amado — «*sombra da tua sombra*» — paira

> *Mais alto, sim! Mais alto! Onde couber*
> *O mal da vida dentro dos meus braços,*
> *Dos meus divinos braços de Mulher!*

1946

ACERCA DE UM PURO POETA

Eu não acredito senão muito especialmente e com reservas na chamada poesia pura. O preconceito de pureza faz-me sempre lembrar o caso de certa jovem que, apaixonadamente dedicada à sua directora de estudos, não aceitava, nem com horror, que o pobre ídolo das suas venerações sentisse e executasse necessidades fisiológicas. Não quer isto dizer que a pureza não exista como virtual estado inatingível, para o qual devem tender todos os esforços dos que se empenham em que a lucidez e a franqueza sejam primaciais virtudes da vida e da consciência humanas. Posta a noção neste plano de honestidade intelectual e de coragem moral, e não no plano das repugnâncias de qualquer ordem (preconceitos anti-físicos, anti-intelectuais, anti-políticos, anti--sociais, etc.), creio evidentemente e firmemente na possibilidade e legitimidade da poesia pura, como acredito sem dúvida na pureza de todas as intenções, menos naquelas, é claro, de que se diz, com conjectura de experiências feita, que está cheio o Inferno.
É um erro pensar-se que a vida é impura, irremediavelmente porca (ainda quando, individualmente considerada por uma aguda consciência de pecado, o seja). É um erro, esse, que leva a toda a casta de tiranias, pela descrença fundamental na capacidade de recuperação e salvação do homem, da sociedade, da humanidade. Todos quantos professam, por qualquer razão, ideias de angélica pureza, estão sempre à beira de mergulhar nesse visceral e criminoso cepticismo, porquanto é de um tal horror pela independência, multiplicidade e complexidade da vida, que nasce o pervertido anseio de uma pureza, de um reino ideal de formas e de ideias, afinal sustentado muito comodamente por tudo o que abomina. Tal posição opõe-se de raiz a qualquer tipo de humanismo, e em firme e justo antagonismo a ela se

encontram ou devem encontrar-se, por muito que lhes desagrade a mútua companhia, *todos* os humanismos religiosos ou científicos.

Mas, de facto, poesia pura pode não ser expressão de um oculto complexo de traição (e todas as complacências literárias ou pseudo-literárias cabem neste conceito) ou de uma lamentável irresponsabilidade perante o que a vida social e os imperativos da dignidade humana exigem acima de tudo: uma consciência sempre vigilante e sempre em acto de consciencializar-se.

A poesia é sempre, quer queiram, quer não, um índice seguro das pretensões de uma sociedade ou de uma classe, ou, mais exactamente, do estado de espírito que se pretende (a si mesmo ou é pretendido) dominante. Os ataques polémicos dirigidos contra as mais diversas formas de «demissão» humana têm feito esquecer — a quem ataca e a quem defende — que poesia verdadeiramente pura é a que se empenha, lúcida e francamente, numa aventura espiritual de qualquer tipo, e que poesia verdadeiramente impura não é a que se compromete directa ou indirectamente com qualquer forma de teologia, mas aquela que, mesmo limitada a um rendilhado de palavras vagas e sentimentos difusos, *se demite* perante as palavras de ordem, e representa uma conformidade ou um compromisso com a ordem humana que lhe é consentida ou imposta. Nenhum amor autêntico da humanidade ou da transcendência exige submissão passiva, mas adesão activa.

Nas épocas, porém, de ilusório conformismo, de relativa paz, de adormentada consciência, nas quais a dignidade humana se não sente directamente ameaçada — épocas que não devem ser confundidas, quer com as de vigorosa e expansiva unidade nacional (como a Inglaterra isabelina, em que até católicos pegaram em armas contra a Armada de Filipe II, que ia muito hispanicamente libertá-los), quer com as de repressão externa e interna da consciência (como muito barroquismo, culteranismo, etc., em cujas entrelinhas é preciso, com piedosa fraternidade, saber ler) — nessas épocas, como aliás em certos aspectos das outras que distinguimos, pode o homem tomar por defeitos eternos da condição humana muitas circunstâncias cuja origem o estalar das contradições ainda não tornou patente, e pode, pois, desejar *evadir-se* de uma rede perfeita de males concretos, para refugiar-se num mundo de essências abstractas. É este, quanto a mim, o único caso em que, de par com o desejo e gosto da abstracção, não vai alguma complacente crueldade mental para com os semelhantes, a humanidade: e também verdadeiramente o único caso em que a evasão é inocente.

Nas outras épocas, as de aguda e sempre convocada consciência, a inocência não é possível. E, para que uma pesquisa não abstracta e não literária da mundividência humana o seja, fora de qualquer comprometimento religioso ou metafísico, é indispensável o *exílio*. Toda a poesia que se pretenda pura e não comprometida, e que então se não exile, traz em si própria o germe da traição. Só por erro da convivência literária (senão por apostolado transcendente ou exploração interesseira) poderá manter-se algum convívio com ela.

*

Tudo isto me é sugerido pela publicação, em Londres, da edição de 77 *poemas* de um poeta português, Alberto de Lacerda, acompanhados pela tradução efectuada por Arthur Waley, um dos mais eminentes tradutores actuais, cuja acção tem inserido na cultura ocidental, e em especial na anglo-saxónica, grande parte dos monumentos das literaturas chinesa e japonesa.

Os beneméritos coleccionadores de efemérides literário-patrióticas têm deixado passar em silêncio este facto. Bem eu sei — e os exemplos pululam — quão ofensiva pode ser uma celebridade extra-fronteiras, e como tal celebridade pode comprar-se ou ser fruto de circunstâncias muito ocasionais ou muito preparadas. Sob este último aspecto, todos conhecemos vários caixeiros-viajantes da própria obra, aos quais não é difícil encontrar no estrangeiro almas gémeas das suas. O nome de Arthur Waley não é, porém, dos que possam ser associados a tais práticas, nem o poeta em questão é um desconhecido entre nós, que em Inglaterra tenham descoberto e valorizado imerecidamente.

Não tem a poesia de Alberto de Lacerda raízes evidentes na chamada tradição poética portuguesa. A sua retórica subtilizada não o integra nas correntes extrovertidas, verbosas, descritivo-líricas, apostroficamente dramáticas, em que avultam tantos nomes ilustres ou aspectos de suas obras. Do mesmo modo, a sua contenção, o seu pudor sentimental, o seu requinte estilístico que procura uma superior simplicidade, o afastam da expansão lírica, meditabunda ou chocarreira, muito em pé quebrado, que é a naturalmente preferida por um povo sem hábitos de pensamento e por quantos pugnam por que os não adquira. Não que seja o seu um lirismo individualista, contemplativo da própria vida, apuradamente vigilante do que poeticamente no ser do poeta o mundo vai gerando; ou uma poesia a sua em que uma rebusca de quintessências estéticas apenas dê de comovente a nota de o poeta se sentir perdido por as não encontrar. Individualismo e esteticismo há-os por certo nos versos de Alberto de Lacerda, mas são mais matéria poética que sinais denunciadores de uma personalidade literária.

À primeira vista, pois, um poeta que não berra como Junqueiro, não grita como Régio, não graceja como Augusto Gil, não lacrimeja como Correia de Oliveira, não se esfarela conscienciosamente como Pessoa, nem anda atrás de esteticismos mais ou menos dúbios; um poeta que não aspira à grandeza pomposa de Camões e Pascoaes, nem à gloríola jornalística dos académicos natos — à primeira vista um poeta assim não é de facto português. Se ao menos na sua poesia houvesse algum pendor para a meditação moralística — sem voos para lá dos lugares comuns da «sabedoria das nações» ou da «civilidade e etiqueta» — ou para uma severidade judicativa de ordem sócio--política, ainda seria possível arranjar-lhe tradições, escolhidas de entre as que os manuais indicam além das que ficaram exemplificadas acima.

O caso, porém, é que não há tradições poéticas. A tradição é uma forma de literatura; forma flutuante, variável, com progressos e regressos, da qual, arrastando consigo uma incómoda ganga de expressões «poetizadas» pelo uso, se ergue às vezes uma poesia. Não porque receba revelações especiais de um mundo ideal, sempre idêntico a si mesmo para lá dos tempos e dos lugares, se ergue assim a poesia de alguém; mas porque, sendo a tradição um repositório de consuetudinário sentimentalismo de que se alimenta, perenemente viçosa, a ervinha simpática dos cultivadores de poesia, não cabe ao poeta que se busca autêntico uma tradição, e sim algo de mais profundamente humano: uma solidariedade. Com efeito apenas o *suporta* a solidariedade dos seus pares, grandes ou pequenos, que pelo mesmo desejo sacrificaram a facilidade de serem felizes em verso (e como, em épocas na aparência apenas de transformação da «essência» da poesia, a sensação equívoca de até faltar essa solidariedade pode acrescentar mais tragédia a uma personalidade trágica! — como é, também sob este aspecto, exemplar Mário de Sá--Carneiro)! Quase poderia dizer-se que um poeta assim, qual arquetipicamente o foram Rimbaud e Hölderlin, está sempre à beira da desumanidade, sempre à beira de cindir-se da imensa comunidade humana no tempo e no espaço. Claro que a desumanidade latente ou virtual de um poeta fechado sobre o próprio repercutir da inspiração é de género diferente da que irremediavelmente esteriliza o poeta fechado sobre a dialéctica abstracta dos temas e terminologias (que não são o mesmo que imagens, note-se) que fez seus. Esta última desumanidade é de raiz literária, tanto quanto a outra é mais de raiz estética; e a cisão que a ambas ameaça, se é mesquinha e egoísta na de índole literária, tem sido terrível na de índole absortamente estética, quase sempre afim da morte espiritual ou da loucura, porque, sem a companhia (pelo menos em espírito) do alheio e alheado calor humano, não pode impunemente o homem aproximar-se das desertas alturas devastadas pela presença dos deuses. É quase sempre certo que lá fica, ou de lá volta balbuciando apenas tristes, desconexas, inexpressivas singelezas. Por isso, os poetas deste tipo quase sempre recorrem a sugestões mediadoras, procurando num espelho a reflexão do rosto da Medusa, ao qual se não pode olhar de frente. Muito platonismo ou neo-platonismo de poesia séria (e não de versinhos graciosos de muita literatura renascentista) é assim menos expressão de um idealismo, que um método, um recurso, uma atitude expressiva. Daqui que muito estetismo apele para as artes plásticas e use como elemento mediador as obras de pintores da suspensão serena do movimento cósmico e da agitação humana. É bem significativo que Alberto de Lacerda encerre a série dos seus 77 poemas com uma «Homenagem a Piero della Francesca», sem dúvida um dos pintores que melhor fixou a eternidade momentânea, o êxtase que por outras vias procuraram uma Santa Teresa ou um São João da Cruz. Tal achado, pelo próprio poeta, de uma voz «subitamente pura», isto é, de uma expressão que transcende as circunstancialidades que lhe escondem uma essência das coisas, sintetiza Lacerda admiravelmente no seguinte soneto:

*Ali onde sem nome a pátria escura
me repete onde nasce a primavera,
ao silêncio do dia que não espera
eu dou a voz subitamente pura.*

*Horror que foge sempre e que perdura,
muro imortal amando a própria hera,
assim eu oiço o anjo além da fera,
suave luz queimando a noite dura.*

*Surge um fogo sem espanto, magro e alvo.
Dissolve-se a montanha. Totalmente.
Alguém que me seguia já está salvo.*

*E fico só. E canto. E sigo em frente.
Ao fim da minha voz encontro o alvo
onde os deuses a ferem mortalmente.*

As características, a missão e os efeitos de poesia como a sua resume também Lacerda neste soneto. A essencialidade lírica (que não pressupõe nem postula uma essencialidade que seja mais do que verificação da própria e individualizada experiência simbólica); a límpida e desnuda dignidade da expressão quase epigramática; a viagem do poeta pela pátria anónima do exílio espiritual; o equilíbrio entre o anjo e a fera (igualmente distante do angelismo e do sensualismo cínico, e que é a única garantia de humanidade do estetismo extreme); a consciência de que o sacrifício representado pelo abandono, «ao silêncio do dia que não espera», da «voz subitamente pura» salva alguém que de longe seguia o poeta; a lucidez com que sabe como a salvação dos outros é sempre justo aumento da própria solidão pois que sem sacrifício não há salvação de ninguém; a nitidez, com que é expresso que tudo isto se passa ao longo da voz do poeta, da sua linguagem, e não num mundo ideal a que no entanto às vezes, em certos versos, metaforicamente se acolhe; o «fogo sem espanto» — expressão decisiva na caracterização desta poesia — tudo isto, que de facto lhe é intrínseco para lá de uma disponibilidade adolescente que a própria poesia por certo destruirá, faz de Alberto de Lacerda um dos nossos poetas mais interessantes de entre os mais novos, e integra-o numa família espiritual que, entre nós e agora, conta entre os seus membros um Ruy Cinatti e uma Sophia de Mello Breyner. Mais esteta que o primeiro e menos naturalista que a segunda (em quem a presença da natureza não-humana é tão forte), Alberto de Lacerda aparenta-se também com o abstraccionismo lírico dos momentos menos humanistas de um Casais Monteiro e do mais antigo Pessoa ele-mesmo, o mais esteticista. Pertence pois a uma corrente da mais alta categoria, que nos tem dado muito do melhor da poesia moderna.

*

Mas — e é esta a mais dolorosa perplexidade nossa perante uma poesia destas — *é lícito,* no nosso mundo e no nosso tempo, quando todas as consciências são poucas e tão poucas se dispõem a sê-lo, procurar a pureza da poesia, sem ser através de quanto mal transborda em nós e à nossa volta? É lícito o exílio de um belo espírito que não saiba senão exilar-se? Eu creio firmemente que o é. E que uma poesia assim, que a muitos poderá parecer desprendidamente egoísta, é antes uma garantia da dignidade humana. Perigosíssimo seria, quando tantos lutam dentro do mal pela defesa de tal dignidade, encorajar e aplaudir a multiplicação de poesia como esta, na qual viriam misturar-se quantos mimeticamente preferem nada arriscar, nem em verso. Mas a poesia autêntica não necessita de ser encorajada; antes se acrisola numa solidão que de própria natureza bem conhece. E é ela afinal aquela imagem pura que os outros, os que combatem e se sujam, não devem nunca perder de vista. Porque é da dignidade humana que se atinja a solenidade e a exactidão simbólicas de líricas como esta *Diotima*, de Alberto de Lacerda:

> *És linda como haver Morte*
> *depois da morte dos dias.*
> *Solene timbre do fundo*
> *de outra idade se liberta*
> *nos teus lábios, nos teus gestos.*
>
> *Quem te criou destruiu*
> *qualquer coisa para sempre,*
> *ó aguda até à luz*
> *sombra do céu sobre a terra,*
>
> *libertadora mulher,*
> *amor pressago e terrível,*
>
> *primavera, primavera!*

1956

SOBRE MODERNISMO — INQUÉRITO

Os conceitos, em literatura, como em tudo, afligem-me e repugnam-me um pouco, diria até que muito, pelo que neles se pode insinuar ou ser insinuado quanto a uma idealística legitimidade ou uma permanente significação. A bordar considerações sobre os conceitos, a tentar defini-los com o ar do «et nunc et semper», prefiro francamente a análise irónica das vicissitudes que sofreram, dos interesses que encobriram, das realizações pretensas cuja inanidade mascararam. Sem dúvida que importa meditá-los e nada se faz de útil sem uma clarificada noção do seu sentido. Mas necessário é nunca perder de vista o quanto esse sentido depende de variadas e multímodas circunstâncias, e como, em consequência, as discussões à volta daquele sentido são muitas vezes apenas uma conversa de surdos, de pessoas que, falando línguas diferentes, se não traduzem mutuamente, de acordo com as limitações de idiossincrasia, de educação, de classe, de viabilidade ou inviabilidade nacional da floração de certas formas de cultura, em que se inserem. Pessoas há para as quais uma palavra como *modernismo* nada significa; outras para as quais significa tudo o que vale a pena. E nas primeiras incluem-se, embora incompatíveis, igualmente as que detestam conservantisticamente quanto seja de «vanguarda», e as que revolucionariamente desconfiam de quanto, com certa inadvertência descuidada, acentue demasiadamente uma gratuitidade que é, ou pode ser, sempre servidão noutros planos. Portanto, as discussões sobre o modernismo nas artes e nas letras enfermam entre nós de uma a-histórica e a-dialéctica murmuração entre essas pessoas todas e os seus acólitos. E é claro que nem sempre as paralelas discussões estrangeiras são traduzíveis para um país muito peculiar, pelo menos europeiamente falando. Correm os «expatriados» (e tão expatriados podem ser os que

julgam existir entre nós os casos culturais que europeiamente
os apaixonam nos jornais e revistas, como aqueles que, de olhos
cegamente postos numa melhoria ou modificação radical das
condições sociais, se esquecem das características reais, específicas, da sociedade realmente desastrosa em que vivemos todos)
o perigo de falarem sempre de «outra coisa», de esgrimirem
contra moinhos de vento, deixando incólumes, ao lado, as hidras
do primarismo cultural, da suficiência pedantesca, da verdadeira
miséria moral, quando se não associam inconscientemente com
elas. Correm por causas opostas, idênticos perigos aqueles que,
sem uma superior cultura que os identifique espiritualmente à
mais elevada auto-crítica de que o espírito é internacionalmente
e ecumenicamente capaz, defendam modernismos de lareira ou
tradicionalismos de raiz literata, sentimental, para não dizer
que apenas aquela segurança ilusória que as «tradições nacionais» dão a quem não tem méritos, capacidades ou coragem
para pensar e ver como cidadão do mundo. De modo que a questão do *modernismo em si* me aflige e me repugna, não porque não
acredite nele ou não me tenha interessado saber o que ele será,
mas porque a vejo como susceptível de aumentar, quer a confusão,
que é muita, quer os exercícios de retórica fluida em que tanto
se perde actualmente de inteligência crítica ou apurado gosto.

    No fundo, e hoje e aqui, a questão do «modernismo» é a
questão do tão chorado abismo entre as artes e o povo. Sem
dúvida que é digno verter lágrimas dessas, tentar encher de lágrimas o abismo. Diga-se de passagem, que se tem procurado enchê-lo com palavras, ainda que humedecidas, e com mediocridades, ainda que bem intencionadas. A mim me parece, porém,
que não é de divórcio que se trata, mas apenas de um bem característico susto, de uma ainda inadaptada visão das realidades
sociais do nosso tempo. Esse divórcio suposto, que, apesar de
suposto ou por isso mesmo, nos cumpre ardorosamente combater, existiu sempre — simplesmente não escandalizava. O aumento gigantesco, nos tempos modernos, da quantidade numérica de público virtual apenas pôs terrificamente a claro um facto
civilizacional, apenas acentuou uma desproporção sempre naturalmente existente. Naturalmente, em certa medida e em dependência estrita da civilização em que se verifica; e não sabemos
ainda o que seja *de facto* uma civilização não-assente em qualquer forma de escravatura. Houve sempre «modernistas»; as
querelas dos «antigos» e «modernos» enchem, em todas as épocas,
lugares e campos de actividade do espírito humano, as páginas
da História da Cultura. Mas essas questões não chegavam ao
público, a um público como tal, ao público passivo do nosso
tempo. Repercutiam num público *activo,* directamente ciente
das questões debatidas e participante delas. Um pequeno público,

é certo; mas correspondente, com alguma exactidão, aos «intelectuais» de hoje. A confusão surgiu de se ter dado a *todos* a ilusão, que foi sempre o maior cancro da democracia liberal, historicamente considerada, e é mistificação em que se apoiam as suas sobrevivências e até as suas negações actuais, de só por cristãmente terem um espírito (que podia, é claro, ser honestamente ateu) serem automaticamente, sem esforço, sem clarificação, apenas sendo *como* eram, consumidores de «cultura». Quando a cultura é essencialmente, como a poesia, uma contínua e vigilante educação.

É evidente que *todos* devem ser chamados a participar, e nada de humano se cria sem isso. Mas a participar de quê? Dos aplausos? Da lisonja à preguiça espiritual, à segurança fácil, à demagogia estreita e tacanha? Por certo que não. E, aí está como terá surgido, de par com a revelação da existência de um público grande e ignaro (quando anteriormente, nos tempos de menor desproporção, no máximo se vivera ou «pregara» franciscanamente para ele, guardando para os iniciados as teologias...), o *modernismo* como consciência, não de uma oposição à «escola» imediatamente anterior, mas de uma divergência profunda, essencial, radical, em presença da vida. O carácter experimental, aventureiro, audacioso, quantas vezes tragicamente vazio, do que nas últimas décadas tem sido acentuado como modernismo, está em perfeita conexão com uma atitude espiritual que é filha da cisão que existe, no mundo ocidental (que é com infinitas variações o mundo todo, em que à Europa tradicional está custando tanto o dissolver-se...), não entre letras e artes e o público, o povo, mas entre a *ordem* e a *aventura*. Daí que haja ou tenha havido tantas formas perversas de uma e de outra, como é típico de uma civilização que se dissolve e de outra que surge da recristalização do mais puro que na outra a gerou e paradoxalmente alimentou. Modernismo, hoje e agora, é literariamente ou artisticamente uma *corrente* que passou e deixou naturalmente os seus sedimentos. Mas é, humanamente, o combate contra todas as sobrevivências espúrias, contra a *não-discernida* coexistência (num complexo civilizacional cada vez mais amplo nas dimensões horizontais e na vertical) de camadas diversas, diferentes épocas culturais e mentais, situações contraditórias, desigualdades de acesso à cultura, cada vez mais específicos modos de viver e conceber a vida dentro do quadro portentoso de uma humanidade como nunca se imaginara, senão *in abstracto,* que ela pudesse ser. E é, acima de tudo, uma política cultural, uma corajosa conquista do medo e da opressão, uma livre luta pela integridade do corpo e do espírito, uma desassombrada afirmação de que a vida vale a pena ser vivida quando for garantida, por sobre todas as seguranças e independências que a organização social e a difusão da cultura permitam, a insegurança suprema de sermos mortais e vivermos à maravilhosa superfície de um insignificante globo, dentro de um universo que havemos de dominar. A insegurança última de sermos falíveis, mesquinhos, maus, egoístas, e estarmos sempre à beira do abismo, não de trairmos então o povo ou a arte, mas de nos trairmos a nós próprios e à nossa liberdade.

1956

II

TENTATIVA DE UM PANORAMA COORDENADO DA LITERATURA PORTUGUESA DE 1901 A 1950

(Tetracórnio)

*Vi então o infinito lá em cima e vi-me a mim cá em baixo.
Mais um passo e senti que acabava a vida a fazer paciências.*

RAUL BRANDÃO

*Coração, quietinho ... quietinho ...
Porque te insurges e blasfemas?
Pschiu ... Não batas ... Devagarinho ...
Olha os soldados, as algemas!*

CAMILO PESSANHA

    Todas as comodidades da historiografia ou da celebração literárias são falsas, porque nada se passa como arrumamos no tempo. Não vivem e escrevem os homens segundo os séculos em que os dividimos; e o isocronismo das épocas não é o mesmo para elas e para as ideias durante elas vividas, conforme os tempos e os lugares. Além de que somos sempre levados a subestimar o que nos está muito próximo, a aproximar de nós o que imediatamente antes se situa, e a afastar desmesuradamente, relegando-o para outro tempo, aquilo que muito antes já fora. De modo que, ao procurarmos estudar a actividade literária num dado e arbitrariamente dado período, costumamos fazer tábua rasa das coexistências e até das precedências, cuja consideração perturbaria o harmónico e dialéctico fluxo que nos apraz extrair da confusa vacilação que é a vida intelectual. Assim, aqueles que viveram largos anos nos parecem sempre ter-se sobrevivido um pouco indevidamente, e tanto mais quanto, naturalmente fiéis a si próprios, parecem desajustados de uma fidelidade, que ao lado deles, se entenderá já de outros modos. Se exemplificarmos com a poesia dos fins do séc. XIX e primeira metade deste que é o nosso, a uma geração de Junqueiros, Gomes Leais, Anteros e Joões de Deus renovando o romantismo, se sucederia outra de Cesários e Nobres, sobre a qual se formaria o saudosismo, em reacção ao qual a geração de *ORPHEU*, como aos restos de literatura estabelecida se viria a opor a *presença*, e a esta o ideário neo-realista, do qual outros teriam procurado logo uma superação que agora (dado o número de poetas) parece trocada em miúdos. Nada disto é, porém, exactamente assim. Se, por um lado, muitas figuras não se situam pelo que fazem nos campos em que se colocaram, é, por outro lado, a falta de noção da contemporaneidade, coexistência ou sobrevivência dos mais diversos e até opostos critérios de criação artística ou de elocubração ensaística, que nos faz, perante certas figuras menos «escolares» por mais isoladas (ou outras excessivamente «escolares» pela posição em que as pomos para por elas explicarmos tudo), não saber onde arrumá-las.

Se a vida intelectual é comparável a uma árvore genealógica, preciso será então, para verdade desta, que nela entrem todas as linhagens colaterais, de cujos diversos enlaces com a pretensamente principal surgem atitudes e formas às vezes bem mais curiosas para a interpretação do conjunto. Depois — e esquecemo-nos frequentemente disso — a cronologia das publicações e das vogas literárias raras vezes coincide com a das épocas a que se refere. E, ao longo dos anos dispersas as obras que eles publicaram, não tiveram de seus autores tais épocas a mesma visão conjunta que é a nossa: o que é importantíssimo ter presente para não sermos tentados a estabelecer tentadoras, mas falsas, filiações espirituais.

Olhemos num primeiro relance este meio século. A imagem de um Eça de Queiroz completa-se com a publicação em volume das suas obras póstumas ou dispersas. Gomes Leal, Junqueiro, Ramalho, Bulhão Pato, João Penha, Teófilo Braga, Alberto Pimentel, Wenceslau de Morais, Abel Botelho, Fialho, Bruno e outros, figuras representativas, e algumas gloriosas, das várias correntes que classificamos de novecentistas ou como tal esquecemos, é bem dentro do meio século que morrem, esse meio século a que, lado a lado com o «modernismo», pertencem as evoluções ulteriores de Eugénio de Castro e de Teixeira de Pascoaes. E, se o poeta e ensaísta António Sardinha, nascido no mesmo ano que Fernando Pessoa, pouco sobreviveu a Junqueiro, o grande Mário de Sá-Carneiro, distante de nós mais de trinta anos, morto antes de Teófilo Braga e de Alberto Pimentel, teria só 63 anos, se fosse vivo: apenas menos 14 que o Sr. Dr. Júlio Dantas, sobrevivência oficialmente académico-gloriosa.

Todos sabemos que a história das ideias, das obras e das figuras que preencheram este meio-século está inteiramente por fazer, ou só foi, ainda que resumidamente, empreendida por parcelas e com intuitos polémicos (como, por exemplo, as tentativas já pretéritas dos críticos encartados do «modernismo» para lhe estabelecerem um «pedigree» nacional que é, em Portugal, tradicionalmente negado, por outros não menos encartados, a tudo o que represente um esforço de renovação ou originalidade). E não posso ter nem me pode ser exigido que tenha a pretensão de historiar exaustivamente, sem lapsos nem omissões, no âmbito de um breve ensaio, uma época apesar de tudo rica de figuras, de obras e de ideias.

Devo afirmar que não partilho a vulgar opinião de que não há, realmente, uma literatura portuguesa; e nem sequer a de que, em tal irrelevância, tem particular falta de relevo o meio século agora pretérito, ou de que ele se salva apenas por dois ou três poetas e meia dúzia de páginas de prosa. E chamo a atenção do público e da crítica para o seguinte facto *decisivo* para a compreensão deste meio século: a um primeiro quartel em que, a par de brilhantes renovações, subsiste e se esfuma muito do que situamos no século XIX, sucede um segundo quartel em que a literatura portuguesa viu cada vez mais coarctado o seu livre desenvolvimento e afirmação. Não admira que, assim, o meio século — destinado a uma profunda e contraditória exibição de personalidades e atitudes — a muitos desatentos pareça sombrio e apagado, se sobre ele paira um estendal de sombras, através do qual, aos olhos desabituados ou inscientes, só uma ou outra frágil luz consegue romper. Essas mesmas sombras, ou a tristeza polémica que elas suscitam, têm impedido de serem situadas e valoradas com justiça (justiça pelo menos igual à de que disfrutaram no século XIX ou 1.º quartel deste os corifeus novecentistas) algumas figuras e muitas obras. Porque nos custa aceitar que não tenham sido — porque afinal eram outras — aquilo mesmo que quereríamos nós poder ser.

Pactuando com as classificações por séculos, é-se tentado, para iludi-la, a, em contrapartida a um século XIX que se prolonga neste, ver um século XX surgindo ainda no século anterior. Os movimentos ou as figuras que, no fim do século passado, começam despontando são algo que se opõe ou procura superar as ideologias (se é que se pode dar um nome tão pomposo a um muito banal complexo de palavras e de interesses) dominantes durante o que poderíamos chamar o «liberalismo» e a «regeneração», prolongada esta última, por comodidade, até às crises em que é posta em causa a vigência do regime monárquico. As personalidades de prestígio anterior — um Eça, um Gomes Leal, um Junqueiro, um Ramalho, um Antero, um Oliveira

Martins, mesmo um João de Deus — não podem ser compreendidos inteiramente senão à luz de um intervencionismo na vida social, pelo menos de ordem pedagógica, a que um próprio Castilho e os sucessivos românticos, às suas maneiras, não haviam sido alheios. Absurdo, porém, seria considerar que as gerações seguintes do meio-século se distinguiram por uma abstenção na ordem política. Nos vinte e cinco anos que abrem o século, pode dizer-se que não houve personalidade ou movimento de ideias que não tivesse tomado activamente posição pró ou contra a República que alguns, como o esteticista extreme que foi Teixeira Gomes, serviram dedicadamente. Mas a verdade é que numa nova consciência artística, que se prolongará pelo meio-século (e terá paradigmas de sobrevivência escolar no teatro histórico neo-romântico de Lopes de Mendonça, Marcelino Mesquita e Ruy Chianca), a que será por vezes polemicamente oposto o «exemplo» da geração dita dos «Vencidos da Vida», e segundo a qual é possível a cisão entre a vida artística e a consciência política de um mesmo indivíduo, tem o seu início nas tentativas simbolistas do fim do século, que se complicam de um nacionalismo literário — com bastante infelicidade chamado «neo-garrettismo» — do qual o próprio Eça de Queiroz, apesar de embrenhado na confecção subtil do seu agiológio, fez a crítica justa: «A humanidade não está toda metida entre a margem do rio Minho e o cabo de Santa Maria, e um ser pensante não pode decentemente passar a existência a murmurar, extaticamente, que as margens do Mondego são belas.» E, não obstante, pouco tardaria que a presença lírico-jurídica da Universidade de Coimbra na poesia portuguesa se consubstanciasse numa antologia editada por Afonso Lopes Vieira (quem a reeditasse, com mais umas geraçõesinhas...). Simbolismo e impressionismo arvoram, porém, uma pesquisa «artiste» da personalidade — não a pessoa subjectiva do autor, que, como tal, nem em António Nobre surge, mas sim uma espécie de andar com ela ao colinho —, uma rebusca de solidões literárias, um desinteresse total pelo que não seja a vida nacional reduzida a paisagem do sentimento. Impressionismo estilístico, porém, já o havia, conscientemente, nas grandes figuras da «ínclita geração» do século XIX, e um Fialho de Almeida é depois mestre nele com uma violência que veio a dar uma imagem menor e distorcida nas corajosas tentativas romanescas de um Abel Botelho, complicado de um pretenso cientismo vocabular de que é expoente o ensaísmo entre positivista e metafísico da importante figura que foi Manuel Laranjeira (1877-1912) filho espiritual de Camilo, amigo de Unamuno e poeta curiosamente fruste pela luta entre o cepticismo «científico» e a metafísica impressionista. A sua correspondência, só publicada em 1943, é um documento indispensável para o estudo da época.

Entre 1860 e 1880, nascem algumas das figuras mais significativas do meio-século, como não poderia deixar de ser: Teixeira Gomes, Trindade Coelho, Manuel da Silva Gaio, António Feijó, António Nobre, Camilo Pessanha, Raul Brandão, Alberto Osório de Castro, Eugénio de Castro, Fausto Guedes Teixeira, Cândido Guerreiro, Ângelo de Lima, José Duro, Alberto de Oliveira, Augusto Gil, Carlos Malheiro Dias, Roberto de Mesquita, Bernardo de Passos, Manuel Laranjeira, Teixeira de Pascoaes, António Patrício, Afonso Lopes Vieira, António Correia de Oliveira, João Lúcio. Destes, por mortos antes da implantação da República ou nas proximidades dela, parecem-nos de outros tempos (independentemente da actualidade que a sua categoria lhes confira): Trindade Coelho, António Feijó, Moniz Barreto, António Nobre, José Duro, Manuel Laranjeira, João Lúcio. E, pela proximidade destes no tempo e por se terem sobrevivido embora com uma dignidade, alguns, a que se não prestou ainda a devida justiça, igualmente nos parecem distantes: Manuel da Silva Gaio, Alberto Osório de Castro, Eugénio de Castro, Fausto Guedes Teixeira, Cândido Guerreiro, Alberto de Oliveira, Augusto Gil, Carlos Malheiro Dias, Bernardo de Passos, António Correia de Oliveira. Em compensação: a sempre atrasada publicação das suas obras e o seu prestígio tornam mais próximos de nós um Teixeira Gomes e um Patrício; os casos de Raul Brandão e de Teixeira de Pascoaes relevam da força indiscutível do génio, que os torna de hoje; Camilo Pessanha e Ângelo de Lima surgem-nos como associados à geração do *ORPHEU* a que não pertenceram; um Roberto de Mesquita só recentemente saiu, do isolamento da literatura local açoreana, para o panteão do simbolismo, graças a um artigo de Vitorino Nemésio na extinta *Revista de Portugal* (ou a «maçonaria» açoreana não tivesse de ter também um deus ...); e um Lopes Vieira é uma nobre figura que soube renovar-se com um «modernismo» capaz de envergonhar os académicos modernistas do seu e do nosso tempo, que não era afinal o dele.

Trindade Coelho (1861-1908), Moniz Barreto (1863-1896) e António Feijó (1862-1917), ainda que nascidos escassíssimos anos antes daquele áureo de 1867 que viu nascer António Nobre, Camilo Pessanha e Raul Brandão, são três típicas figuras, que fazem respectivamente a transição da prosa narrativa, da crítica e da poesia dos «parnasianos e realistas» para as que serão inerentes à nova sensibilidade. Há, no primeiro, uma delicadeza e uma limpidez estilísticas, que, em planos diversos, são da essência dos dois segundos. Ia, porém, já longe o tempo dos idílios de Júlio Diniz prolongados em João de Deus, e cuja morte é suavemente dramatizada em *Os Velhos,* de D. João da Câmara. Um impressionismo muito discreto, como de uma raiz simbolista que se ignorasse, distingue-os igual e nitidamente da última fase literária da geração de 70 (à qual devemos descontar o lirismo singelo ou o dramatismo nacionalista com que, panteisticamente, Guerra Junqueiro desenvolverá aquelas das suas virtualidades que lhe permitirão adoptar as habilidades exteriores da estética simbolista). E esse impressionismo, que será em Moniz Barreto penetração psicológica no desfibrar respeitoso dos «monstros sacrés», é em António Feijó uma lancinante ironia com que a poesia se despede — conscientemente — daquela optimística luminosidade com que até aí tonitruara, descrevera, ou chorara as grandes mágoas dos poetas; há nos contos de Trindade Coelho algo desta atmosfera que, em menor escala, se prolongará nas obras de Carlos Malheiro Dias (1875-1941), refugiada num vago historicismo, o qual, mais tarde, daria a direcção da monumental «História da Colonização Portuguesa do Brasil». Um exotismo, cujo culto é de origem e aplicação literárias, será uma das consequências dessa nova sensibilidade, na medida em que, por via de Eugénio de Castro (1869-1944), o movimento simbolista afirmará os seus aparentamentos esteticistas, pomposos, extrovertidos, decorativamente cultos e universalizáveis, em oposição a um pessoalismo individualista que encontrou em António Nobre (1867-1900) a sua máxima expressão, ou a um nacionalismo sentimental não menos pessoalista na sua pretensa ingenuidade, de que, a par do duplo exemplo de António Nobre, foi o teórico elegante, ainda que desconexo, Alberto de Oliveira (1873-1940). Esse exotismo, que já perpassara na sua mais depurada expressão em António Feijó (apreensão de um *exílio* heroicamente aceite) e que marcou Camilo Pessanha (o poeta em que as duas tendências opostas do complexo esteticístico-simbolista melhor se harmonizam, e com uma inevitável pungência que veio a ser tragédia e cisão vertical em Mário de Sá-Carneiro), e de que Eugénio de Castro, misturando-o com as ressonâncias do arsenal da cultura clássica, faz o melhor da sua estranhíssima e subtil bonomia poética — e esse exotismo viveu-o e deu-lhe uma curiosa expressão Alberto Osório de Castro (1868-1946). A Camilo Pessanha — poderá dizer-se que o exotismo o viveu a ele o matou, e que foi esse o preço por que pagou a criação de uma harmonia interior e estilística sem par ou quase sem par na literatura portuguesa. Mas Camilo Pessanha só muito mais tarde vem a ter o favor do público de poesia, depois de andarem de mão em mão os seus poemas dispersos a satisfazer, principalmente, a sede de simbolismo autêntico que seria uma das características essenciais do chamado grupo de *ORPHEU,* nas vésperas de publicação desta revista.

Uma transição, na poesia, do ultra-romantismo que ainda se prolonga no fim do século, para aquilo a que se tem chamado simbolismo, impressionismo, esteticismo, e dando uma nova graça às banalidades rítmicas e um tremor de angústia muito distante de outras correntes em que o parnasianismo se prolongou nos simbolistas «exóticos», é dada por Queiroz Ribeiro (1860-1928), António Fogaça (1863-1888), Eduardo Coimbra (1864-1884), Hamilton de Araújo (1868-1888), cujos nomes, nomeadamente os dos três últimos, devem ser aproximados dos de António Nobre e de Camilo Pessanha, a cujas personalidades iluminam pelo que contém, uns e outros, de denominador comum. De resto, um certo tom desses poetas que a morte simultaneamente propiciou e suprimiu vem realizar-se em Afonso Lopes Vieira. Curiosamente, alguns desses ecos ultra-românticos mesclar-se-ão de um narrativismo parnasiano para constituírem em Eugénio de Castro aquela ténue paisagem do sentimento em que se desenrolará um gosto pelo descritivo, de culto rico-homem rural habituado às delícias da civilização, que foi seu apanágio, e é muito da sensibilidade da época, no que ela tem de oposto às tendêndias do burguesismo frustrado que a personalidade de Nobre aptamente condensou. Mais tarde, quando o saudosismo de Pascoaes tentar uma síntese desses elementos contraditórios, à luz que o idealismo republicano acendeu no espírito do tempo, o tradicionalismo político, com que António Sardinha (1888-1925) reagirá simultaneamente contra a República e contra o que havia de infelizmente comum nela e na monarquia constitucional, encontrará nesse ambiente, para os seus versos e prosas, uma mobília rural de idealizado solar português, cujas formas ecoarão longamente, paralelamente às do saudosismo, nos versos de Afonso Duarte, grande e proteiforme poeta (n. 1886), e virão morrer, feitas folclorismo de um «nonsense» popular iluminado pelas descobertas formais do modernismo francês, em Vitorino Nemésio (n. 1901), cujos contos e outras obras de prosa aliam inevitavelmente, a tal atitude, uma céptica ironia na consideração dos costumes e hábitos populares ou dos pequenos meios açoreanos, em que se haviam estiolado, dolorosamente, os ecos verlainianos de Roberto de Mesquita. O irmão deste, Carlos de Mesquita, foi, com Manuel da Silva Gaio (1861-1934), um dos raros exemplos de crítica esclarecida, culta, informada, que a geração simbolista nos legou. Silva Gaio, filho do autor do famigerado *Mário,* é, como poeta, um dos elos de um sebastianismo poético (dominante na sensibilidade europeia desde a primeira vaga do wagnerianismo) que se estende entre nós, de um Luís de Magalhães, o filho de José Estêvão e amigo de Oliveira Martins, seu prefaciador e também teórico do sebastianismo, até à *Mensagem,* de Fernando Pessoa (1888-1935), que deu uma objectidade emblemática e lapidar ao que também António Nobre tentara (e que não deixou de tentar depois Aquilino Ribeiro e José Régio). Os poemas de *Mensagem* estavam escritos, e até parcialmente publicados, nunca é demais repeti-lo, muito antes de 1935, quando um meio-prémio tentou a apropriação e identificação desse sebastianismo que já tivera uma expressão política na pessoa do presidente Sidónio Pais, por quem Pessoa não se esquecera de chorar lágrimas um pouco diferentes das de uma população que vira nele uma possibilidade de fugir à participação na Primeira Grande Guerra. Contra essa participação havia reagido esporadicamente, por partidarismo político, um Afonso Lopes Vieira, em quem originalissimamente, num tom de poeta menor (a quem a consciência dos seus limites dá grandeza), se cruzavam, do mesmo passo, as ressonâncias de um ultra-romantismo já ironicamente convencional, a doutrinação poética que Silva Gaio tão bem expôs nos seus trabalhos sobre o «bucolismo» (em que se «pastoraliza», nacionalisticamente, a posição simbolista do grupo de Eugénio de Castro, em oposição à doutrinação meramente sentimental e paisagística de Alberto de Oliveira, já referida), e um portuguesismo literário que tivera e ainda tinha então a sua personificação na «ramalhal figura». A subtil fusão destes elementos, a cuja realização formal Lopes Vieira trouxe uma nitidez imagística muito esteticista, até na maneira como serve a sugerir vagos conquanto singelos estados de alma, essa subtil fusão deles com um desespero muito de tradicionalista que encontra o seu ambiente predilecto no saudosismo tão tinto de republicanismo, realizaram-na magistralmente a obra e a vida breve de Guilherme de Faria (1907-29). Contrapartida, sobre estruturas rítmicas da poesia popular e sem rebusca de apoio erudito para além de ecos graciosos de Feijó, desta atitude estética do monárquico Lopes Vieira, foi a poesia de Augusto Gil (1873-1929) servida por um sentimentalismo menos literário, mas demasiado afim do que foi, também com certa ironia a que não faltava muito pretenciosismo fruste, a expressão corrente da sensibilidade burguesa mais comum no princípio do século, degradação final do «idealismo» de João de Deus. Tons dessa mesma sensibilidade, mas complicada de um esteticismo disfarçado em contemplação «pagã» à maneira de Teixeira Gomes, e que foi refúgio de um certo republicanismo culto e racionalista, elevados todavia a uma certa grandiloquência junqueiriana que o simbolismo desenvolvera, encontraram expressão na obra de João de Barros (n. 1881), assim como, coados pelo lirismo evocatório de António Nobre, deram Bernardo de Passos (1876-1930), e vieram ainda vibrar, polvilhados de Cesário, em Fernanda de Castro (n. 1900), e mesmo, numa última reversão, num Cunha Leão. O aspecto sonhador do lirismo junqueiriano, o que poderia definir-se como o seu panteísmo vegetal, confundido com a orientação de que um Sardinha e um Lopes Vieira seriam tão diversamente os melhores representantes, veio diluir-se cada vez mais numa sensibilidade do tipo da de Augusto Gil, em António Correia de Oliveira (n. 1879). Um aprisionamento hábil — que daria longos frutos na poesia corrente dos jornais e das famílias — daquela grandiloquência, mas já de raiz esteticista, em soneto, seria a obra da longa vida de Cândido Guerreiro (1872-1952).

Por outro lado, o visionarismo de Gomes Leal, quase o único da «ínclita geração» a participar fundamente do terror e da tragédia da grande poesia, não encontrou caixas de ressonância nem ambiente propício nas longas décadas em que a si próprio lamentavelmente se sobreviveu, desacreditando-se, de ano para ano, quando a poesia ascendia vaidosamente as escadas de ouro de um esteticismo sem os símbolos que, inconscientemente, já haviam palpitado em belos versos de *Claridades do Sul,* sob a inocência de uma indumentária de recorte severamente parnasiano. Mas há laivos desse visionarismo irregular na obra de um sobrinho do pintor Pousão, João Lúcio (1880-1918), e na pungente «gaucherie» de José Duro (1873-1899), um e outro já identificados com a estética simbolista. A Madame de Noailles do simbolismo português — uma prolixidade erótica, uma imagística impressionista quase sumida no discurso apaixonadamente sentimental — foi Fausto Guedes Teixeira (1871-1940), enquanto, por contraste, uma última metástase do esteticismo, paralela do da condessa, encontra em Florbela Espanca (1894-1930) uma cruciante e esplêndida humanidade, que também aflora no passado poético de Marta Mesquita da Câmara.

O termo «esteticismo», de cómodo que é para caracterizar uma atitude muito comum desde os fins do século XIX até aos anos 20 deste século, é, no entanto, de uso muito perigoso, desde que se não limite, para cada caso, a sua acepção. Há, com efeito e por exemplo, elementos comuns a um Eugénio de Castro, um Teixeira Gomes, uma Florbela Espanca (esta última devendo a Eugénio de Castro, além de muitos adereços da imaginação, uma discreta filosofia poética da inanidade de tudo ante a fuga do tempo, prato de resistência do lirismo português desde os Cancioneiros medievais, que tem alimentado muito boa gente) — elementos esses que é significativo sublinhar sob a designação de esteticismo. Uma certa extensão deste termo é até muito útil para caracterizar também um António Patrício, um Aquilino Ribeiro, alguns aspectos do grupo de *ORPHEU.* Mas há diversas tendências agrupadas nesta designação, às quais a atmosfera social da época deu um denominador comum e até uma terminologia desnorteantemente análoga, e cujo parentesco espiritual não é o mesmo ou não se insere nos mesmos graus da árvore esteticista. Assim, o esteticismo de Teixeira Gomes, comerciante de figos e presidente da República (1860-1940), tem bem mais afinidades com o realismo sobriamente impressionista de Eça de Queiroz e de Ramalho, do qual foi largamente contemporâneo, que com as correntes simbolistas, das quais, todavia, colheu um amoralismo «decadente», de apaixonado diletante da fusão sensual da vida e da contemplação das artes plásticas, literariamente interpenetradas. O seu tão decantado paganismo, em que aflora uma suave e displicente polémica de «grand seigneur», um pouco feito à pressa mas definitivamente «civilizado» num país de pascácios pequenos burgueses, exprime, antes, um hedonístico amor da realidade física, levado à essencialidade figurativa de uma memória que continuamente organiza em festivos quadros a vida que alguma vez os olhos surpreenderam. Só onde o cristianismo for sentimentalismo de sacristia é que o hedonismo de Teixeira Gomes, que o fez escrever das mais brilhantes (no exacto sentido da palavra) páginas da nossa literatura, poderá ser visto como «expressão pagã», classificação muito usada para confundir com esse escritor uma teoria inteira de congeminações jornalísticas sobre as ancas da Vénus de Milo ou do Hermes de Praxiteles e mais objectos gregos com que os medíocres disfarçam as suas inapetências classicistas. Também o esteticismo de António Patrício, uma das grandes figuras do simbolismo português (1878--1930), para o qual escreveu obras primas do conto e do teatro, com todas as qualidades e defeitos da «escola» maeterlinckiana, difere muito do de Teixeira Gomes, e está mais na linha do Eugénio de Castro que escreveu a *D. Constança,* e aproxima-se bastante do seu êmulo em Inezices de Castro, Afonso Lopes Vieira, embora partilhe com Raul Brandão um sentimento da morte e da paisagem marinha, que é ao mesmo tempo da Foz do Douro e da cisão «impressionista» que consumou a crise final do realismo desiludido do seu reformismo político no seio das instituições. Raul Brandão (1867-1930) é uma das figuras grandes da nossa literatura, um daqueles raros escritores portugueses que transcendem o verbalismo convencional (e ele, até as próprias convenções do estilo pessoalíssimo que a si próprio foi talhando na face lacrimosa do génio de Camilo) para atingir, sem ser por acidente, uma visão arrebatadora, ainda que unilateral, da humanidade. Começando a escrever sob a égide do naturalismo impressionista, e participando largamente das ideologias estéticas com que um sentimento do tenebroso e do grotesco, muito de Fialho na esteira de Camilo, se aproximou do simbolismo que, na prosa, não possuía a muleta das sobrevivências parnasianas (que haviam servido magnificentemente a Cesário Verde para atingir uma ressonância baudelairiana diversa da influência superficial dos *Poemas do Macadam,* do «Carlos Fradique Mendes») Raul Brandão foi formando — e um certo russismo literário introduzido então por Jaime de Magalhães Lima apenas terá contribuído para uma atmosfera piedosa de «humilhados e ofendidos», que não podia deixar de ser grata àqueles dos simbolistas que se não satisfaziam com transfigurações literárias da «arte» — uma visão apocalíptica da condição humana a que não faltou o mais desenfreado dos sarcasmos, e que culminou nas páginas do *Húmus*, de *A Farsa*, e na farsa trágica *O Doido e a Morte*, obra prima de teatro português em que é texto quase «hors-série», entre as notáveis obras de D. João da Câmara, que, na viragem do século, em peças sucessivas explorara as diversas correntes dominantes, e as de Alfredo Cortez, que de certo modo a Brandão retorna para regressar a uma violência de sátira social directa e frustemente amarga. Essa visão de uma humanidade mesquinha, empobrecida, esfarrapada, adejando fantasticamente em neblinas tumultuárias, é como que um avatar citadino (embora com todo o furor de uma desolada revolta de uma burguesia dissolvendo-se, sem nunca ter atingido a grandeza, nas ruas provincianas das cidades do Norte do País) daquela mesma visão que, de Cesário, de Nobre, de Camilo, de Junqueiro e de Sampaio Bruno, pouco a pouco um Teixeira de Pascoaes (1877-1952) irá extraindo, para a desenrolar na criação de uma obra extaordinária, pelo fôlego e pela profundeza da inspiração quase sem par na poesia portuguesa. A sua visão do poeta como propiciador de uma ascenção espiritual do homem até à criação da divindade, em que se transforma a derradeira mensagem anteriana da perfectibilidade individual pelo amor, procurou dar uma universalidade racional o esforço especulativo, mas sobretudo oratório, de Leonardo Coimbra (1883-1936). O republicanismo da «Renascença Portuguesa», o grupo bastante heterogéneo que se reuniu à volta do prestígio destas personalidades, ecoa, no que pareceu a desordem partidária dos primeiros tempos do regime, o ideal de pureza teórica das instituições a que já o Porto dera uma primeira expressão — e último alento de um radicalismo burguês — com o «31 de Janeiro». Mas, seguindo um pendor espiritualista, muito significativo de agrupamentos sociais para os quais a estrutura da sociedade não era causa ou efeito dos desequilíbrios políticos (e os aspectos até essa época meramente financeiros das crises de um Portugal sem fontes de energia nem consequentes indústrias de transformação não propiciavam ainda um sentido das realidades sociais), entendeu essencial, e com ele grande parte da população culta não comprometida na política de qualquer cor, uma obra cultural para a qual vieram a contribuir, directa ou indirectamente, muitos dos eruditos e publicistas que haviam dado certa estruturação concreta às diversas tendências que desde o fim do século se prolongavam. Por outro lado, o pedagogismo cultural da «Renascença Portuguesa», a que se mistura muita «artisterie» de um decadentismo literário já apenas dado à efusão verbal glosadora de paisagens crespusculares, cindia a contradição que já, muitos anos antes, Cunha Seixas denunciara na doutrinação de Teófilo Braga; e, tomando para si um monismo perigosamente afim do materialismo pseudo--científico de origem alemã (Haeckel, Büchner, etc.) contra o qual reagia, rejeitava o positivismo que, a olhos espiritualistas do tempo, se confundia aliás bastante com aquele. No entanto, a monumental e iniciadora trapalhada erudita com que Teófilo Braga dera um conteúdo positivista à sua visão nacionalista da história literária inspirou largamente a limitação provinciana do lirismo saudosista, e não admira que, por esse mesmo conteúdo, em que um Maurras se reconheceria, viesse a informar, só na aparência paradoxalmente, o «Integralismo lusitano». A *Seara Nova*, com António Sérgio (n. 1883, cujos ensaios prestigiaram um respeito pela crítica intencional e esclarecida, e tiveram um discípulo directo no gosto estético, mais apurado, de Castelo Branco Chaves) e Raul Proença (1884-1941), tomará posição, simultaneamente contra aquele último, contra o saudosismo e contra o que a muitos se afigurava um grosseiro pragmatismo político dos partidos de então, ainda em nome de um pedagogismo cultural como o da «Renascença Portuguesa» (mas pugnando, sem intenções estéticas, por uma clarificação racional das ideias), propondo aos políticos uma mesma imagem de idoneidade moral que só individualmente (e por raros que não precisam de ser doutrinados) pode ser atingida, quando se não modifica estruturalmente a distância intelectualista entre a teoria e a prática. As «páginas de política» de Raul Proença são o mais nobre documento dessa trágica distância, reflectida no intervencionismo da coerência e da dignidade espirituais.

Por sobre e a par destas polémicas, procurou Pascoaes dar uma teorização do seu lirismo que, despojado da fulgurante ressurreição do priscilianismo galego (corrente subterrânea das literaturas e da religiosidade da faixa ocidental da Ibéria) e da transfiguração deste numa concepção heróica da saudade como síntese do cristianismo e do paganismo (em que, mais uma vez, aflora o esforço de superar aquela mesma contradição que vem sendo um dos dramas íntimos da consciência poética, desde que se desconjuntou a ilusão romântica dos alfabetizados como porta--voz de exigências sociais que a política pôde ainda por algum tempo traduzir em termos de liberalismo económico), se prolongará num lirismo de brumas, de espectros, de sombras, de *ausência* personalista, de toda aquela imagística da água, que Américo Durão (n. 1893) definiu decisivamente num justamente célebre soneto. O esteticismo inerente à posição saudosista, bem como o nacionalismo sentimental e votivo, que aquela partilhara com outras correntes, vieram a dominar a poesia de Mário Beirão (n. 1892), de longe, nos seus melhores momentos que preludiam um populismo transcendendo o regionalista, a mais original do grupo que rodeou Pascoaes. O mesmo se poderá dizer de Jaime Cortezão, mais tarde dedicado ao historicismo, que, numa posição muito afim da que será de João de Castro Osório, prolonga, porém, o franciscanismo que foi um dos motes mais duradouros do saudosismo. De resto, a sensibilidade saudosista, pelo que permitia de evasão a uma consciência de drama pessoal, e de transformação da situação do espírito em estado de alma, por via de um formalismo da sensibilidade vaga do êxtase paisagístico (tão do agrado do homem citadino ainda saudoso dos campos, como do homem dos campos com exigências de indefinido espiritualismo de reacção citadina), proliferou larga e longamente, e pode dizer-se que marcou, por um ou outro dos seus múltiplos aspectos, a quase totalidade da literatura portuguesa subsequente, sobretudo naquelas personalidades de natureza menos rebelde, menos criticamente exigentes de uma identificação com internacionalizadas correntes da cultura. Foi de resto o problema desta indentificação que levantou contra essa sensibilidade movimentos sucessivos, nos quais terreno favorável à concretização de virtualidades que o saudosismo neles iludia encontraram poetas como Afonso Duarte, António de Sousa (n. 1898), Campos de Figueiredo, e Pedro Homem de Melo (n. 1904), este último em quem repercutiam nacionalismos de Lopes Vieira e Sardinha, subtilizados por uma das mais comoventes vocações líricas do nosso tempo, que soube extrair da paisagem saudosista e do tradicionalismo uma autêntica vivência culta do ruralismo aristocrático do Minho. Um Anrique Paço d'Arcos (n. 1906) foi paralelizando uma expressão intermédia ao saudosismo e a António Patrício, alheio a tais renovações. Posição análoga, sustentada, porém, por aprofundado conhecimento dos clássicos portugueses, de quem tem sido, com apaixonada estreiteza patriótica, um meritório e inteligente divulgador, é a de João de Castro Osório (n. 1899) que colheu poeticamente do saudosismo e do esteticismo a este confundido a concepção autoritária da saudade, que seria possível um Álvaro Ribeiro, discípulo de Leonardo Coimbra, mas remontado ao eruditismo teocrático de Sampaio Bruno, e prolongando artificialmente, na suspensão das garantias intelectuais, a polémica de 1912 à volta do «saudosismo», teorizar pedagogicamente como esquema subterrâneo de uma socio-filosofia portuguesa, a que viria aderir um Joaquim de Carvalho, erudito da história da filosofia e, bem significativamente, estudioso de Antero. Todos os rapazes em quem Leonardo Coimbra inoculou, pela propaganda retórica, uma consciência metafísica, contra a qual se erguiam igualmente, também sem altura sistemática, as sobrevivências positivistas e a reacção racionalista (de pedagogismo temeroso do salto, tão fácil num país sem tradições de liberdade especulativa, da fantasia sentimental à metafísica fantasiosa, sem a fiscalização do claro idear) de um António Sérgio, se fecharam embora de um ou de outro modo, neste círculo. E porque, no plano estético, esse mesmo círculo já fora quebrado, muitos anos antes, por quem o levara ao máximo polimento dialéctico — Fernando Pessoa —, só lhes restaria, como restou, o refúgio num filosofismo esteticista (muito distinto, aliás, de correntes estrangeiras que assim poderão ser apelidadas), de que serão os melhores expoentes: Augusto Saraiva, teorizador tardio de um humanismo democrático de ordem estética, cuja estruturação racional faltara à «Renascença Portuguesa», José Marinho, cujo pensamento procurou expôr-se na coordenação do do Mestre, Santana Dionísio, que estabelece uma posição de compromisso com o agnosticismo inerente à *Seara Nova* (cujo melhor representante é o moralismo aforístico de José Bacelar, ensaísta do «senso comum»), um Delfim Santos, talvez de todos o mais apto à especulação filosófica num sentido universitário que em Portugal não há. E deve notar-se que Augusto Saraiva não foi, propriamente, discípulo de Leonardo, mas do ambiente com que, então, o Porto dominou fugazmente, numa derradeira lucilação de dignidade romântica, a cultura portuguesa. Um certo radicalismo político que foi, aliás, uma das atitudes do esteticismo (por oposição do artista ao «filisteu») e é subjacente ao visionarismo de um Raul Brandão veio, no seio da «Renascença Portuguesa» ou suas proximidades, a ter expressão na obra demasiado incerta de Vila-Moura, típico representante da final deliquescência simbolista (como Antero de Figueiredo, contrapartida prosaica do católico Correia de Oliveira), e não deixou de aflorar nos romances de Manuel Ribeiro, mesmo depois de o ruralismo tradicionalista, em que se integrou, ter só na aparência subvertido uma escala de valores afinal muito comuns. Desse radicalismo esteticista que se confundirá com o «sensacionalismo» de magazine (degradado do que fora, post *ORPHEU,* pregado por Pessoa acidentalmente) de que António Ferro foi, com a *Leviana,* um dos mais típicos representantes, brotarão as primeiras tentativas romanescas de um Assis Esperança e até de um Ferreira de Castro antes de descobrir a sua experiência pessoal, as quais, assim, de certo modo parecem integrar-se num pretencioso ficcionismo de raízes análogas às de Malheiro Dias, em que avultaram um Sousa Costa e um Samuel Maia, e que teria tido a contrapartida teatral num Ramada Curto e em Virgínia Vitorino. Com melhor consciência romanesca, uma posição afim de Manuel Ribeiro seria assumida mais tarde por Francisco Costa, assim como J. Paço d'Arcos desenvolveria com dignidade e em moldes apurados do naturalismo narrativo, uma saga em extensão da alta sociedade lisboeta. Novo retorno destas correntes à ironia sentimental e concisa da paterna *A Cidade e as Serras,* mas com uma polpa subtilizada pelo modernismo, representa-o Tomaz Ribeiro Colaço, com umas ressonâncias românticas mais do ambiente da sua ascendência que de um literalismo pseudo-romântico que se prolongasse nele, e em que, por seu lado, um Carlos Selvagem se teatralizou e ao ruralismo tradicionalista. Paralelamente, da desarticulação artística do verso popular que Lopes Vieira efectuara, do esteticismo ambiente e de uma purificação muito directa e pessoal do tradicional sentimentalismo que só a atenção personalista com que o grupo do *ORPHEU* se opusera ao saudosismo tornaria possível, criou António Botto (n. 1902) uma obra lírica de profunda projecção formal na evolução da poesia, e que, sujeita a violentos ataques, foi, por uma curiosa coincidência de razões diversas, sucessivamente aclamada por um Teixeira Gomes, um Fernando Pessoa e os críticos da *presença.* Com efeito, se o primeiro apoiava paternalmente um exemplo da sua requintada franqueza esteticista, o segundo propunha pedagogicamente ao respeito um artista do sentimento e do verso que a tradição de hipocrisia sócio-literária não inibia, enquanto os terceiros manifestavam assim a isenção do seu humanismo literário. Da discreta revolução formal operada por António Botto com a hábil introdução de um valor rítmico e emotivo das pausas e das elisões sentimentais, colheu um Alberto de Serpa (n. 1906) o primeiro alento para o seu lirismo suave que saberá prolongar-se num tom conversacional em verso livre, e a que a convivência com os homens da *presença,* o prestígio do modernismo brasileiro e da poesia sucessivamente publicada de Fernando Pessoa, e um catolicismo burguesmente dominical farão constantemente oscilar entre o anedótico sentimentalista e uma emoção indignada de original poeta do recato quotidiano perturbado pelas convulsões do mundo. Comparável, e no entanto muito diversa, é a posição de Cabral do Nascimento (n. 1897), cujos primeiros versos surgem sob a égide não tanto do esteticismo sobrevivente, mas da ressurreição dele que é uma das características do complexo de tendências do grupo do *ORPHEU;* e cuja poesia como de um Feijó depurado ao contacto da displicência lírica de certos clássicos, é uma das mais curiosas expressões do desencanto, já nem sequer nihilista, do último esteticismo, que longamente (numa variante — *poeta* predestinado *versus* filisteu — da oposição do artista «requintado» à sociedade «grosseira») ecoará, até formalmente, na obra de José Régio (n. 1901), paradoxalmente o menos moderno dos modernistas e o maior corifeu daquela *presença* que estabeleceu criticamente o triunfo do modernismo e lhe restituiu parte do sentido de humanismo individualista que os devaneios «estéticos», significativamente consignados nas revistas que continuaram o *ORPHEU (Contemporânea, Centauro, Exílio,* a própria *Athena* de Fernando Pessoa), teriam esfumado, se as não garantisse, de certo modo e principalmente, o Álvaro de Campos só há poucos anos revelado em volume (recente exemplo deste esteticismo de origem «órphica» é o surrealismo aparente de Ruben A.).Compreende-se que, no plano crítico estabelecido pelo ensaísta encartado do grupo «presencista» hoje disperso, João Gaspar Simões (a quem o «modernismo» deveu imenso da chegada ao grande público, e ele próprio experimentador de várias «saídas» para o romance português, antes de dar-se às biografias monumentais em equilíbrio sobre o palito freudiano), se desencadeasse o choque entre o humanismo estético e o esteticismo humanista e regionalista de Aquilino Ribeiro (n. 1885). A obra deste grande escritor é uma curiosa encruzilhada, na qual se interpenetram diversas correntes que o modernismo absorveu ou anulou (para mais tarde, numa reacção dele mesmo, tentar recuperá-las). Um cepticismo um pouco sonhador, de tradição queirosiana, revivifica-se nele ao contacto do literatismo de Anatole France, para, por seu turno, contrastar criadoramente com um primitivismo regionalista, muito camilianamente próximo da terra e do alfarrábio, de grande poder de evocadora emoção dentro dos melhores hábitos de um sentimentalismo romântico, pudicamente escondido nas dobras de um estilo transfiguradoramente poético, mais atento ao seu próprio ritmo de circunlóquio narrativo que a um construtivismo romanesco. Esta última característica — a falta de um construtivismo romanesco à moda do século XIX francês, inglês ou russo, que então se redifundia culturalmente nas populações universitárias das províncias europeias, com a correlativa coerência psicológica das personagens e da narração — foi a base da queixa dos críticos «presencistas» contra a ficção nacional (os da *presença* e seus continuadores directos ou indirectos como um Albano Nogueira ou um Franco Nogueira, mesmo um Guilherme de Castilho, o biógrafo modelar de António Nobre), e dela se fez mais tarde, nas polémicas do «neo-realismo», uma pregação, que nunca houvera em teoria ou prática efectiva, de uma introspecção esteticista. Tentativas de uma tal introspecção haviam vindo até de sectores diferentes, como as primeiras obras de um Rodrigues Miguéis, que viria a empregar, em contos sucessivos, várias dessas e doutras tendências literárias (desde o regionalismo esteticista ao citadinismo directo dos americanos de Entre Duas Guerras). E são patentes, com um lirismo evocador mais de rememoração passadista de um aristocratismo de Entre-Douro e Minho, na obra notável de Tomaz de Figueiredo. Aliás, aquele cultismo regionalista de Aquilino, bem como uma ferocidade superficial que não deixara de haver em Raul Brandão, vieram encontrar, no seio poético do modernismo, e através de ecos coimbrões de Afonso Duarte, um excelente terreno no poeta Miguel Torga, eminente contista, inicialmente émulo, mais directo e menos esteticista, do calvinismo de tradição gomes-lealesca do Régio grande escritor, e a certos títulos que não o da prosa narrativa serenamente comovida, um simbolista retardado até pelo espectacular «patriciano» de algum do seu teatro admirável, e como que anterior à revolução do grupo de *ORPHEU,* cujo alcance, todavia, foi dos primeiros (antes de alguns daquele grupo) a compreender. Se o grupo presencista se rebelara, em nome da «literatura viva», contra a «literatura livresca» a cujo hálito floriam persistentemente as flores artificiais de um lirismo da «distância», o grupo de *ORPHEU* reagira, nitidamente, contra o aspecto mais originário do saudosismo: o lirismo da «ausência». Mas, quer em *ORPHEU,* quer na evolução de algumas das personalidades que o constituíram, havia tendências mais complexas, subjacentes ou representativas daquilo que é costume chamar a complexidade de um Pessoa ou de um Sá-Carneiro (1890-1916). De facto, em *ORPHEU,* de 1915, como em *Portugal Futurista,* de 1917, há diversas tendências que se sobrepõem, confundem, ou até divergem, independentemente do que de contraditório se queria ver numa personalidade rica como a de Fernando Pessoa, sem dúvida uma das mais poderosas figuras de intelectual e escritor que Portugal tem produzido, a par de ser, com Sá-Carneiro, um dos momentos mais gloriosos da poesia portuguesa. O que cinde Pessoa e os seus companheiros, do grupo, ou melhor, da ideologia dominante do «saudosismo», é precisamente a questão de uma pureza esteticista que, em Pessoa, sob a égide do esteticismo pateriano e wildeano que havia sido o ponto de partida extra--escolar da sua cultura britanizante (sempre de tradição tão esteticista a ouvidos portugueses, com a concepção do poeta como *craftsman,* essencial para a compreensão de Pessoa), e, nos seus companheiros, embebidos juvenilmente de uma retardada contemplação do simbolismo francês e português mais autêntico — a voga de Camilo Pessanha, criada por Pessoa e por eles, é bem significativa, como a consagração de Ângelo de Lima (1872-1922), cuja poesia é a música mais angustiosa do simbolismo português —, se reveste duma exigência de transposição rigorosamente formal das sensações e das emoções (e não do sentimento, como iam fazendo os prolongamentos saudosistas). Assim, paradoxalmente haveria em todos eles muito Eugénio de Castro aplicado a fins expressivos de António Nobre, menos por retorno escolar que por necessidade ineluctável de exprimir, numa linguagem em que se haviam formado, a derrocada da personalidade unitária, correspondente à sociedade liberalmente imperialista que, na Europa, se estava entredevorando. Alguns deles, como Luís de Montalvor (1891-1944) e Alfredo Guisado (n. 1891), nessa linguagem se confinariam e deixariam alguns interessantes espécimes de um post-simbolismo que viria frutificar, arejado por um arcadismo formal reelaborado por Pessoa, em Carlos Queiroz (1907-1949), cujos poemas, por outro lado, ecoam, com um desapego ternamente irónico, muito pessoal, uma atitude saudosista semelhante à de Guilherme de Faria, nascido no mesmo ano que ele. Armando Côrtes-Rodrigues (n. 1891) igualmente voltaria, por outros caminhos e sempre manchado da extrema arte com que criara a Violante de Cysneiros, àquele franciscanismo sonhador que já fora, como vimos, uma das penas da *Águia,* órgão da «Renascença Portuguesa». Mas a revolta do *ORPHEU* era mais vasta, e paralela do futurismo italiano e do unanimismo francês seus contemporâneos (raro exemplo de contemporaneidade com a Europa na cultura portuguesa, sempre adiantada em prógonos que ninguém reconhece, ou atrasada em epígonos que se está mesmo a ver que são de aclamar), conforme o demonstram, utilizando um formalismo panfletário e apostrofante whitmaniano, comum também àqueles movimentos, as grandes *Odes* de Álvaro de Campos: uma tentativa para fazer entrar no lirismo o ambiente citadino e industrializado que o «ausentismo» post-romântico tentara suprimir — é certo que, no caso do «saudosismo» e de certo esteticismo português, muito mais como expressão de um ruralismo persistente na estagnação económica do país, que como fuga intelectual à subversão do «artista» no expansionismo económico-social das massas. Por outros meios, forjados aliás na própria linguagem do simbolismo com uma riqueza dramaticamente expressiva, rara na poesia portuguesa sem que a retórica substitua a sinceridade poética, o próprio Mário de Sá-Carneiro introduziu um prosaísmo (afim do de Cesário Verde, que ele e Pessoa muito admiraram, e não do de Eugénio de Castro, oriundo de um aristocratismo classicista) que, por contraste, melhor sublinha a cisão da consciência. Pode dizer-se que um recuo desta cisão para a abstracção metafísica de um maniqueísmo alegórico marca de uma afinidade com esta cisão exemplar de Sá-Carneiro a poesia de José Régio. O empírio-criticismo esotérico de Alberto Caeiro, se originariamente fora uma crítica do transcendentalismo saudosista, nele cristalizou Pessoa, com um desassombradamente trágico vigor que o «discípulo» Álvaro de Campos continuará impiedosamente, a intelectualização crítica das emoções, com que, invertendo a emocionalização de um pensamento, dominante na poesia corrente, se redescobriram algumas constantes da grande poesia, que andavam perdidas no predomínio de outras. Também o «paganismo» dito de Ricardo Reis, no seu epicurismo que marca um aprofundamento polemicamente culto de paganismos que o esteticista Pessoa, ascendido a uma visão transcendental do universo (de onde o poeta descia a fazer poesia numerosa e diversamente *imanentista* do Homem em presença do seu nada), temia de ver, no saudosismo, dar filhos católicos do casamento rústico com o cristianismo, esse «paganismo», apenas artificial no inevitável de uma forma alatinada, é um dos muitos aspectos pelos quais Pessoa evoluiu daquela mesma poesia sentimental a que, ortonimamente, se sentia amarguradamente ligado, apesar da flexibilidade británica da linguagem, que nele acabou por absorver os formalismos comuns ao grupo do *ORPHEU*. Todavia, a consciência «órphica» de um revolucionário retorno às origens (que o ocultismo de Pessoa ou o profetismo desvairado de Raul Leal por outro lado apontam), mas gerada pelo conhecimento do «fauvismo» e do cubismo, dá-la-ia o pintor José de Almada Negreiros (n. 1893) na prosa certeira dos poemas de *A Invenção do Dia Claro* ou no realismo simbólico de *Nome de Guerra,* uma das obras primas do romance português do meio-século; o seu experimentalismo de teatro de vanguarda encontraria ecos diversos, sobretudo em Branquinho da Fonseca (n. 1905), um dos fundadores da *presença* (como Edmundo de Bettencourt, n. 1899 e delicado poeta de uma contenção que contrasta com a sua celebridade fonográfica de fadista), contista em que se rejuvenesceriam admiravelmente harmonizadas as tendências que um Miguéis tentaria em sucessivos contos, e poeta de expressão discretamente imaginosa. Esse mesmo vanguardismo teatral, embora com raízes formais no teatro francês chamado de «ideias», terá comedida mas significativa expressão em João Pedro de Andrade, e ainda repercute em Luís-Francisco Rebello ou Romeu Correia. O futurismo que perpassou no grupo do *ORPHEU* continuou-se na poesia de António de Navarro (n. 1902), ligado à *presença,* em quem uma fascinação do vocabulário tecnicista foi sendo superada, e de passo com certos farrapos esteticizantes de duvidoso gosto, por uma metaforização de acumulação progressiva, susceptível de uma rara efusão lírica. Outros poetas notáveis, igualmente ligados à *presença,* são Francisco Bugalho (1905-1949) e um irmão de José Régio e pintor, Saul Dias (n. 1902), poeta que fixou, numa imponderabilidade como que herdada de Pessanha, um original sentimento mágico do quotidiano. No primeiro, porém, dentro de uma simplicidade com raízes nos anteriores decénios, há uma emoção que o modernismo libertou, como já se verificara com o lirismo entre sentimental e sarcasticamente pré-surrealista de António de Sousa, ou o de José Gomes Ferreira (n. 1900), poeta vindo também dos ecos do «saudosismo», e que encontrará, numa linguagem paralela à de Álvaro de Campos permitindo-lhe realizar num novo expressionismo à Brandão, da melhor poesia sentimentalmente panfletária, sonho sem forma do «neo-realismo» que o aclamou. Também num expressionismo, mas misto de tradicionalismo normal, se fixou a poesia, um pouco conceptista, de Armindo Rodrigues (n. 1904), poeta surgido, porém, já no âmbito de movimentos ulteriores a que deveu muito do tom juvenil da sua poesia, como aliás fora sucedendo a Afonso Duarte, a quem o contacto com a *presença* e o *Novo Cancioneiro* depurou de acessórios, deixando-lhe apenas um bucolismo agreste de velhice irremediável, em que surge uma das mais claras vozes do modernismo. Duas figuras marginaram o movimento modernista notavelmente: Mário Saa e António Pedro (n. 1909), o último dos quais para, integrando num delicado sentimentalismo à Guilherme de Faria um sentimento muito vigoroso de plebeísmo artístico à Aquilino, vir a ser, depois de várias aventuras de vanguarda, uma das personalidades influentes em gerações recentes e criar uma das obras primas da prosa contemporânea na narrativa surrealista *Apenas uma Narrativa*. Quanto a Mário Saa, investigador infeliz de semitismos e erudito camoneanista naturalmente esquecido pelos proprietários culturais do épico, renovou, na esteira do *ORPHEU* e no culto dos clássicos «excêntricos», a cadência impetuosa das xácaras tradicionais, com uma graciosidade sadiamente isenta de sarcasmo ou melancolia, invulgar no modernismo depois em luta consigo próprio no seio de uma sociedade burguesa onde a falta de liberdade de informação não permitiu a característica formação de um snobismo; e a sua *Explicação do Homem* é dos melhores exemplos da prosa desvairadamente racional, como Pessoa e Almada a praticaram, e um Manuel de Lima, tentou, um pouco pitigrilescamente, adaptar a uma ficção vagamente satírica.

Paralelamente a estes movimentos e tendências, com os quais por vezes se confundiram, seria profundamente injusto não apontar figuras interessantes, ou até notáveis, como um Pina de Morais, um dos poucos prosadores cujo vigor a corrente saudosista não diluiu (à excepção, é claro, do fundador vacinado pelo génio, o Pascoaes das conferências, dos agiológios «pro domo sua» e de muita prosa que pouca gente se habituou a considerar o que é: grande poesia); uma Irene Lisboa, escritora originalíssima, de um aparente primarismo desafectado que é intelectualização subtil; uma Maria Archer, autora de algumas obras primas do conto português pela concisão dramática de um estilo despojado; um João de Araújo Correia, cujo regionalismo é apenas capa de uma curiosidade muito lucidamente humana; uma Raquel Bastos, de estilo imaginoso e límpido; um Domingos Monteiro, cujo realismo simbólico se aparentaria com o de Almada, se não tivesse origens na literatura portuguesa anterior; um Olavo de Eça Leal, poeta e prosador, que trouxe um tom de leveza autêntica (e não académica) e de humor a uma época como a do criticismo *presencista* aliás renovador do prestígio da crítica, mas de tendências conspícuas para o aconselheiramento do modernismo; uma Manuela Porto, escritora comoventemente frustrada, mas de cujas recitações inesquecíveis a poesia dita modernista teve, por largo tempo, dependente a sua difusão; um Manuel Mendes, cuja ficção margina discretamente a crónica; um Aleixo Ribeiro, que aplicou habilmente a um populismo sentimental — com tradições lisboetas desde o romantismo e uma singela exemplificação na *Novela do Amor Humilde,* de Norberto de Araújo, ou nos reflexos citadinos que estruturam certos poemas de António Botto —, de aproximação com o «neo-realismo», um psicologismo discreto de rememoração da adolescência. Aliás, o tema da adolescência, em diversos sectores da ficção, teve grande voga, inevitável entre homens que viram politicamente anuladas as suas virtualidades de realização viril. Páginas notáveis em volta deste tema, numa linguagem narrativa muito viva, que foi um dos anseios do «neo-realismo» sempre contraditoriamente submerso nos últimos ecos jornalístico-estilísticos do saudosismo, escreveu-as Marmelo e Silva, como da infância escreveria notavelmente Joaquim Ferrer, autor de *Rampagodos.* Na poesia, tais ecos, aliados a uma digestão conscienciosa de Fernando Pessoa e de certo formalismo «presencista» (aquilo que em muitos dos poetas da *presença* era persistência estilística de sentimentalismos imagísticos) e até do artificialismo das traduções de Rilke e de Hölderlin por Paulo Quintela, criaram um ecletismo literário, de índole aparentemente «modernista», naturalmente adaptado a uma quase oficialização, mas de cuja numerosa teoria merecem especial referência, pelo apurado equilíbrio dos seus versos, António Manuel Couto Viana e David Mourão-Ferreira, também hábil crítico. Nas margens desse ambiente morno que antecederam, destacam-se: a poesia de Natércia Freire, muito afim do realismo fantástico de Raquel Bastos que igualmente se nota na prosa de Maria da Graça Azambuja, a obra de Sebastião da Gama, cuja vida breve não permitiu que o Correia de Oliveira fosse nele inteiramente suprimido pela desafectação de sentimento puríssimo, e a crítica de António Quadros esforçando-se por uma imparcialidade inconformista que aflora aos seus poemas.

Mas tudo isto estava sendo posterior à eclosão do «neo-realismo». Embora este não tenha criado uma linguagem própria, vem ela sendo forjada, pouco a pouco, e como não podia deixar de ser, por aqueles que tinham de facto alguma coisa a dizer como neo-realistas (e não como cidadãos empenhados confusamente em demolir aqueles a quem mais deviam a linguagem com que proclamavam o que não poderia ser posto em letra de forma — e algum do formalismo que veio a servir conformistas de hoje geraram-no eles, paradoxalmente, a partir da expressão de certos «presencistas» e personalidades vizinhas, que prolongava elipticamente uma desatenção aos problemas do mundo, ainda não sacudida por momentos decisivos, provocados pela vitória das democracias na Segunda Grande Guerra, e que muito contribuíram para elucidar confusões que o partidarismo polémico tecera). O neo-realismo manifestou um duplo aspecto: não só um certo anseio de renovação literária que a fragilidade de muitas das obras produzidas não serve a desmentir, mas também o regresso, à literarura, da consciência de uma missão fecunda de crítica social. Sem dúvida que, servida na maior parte essa consciência por uma inadaptada e não-realista visão do meio, e prejudicada por consabidas dificuldades, que desculparam muita inapetência, não veio ela a ultrapassar poeticamente, senão em raros exemplos, uma oscilação entre apóstrofes a Álvaro de Campos (patentes em Joaquim Namorado) e uma genealogia coimbrã que, por Afonso Duarte e Miguel Torga, já identificámos, e que um Políbio Gomes dos Santos, morto jovem, e um João José Cochofel adaptaram à nova temática (e não devemos esquecer Álvaro Feijó, cuja evolução cortada pela morte, talvez viesse a ser decisiva nos destinos imediatos da poesia neo-realista). E sem dúvida que o prestígio e a influência do modernismo brasileiro — sobretudo o romance «nacionalista» posterior à renovação poética, largamente difundido por ensaístas da *presença* ou por José Osório de Oliveira (a quem se deve, além disso, muita da atenção que então mereceu entre nós a eclosão, no encalço do Catulo da Paixão Cearense que foi Eugénio Tavares, de uma literatura cabo-verdiana curiosamente paralela — um Jorge Barbosa, lancinantemente prosaico, um Baltazar Lopes, autor da bela obra que é *Chiquinho*) — facilitou até ao «pastiche» a reaparição, no «neo-realismo», de tendências ruralistas que não encontravam no regionalismo esteticista um ambiente propício, como um Loureiro Botas encontrara ou mesmo um Castro Soromenho que o amplificara à África, no encalço de escritores como Julião Quintinha, até que, em obras sucessivas, purificadas no crisol do não-reconhecimento por parte das capelas «neo-realistas», veio a escrever uma obra prima destas e do romance ultramarino: *Terra Morta*. Uma poesia de inspiração colonial autóctone iniciou-a Francisco José Tenreiro, e é por enquanto cedo para prever o desenvolvimento que possa ter. A repetição do «cliché» ruralista ou populista emoldurado em alusões de catecismo, que ainda persiste, (foi talentoso exemplo dessa fotografia formal o poeta Sidónio Muralha) acabou por revelar nitidamente quanto o processo tinha de «escolar» e alheio, portanto, à própria missão superior de esclarecimento das massas. Mas não menos revelava a chegada, às lides literárias citadinas, de uma pequena burguesia provinciana, na qual a alta cultura literária, distanciada de uma consciência de ascenção social, não exercia já qualquer fascinação. Curioso é notar quanto o conformismo estético, anteriormente descrito, em grande parte representa o cansaço e a desilusão de algumas personalidades que, oriundas dessas camadas, se confinariam num literatismo sem horizontes culturais ou sociais para além do retrato no jornal. No entanto, escritores houve que transcenderam esta problemática íntima, com um vigor excepcional que o carácter restrito das suas evocações provincianas não deve encobrir-nos: os poemas e os contos de Manuel da Fonseca, são deste ponto de vista, exemplares. E, surgida sob aquele signo abrasileirante e o da popularidade crescente da obra de Ferreira de Castro (já então o escritor que melhor representava, simultaneamente, a persistência do naturalismo tradicional adequado aos hábitos de ficção do maior número, uma vivida experiência de essencial interesse para uma sociedade dependente da «árvore das patacas», e uma oculta e generalizada aversão do público médio pelo aprofundamento estético da transmutação artística — aspectos que o não impediram de ser, com dignidade indiscutível, um escritor de primeira plana), a obra de um Alves Redol sofreu bastante das aclamações tendenciosas com que foi saudada: irregular e por vezes de mau gosto, representa, porém, uma crescente superação das mais diversas limitações, entre elas a própria evocação lírica que não havia inibido Soeiro Pereira Gomes de criar, linearmente, do melhor que o «neo-realismo» produziu.

Hoje, o equívoco *literário* do «neo-realismo» está morto, até pela evolução da maior parte dos que nele intervieram — quer porque, como um Ramos de Almeida e um Mário Dionísio, abandonaram a insistência literária para se entregarem a actividades marginais (como vai longe o tempo das fulminações críticas de um Rodrigo Soares, do prestígio lamentavelmente polémico e do magistério honesto de Abel Salazar!), quer porque, como um Carlos de Oliveira, um Fernando Namora, ou um Vergílio Ferreira, passaram, a traduzir pessoalmente, numa linguagem em que perpassa uma consciência autêntica da problemática profissional do escritor, uma experiência humana da sociedade imobilizada que é a nossa (um certo construtivismo romanesco tentou-o fugazmente Tomás Ribas). É este também o sentido das mais recentes revelações no campo da ficção: um Cardoso Pires, sob um faulknerianismo de pacotilha; um Leão Penedo; uma Celeste Andrade, que escreveu agora, em *Grades Vivas,* uma obra decisiva na consciencialização feminina de que Maria Lamas tem sido importante agente; uma Bessa Luís, em que, talvez como em ninguém na prosa, se fundem numa ardência lúcida todas as tendências que viemos descrevendo em cinquenta anos de prosa, iluminadas por uma consciência muito contemporânea da narrativa tradicional. Das cisões internas do «neo-realismo» escolar, de uma atmosfera de surrealismo que retinia longamente na mais moderna poesia portuguesa (e da qual, via Aragon e Éluard — enfim, a ida e volta a Paris, — nem os adversários se livram) e da influência directa de António Pedro, resultou a formação efémera (em que de certo modo, reaparece mais uma vez, embora rebelado consigo próprio, o verbalismo nacional) de um grupo surrealista profissional, logo tipicamente marcado por excomunhões mútuas, do qual, no plano literário, avultam: Mário Cesariny de Vasconcelos, poeta que, à maneira de Artaud, num íntimo furor quase destrói uma autêntica veemência lírica; Alexandre O'Neill, hábil e pungente retórico do sarcasmo; Fernando Lemos, cujos poemas, incisivamente plásticos, parecem redescobrir o «dia claro» de Almada Negreiros; e José-Augusto França (n. 1922), surrealista por atitude crítica que se espelha no seu ensaio sobre «Charlot» e romancista de *Natureza Morta* (romance em que, a um naturalismo de observação social, se sobrepõe uma visão lawrenciana da individualidade). Paralelamente, nos caminhos abertos pelo sacrifício expiatório dos «neo-realistas» e pela defesa da dignidade ecuménica da poesia praticada pelos *Cadernos de Poesia,* terão, entre arrumados escombros, e sempre à beira do abismo do conformismo estético-social em que cantam os canários letrados, encontrado o seu individual caminho poetas como Alberto de Lacerda, António Ramos Rosa, Cristóvam Pavia, José Terra, Raul de Carvalho, Vasco Miranda, Vitor de Matos e Sá, que o futuro por certo confirmará.

Um dos últimos directores da *presença* e uma das maiores figuras do grupo, o grande poeta e crítico Adolfo Casais Monteiro (n. 1908) ocupa precisamente uma posição de transição entre o humanismo estético preconizado pela muito aberta actividade da revista e a atitude polémica que o «neo-realismo» assumiu. De igual modo, é de transição a sua posição para com a atitude a-polémica, mas não esteticista, que veio a ser definida, em face de tais pugnas, pelos *Cadernos de Poesia,* e da qual se aproxima o ensaísmo filosófico de Eduardo Lourenço. Com efeito, a poesia de Casais Monteiro é uma clássica expressão, no vigor de uma forma delicadamente estruturada, do perplexo imperativo da participação, na tragédia deste tempo, do espectador lucidamente culto, que se conhece amante da fugacidade irreparável e admirável da vida, e ao mesmo tempo, devoto de uma permanência idealista dos valores. Não admira que alguns dos melhores versos portugueses contemporâneos acerca da ressonância espiritual daquela tragédia os tenha ele escrito, num tom igualmente distante do do panfleto oportunista em que se comprazeram muito literariamente vários «neo-realistas» do tempo da escola, ou do tom de desencantado profetismo que foi então o do autor destas linhas. Os *Cadernos de Poesia,* fundados em 1940 por José Blanc de Portugal (n. 1914), Ruy Cinatti e Tomaz Kim (nascidos ambos em 1915), podem honrar-se de ter sido a primeira tentativa em Portugal, para, sem eclectismos fáceis, ultrapassar as artificiais e anquilosadas paredes estanques entre as mais diversas correntes da poesia, e sobrepor à consciência mesquinha das oposições literárias ou pseudo-políticas uma consciência da vária humanidade, de que as variadíssimas poesias são a mais una das expressões. Isto tiveram de comum que mais nada, poética ou ideologicamente, as personalidades do grupo fundador, a que aderi. Entre a poesia agnóstica de Tomaz Kim, repetitivamente descarnada, o lirismo metaforicamente aventuroso de Ruy Cinatti, a severidade majestosa dos escassos poemas que José Blanc de Portugal tem publicado, e a minha poesia em que se opõem dramatismo e lirismo, surrealismo e classicismo, e outras coisas mais, para desespero e desprezo dos académicos da fusão do «passadismo» e do «modernismo»; ou entre nós e José-Augusto França, co-director na II série dos *Cadernos* reorganizados em 1950; ou todos nós e poetas como Eugénio de Andrade (n. 1923) e Sofia de Mello Breyner (n. 1922), nos quais diversamente se apura um lirismo abstracto (no primeiro profundamente ligado a uma metaforização das emoções e, na segunda extremamente preso à harmonia emocional das incongruências metafóricas), não será, antes, de serem sempre afins, como este ensaio quis demonstrar, aqueles que procuram efectivamente criar com os meios de que dispõem? Não será esta afinidade, precisamente inversa da dos que criam com os meios de que dispõem os outros, o que deu aos *Cadernos de Poesia* a responsabilidade de terem defendido, «in time of trouble», a dignidade da poesia e que hoje *todos* os poetas portugueses disfrutam? Não será que não seria possível, de outro modo, ter uma fé (e não por frio ofício académico e universitário) nos destinos da literatura portuguesa, que eu tenho, apesar de tudo, e não apenas fé nos meus amigos ou naqueles cujo compadrio me conviria? Não será que não teria sido possível relacionar nacionalmente e extrair das sombras de uma época submetida, *sem livre escolha,* aos mais contraditórios esforços, esta gente que atravanca mais de meio-século, como eu tentei fazer nestas páginas?

Nota final: A omissão num conspecto como este, que pretendeu traçar um panorama e não fazer um catálogo (desses, infelizmente, e ainda por cima compàdricamente incompletos, é o que mais há,) a menos que seja involuntária, não é perversa: terá obedecido mais a exigências de espaço e de exemplificação, que ao critério, aliás justo, de só pôr em relevo as personalidades, quando elas por si sobressaíssem das tendências em que a si próprias se incluíram. Foram omitidos, mas por não constituírem sob qualquer aspecto criação literária, os historiadores da literatura ou outros especialistas, ainda quando as suas obras sejam decisivas para a cultura da época: assim se explica a omissão de, entre outros, um Fidelino de Figueiredo apesar do seu digno ensaísmo de índole cosmopolita, um Hernâni Cidade, um Salgado Júnior, um Eudoro de Sousa, um António José Saraiva, um Óscar Lopes, estes dois últimos, autores de uma recentíssima e excepcional *História da Literatura Portuguesa,* à qual (ó fatalidade dos historiadores!...) falta afinal este capítulo... que eu tinha escrito.

Dezembro, 1954

III
CRÍTICAS E RESENHAS BIBLIOGRÁFICAS

«AMBIENTE» — JORGE BARBOSA *

O título do último livro deste poeta cabo-verdiano é duplamente justo: porque o livro nos dá, de facto, um ambiente, e o autor está, na sua poesia, identificado com ele.
Já acima se disse, até certo ponto coisa alguma acerca dos verdadeiros e falsos graus de identificação. Mas, aqui, é necessário esclarecer que, por identificação poética, se deve entender vivência profunda, indissociável, e igualmente profunda nos casos reais de inadaptação. Apenas, uma coisa é ser inadaptado e outra é ser desenraizado. O desenraizado será, sempre, impotente para a dádiva de uma poesia do ambiente, embora o não seja para o de um drama pessoal, desde que este nada tenha, objectivamente, com o ambiente. E pode o inadaptado extrair, por oposição, e do que o cerca, uma grande poesia.
A inadaptação, porém, é susceptível de residir, apenas, num protesto de solidariedade, numa comovida narrativa de uma condição humana, numa, como diz o poeta, «silenciosa revolta melancólica». A solidariedade expressa por Jorge Barbosa, atinge, admiravelmente, o já referido mistério da coexistência. A sua poesia aproxima-se da gente cabo-verdiana, e com uma simplicidade nua, mas nunca esquemática, aponta, um por um, esses prisioneiros de uma terra seca («Malditos estes anos de seca!»), pousada no mar que lhes domina os gestos, de uma terra pobre e áspera que encadeia os olhos das crianças numa «expressão precoce de renúncia», mais tarde, até à morte, «tristeza infantil» «no olhar pasmado...»
Contudo, não se imagine que a nostalgia inexorável vem a ser interpretada em anseios pessoais de vida mais civilizada e

---

* Cabo-Verde — 1941.

materialmente livre. Não: os paquetes que passam arrastam, na sua esteira, metade do mundo, aspiram, com a proa, a restante metade, e o mar, que ali não acaba, acaba nos continentes distantes — e a evasão vulgar espiritualiza-se, as enxárcias que calejaram mãos, em cada esquina da aventura, perdem-se na «onda alta», e o arquipélago serviu-se delas, corajosamente, para alongar a própria sombra pelos caminhos possíveis.

Dos caminhos impossíveis se encarrega o poeta, num poema «Clarim» pouco feliz, embora cheio de sinceridade verbal.

Nos últimos anos, introduziu-se na poesia a linguagem vulgar — o que foi a abolição de um forte preconceito. Mas logo, por espírito de formalização, se estabeleceu, insensivelmente, um vocabulário vulgar adequado a produções poéticas, contrafacção habilidosa para proteger arquitecturas técnicas muito velhas, mas disfarçadas. Isto de sinceridade verbal significa, pois: coragem de falar com verdadeira naturalidade. A humildade formal vem, então, dessa coragem; e, por sua vez, a coragem vem da confiança na pura exactidão do drama transmitido.

Onde estão, numa tal poesia, as grandes preocupações interiores, que diz-se, geram a grande poesia? Não estão; e até, a única vez em que uma vertigem perpassa, e meramente objectiva, logo a parte humana da paisagem se oferece ao poeta e, de novo, o absorve:

Todo o encantamento do quadro humilde e simples
enche-me a retina
e põe na minh'alma
uma invasão de ternura...

Mas que vem a ser grande poesia? Existirá, realmente, grande poesia?

Existe, e do mesmo modo que existe uma poesia pura. Apenas se tornou hábito chamar «grande poesia» a uma poesia extraordinariamente impura, na qual o poeta joga, sobre o plano emocional, com compreensões formais das realidades do mundo. É neste sentido que Vigny é um grande poeta ([1]).

Poesia grande é que não é só isto — e a própria pode, e deve, ser chamada, activamente, para as realidades, para o campo da realidade do espírito, e sofrer, também, a aplicação das dúvidas gerais. Assim interior, a poesia perderá em inteligibilidade falsa (proveniente de formas que lhe são estranhas) o que ganhará

([1]) Note-se que o caso de Vigny se desdobra: a nitidez da sua apreensão harmónica confere-lhe uma pureza especial, fazendo-o conservar-se extraordinário.

em profundidade e em pureza intrínsecas. Porque poesia pura não vem a ser sinónimo de lirismo simples; poesia pura é poesia liberta de ideias feitas, é a virtualidade poética procurando, na expressão, a sua própria inteligibilidade, ou então, fixando-se, singelamente, na dignificação da vida colectiva.

Esta última forma de poesia pura tem passado despercebida, de desacreditada que está como poesia. Mas é por ela que Jorge Barbosa (se lhe descontarmos um gosto fácil, por vezes, do emprego dos ritmos, como indicadores ingénuos dos movimentos reais) nos surge um puro poeta, sem que a sua poesia se assemelhe à poesia de associações suspensas e contidas, a que se chama, também habitualmente, poesia pura. Pelo contrário, a sua poesia realiza aquilo que, com teoria e esforço, ou com facilidade e artifício, tantos outros têm, em vão, procurado realizar: a dignificação das tragédias vulgares, monótonas e contínuas, com ironia serena e terna, demolidora e renovadora de facto. Eis um seu poema:

Moça-velha

Faz-me pena o teu ar humilde de pobre moça,
com esse pobre vestido de chita surrada,
sem um fio doirado de pôr ao pescoço...

E adivinho-te o sonho de ires ao baile carnavalesco
que há brevemente no Grupo Flor do Mar,
    vestida de rainha,
    com botinas cor de prata,
    uma corôa de sete-estrelas...
A túnica de lantejoulas brilhando
como o luar nas águas da baía...

Pobre pretinha,
vejo-te já toda bonita no baile dos teus sonhos...

Também te vejo,
mais tarde,
preta velha com varizes nas pernas,
    por causa do cansaço da vida,
    por causa dos partos incessante!
Vejo teus filhos,
uns na faina da terra,
outros na labuta do mar,
    e tuas filhas, à noitinha,
    abraçadas aos namorados no escuro do Cutelo...

*Minha pretinha,
   um moço virá
   que te dará o vestido de rainha...
   E serás a mais linda do baile carnavalesco!*

*Minha preta velha,
   Deus aliviará mais tarde as dores das tuas varizes...*

Este poema preferido, por mais significativo, ao melhor do livro (a discreta e vigorosa «Canção de embalar»), dá uma ideia segura deste poeta tão cheio de verdadeira solidariedade.

INTRODUÇÃO AO ESTUDO
DA FILOLOGIA PORTUGUESA

por M. de Paiva Boléo [*]

A *Revista de Portugal* confasciculou e publicou em volume, como é de sua natureza, a «Introdução ao estudo da Filologia Portuguesa», do Prof. Paiva Boléo. Trata-se de uma obra didáctica, não por acidente ou fatalidade, mas por intenção esclarecedora e subversiva. Propõe temas e indica bibliografias — é uma introdução a estudos que não estão feitos, destina-se a favorecer os estudiosos presentes ou futuros, que a fazê-los se proponham. Esclarecer, criar estudiosos, substituir-se à sebenta — actividades estas eminentemente subversivas da majestade do ensino catedrático. Mas não deseja falso prestígio quem escreveu: «O ensino superior negar-se-ia a si mesmo, se pusesse os estudantes, durante um curso inteiro, somente perante a ciência feita (quer pelo professor, quer por outros), em vez de os encaminhar também para a ciência a fazer.»
Não sendo, embora, uma obra de divulgação, nem, necessariamente, um curso, todo o escritor de cultura mediana e curiosidades acima das medianas o lerá com proveito, para tomar consciência de inúmeros aspectos da criação literária. Isto não quer dizer que os filólogos tenham tido essa consciência. De ordinário preocupam-se com a propriedade ou impropriedade dos termos e, mais raras vezes, aventuram-se cautelosamente pelos terrenos da sintaxe. Sob um tão sedutor motivo de interesse como seria o estudo do ritmo frásico dos grandes escritores lamenta — com razão — o Prof. Boléo que haja apenas dois estudos, ou melhor um e uma amostra, em Portugal: sobre Samuel Usque e Manuel Bernardes. Compreende-se que assim seja: a crítica literária, entre nós, nada sabe de filologia, porque a vê à imagem

---

[*] Edição da *Revista de Portugal*.

e semelhança da maioria dos nossos filólogos; e, em contrapartida e felizmente, os nossos filólogos não são críticos literários — quando, perdidas as cautelas da sintaxe, se metem a juízos ... estamos conversados. Depois, não se pode ser figura ilustre em face de tal filologia. Em lugar de se estudar o estilo de, por exemplo, Eça de Queiroz (tão centenarizado ultimamente!...), julga-se esse estilo à luz de um hipotético equilíbrio linguístico, fácil de encontrar, também por exemplo, noutro século (no qual haveria gramáticos implicantes mas já obscuros), se não distinguirmos entre as preocupações das diferentes épocas. Descontados os neologismos e estrangeirismos, a descrição da linguagem dos jornais, feita pelo Prof. Boléo, deve consolar os joalheiros da prosa e os caixeiros viajantes desse artigo: «é, em parte, arcaizante e um pouco rebuscada, em parte abundante em neologismos e estrangeirismos». Quanto a estes últimos é de registar, pela sua importância e significado, a opinião expressa a p. 38: «De uma maneira geral pode afirmar-se que a influência francesa, na época actual, embora continue a ser grande, é muito menos que noutros períodos da língua, por exemplo no século xix.»

Muito importante, também, a censura da negligência a que tem sido votada a dicção. Muito pouca gente, de facto, lê com correcção, quanto mais com a intenção conveniente. Algumas questões de lana caprina forma-conteúdo serão, porventura, filhas de ficar no papel, na palavra escrita, grande parte do sentido, que se perde, que não é apreendido, nem o pode ser, uma vez que subsista o divórcio entre o intelecto e o valor fonético da palavra ou da frase. Para que andarão os poetas a escrever versos, se os leitores os lêem para dentro, como se fossem obra de surdos-mudos? Daí a que alguns poetas escrevam, realmente, versos de surdos-mudos vai um passo — e bem fácil, porque é a descer.

Há, pois, que louvar esta «introdução», tão desempoeirada, de quem deve ter feito rir alguns dos seus colegas com o seu «inquérito linguístico» vivo, a colher pelo país fora, e não desentrouxado dos cartapácios, que se põem em cima da secretária com mais comodidade e maior brilho de resultados, que qualquer aldeia perdida ... Mas (p. 92), sendo a aliteração «um fenómeno corrente em todas as línguas», porque se diz logo a seguir que «é um processo de que lançam mão com frequência os poetas»? Ponhamos de parte, como coisa de somenos, o facto de ficarmos sem saber se a aliteração é *fenómeno* ou *processo*. A palavra *processo* não está empregada na sua acepção filosófica, nem na sociológica, nem na jurídica. «Processo de que lançam mão» ... Está empregada em sentido técnico (maneira de fazer) ou em sentido um tanto pejorativo (ardil ... lançar mão de ...). Se o autor verifica ser a aliteração «um fenómeno corrente», porque, ao falar dos poetas, os mostra a lançar mão do processo? Nem todos os poetas fizeram versos como Eugénio de Castro coligia alterações... Ora, veja-se o pobre Camões (que, no texto, serve de exemplo) a lançar mão da aliteração como teria *lançado mão* dos bens dos defuntos e ausentes, na opinião dos seus caluniadores... A inspirar-se, maquiavelicamente, no «forte, fiel, façanhoso» do Álvaro de Brito do Cancioneiro Geral... Se o Prof. Paiva Boléo fosse um escritor, e não apenas o eminente filólogo que é, e soubesse, *por experiência,* como a aliteração é um fenómeno corrente, como, num mesmo período mental, se agrupam, para expressão de um pensamento, palavras com sonoridades idênticas, e por vezes em número tal que é necessário substituir algumas, não diria que os poetas lançam processualmente mão desse fenómeno. É sempre assim — raríssimo o crítico (a pessoa que olha para os versos pedindo-lhes um pouco mais do que aquele prazer imediato exigido, invariavelmente, por quem nunca lê versos...) que não toma esta atitude desconfiada, que não usa esta mesma linguagem de pé atrás. Mas isto é divagar: fiquemo-nos pela notável «introdução».

CALENGA

Contos de Castro Soromenho *

Literatura colonial é, de um modo geral, para os portugueses, a que trata de temas coloniais. Isto é muito vago, mesmo para coisa tão vasta e vaga como a literatura. À primeira vista, num país com colónias, seria colonial toda a literatura de temas não metropolitanos; ou, ainda, as obras de escritores nados ou criados nas colónias. E é assim, de facto, que a nossa historiografia literária muito dubiamente, como convém a historiadores acríticos, tem visto o problema. Do que, por sua vez, tem resultado o ar de vendidos com que andam, por essas histórias, os escritores do Brasil, anteriores à independência. De resto, a historiografia brasileira peca no seu natural afã de recuar, em relação à independência política, a independência intelectual. E um Botelho de Oliveira, um Gregório de Matos, um Matias Aires, os homens da «Inconfidência mineira», portugueses pela cultura e brasileiros por certas circunstancialidades da vida ou obra, são estudados com imprecisão e parcialismo contraditórios com as pretenções universalistas da cultura portuguesa. Não basta, para que uma cultura seja universal que haja milhões de seres ligados pela linguagem. Se tal é uma condição para a cultura, não é a própria cultura. E esta só será universal, na medida em que atraia ao seu convívio os povos de outras línguas. Não importa muito, ou importa muito pouco a tradução. Veja-se o que, no mundo, de há cem anos a esta parte, tem sucedido com a literatura russa ou com a literatura alemã. Sujeitas ao arbítrio de raros tradutores, isentas da fiscalização que um grande número de conhecedores da lingua só pelo facto de existir exerce sempre, delas têm mesmo espíritos altamente responsáveis uma imagem,

* Editorial Inquérito — Lisboa

se não falsa, pelo menos incompleta e deturpada amiúde segundo conveniências extrínsecas. Apesar de algum conhecimento directo, é ainda assim mirífica a situação, entre nós, da literatura anglo--saxónica. Para não falarmos da Itália, de que se conhecem de nome três ou quatro «chavões», e da Espanha, repartida simploriamente entre Cervantes e Lorca, com pozes de alguns Ortegas.

Que tem a literatura colonial a ver com tudo isto? Muitíssimo. Porque a América e as repúblicas hispano-americanas oferecer-nos-iam exemplos comparativos, utilíssimos para a observação das relações literárias luso-brasileiras. Atravessaram esses países, como o Brasil, um período colonial. E ser-nos-ia possível considerar mais exactamente, incorrendo em menores e mais justos erros o estado actual das suas literaturas — o que aliviaria a nossa crítica de muita confusão — e, de caminho, definir, mais precisamente, um conceito de literatura colonial.

Surge, agora, uma questão desagradável: a que ponto é lícito confundir a pré-literatura nacional de países recentes, com a literatura de regiões não independentizadas? Ora, afinal, essa literatura que trata de temas coloniais é uma post-literatura, visto ser *directa,* mas de elaboração literária: um compromisso entre literatura europeia e literatura africana. Os textos recolhidos da tradição oral dos povos indígenas por vários etnólogos constituem, ainda que esparsamente (porque os povos são muitos e sobrepostas as suas culturas), base de uma literatura africana. Colonial será a que analise ou descreva (mesmo sem plena consciência que, aliás, por ela se irá formando) a adaptação mais ou menos dramática e mútua, do europeu e da região ocupada. Assim se desenvolveram as literaturas americanas.

É curioso notar como quase indistintamente me refiro a colónias e África. De facto, no meu espírito, e por várias causas próximas, estas duas espécies andam juntas. Sucede um pouco o mesmo a toda a gente. E, se observarmos com atenção essas ideias, concluiremos que, de entre as colónias, Angola se sobrepõe às outras. Acontece, porém, que, se há actualmente um exemplo de literatura africana moderna (e autóctone, digamos), esse exemplo existe e frutifica em Cabo Verde. Cabo Verde e Angola são, assim, dois pólos da literatura genericamente chamada colonial. Desenvolvesse-se em Angola, real e não só tematicamente, uma literatura e teríamos ao vivo, no contraste com a insularidade cabo-verdiana, a imagem da dupla face do espírito português tal como a história (literária, económica ou política) nos leva a intuí-lo. De um lado a centrifugação trágica provocada por uma terra limitada e pobre; do outro, a atracção centrípeta de uma terra praticamente ilimitada e rica. Que esta última atracção se não consuma sem perigos e misérias, e seja susceptível de transformar-se, literariamente, numa valiosa e desejada fonte de experiência humana, provam-no a vida de tanta gente (quem não tem parentes em «África»?) e o êxito, muito recente, das reportagens de Ferreira da Costa, descontada a parte devida ao reclame com que foram lançadas.

Nem S. Tomé, nem a Guiné, nem a Índia, nem Macau, nem Timor têm, pelo menos na aparência, possibilidades genético--literárias. A exuberância vegetal da primeira, que favorece a centralização capitalista das roças e, consequentemete, dispensa a emigração europeia, e reparte entre a floresta e o terreiro da roça a emigração negra; as más condições de vida da segunda, onde se luta quase constantemente contra o clima e contra a hostilidade de uma população em que subsistem memórias dos impérios do golfo da Guiné, e cuja religião, na maior parte muçulmana, resiste pela rigidez das suas normas e pela analogia monoteísta à penetração missionária; o carácter de recordação, troféu de glórias pendurado na cerca exterior de uma região complexa, que define a Índia; o cosmopolitismo extremo oriental de Macau; e a distância imensa, de exílio, que nos separa de Timor — tudo isso, junto com a exiguidade mental (quem se eleva intelectualmente é, como se compreende, pelos seus laços europeus, um Rastignac desejoso de conquistar o Paris-Metrópole), impede a formação de culturas regionais.

E Moçambique? E a própria Angola? Moçambique é, economicamente, um misto de S. Tomé e União Sul-Africana (até é de lá que vão para aquela ilha os trabalhadores indígenas...), com todos os inconvenientes que tem, para o desenvolvimento e intercâmbio de culturas próprias, o espírito inglês, que, *abroad,* conserva e sobrepõe uma consciência metropolitana. São, assim, os Domínios; não foi, muito a tempo, assim a América. Angola, mais autêntica na sua vida social, porque mais abandonada (e é sabido como, colonialmente, as premissas se invertem...), não tem, pelo carácter flutuante da população e pela ausência de centros catalisadores de cultura, vida espiritual própria. Lê-se muito, mas sem discernimento; e nada se produz. Além disso, para recolha das tradições indígenas, os brancos naturais ou os funcionários carecem daquela humildade civilizacional, aberta à compreensão de outras mentalidades, que nem toda a gente possui.

De modo que a elaboração literária de um compromisso entre as literaturas africana e europeia, levada a cabo na metrópole, é uma consequência deste estado de coisas. E é essa, literariamente, a situação da obra de Castro Soromenho.

Neste volume, reuniu dois contos o autor de *Rajada.* A tentativa de criações de personagens romanescas a partir do folclore e da história dos povos indígenas, e o desejo de sugerir estilisticamente as perífrases e o ritmo repetitivo da narração oral dos «primitivos» — características de C. Soromenho — estão, aqui, demasiado patentes. E não há a suficiente individuação das figuras, indispensável à sua vigência como ficção. É extremamente difícil e delicado equilibrar os elementos etnográficos e os elementos romanescos, mas Soromenho tem-no conseguido, por vezes com raro brilho, e, mesmo aqui, há momentos muito sugestivos, como aquele passo em que os caçadores falam saudosamente para a sua aldeia distante. Mas uma coisa é descrever quadros ou narrar acções colectivas, e outra dar a esses quadros e a essas acções o interesse da continuidade, isto é, ligá-los com o que está antes e com o que virá depois. A estas histórias falta uma íntima justificação romanesca. E, quando assim é, o ritmo repetitivo do estilo torna-se de uma artificialidade que mesmo um grande prosador não seria capaz de disfarçar. Tem Castro Soromenho a preocupação de escrever prosa poética, de atribuir à imprecisão da linguagem e da notação efectiva a maior responsabilidade no evocar de um ambiente. Mas porque, quase sempre, não há diálogos, e é apenas dito quem e o que falou, há sempre, entre o leitor e a narrativa, uma cortina de prosa, que não deixa distinguir o que realmente se passa, mas sim o que o autor nos transmite do que se passou. C. Soromenho possui o talento literário e a experiência suficiente para lutar contra esta sua tendência. A prosa poética não é, de modo algum, incompatível com a intensidade e a firmeza, além de que o emprego quase indiscriminado do pretérito perfeito onde por vezes se impunha o mais-que-perfeito quebra, nessa prosa mais que noutra, a indispensável unidade de tempo dos sucessivos graus da narração.

De uma maneira geral, esta prosa poética sucedeu, entre nós, à prosa artística a que, nestas colunas, já tive ocasião de me referir. A maior parte dos modernos prosadores escreve assim os seus romances e os seus contos. Sente-se o desejo, quando não a imperiosa necessidade, de alongar. Bem sei que a prosa portuguesa raras vezes primou pela vivacidade. E é talvez por isso que a vivacidade se tem refugiado tão apaixonadamente nas intenções. Querer elegiacamente assumir um tom épico de «estavas tu, linda Inês, posta em sossego»... Mas isso é outra questão. O que interessa acentuar, a propósito de C. Soromenho, cuja obra se tem desenvolvido tão isolada e seriamente, é como a literatura colonial sendo africanizante, pode libertar-se do exotismo fácil, para tentar uma *tradução* discreta de alheias mentalidades.

LUZ NA SOMBRA

de Vasco Miranda*

Porque não traz indicação de obras, e a data genérica dos poemas é recente, suponho que este livro constitui a estreia do poeta Vasco Miranda. Pois que, pelo ritmo e pela subtil intencionalidade poética, *Luz na Sombra* é uma luz na sombra de tanta estreia mais ou menos recente, e de tantas promessas que, pontual e quase anualmente, vemos reiterarem-se em sucessivos livros sempre e nada mais que promissores. Nestas eras de retorno à cantiga, em que os poetas, cansados de apregoar em verso livre e branco novos mundos, vão aproveitando a deixa desses mundos, para sub-repticiamente a si próprios se embalarem, mereceria todo o aplauso a estreia, por incipiente que fosse, de um poeta de longos e seguros ritmos. Dois versos recordo agora — um de Gil Vaz (As cinzas do que ardeu à sua espera) e outro de José Régio (Ai, embala-me, fútil, e frágil, no ó-ó dos teus versos) — que, projectados sobre este quadro confuso, nos ajudam a pôr em metáforas as suas tristes figuras, já que as metáforas correntes nesse quadro, que é a nossa época, atingiram a suprema dignidade: o lugar-comum. A minha geração (e a outra que desponta agora, e há-de o futuro confundir com a minha) ardeu e está ardendo à espera. Os melhores dela, de tal modo se terão posto em hábitos crematórios, que assim ficarão sendo, para sempre e simultaneamente, o Palissy ([1]) mais a mobília que ele queimou. Enquanto em tal fogueira arderá tudo, mesmo a própria ou a alheia poesia, a parte fútil e frágil dessa mesma geração produzirá cantigas de amor, de amigo, de escárnio e maldizer, ou de ledino que foi uma asneira de Teófilo Braga.

---

* Poemas — Lisboa 1946.
([1]) Não confundir com La Palisse.

Por certos dos seus aspectos vocativos, este livro de Vasco Miranda enfileira nos cantares de amigo, retórica da fraternidade. Pobre desta, que nalguma parte se há-de meter!... Eu creio que, neste momento, particularmente doloroso, de um após-guerra adiado e traído, a maior tragédia do poeta que de verdade o for consiste, não apenas em sentir-se irmão dos que sofrem, mas irmão *também*, dos que fazem sofrer. Por um lado, a crueldade requintada e a perfídia intelectual só humanamente são possíveis, a ponto de se ocultarem em muitos actos e muitos juízos, por toda a gente supostos estruturalmente bons. Por outro lado, a humanidade comum descobriu, com pavor, que, se a consciência normal e esclarecida repudia indignadamente tais exercícios de crueldade, há, sob a consciência, um ímpeto animal que se regozija com eles. Neste último sentido, a nobre campanha contra os campos de concentração tem muito de exorcismo. A não-expressão desta maior tragédia é o mais doloroso desmentido de tantas laudas retóricas, e todavia sinceras, da poesia do nosso tempo. Podemos, agora, concluir angustiadamente que não é de estranhar o que chamei o «retorno à cantiga» — ao lado do exorcismo, a hipnose. E é assim que à verdadeira fraternidade, simultaneamente desgosto e esperança, há sido substituída a fraternidade associativa do «quem tem medo compra um cão»; e cães para cegos, não há doutrina que nos não forneça. Seria, porém, um erro não atentar em que só é meramente retórico, ou, pior ainda, apassivante, o envenenamento não-crítico pelo formalismo contemporâneo do poeta.

Todas as expressões são válidas, e há um ponto de elaboração poética, a partir do qual qualquer lugar-comum é purificado, se transforma no que toda a expressão poética aspira a ser: comunicação virtual de uma interpretação momentânea da realidade.

Talvez seja acertado considerar que esse ponto se revela na independência da imagem, isto é, quando a imagem funciona, intelectualmente, como um objecto, e não como representação de um objecto (caso este, em que seria apenas metáfora) ([2]).
É assim que — mas citemos, deste livro:

CONTACTO

Depois que vieste,
Os nossos lábios murcharam e falaram no silêncio.

([2]) Entenda-se que, neste passo, *objecto* significa conceito, tema, ou ainda, ideia de acto, anterior ou posterior aquela a este.

Palavras que vieram de longe encheram as horas.
Gastas no martelar da vida derramada sobre o mundo.
Sons que caíram do alto dominaram imperturbavelmente
O ritmo monótono de passos já repetidos mil vezes.

Dei as minhas mãos às tuas mãos.
Cingi meu ser a teu ser abandonado,
Uma sombra fugitiva eclipsou-se na distância próxima.
E acordámos sobreexcitados na noite de neve
Sob a vigia cintilante das estrelas debruçadas ...

Tudo, neste poema de Vasco Miranda, é, verso a verso, imagem a imagem, de uma extrema vulgaridade; os lábios murchos, a conversa silenciosa, as palavras longínquas, a vida sobre o mundo, os sons vindos do alto, os passos repetidos, as mãos dadas, o ser abandonado, a sombra fugitiva, a noite de neve, as estrelas debruçadas ...

Nos melhores e nos piores poetas de hoje ou de ontem, murcharam lábios e debruçaram-se estrelas, etc. O motivo é comum a todos os poetas: o do encantamento da posse e do encontro. E, no entanto, qualquer leitor de poetas (que não seja crítico do «Diário de Notícias»; de resto, eu disse *leitor*) achará muito belo este poema.

Porquê? Porque a ordenação das imagens é intrinsecamente significativa, uma vez que os lábios murcham no segundo verso, e o acordar sobreexcitado se verifica no penúltimo; porque o fulcro da acção — a sombra fugitiva que se eclipsa após o amplexo — é misteriosamnte causa e efeito; porque os sons caídos do alto dominaram *imperturbavelmente,* o que reforça poderosamente a impressão de solidão circunstante que o poema transmite. Juntas com isto, é até louvável que, com simplicidade, as estrelas se debrucem numa noite de neve, que, afinal, desde o princípio só era encoberta pela plenitude do encontro.

Fraternidade trágica, transcendentalismo apenas formal (revelado no vocativo *Senhor,* que aparece tão distante e inumano); possibilidade de construção poética não por dedução de expressões, mas por relacionação de factos; capacidade para ritmo longo de concentrada intensidade, que o aproximam mais da lição de um Casais Monteiro que do exemplo admirável, mas fluido, de Alberto de Serpa; sugestão por enumeração de fenómenos casuais, isto é, cujas relações o poeta, respeitosamente como convém a um poeta, se abstém de inventar — são estas as características da poesia de Vasco Miranda. Pena é que o poeta tenha transferido, muitas vezes, para o *Senhor* e para o *Irmão,* a forte e serena sensualidade cuja contenção tanto enche de físico vigor outros dos seus poemas. Com efeito, sente-se que o poeta não quis, ou não se atreveu a dar expressão a tudo o que lhe ocorreu; e a transferência, já apontada, levou-o a, para escrever um livro--mensagem ..., compor pequenos poemas de ligação e conclusivos, como se a verdadeira poesia precisasse de entre-actos!...

P. S. — Esqueci-me de participar textualmente a minha compreensão ou incompreensão dos poemas; e também não fiz a história das minhas impressões de leitura. Da primeira omissão, espero absolver-me com a presente crítica. Na segunda falta caí de caso pensado, avisado que fui pelo exemplo de alguns críticos que, se durante a leitura sentiram um baque, ficam imaginando que foi susto que a poesia lhes pregou.

A PROPÓSITO DE «NATUREZA MORTA»

de José-Augusto França

Considere o leitor que a obra de que vamos ocupar-nos foi, em curto prazo, classificada de: *a)* romance surrealista; *b)* tentativa de romance existencialista; *c)* possível caminho para o romance neo-realista português. Eu poupo o leitor à exposição do que sejam surrealismo, existencialismo e neo-realismo, coisas sobejamente conhecidas suas, embora tudo pareça indicar que o não são igualmente da crítica. Mas chamo a sua atenção de leitor atento para este fenómeno: como pode um livro ter parecido a três pessoas por certo diferentes três coisas diferentes, que duas a duas se excluem? Como, ó céus? Só há três soluções para esta pavorosa incógnita. Ou a maioria dos críticos (na presente equação, três) não sabe bem ao certo o que uma coisa lhes parece, quando lhes parece alguma coisa (solução A). Ou a obra em causa é uma tentativa em que se cruzam postulados contraditórios (solução B). Ou é uma obra admirável, que sintetiza e reconcilia tendências divergentes, neste caso as três tendências principais da literatura contemporânea (solução C). E, em qualquer destas soluções, os críticos... cada um afinal viu, na obra, aquilo que, na altura de olhar, já estava nas suas intenções críticas, ou naquelas fichas de café com cujo preenchimento regular se atinge uma alta erudição literária. O leitor há-de concordar comigo em que daqui não há que fugir.

Mas eu não quero levar ninguém à parede, como soi dizer-se. E admito que só para não ferir as susceptibilidades científicas dos meus confrades literatos é que me submeti a uma álgebra tão elementar como a da demonstração precedente. É óbvio que, em relação às posições da crítica, as soluções apresentadas são exactas, e desafio quem quer que seja a, sem galeria partidária, me provar o contrário. Como, porém, o problema não é o que foi posto, obviamente que as soluções (ou solução) não são as expendidas.

Com efeito, entre nós, a crítica da literatura de ficção agrupa-se em quatro grandes categorias: a crítica dos que, em nome da «arte desinteressada», condenam os interesses dos escritores chamados neo-realistas; a crítica dos que, em nome da «arte desinteressadíssima», se limitam a identificar os autores em função das tendências mais jornalisticamente célebres; a crítica oficial da literatura neo-realista, que vê abomináveis existencialismos em tudo o que não seja obra de um amigo brevetado; e, por último, a crítica dos que, por lapso da crítica anterior ou desinteligências pessoais, não foram nunca brevetados como neo-realistas e se pungem por isso em justa mágoa — para estes últimos, toda a obra de certa categoria, e com traços de parentesco com a técnica actual e corrente, logo lhes parece uma possibilidade de constituir-se uma «dissidência» neo-realista, assim à maneira do que a História literária costuma fazer com a Arcádia lusitana. Tudo isto, que acabámos de observar, não tem, como o leitor concordará, absolutamente nada que ver com a crítica ou com as obras criticadas, por muito dignas, honestas e tocantes que sejam as várias posições pessoais ou colectivas. Todavia, para o quadro ficar completo, é necessário mencionar que, à margem das categorias descritas, há ainda duas espécies de franco-atiradores: uns, para os quais as obras são pretexto para inteligentes devaneios estilísticos de erudição pitoresca; e outros, que procuram conscienciosamente compreender as obras e os problemas. É evidente que só estes últimos visam efectivamente à elucidação do público, pois que a todos os outros as próprias posições assumidas os inibem de visar outra coisa que não seja o convencê-lo *à priori* da ilegitimidade das posições alheias.

[Ora, para esclarecimento do leitor e perfeito entendimento do que vai seguir-se, devo participar: 1.º — não acredito na existência de obras «desinteressadas», e ainda menos acredito na possibilidade de uma crítica «desinteressada»; 2.º — acho absolutamente óbvia e insignificante uma crítica que, pretendendo-se «desinteressada», se limite à fruição gratuita das obras e sua identificação actualizada; 3.º — nunca fui, não sou e julgo que nunca serei (o diabo tece-as!...) neo-realista encartado; 4.º — não sou neo-realista «recusado», e não desejo, pois, fundar nenhum «Salon» dos Independentes; 5.º — detesto os devaneios estilístico-pitorescos, para os quais me falta gosto de frasear, além de ser demasiado reservado para explorações do pitoresco; 6.º — estou convencido de que procuro conscienciosamente compreender as obras e os problemas. De posse destes dados, creio que o leitor me entenderá; os outros, que não são só leitores, já sei que assim me entendem menos. Adiante, que o mesmo é dizer: à obra.] *

*
* *

São bastante numerosos, neste momento — e relativamente, é claro —, os jovens ou mais jovens autores de ficção. Creio que não devem ser alheios a este despertar literário para a ficção, três factores, um de ordem geral, e os outros de ordem muito restrita, que se processam ou processaram, de há uns quinze anos a esta parte. O primeiro, muito importante, é a ascensão pequeno-burguesa de diversas camadas desfavorecidas da população urbana (que é pendularmente acompanhada de uma proletarização das classes das artes e ofícios chamados liberais, do pequeno comércio e da pequena indústria), ascenção propiciada pelo burocratismo pletórico que é uma das características económico-sociais do período que estamos vivendo. Este duplo processo, ao mesno tempo que trouxe exigências de substituição a maior número de membros da colectividade, (que, entretanto, demograficamente aumenta e depressa), faz com que essas exigências espirituais, embora prementes, sejam modestas e limitadas. A ele se deverá a profusão e a quase total mediocridade da literatura dita neo-realista e de todas as mais obras, de brevetados ou não, que singram nessa esteira que anda «no ar», e vive das próprias condições actuais. Uma certa ambição da crítica partidária em saudar obras primas não deixa de ser sintomático indício: porque um fenómeno destes, antes de criar o seu público, começa por tê-lo apaixonadamente na mútua convicção dos autores. O segundo dos factores que pretendi mencionar foi consequência dos efeitos da última guerra nos negócios de livraria. Traduziu-se muita literatura de ficção, quase toda de alta categoria, porque a queda da França privara, quer de literatura francesa, quer de traduções francesas, tanto o público como os livreiros que o abasteciam. A necessidade de traduzir abriu uma mina inesgotável e quase virgem entre nós: a literatura anglo-saxónica. E esta abertura coincidiu, no nosso hemisfério, com uma declarada hegemonia política e económica dos países de

---

* Este trecho, em parêntesis recto, não figura no texto publicado. Como não há qualquer sinal de corte no manuscrito enviado, pode ter sido retirado por falta de espaço ou a pedido de Joaquim Moreira, director da *Portucale,* para não ferir susceptibilidades.

língua inglesa. A título de curiosidade, diga-se que, há quinze anos, contavam-se pelos dedos as pessoas que liam inglês; e eram muito poucas as que, não o lendo, buscavam em línguas suas acessíveis as obras primas da literatura inglesa. Do modo anteriormente descrito, ficaram ao alcance da generalidade do público ledor diversas obras de ficção, que, não sendo «tradicionalmente» francesas, mostravam que o romance não estava todo entre um classicismo pedante e um intelectualismo estilístico. Não me demorarei na análise do terceiro facto que desejo apontar, porque, pior ou melhor, tem sido feita ela e reconhecido o facto, que é o prestígio entre nós, quase da ordem da revelação, de que gozou há anos o romance brasileiro (acessoriamente, anotemos que muita tradução penetrou no público português por via brasileira). Nenhum destes últimos dois factos — traduções apressadas, literatura de língua portuguesa incorrecta, traduções em língua mais incorrecta ainda —, aliado ao primeiro que descrevi, era de molde a proteger a formação de escritores, autênticos escritores, que só se fazem ao contacto de uma literatura de língua nacional. Mas é certo que uma libertação permitiram: a dissolução daquele espartilho estilístico-irónico cujos cordões iam amarrar em Eça de Queiroz.

*
* *

É este, no campo estritamente literário, o quadro próximo e presente, dentro do qual José-Augusto França se estreou, com *Natureza Morta,* como romancista. A qualidade deste livro, aliada à circunstância de constituir praticamente uma estreia literária, faz com que mereça a maior atenção da crítica e do público.

Muito resumidamente e como ponto de partida, digamos que *Natureza Morta* é uma obra na qual se condensam, sob forma romanesca, uma aptidão narrativa, uma experiência africana e uma visão do absurdo da maior parte dos aspectos da existência actual. O primeiro e o último destes elementos serão, por sua natureza, da índole do autor. O segundo é que mais directamente diz respeito à acção deste romance. E, todavia, por imperativos gerais da condição portuguesa e por fatalidades da situação colonial, o segundo e o terceiro interpenetram-se para dar uma imagem, por vezes lancinante, da vida angolana. Parece-me que, sob este aspecto, *Natureza Morta* poderá ser aproximada de uma outra obra, grave e séria, que é *Terra Morta,* de Castro Soromenho. Ambos os romances deveriam fazer meditar quem como cidadão do mundo e como português queira interessar-se por problemas que se não cifram apenas em comissões de serviço, conselhos de administração, importações e exportações. De facto, *Natureza Morta,* com os seus descritivos discretamente satíricos de ambientes e figuras da pequena administração civil e de empregados de uma grande empresa agrícolo-industrial, põe bem a claro, embora possa não ter sido essa a primacial intenção do autor, o absurdo esterilizante que dirige, condiciona e paraliza a actividade de toda aquele gente, tornada mero rodízio dos grandes interesses majestáticos e distantes, que sucederam na vida colonial à penetração do pequeno comerciante e à fixação agrícola de índole patriarcal. Todos para lá foram para tentar melhor vida e não para criar lá uma vida própria; e todos sonham nostalgicamente com o regresso à mediocridade metropolitana, dado que o número crescente de brancos vai fazendo perder à «classe» o carácter de aristocracia que a raridade consagrava, e dado que as virtudes de iniciativa própria se perdem na rotina suficiente e conveniente a uma exploração condicionada a distância.

Esta realidade, que o romancista dá admiravelmente, não constitui apenas o pano de fundo sobre que se moveria a personagem que tudo indica seria a principal. Pode dizer-se que há uma tessitura contrapontística (no sentido musical e não só no sentido literário que Huxley e a sua técnica popularizaram) na composição deste romance, segundo a qual ascendem ao primeiro plano, ora a personagem de Júlia e a sua história privada, ora a realidade ambiente a que, por um casamento de procuração, ela se ligou. Este contraponto imediato é, tecnicamente, ampliado com outro: o do passado de Júlia, rememorado por ela, e do seu presente no tempo da narração. Por sua vez, esta ampliação permite o regresso ao contraponto principal, visto que, no presente narrativo de Júlia, se misturam a sua personalidade e os casos e figuras do pequeno mundo que a cerca. Se as cenas da vida de Júlia reflectem o convencional e o vazio da vida lisboeta pequena-burguesa, as cenas africanas, em que Júlia é mais espectadora que actriz, e espectadora que se julga ou sente desinteressada, atingem uma excelente evocação narrativa como nas sequências do preto Macuso, a sua fuga, a sua prisão, a sua morte, que, dados com forte visualismo e discreto mas penetrante poder dramático, são das melhores páginas do romance português. E de toda aquela galeria de personagens de vida vazia, que nem sequer já lutam contra a falta de motivações e de assunto, que os leva às violências perpetradas com Macuso, ergue-se a figura de D. Antónia, quase como um símbolo da *Natureza Morta,* da «still life», se é que, na tradução inglesa, o termo mantém todo o significado originário. Nisto mesmo se observa a capacidade narrativa do autor, o seu dom, o seu saborear as próprias cenas e figuras que imagina. Constantemente e insensivelmente, com uma habilidade rara num romance de estreia, se oscila entre o discurso directo e o indirecto, e entre a observação feita pelo narrador e a observação atribuída às personagens. A maestria nata destes processos faz com que se perdoem certos deslizes de inserção e sequência, certos erros de perspectivação e de proporção das figuras e das cenas, certas construções estilísticas nem sempre adequadas ao muito que se quer sugerir. De resto, quase poderia dizer-se que alguns erros de perspectiva são eles próprios utilizados como material romanesco subordinado a um efeito de conjunto. É assim que, após a morte de Macuso, Júlia reflecte: «Aquilo realmente não era só consigo. Os seus problemas, o seu drama próprio, subitamente como que tinham sido desviados de um caminho exclusivo e pessoal, passavam a abranger terrivelmente toda a realidade do mundo, passavam a sofrer sob o impulso de uma história exterior a si, em que ela própria não tinha entrado aparentemente, senão como espectadora, mas na qual, para sempre, ficara vitalmente interessada.» É evidente que, pelos próprios termos em que está posta, que transcendem os meios pessoais e sociais de que Júlia dispõe, esta meditação é menos dela que do autor — um autor que compreendeu, na experiência cénica e estilística do seu romance, como a literatura tem exigências intrínsecas resultantes do ambiente em que as personagens sejam lançadas, e que se não compadecem com os problemas de independente consciencialização individual que às personagens o seu autor quisesse atribuir. O absurdo vital, que paira sobre toda a obra e lhe dá um tão exacto sabor, surge remido nesta identificação das dificuldades vitais com as limitações técnicas que condicionam a sua plena resolução estética. Deve ter sido isto que fez julgar-se que *Natureza Morta* representava um possível caminho do neo-realismo português. Ora será de supor que esta lucidez de factura, que pressupõe certo cepticismo liberal quanto à visão da realidade, tem pouco que ver com o idealismo ingénuo, «construtivista», no qual vegeta a produção neo-romântica. O que sem dúvida é, e basta que seja, é a expressão do caminho de um romancista que, logo de início, aprendeu a duvidar da sua própria arte. Devemos desejar que essa dúvida, por não vir a transcender o aspecto meramente literário de que pode revestir-se, não venha a resolver-se em qualquer outro neo-romantismo, que os há à margem e contra o «construtivismo» neo-realista; e, portanto, persista e ascenda à criação de romances em que o humano se não meça apenas pela adesão ou reacção adolescente a um meio que nos surja inteiro como a África desta obra.

Com os seus defeitos, que são os de um principiante excepcionalmente dotado, e as suas qualidades, que são as de um narrador mais atento à ressonância dos factos que a uma tese que queira pressupor, creio que José-Augusto França escreveu um romance, que é, ao mesmo tempo, um importante documento sociológico e uma obra literária de raro quilate, tanto maior quanto é incultamente pretenciosa a nossa produção romanesca. *Natureza Morta* é um livro que obriga o seu autor a ter a coragem de escrever outros romances.

Fevereiro de 1951

POEMAS ESCOLHIDOS

de Ruy Cinatti (¹)

Deixei que dez anos passassem até aproveitar uma das oportunidades, que tenho tido, de referir-me, ainda que sucintamente, à poesia de Ruy Cinatti. Não foram estes *Poemas Escolhidos* e o momento actual de proliferação poética, e não sei se não passariam mais dez anos. A amizade que nutro pelo poeta e o muito que espiritualmente devo à sua amizade por mim fizeram com que eu hesitasse sempre em referir-me à poesia, que admiro, de uma pessoa que estimo. São muito grandes e profundas as divergências de concepção do mundo e da vida entre mim e Ruy Cinatti; as nossas maneiras de ser são extremamente diversas; creio que os nossos destinos de poetas serão diferentes. Mas uma coisa nos irmanou há dez anos, como garantiu hoje a reaparição de *Cadernos de Poesia:* uma mesma consciência do valor ecuménico da poesia como expressão da dignidade do Homem. As divergências, diversidades e diferenças, por um lado, e, por outro, a comunidade de superiores interesses do espírito ser-me-iam, ao que suponho e supus sempre, factores seguros para que pudesse, com o mínimo indispensável de objectividade (ou subjectividade claramente definida para compreensão alheia), ocupar-me de uma poesia tão merecedora da maior e melhor atenção. Mas não quis nunca, ao somatório de equívocos que tem sido a relativa popularidade de Ruy Cinatti, acrescentar mais um de uma crítica tida por amiga e portanto suspeita. Além de que nenhum de nós se permitiu jamais o que hoje é tão displicentemente comum: o forjar talentos de crítico à custa do talento poético dos amigos ou, o que será o

---

(¹) Selecção e prefácio de Alberto de Lacerda — *Cadernos de Poesia*, Lisboa, 1951.

mesmo, o forjar talentos poéticos de amigos com o que se pode arranjar de talento crítico. De resto, há dez ou quinze anos, ainda se não generalizara às gerações anteriores ou pretéritas o compadrio com que hoje todos principiam por se equiparar «pelo menos» a Sá-Carneiro ou José Régio. O facto de escreverem-se versos não obnubilava a consciência de que outros os escreviam já há anos, nem conferia suficiências de juízo mútuo. E porque a experiência da literatura moderna não se encontrava ainda, ao alcance da digestão, nas bibliotecas, havia um grande respeito pela Poesia, a própria e a alheia, as quais demandavam uma dolorosa consciencialização, uma áspera expectativa, *uma grande incerteza de realização*. Isto foi assim para toda a gente, mesmo para aqueles que, desculpando-se com primaciais e algo infantis preocupações de ordem social, sacrificaram as exigências da Poesia a uma facilidade que utilizava os resultados formais regionalmente obtidos (presença coimbrã de Afonso Duarte e Miguel Torga). Pouquíssimos foram os jovens poetas de então que, como Ruy Cinatti, a um grande respeito pela Poesia, a uma grande esperança na eficácia e no alcance da acção poética, aliaram um sentido superior das necessidades culturais da aventura poética. A eles se deve, à margem de agrupamentos e capelas, e ressalvados os naturais desentendimentos com as gerações anteriores, a continuidade de uma categoria intelectual que o modernismo trouxera à Poesia portuguesa.

Para a obra de Ruy Cinatti — cuja poesia está toda em dois livros (de 1941 e 1942), em raros poemas dispersos e em algumas prosas de uma qualidade poética que as fez logo notáveis quando foram publicadas — nunca este problema foi posto, não só pela originalidade intrínseca da linguagem poética (ainda mais difícil de apreender há dez anos do que hoje, pois que então *não existia culturalmente* em Portugal a poesia inglesa, na sensibilidade da qual se insere, muito da atitude poética de Ruy Cinatti), como também pelos equívocos, já aflorados, que sempre perturbaram a aceitação autêntica de uma personalidade todavia muito conhecida e estimada nos meios literários, literatizantes ou afins.

Um dos maiores equívocos teceu-se à volta do sincero e culto catolicismo do poeta, que tornou a sua poesia suspeita aos olhos de todos os livres-pensadores de capelista, tendo-se chegado ao ridículo de interpretar-se como revelador de intuitos de «evasão» o título do seu primeiro livro *Nós não somos deste mundo*, sem atentar-se que era meia frase da belíssima prosa poética de abertura, e como se os ditos capelísticos e seus sócios quisessem, em contrapartida, ser *deste* mesmo mundo. Por outro lado, só muito pouco ou nada, na poesia de Ruy Cinatti, poderia ser identificado com as flores de uma literatura que, a fiarmo-nos nos panegiristas responsáveis, se confina gloriosamente entre

Antero de Figueiredo e Nuno de Montemor, com algumas estações nas horas vagas de reverendos líricos; e estou em crer que, se a confissão do poeta não fosse conhecida, nem uns nem outros jamais a teriam descoberto nos seus versos, dado que estes se desenvolvem alheios a quanto seja matéria de dogma ou ponto de fé, e entregues à consciencialização fenomenológica das emoções provocadas pela reflexão acerca do contraste entre a melancolia inerente a certo número de imagens e conceitos obsessivamente aceites pelo poeta e o fluir do mundo e da vida, com cujas formas o mesmo poeta se encanta. Entre Mauriac, lutando piedosamente contra o seu jansenismo natural, e Cinatti que — *alegre me vou cantando, / Fiel à minha inocência,* entre um e outro há diferenças profundas; mas valeria a pena parafrasear o dito de Mauriac acerca de si próprio e escrever: Cinatti não é um poeta católico, mas um católico que escreve poemas.

Outro grande equívoco foi a tentativa de Ruy Cinatti para, com a audácia dos tímidos e dos desamparados, impor socialmente e para além do possível a fidelidade à sua própria inocência. Essa tentativa produziu poemas tão significativos como esta pequena obra-prima:

> Gritam todos: venham!
> E os outros: tenham!
> Aqueles que estão comigo
> Sonham. Não querem, nem partem,
> Encantados...

— em que se exprime uma comovente confiança na acção da presença pessoal, na capacidade do homem superior para *conferir* sonhos de aprofundada estabilidade e de nobre desinteresse àqueles que *estiverem* com ele. Mas produziu também a desfrutável disponibilidade desse mesmo homem para convencer-se que o *estar*, se entendia literalmente, sem prévio exame ao merecimento dos que o acaso ou essa disponibilidade (ai tão divertida!...) reunia à sua volta num mesmo lugar. Inúmeras foram as pessoas que violaram com a sua presença estulta o halo de encantamento de uma personalidade original (que o foi e é entre ingénua e conscientemente... pois que atitude assumir perante um fracasso, senão prosseguir?...), e com a falsa aceitação que lhe deram quase inutilizaram a autenticidade que ela postulava. Se não fora possível ser-se Rimbaud nos «bas-fonds» da Europa, como o haveria de ser-se, e honestamente, na boa sociedade lisboeta?

Ainda na lista dos equívocos falta referência a um, que releva das adivinhas de almanaque, mas é muito comum em crítica dita literária: se um poeta escreve prosas e versos, onde estará a poesia? na prosa ou nos versos?... Se os versos não são logo à primeira parecidos com os que já se conhecem, a crítica propende para que na prosa. O que inevitavelmente sucedeu à poesia de Ruy Cinatti, mais abandonadamente lírica na prosa que no verso, cuja expressão é elíptica, transposta e *descontínua*, sem precedentes ilustres na poesia portuguesa, desde que se não apreciem alguns cantares de amigo, Sá de Miranda, certo Bernardim, muito século XVII e um Casais Monteiro. Exemplifiquemos com um poema escolhido quase ao acaso, e que servirá também para evidenciar algumas características formais desta poesia.

>Os olhos apartando me disseste
>Palavras? Não ouvi.
>   Eram apenas
>O silêncio em que a noite se aprofunda.
>
>Os céus imemoriais já tão distantes
>Como se um véu das estrelas me apartasse,
>De ti, forma de Luz, estranha forma;
>
>Mas as mãos atravessam a memória,
>E cintilando as espadas vingadoras
>Rasgam a névoa por completo.

Por expressão *descontínua* deve entender-se uma expressão que não progride lógica ou metaforicamente a partir do desenvolvimento de um núcleo inicial, mas sim por agrupamento sucessivo de relações entre diversos elementos de uma intuição não expressa. Toda a expressão descontínua é transposta, conquanto a recíproca não seja verdadeira. Por expressão transposta, entender-se-á uma expressão que não descreve a realidade e antes a significa, criando, no âmbito das imagens, a sua própria circunstância. Toda a expressão transposta é elíptica, no sentido de que a transposição implica condensação linguística; e, do mesmo modo, também a recíproca não é verdadeira. Claro está que condensação linguística não é sinonímico de concisão, mas significativo de que a linguagem se condensa *subordinada* à atmosfera da obra, que pode até exigir prolixidade.

No poema citado, pode o leitor observar tudo isto: a condensação linguística, em que as próprias palavras, por funcionamento das associações de imagens que lhes andam adstritas, criam uma sugestão de gestos, distâncias, interposições; a transposição, operada mediante a criação de um cenário no qual se desenrola uma acção metafórica; a descontinuidade da expressão, que, embora oculta sobre a narrativa aparente, se revela nas hipóteses sucessivas que cada uma das estrofes constitui. Estas características o irmanam aos poemas mais significativos da velha estirpe que citei, na qual a poesia de Ruy Cinatti se personaliza por um tipo de imaginação peculiar a muita poesia inglesa, e que um Eliot levou à mais lúcida perfeição: a acção metafórica alimenta-se do contraste entre um naturalismo de que a expressão não abdica, e a forma dialogada de um diálogo em que o outro interlocutor não é o poeta ou a Dinamene para delícia dos investigadores futuros, mas uma transcendente presença da comunidade humana no espaço e no tempo (tão belamente sugerida pelos «céus imemoriais», a que o naturalismo logo traz o correctivo da «estranha forma»).

Metricamente, o poema citado é em três tercetos de endecassílados heróicos, à excepção de três versos: os intermédios dos dois últimos tercetos, que, paralelisticamente, são ambos associação de um verso de quatro sílabas e de outro de sete, e do último verso, que é um endecassílabo sáfico ao qual faltasse a última sílaba contável, o que, a seguir ao verso duplo, corta, para que o poema termine, o ritmo dominante, que é o dos endecassílados. O poema tem, pois, apoiada em aliterações, uma estrutura ritmicamente rigorosa, que não pode ser assimilada às estruturas flutuantes da prosa correntia ou perra ([1]). Um pendor paralelístico, uma tendência para a constância estrófica, um tal qual jeito de terminar sem concluir — são características formais da poesia de Ruy Cinatti, comuns a vários dos seus antepassados, mas que ele viu revivificadas e repassadas de um militante sentido na obra admirável de Charles Péguy, tão cara à sua formação cultural, como prenhes de gratuito encantamento na obra de um Garcia Lorca, tão afim do seu gosto pela exuberância trágica de existir.

É este o poeta cujos poemas Alberto de Lacerda aceitou seleccionar, prefaciando-os inteligentemente. Sobre a selecção não me pronuncio: outra pessoa faria outra. Mas creio que a selecção contida neste volume tem a grande virtude de propor uma imagem completa de diversas facetas do funcionamento poético do seleccionado, sem — ao contrário do que é tão habitual — nos dar de preferência aqueles poemas em que, ocasionalmente o seleccionado funcionou ao gosto do seleccionador. Nem outra coisa seria de esperar de Alberto de Lacerda, um dos jovens poetas que, segundo julgo, o futuro há-de conservar, e penetrante

---

([1]) Note-se que uma análoga demonstração de rigor estrutural se pode fazer com, por exemplo um poema *tão livre* como a «Tabacaria» de Álvaro de Campos.

entendedor de aventuras poéticas capaz de escrever de Ruy Cinatti isto que, subscrevo:

«Retrato repartido pelo mundo, busca-se o poeta em toda a parte, e em toda a parte se encontra. No fundo, uma alegre crença na "cumplicidade angélica do acaso" lhe vai "dirigindo os passos" para a porta escancarada do mistério. Esta percepção, entre perplexa e maravilhada, do sentido mágico do mundo, é uma das maiores conquistas deste poeta.»

Lisboa, Fevereiro de 1952

PAISAGENS TIMORENSES COM VULTOS

Nota de Abertura

Este livro continua outro ([1]) em que a presença de Timor é também imediata e polémica. Mas Timor longínquo (e absolutamente inexistente para a maioria dos literatos portugueses que em matéria de Insulindias não vão além das livrarias do Boulevard Saint Michel) há muitos anos é um dos objectos mais ou menos evidentes da meditação poética de Ruy Cinatti. Não é, porém, nele, uma paisagem literária, ou um daqueles mundos a que os poetas se agarram para criar-se uma pequena mitologia própria: é mais: um objecto em que se concretiza a aproximação do poeta consigo mesmo e com a vida humana dos outros. Nestes tempos em que «objecto» é uma das palavras mágicas da crítica de literatura, torna-se saudável e consolador encontrar um poeta, e nele obra, em que essa palavra assume um conteúdo autêntico e, sobretudo, *real*. E quando a indignação e a dor ante a destruição ecológica e civilizadora do mundo é profissional, ou cínica, ou literata, sabe bem ler e ouvir a voz de um poeta em quem ela brota de uma vivida experiência, de um amante convívio e de uma consciência lúcida de quanto a humanidade se não salva sem outras palavras que foram mágicas: consideração, respeito, amor. Estes sentimentos hoje tão impróprios se não revestidos de roupagens rítmicas e metafóricas que servem, muitas vezes, a esconder a indigência da sensibilidade, é também saudável e «poético» encontrá-los numa aparente espontaneidade

---

([1]) *Uma Sequência Timorense* — Pax, Braga, 1970.

prosaica e desarticulada, num país onde as habilidades ostensivas começam a valer mais que a experiência funda de haver escrito versos por décadas, com a ciência que a vida dá só a quem a viveu, e no convívio de uma consciência culta com a grande poesia deste mundo. Neste, como nos seus outros livros, o que importa e vale é o poeta que os escreve. Bem, mal? Isso são categorias que só servem para os poetas que falam com vozes emprestadas, e não para os que, em décadas de honestidade, criaram a sua mesma.

Lisboa, Agosto de 1973

ANTÓNIO NOBRE, POESIA

por Luís da Câmara Cascudo *

Um dos mais recentes lançamentos da Agir, na sua tão meritória colecção Nossos Clássicos, é o voluminho dedicado à poesia de António Nobre. A apresentação e as notas da edição couberam ao celebrado folclorista Luís da Câmara Cascudo. Poderia esperar-se desta atribuição que os inconvenientes de confiar-se o estudo de um poeta moderno, tão enganadoramente simples, a um estudioso naturalmente afastado da problemática literária contemporânea seriam compensados pelas vantagens de notas que pusessem em relevo e assinalassem a original utilização do folclore português, que Nobre inteligentemente fez até no tom dos seus poemas. Infelizmente, tal não sucedeu. Desde a «situação histórica» até à «bibliografia» final, os erros e as lacunas são clamorosos. E trinta e tal notas de pé de página, mais de uma dúzia das quais a consulta a um dicionário (não--folclórico) de língua portuguesa resolveria, não equilibram, pela sua indigência, o descalabro crítico do resto. É impossível, numa breve nota, dar conta desse descalabro. Nem a edição merece mais que um aviso público accrca do que é — para que, mais rapidamente, possa ser esquecida: o único juízo final que de facto merece. Limitemo-nos a exemplificar. Na «situação histórica» diz-se que, em 1892, data da publicação do *Só*, entre outras pessoas versejam Soares de Passos e Antero de Quental. É grave erro. O pobre Soares de Passos, em quem, ao contrário do que é dito, não há «necrofilia» que prenuncie a de Rellinat (?), mas a necrofilia (?) romântica que, portuensemente, se prolonga em António Nobre, havia morrido, em 1860, trinta e dois anos

---

* (Nossos Clássicos, Liv. AGIR editora, Rio de Janeiro, 1959)

antes. O eminente Antero havia publicado sete anos antes os *Sonetos,* que incluem o final da sua obra poética. Nem um nem outro versejava já. Diz-se, a seguir, que os gatos, de Fialho, «arranhavam» de 1884 a 1894 e as *Farpas,* de Ramalho, «feriam» de 1887 a 1890. É uma trapalhada. As *Farpas,* iniciadas por Ramalho e Eça em 1871, ano das célebres «Conferências do Casino», deixaram de ter a colaboração de Eça no ano seguinte, e duraram, escritas por Ramalho até 1882 (as «últimas farpas» são um recomeço tardio e fracassado já). Os gatos, de Fialho, propuseram-se, precisamente, preencher a lacuna, o que fizeram de 1890 a 1894. Depois disto, afirma-se que Guerra Junqueiro «guardara as tempestades caseiras e rebeldes da irreligiosidade verbalística, *Morte de D. João, Velhice, Finis Patriae* dera a *Musa em Férias,* tisnada de sátiras e, neste 1892, *Os Simples* (...)». Isto induz em lapso o estudante. Porque a *Musa em Férias* é de 79, anterior à *Velhice* e ao *Finis Patriae,* e, depois de *Os Simples,* Junqueiro publicou a *Pátria,* em 1898. De João de Deus, que já não versejava então, pode dizer-se (o *Campo de Flores,* reedição de 1892, organizada por Teófilo Braga, das *Flores do Campo* de 1860, muito aumentada, era o encerramento de uma carreira que a morte vai fechar em 1896) é feita a seguinte síntese crítica, que dispensa comentários: «inspiração idílica em cristal e prata, nunca entendida nas áreas que serenamente cobria em sua musicalidade delicada» (?). Diz-se logo a seguir, que, em 1882, Cesário Verde era um desconhecido. Naturalmente: a 1.ª edição de *O Livro,* de 1887, foi feita fora do mercado: e a 2.ª edição, que o não foi enfim, é de 1901. Mas Cesário não era tão desconhecido que a sua influência não tenha sido detectada em, precisamente, António Nobre. Imediatamente após, declara-se que «Ninguém adivinharia Camilo Pessanha». Era difícil. A *Clepsidra* foi publicada apenas em 1922. De 1889 a 1915 conhecem-se algumas escassas colaborações do Poeta (que era da mesma idade de Nobre, mas que apenas sabia de cor os seus poemas não-escritos) em jornais de província, e só em fins de 1915 é que cópias de seus poemas circulam de mão em mão, e apaixonam Sá-Carneiro e Fernando Pessoa. Raríssima aquela edição de *Clepsidra,* raríssimas as revistas em que foram publicados depois poemas de Pessanha, só em 1945, a reedição do livro confirma o prestígio que os «modernistas» haviam sido os primeiros a reconhecer, por culpa da incúria do próprio poeta. No «estudo crítico», que se segue à «situação histórica», é feita referência ao «ralliement» de católicos à República Francesa, sob a inspiração do Papa Leão XIII. Mas, em todo o volume, não é feita referência alguma aos inéditos de António Nobre que a *presença* publicou em 1938, ainda não incluídos em volume, e entre os quais figura um dos mais belos e «engagés» poemas de Nobre: precisamente a magnífica carta a Leão XIII. Nem valerá a pena comentar que «não se falava em Yeats» (em 1890), quando os primeiros poemas deste, dignos de nota, são um volume de 1889. E não se falar então em Eliot era desculpável, pois que, nascido em 88, tinha dois anos de idade... Os «dados biográficos» confundem as viagens e as estadias de Nobre, tão numerosas e deambulantes, no estrangeiro. Na «bibliografia sobre o autor», das 17 obras citadas seis são manuais escolares de literatura portuguesa, e a obra fundamental para o estudo de Nobre, que é o livro de Guilherme de Castilho, publicado em 1950 e não esgotado, é dado como «não tendo sido possível consultar». Este livro, com inapreciável material inédito, compendia definitivamente o estudo da personalidade do grande Poeta. Do mesmo modo, na «bibliografia do autor» (Nobre), se declara que «não foi possível consultar os dois volumes da correspondência do Poeta»! Como não é possível tal coisa? Mas mesmo as notas «folclóricas» claudicam: radica-se o tópico da Lua como «Foice» em Victor Hugo (Boos Endormi) e cita-se, a propósito, o *Cancioneiro Guasca* de Simões Lopes Neto. Mas ignora-se que esse tópico já é da antiguidade clássica e que foi um dos lemas demagógicos do islamismo expansionista medieval. «Pobre do *Lusíadas*, coitado» — gemia António Nobre. Ele tinha lá suas razões.

«OFÍCIO DE TREVAS»

Carlos Maria de Araújo

No panorama de relojoaria abstracta ou concreta que a poesia no Brasil cada vez mais vai sendo, graças a uma despolitização dos intelectuais para os quais a consciência e os anseios democráticos cada vez mais se confundem com as pessoais carreiras — e deste sono acordarão bem tristes, como os portugueses sabem há algumas décadas — os 28 poemas deste belo livrinho só metaforicamente serão um *Ofício de Trevas,* um «correlativo objectivo» a mais, sem correlação com realidade alguma para lá da habilidade do poeta em parecer seco, amargo, descarnado, sombrio.

Acontece, porém, que Carlos Maria de Araújo é um português, e um português nascido em 1921, pertencendo, pois, ao número daqueles para os quais o mundo e a sua língua estão, em toda a parte, infectados de uma doença tenebrosa, pela qual a liberdade, como o amor, não ousa dizer o seu nome. De modo que, quando o poeta afirma —

> Porque nunca foste nostalgia
>
> porque nunca foste insónia
> febre de aventura
> navio
>
> porque nunca foste a lua
> vento nocturno
> agonia
>
> porque nunca foste desatino
> luzir de faca
> cilício

> porque és penumbra e quietude
> capela nua
> vigília
>
> és tu poesia
> minha amiga

— não está apenas identificando a poesia com uma amiga que venha deitar-se com ele, mas dizendo da «penumbra e quietude» em que o acto do amor é uma «vigília» ansiosa, à margem de uma língua em que tantas mentiras são ditas, de uma pátria em que tantas vítimas esperam, de um mundo que, a todo o instante, pactua, sem vergonha e sem escrúpulo, com todas as traições à livre existência do Homem. Quando o poeta «em voz baixa e em grande aflição», se dispõe fervorosamente a acreditar nos dogmas,

> e porque tenho a mui secreta esperança
> creio na remissão de todos os pecados
> e numa outra vida que não esta,

não está caracterizando uma situação de angústia, à qual transponha para uma fé tradicional (o que é sempre tão titilante para o agnosticismo insincero das sociedades em que as religiões vivem e se alimentam dessas indiferenças simpáticas), mas, sim, mostrando, com as entranhas de uma pessoal experiência, que a dissolução total a que chegou a vida humana (dissolução, porque todas as experiências são toleradas, mas nenhuma é permitida) e o «makebelieve» em que se tornou toda a expressão social, exactamente como tudo o que, em tal mundo, é pecado, não podem deixar de, na esperança do poeta em sobreviver, resgatar-se de algum modo, postular uma transmutação dialética, já que o poeta, na sua pessoa e na vida que lhe deram ou tiraram, sucumbe à quantidade imensa de uma degradação inominável, de uma inenarrável solidão. Por isso,

> O verso
> se esconde em mim
> com medo de ser verso
>
> É como a ave
> nocturna
> que emudece
> à luz pequena da manhã
>
> O verso
> tem medo de ser verso
> em minha boca.

Um poeta, um verdadeiro poeta, para quem «o verso tenha medo de ser verso» (e é esta uma fulgurante definição), foi e será sempre um oficiante das trevas. Mas, com tudo o que a fantasia do amor sem peias tenha de menos limpo e perfumado do que os angélicos desejariam, essas trevas podem ser, puras, as da gestação dos mundos, da cristalização da poesia, as do renascimento de um homem das cinzas das experiências mortais em que se lhe vai a vida. Sempre o corpo de um verdadeiro poeta é, como bem diz Carlos Maria, o «onde / jamais alguém ficou / sequer por um instante / adormecido / sonhando». E sempre um poeta dirá acertadamente: «Quando a tua vida começa / meu amigo / / eu morro a minha morte, cada dia.» As trevas deste livro, porém, não são apenas essas, que vêm de uma ciência lúcida. São, sobretudo, algo mais que dá, a isso que poderiam apenas ser, uma vibração suplementar: trevas conspurcadas, porque —

> vem até mim
> a noite que eu não quero
> e cobre-me o rosto com um lenço vermelho
> tecido fio a fio de meu peito.

E o poeta que sofreu a desordem da sua vida, em revolta contra a ordem falsa de um falso mundo, não tem sequer a consolação de *ver* as trevas de que oficia, porque a noite que ele repele (a noite da inverdade, da opressão, da hipocrisia, da maldade em que o transformaram) lhe tece uma viseira de sangue, um sangue fio a fio sugado à integridade do seu peito humano.

Quão portuguesa é esta poesia! E esta dignidade humilde e nobre da sua secura, esta veemência triste e suspendida dos seus ritmos breves, esta metaforização que, como forma de silêncio, «é um anel de ferro» — será preciso acrescentar como são *políticas,* como são a voz de um povo a quem a própria linguagem não basta para libertar-se?

LEITURAS PIEDOSAS E PRODIGIOSAS

Padre Manuel Bernardes *

O padre Manuel Bernardes foi sempre tido e continua a ser havido como uma glória da literatura portuguesa. Os louvores à pureza clássica da sua prosa e à limpidez da sua espiritualidade têm contribuído consideravelmente para os erros de juízo acerca da época barroca, de que ele, com Rodrigues Lobo, Fr. Luiz de Souza, Jacinto Freire de Andrade, Francisco Manuel de Melo, António Vieira, Fr. António das Chagas, e a *Arte de Furtar,* é, conforme as selectas e as histórias são mais ou menos resumidas, uma das indefectíveis e modelares expressões da bela prosa. Os outros podem não aparecer todos: o seráfico autor da *Nova Floresta* lá está sempre, respeitosamente instalado. Lobo e Fr. Luiz é muito duvidoso que possam ser considerados barrocos, na elegância fluente e linear das suas prosas respectivas, tão dadas mais à humanidade pensativa da experiência humana que é a deles, e à visualização idealizada de uma natureza a que são agudamente sensíveis. São, antes, os últimos maneiristas, como, sob certos aspectos, o é também D. Francisco Manuel. Freire de Andrade é o derradeiro expoente da prosa heróica, à maneira de João de Barros, mas depurada pelos ideais de geometrismo do melhor Barroco. Fr. António das Chagas transferiu para os seus escritos devotos e para a delicadeza untuosa dos conselhos espirituais, uma experiência de vida e de poesia, que faz dele uma das personalidades mais interessantes do período, em que avultam os homens tremendos como inteligência e como domínio orgulhoso da expressão, que são Melo e Vieira. A *Arte*

---

* *Selecção, introdução, cronologia e notas por António Coimbra Martins* — *Livraria Bertrand, Lisboa* (1962).

129

de Furtar é, numa época em que a ironia está em toda a parte, uma gigantesca metáfora satírica. Bernardes, a comparar com todos estes homens e obras, é a prova mais cabal de que um estilo só é um homem, quando esse homem não é uma cavalgadura. Os ideais dos gramáticos reaccionários não podiam deixar de aclamar o estilo de um homem cuja obra é uma escola de imbecilidade. Porque o que, em Vieira podemos levar à conta de uma loucura de génio, é em Bernardes a cretinice obsessiva de um filho natural de judeu e de mãe dissoluta, que quer todos os cristãos à escala da sua castração mental. Não admira que, nos tempos recentes, as belezas de Bernardes tivessem sido postas em antologia pelo Bernardes do Romantismo, que o cego Castilho foi, e por Agostinho de Campos, que denunciava os modernistas à polícia. E, salvo pela linguagem «castiça» ao merecido ridículo das suas historietas crédulas e idiotas, o padre Bernardes sobrevive a uma época que hoje consideramos notável, precisamente na medida em que ela escapou à influência deletéria dos muitos Bernardes oficiais que pululuram nela. Bernardes pertence, não à história literária, mas à história da incultura portuguesa. E não deixa de ser uma deliciosa ironia que este vigilante defensor da ortodoxia subitamente se nos revele, na sua imbecilidade zelosa, como um autor envenenado pelo quietismo que combatia. No encalço dos estudos de Robert Ricard, o jovem estudioso Coimbra Martins apresenta e selecciona excelentemente o reverendo padre. Não são mais as graças ingénuas da devoção o que é recolhido nestas páginas do maior interesse. Mas, sim, os aspectos especulativos, se assim pode chamar-se à actividade para-intelectual do divulgador sem nível filosófico e teológico, que Bernardes foi. Poderia fazer-se de Bernardes uma antologia do mais alto «humour», digna de um Swift, se o humor do pobre padre não fosse virtuosamente involuntário. Mas ainda bem que não faltaram nesta antologia aquele trecho sobre a guerra dos ossos de frades e de leigos, nem o magistral ensaio sobre as dimensões do inferno e a sua capacidade, da qual se deduz seguramente o número viável dos danados...

O trabalho de Coimbra Martins é muito sério e desenvolvido com discreta ironia. Para a história das ideias involuntárias em Portugal é, ao alcance de todos, indispensável. E, para lançar a suspeição sobre um escritor que detinha o respeito das sacristias, decisivo. Eu creio sinceramente que nenhum católico esclarecido e sincero possa, depois de compulsar esta antologia, mencionar o nome de Bernardes sem corar de vergonha. Porque, e é esse o segredo da prosa dele, Bernardes não é um pobre de espírito, que mereça a nossa simpatia, e tenha por natureza o seu ganho. Ele é um possesso de imbecilidade, que tudo faz para torná-la fascinante. Apesar de imenso, deve ter encontrado espaço para ele mesmo no inferno cujas dimensões tanto o preocupavam. Malignamente devoto, lá tinha as suas razões. Mas a história da literatura portuguesa e a estética literária nada têm com isso. A literatura barroca é outra coisa, felizmente. E é-o, ainda quando um Vieira igualmente se preocupa com as dimensões do inferno. Porque o inferno do padre Vieira não podia ser o do padre Manuel Bernardes, morto em 1710 (em geral esquece-se que quase um século o separa de Rodrigues Lobo e de Fr. Luiz de Souza, e quase quarenta anos de Vieira e Francisco Manuel), quando a Europa, desenvolvendo as linhas de pensamento do mundo barroco, não admitiria já, senão como caricatura, aquela confiança nos números que o matematicismo primário inspira barrocamente a Bernardes. Caricatura da espiritualidade barroca, isso sim, ele é. E, como escritor de tão decantado estilo, é inconcebível que continue a passar por tal uma doçura de linguagem, em que nenhuma ideia, nenhum sentido estético da expressão, nenhuma humanidade viva, compensam o proselitismo fradesco. Tomou-se por *estilo* o que era uma retórica de catecismo para boi dormir. Credulidade por credulidade, antes as fantasias históricas de Fr. Bernardo de Brito, que ao menos sabia e sentia o que fosse criação artística. Que este meritório volume, chamando a atenção para Manuel Bernardes, ajude a enterrá-lo definitivamente. A literatura portuguesa sempre andou precisada de limpeza.

LETTRES PORTUGAISES, VALENTINS ET AUTRES OEUVRES DE GUILLERAGUES

Com o estranho título em epígrafe, a conspícua colecção dos Clássicos Garnier (embora muita gente seja conspícua pelo hábito e a comodidade de ser tida como tal) procedeu à reedição das celebradas «Lettres Portugaises». Uma colecção de clássicos, que vise à publicação decente, ainda que não exactamente crítica (como é o caso frequente nesta colecção), de obras importantes da literatura universal, não pode permitir-se a leviandade que esta edição representa. Porque os autores dela não resolvem o mistério da autoria dessas cinco cartas que são uma das fontes do sentimentalismo europeu e do romance moderno, e apenas se limitam a defender, e escassamente, uma das muitas atribuições de que as mesmas têm sido objecto. Podiam publicar, juntamente com elas, as obras do homem que recebeu, em 1668, o privilégio ou a licença de editá-las, em 1669. Podiam, no prefácio, expor as razões da atribuição proposta. Mas não podiam—e a colecção muito menos— proceder à mistificação antropofágica que este volume significa. Será que a França, cada vez mais privada de «grandeur», começa a sofrer de mania das grandezas, e entra a devorar como seu o que só hipoteticamente lhe pertence?

A identidade de Mariana Alcoforado, freira no Mosteiro da Conceição em Beja, (sua terra natal), as suas possíveis relações com o futuro marquês de Chamilly (que então servia nas Guerras da Restauração de Portugal), o facto de ela ser tida no convento como letrada, a circunstância curiosa (e não atentada) de Portugal ter «ignorado» por século e meio esse êxito editorial (quando Mariana morreu octogenária no seu convento, em 1723, as

---

Paris: *Classiques Garnier, 1961.*

edições na suposta tradução francesa e noutras línguas contavam-se por dezenas), tudo isso está estabelecido fora de dúvida. Mas não prova decisivamente a autoria daquelas cinco cartas de amor, que Guilleragues «traduziu» e que forneceram *tópicos* de expressão apaixonada a quase três séculos de literatura universal. Mas a autoria deste plumitivo não são os documentos agora aduzidos (e que não são novos, pelo menos os que à questão importam) que a comprovam também. As «badinages» que são os versos de Guilleragues, a sua correspondência mais ou menos diplomática de homem do mundo, e uma carta louvaminheira a Racine não bastam para estabelecer um nexo entre personagem tão medíocre e comum do «Grand Siècle» e a veemente e dolorida queixa em cinco partes, que comoveu o mundo. Sem dúvida que é lícita a hipótese de a «tradução» de Guilleragues ser um embelezamento, ao gosto dominante do tempo, de cartas que seriam menos correctas ou menos subtis; e de esse embelezamento ter sido para o mísero Guilleragues a sua hora, aquela hora de sorte, que sobretudo costuma sorrir aos medíocres. E não estaria fora dos hábitos da ficção seiscentista a publicação como de outrem (neste caso a própria freira original), para melhor exploração da verosimilhança. A mania raciniana, que é uma das medidas do francesismo de qualquer pessoa, porém, sobreleva nos autores da edição tudo isto, em favor de verem, como já foi visto em brilhante hipótese impressionista, as cinco cartas como uma tragédia em cinco actos, participação de Guilleragues nas excelências tragediográficas da época. É evidente a intenção de, com esta hipótese gratuita (pois, que seria, naqueles tempos clássicos à força de barrocos, uma tragédia sem personagens, que fosse apenas um reiterado monólogo de qualquer Andrómaca?), ser acentuado um carácter literário das cartas. Acontece, todavia, que as cartas não são literárias, apesar da literatura que Guilleragues ou qualquer outro lhe imprimiu. Estuam nelas uma sinceridade passional, um refinamento erótico, um sentir o amor como algo que, paixão, pode contraditoriamente satisfazer-se de si mesmo, que não são literatura *daquele* tempo e lugar. E não são, precisamente por trazerem um tom de autenticidade humana, em que a civilização barroca se transcende pela descoberta da personalidade. O grande equívoco que a tradição escolar francesa tem alimentado, consiste em supor Racine um criador de personagens, um analista do «coeur humain». Racine é, pelo contrário, um criador de abstracções geométricas, analista daquelas situações míticas que escolhe para o coração que as suas sombras de personagens têm na boca, em forma de alexandrino emparelhado. Se Racine, como também já foi suposto, participou da confecção das cartas, por certo procedeu à reversão dialéctica da sua própria mentalidade criadora. Com efeito, ante a tragédia sem personagens, que era a das cartas, conseguiu criar uma personagem de carne e osso, e não mais uma «fille de Minos et Pasiphae»» ... O êxito das cartas deve-se ao tom exótico que era o delas. Exótico, não por serem oriundas dos confins das Espanhas sempre tão exóticas para toda a Europa; mas por transbordarem de uma humanidade dorida que não era a das elegâncias metafóricas e esteticistas de meio século (então) de literatura barroca.

Essa humanidade, é absurdo considerá-la especificamente portuguesa: e isto já serviu de argumento para a autoria da Freira de Beja. Não há humanidade especificamente portuguesa, ou pelo menos ela não existe ao nível em que as cartas se colocam por direito próprio. Essas humanidades nacionais, tão distinguíveis umas das outras, não podem dizer respeito à grande arte ou ao grande sentimento humano, porque dizem respeito aos preconceitos imperialistas com que as classes dominantes iludem ideologicamente as pequenas burguesias que as servem como funcionários ou patriotas cívicos. A humanidade de Camões é a dele; e muito pão precisa ainda Portugal comer para merecê-la. A humanidade das «Lettres Portugaises», tão aparentemente conforme à imagem literariamente amável de um povo, que, por si ou por seus prolongamentos, disfarça atrás do sentimentalismo uma impiedosa dureza de coração (porque as circunstâncias nunca permitiram mais que uma mesquinha luta para ganhar, seja por que preço, a segurança do pão quotidiano mais a manteiga da gulodice burguesa), essa humanidade não tem nada de portuguesa, a menos que todos representemos de mulher abandonada pelo amante e enterrada viva num mosteiro de que não aparecerá outro para tirá-la. Neste trágico sentido metafórico, sim, as cartas de Soror Mariana Alcoforado ou do Guilleragues que lhas roubou e repintou significam uma humanidade muito portuguesa: a de um povo sempre roubado da virilidade que o libertaria. Mas isto não diz já respeito ao mistério das «cartas», e sim a outra tristeza sem mistério nenhum.

Com as cartas de Mariana, continuará (por quanto tempo?) a suceder o mesmo que com Shakespeare. Não se consolam os amadores de folhetins que o tão banal e vulgar Shakespeare tenha sido, nas suas peças (ainda que não em todas), um génio. Como hão-de consolar-se os franceses de não serem autores das cartas portuguesas? Como podem eles conceber que uma mulher dos confins desse sertão africano que é a Península Ibérica possa ter amado assim, se o amor dela apareceu em francês? Até se dúvida de que Montesquieu tenha alguma vez imaginado a pasmada pergunta: «Mais, monsieur, comment peut-on être persan?»

«DAS SINGULARIDADES E DAS ANOMALIAS DA ICONOGRAFIA DO INFANTE DOM HENRIQUE»

Mário de Sampayo Ribeiro *

O autor deste substancioso estudo não pode ser um desconhecido de quantos se interessam por questões de arte portuguesa; e, em especial, tem sido notável o seu contributo para a musicologia erudita portuguesa, quer como estudioso, quer como regente do grupo «Polifonia» que tem, em anos de persistente esforço, revelado e divulgado em concertos, em Portugal e fora dele, as esquecidas riquezas da música que jaz nos códices das bibliotecas e das igrejas. Os seus estudos iconográficos (Damião de Goes) e da história da arquitectura (influência de D. João III) são valiosos. E extremamente substancioso é o que se contém nas 80 páginas, largamente ilustradas, sob o título em epígrafe.

Queiramo-lo ou não, estimemo-lo ou não, o Infante D. Henrique é uma das figuras significativas da História de Portugal; e é mesmo mais: o «Navegador» (que não parece que tenha jamais navegado senão por procuração) é, com Camões, Vasco da Gama, e quiçá Fernão de Magalhães, um dos raros portugueses ilustres que a pertinaz ignorância das grandes culturas tem, na memória, como garantia de Portugal ser coisa que existia (apesar de existir há mais tempo que muitas delas). O problema da iconografia henriquina, que mais não fosse por isso, não é caso de somenos. Os protótipos que há — ou que se julga serem protótipos — são apenas três (se não contarmos a figura dos Painéis ditos de Nuno Gonçalves, que habitualmente se tem como retrato do Infante de Sagres), a saber: a imagem do pórtico lateral da Igreja do Mosteiro dos Jerónimos, em Lisboa; a iluminura do códice manuscrito da *Crónica da Conquista da Guiné*, de Zurara, na Biblioteca Nacional de Paris e a estátua jacente do túmulo,

---

* Separata da revista *Ocidente*, 1962, Lisboa.

na Capela do Fundador do Mosteiro da Batalha. Estes três presumíveis retratos não coincidem entre si, e o autor da monografia cuidadosamente estabelece o que os aproxima e afasta. A estátua de Belém representa um homem de grande estatura, forte e vigoroso, de armadura, com a cabeça descoberta e amplamente provida de cabelos, bigodes e barba. A iluminura de Paris retrata um homem frágil e fino, de bigode aparado e cara rapada, e com o celebrado chapéu que para sempre se colou à cabeça de D. Henrique (como é sabido, não é um retrato em corpo inteiro). A estátua jacente da Batalha figura um homem de compleição idêntica ao da estátua de Belém, bem provido de cabeleira, mas sem barba nem bigode. É evidente que nada impede que uma personagem seja retratada, em ocasiões diversas, com estas variantes capilares. E não nos parece que haja contradição alguma entre as duas estátuas que não estarão, na sua factura, separadas por muitos anos, nem ambas muito distantes da morte (1460) do Infante. S. R. sublinha que a de Belém era tida como representando, e muito significativamente naquele lugar comemorativo da descoberta do caminho marítimo para a Índia (coroação da empresa posta em marcha por ele, três quartos de século antes), D. Henrique: António Pinheiro (1551) e João de Barros (1553) o afirmam categoricamente. E o mais importante, como S. R. aponta, é que a iconografia henriquina, através dos séculos, até à divulgação, em meados do século XIX, da iluminura que está no códice parisino, preferiu a imagem coincidente com a estátua do portal dos Jerónimos. Esta foi feita e colocada no princípio do século XVI quando, o Infante morrera havia cinquenta anos, havia ainda viva gente que o conhecera, e D. Manuel I, que mandou lá pô-la, teve o cuidado, de fazer-se retratar com esmero (e a uma das suas rainhas) no outro portal. É de crer, pois, que represente o Infante, essa estátua tal como ela ficara na memória verídica e lendária. A estátua do túmulo tem a menos que esta as barbas. Tal ornamento não era dos usos cortesãos do tempo, e são raras as personagens do século XV — notemos — que não ostentam um rosto cuidadosamente rapado. Nada se sabe de positivo sobre a data da colocação da estátua no túmulo, para que o cadáver de D. Henrique foi trasladado em 1461, quando os seus irmãos João, Pedro e Fernando já lá estavam rodeando a magna arca em que jazem os pais. O autor desta monografia inclina-se para que, dada a modéstia do infante D. Henrique (estes argumentos acerca do carácter das pessoas, segundo as crónicas mais ou menos coevas e áulicas, parecem-nos pouco eficazes em iconografia — mas o ponto é de mínima importância), a estátua é posterior à sua morte e não teria o seu consenso, já que os túmulos dos irmãos não possuíam também estátuas. Nada, porém, impede que suponhamos que se pensou em que todos viessem a ter estátuas que não chegaram a ser feitas, como tantos projectos que se não concluem (e a história da arte em Portugal está cheia desses exemplos de distracção realenga ou financeira); e que D. Henrique a teve, porque seu filho adoptivo, o infante D. Fernando, irmão de D. Afonso V, disso cuidou com o braço da Ordem de Cristo, que era mais longo então que o dos próprios reis. Que num túmulo, nessa época, a estátua esteja barbeada, eis o que quanto a nós, pode ser a projecção, no outro mundo, da etiqueta que mandava barbear os vivos e os mortos. E o ar assoprado que S. R. encontra nas feições dessa estátua pode perfeitamente ser o resultado de uma máscara mortuária moldada sobre o cadáver incorrupto, como ele estava por ocasião da trasladação: a incorruptibilidade dos cadáveres ilustres não impedirá certo assopramento das feições...

O caso mais transcendente em iconografia henriquina, e que o autor discute, como é necessário, com mais larga cópia de dados eruditos e mais apurada crítica, é o da iluminura do códice de Paris, que após a gravura mandada fazer pelo visconde de Santarém, para ilustrar a sua edição *princeps* (1841) da crónica de Zurara, e sobretudo após a identificação dela com a supracitada figura dos Painéis quatrocentistas (devida aos desvairos nacionalistas de José de Figueiredo), se tornou a figuração clássica do Infante. Diga-se que a progénie litográfica, no século XIX, daquela gravura (e não do original da iluminura), contribuíra para uma popularização que Figueiredo concentrou na figura dos Painéis. A análise desta progénie de litografias, estátuas, bustos, etc., é de resto um dos passos mais curiosos deste estudo. Mas... segundo a argumentação de S. R. a identificação do Infante com a iluminura de Paris é duvidosíssima — como é que Ferdinand Denis, em 1837, revela o códice, e não fala da iluminura? A divisa do Infante, nesta, parece um acrescento posterior. E a própria inserção da iluminura no códice é suspeita. Respeitosamente, S. R. não vai ao ponto de denunciar o patriotismo do meritório visconde que se deixou voluntariamente mistificar. Segundo S. R., a iluminura teria sido inserta por um dos proprietários do códice, no século XVII, que era ilustre prócere espanhol, mas flamengo de quatro-costados, se é que não andava dobrada entre as páginas do volume, como um vinco antigo parece indicar (naquele volume, ou dobrada dentro de outro qualquer). A argumentação é sugestiva e o carácter flamengo do «retrato», com o malfadado chapéu que reaparece nos Painéis, é nítido. As relações de Portugal com a Flandres eram intensas, desde os alvores da monarquia portuguesa, e tornaram-se ainda mais intensas com o intercâmbio comercial, na primeira metade do século XV, o que foi diplomaticamente sancionado com o casamento do duque de Borgonha, Filipe, com Isabel, a irmã dos «altos infantes». Não pode daí concluir-se que os Portugueses, sobretudo quando eram infantes navegadores (por procuração), usassem aquele chapéu de abas e véu. Parece, pois, que o retrato consagrado do infante D. Henrique viaja de regresso à Flandres, para retratar alguém desconhecido. E quem sabe se, muito em breve, os Painéis que são o orgulho da pintura portuguesa, não vão pelo mesmo caminho... Há, sem dúvida, um grande perigo flamengo, no que respeita à iconografia portuguesa.

OBRAS POÉTICAS EM PORTUGUÊS, CASTELHANO, LATIM, ITALIANO

Estevão Rodrigues de Castro *

Num daqueles monumentais tijolos de qualidade, peso, e vastidão de papel em branco, sem o que em Portugal se não concebe a publicação de uma obra douta com o selo venerando da Universidade de Coimbra *(Acta Universitatis Conimbricensis)* ou de outra oficial, oficiosa ou particular instituição que à veneração dos simples mortais se proponha, apareceu recentemente a edição em epígrafe, que é, felizmente, um excelente serviço prestado ao conhecimento das letras portuguesas da segunda metade do século XVI e primeiras décadas do século XVII. O Prof. Manuppella, lusófilo italiano há muito radicado, supomos, à sombra da Minerva coimbrã, procurou reunir notícias, frontispícios, etc. referentes à personalidade ilustre e esquecida de quem foi cientista eminente e um dos poetas portugueses de melhor mérito da viragem do século XVI, e, dentro dos limites modestos do precário inventário dos manuscritos existentes e que aguardam estudo na poeira sacrossanta das bibliotecas lusas (ou outras), reeditou-lhe e coligiu-lhe a obra poética no português da pátria cm que nasceu e se formou, no castelhano do bilinguismo da sua época, no latim de quem se pretendia humanista (e tinha de sê-lo para as suas comunicações científicas), e no italiano do país que escolheu como pátria de voluntário exílio e onde viveu os últimos vinte e cinco a trinta anos da sua vida, médico do grão-duque de Toscana e catedrático da Universidade de Pisa.

Como é sabido mas tem sido muito pouco lido (se o foi), a obra poética do Dr. Estevão Rodrigues de Castro foi primeiro

---

* Textos éditos e inéditos coligidos, fixados, prefaciados e anotados par Giacinto Manuppella, Coimbra, 1967 — inacabado.

coligida e publicada em Florença, 1623, por seu filho Francisco
de Castro, que, em 1639, quando o pai recentemente falecera
aos 78 anos, em 30 de Junho de 1638 (nascera em Lisboa, a 19
de Novembro de 1559 ou 60 — voltaremos a este ponto), acrescentou a esse volume um magro outro, *Posthuma (...) Varietas
(...),* que, como veremos, tem mais importância do que a que
lhe é atribuída por Manuppella. Seria triste e lamentável recordar aqui as suspeitas com que Carolina Michaelis, quiçá por
germânico mas discreto anti-semitismo, em mais de uma referência reveladora de que não vira ou não estudara nunca aquela
obra impressa, quis manchar a honestidade de Rodrigues de
Castro, como autor de toda a obra que lhe era atribuída por
seu filho (quando as obras que eles tinham como de outros, e
servem a engordar um pouco o pecúlio poético das *Rimas,* aparecem na edição com a autoria declarada), e é de aplaudir que
Manuppella não tenha recuado, nas suas notas aos poemas,
em criticar tão portuguesmente intocável figura (a ponto de,
como se fora ainda viva, dizer-se e escrever-se com caricato
respeito, Dona Carolina...), quando, do alto da sua ciência que
era muita (sobretudo lá onde a improvisação e a superficialidade
eram de regra nos estudos literários), se distraía na segurança
de, na terra dos cegos, quem tem um olho é rei (mono-olho
que, aliás, chegava e sobrava para o panorama internacional
do hispanismo de então, com a paixão positivista do documento
e as precipitações românticas da interpretação, quando não da
leitura e correcção de textos).

Contesta Manuppella a insinuação de D. Francisco Manuel
de Melo, quando, nos seus *Apólogos Dialogais* («Visita das Fontes»,
de que Manuppella nos deu uma edição em 1962, e «Hospital
das Letras»), louvava o poeta como homem «de melhor musa
que fé,» expressão em que Menendez y Pelayo, na sua juvenil
história destinada a purgar a Espanha de heterodoxos, e Teófilo
Braga, pelos motivos opostos (estigmatizar a intolerância da
sociedade portuguesa do tempo), assentaram juízos de Rodrigues de Castro como «judaizante». Embora reconhecendo que
algo grave terá feito que ele saísse do país para tentar fortuna
no estrangeiro, e que era um cristão-novo, Manuppella baseia
a sua argumentação em que, em 1588, teria o nosso homem publicado versos católicos; na interpretação de passos de um dos
poemas latinos de Rodrigues de Castro; e no facto de ter sido
catolicamente sepultado e ter catolicamente vivido lá onde não
era estritamente obrigado a esconder o seu judaísmo, se acaso
regressara à fé dos seus maiores. É, antes de mais, necessário
reconhecer, contra a visão de Manuppella, que, para um cristão-novo, onde e quando a sua posição e a sua tranquilidade, no
mundo católico, dependessem de um externo praticar da reli-

gião católica, isto não era, em consciência, nem psicologicamente
nem moralmente condenável para ele — veja-se, por exemplo,
uma obra relativamente informada e de grande circulação judaica,
como *A History of the Marranos,* New York, 1932, de Cecil
Roth, que é uma celebração cândida e franca dessa circunstância
perfeitamente admitida (até ao momento de o judeu ser chamado
a abjurar, *in extremis,* da sua fé oculta, quando o caso mudava
então moralmente de figura). E essa mesma obra recorda-nos
o tremendo escândalo de António Dias Pinto, ascendido à cátedra *em Pisa,* em 1609, e depois um dos juízes *eclesiásticos* do
Tribunal da Rota, em Florença, e que se escapou para Veneza,
onde proclamou abertamente o seu judaísmo, sendo o seu acto
imitado por dois outros juristas, cristãos-novos portugueses — o
que exigiu a publicação de uma provisão especial validando os
acórdãos emitidos por eles, já que canonicamente um judeu não
podia julgar em tais matérias... Isto acontecera ao tempo de
Estevão Rodrigues de Castro se estabelecer em Florença, e o
imitar os compatriotas relapsos talvez não fosse a melhor maneira
de obter e conservar uma cátedra *em Pisa...* Se ele era um cristão-novo judaizando a ocultas ou com a discreção requerida
pela leniência dos costumes florentinos (que o não eram tanto
como em Veneza, ao que se vê), nada havia para ele de moralmente condenável em comportar-se como a sua oculta fé lhe
autorizava que fizesse. Considera Manuppeplla que a crise espiritual pela qual Rodrigues de Castro confessa ter passado é exactamente a contrária: seus pais seriam judaizantes, e ele escapara-se
à dolorosa hostilidade familiar, reservada ao judaizante oculto
que tomasse a sério o catolicismo que à raça havia sido imposto.
Ainda que isto seja possível em comunidades judaicas, é de notar
que quem ficava em posição difícil não era ele, mas a família
que vivia, como ele, na Lisboa submetida à intolerância dos
Filipes; e que, tornando-se ele um convicto católico, quem corria
riscos que aconselhavam a fuga era a família que o hostilizasse
(não já ao tempo seus pais, mas outros parentes), e não por
denúncia dele, mas de alguém que notasse e denunciasse o comportamento deles. Aduz Manuppella que, nos registos da Universidade de Coimbra (onde ele se bacharelou em Artes, em 1584,
se licenciou em Artes, no ano seguinte, e se formou em Medicina
em Outubro de 1588), ele figura sempre como Estevão Rodrigues,
filho de Francisco Rodrigues, com omissão do *Castro* judaica-
mente comprometedor... e que só na Itália passou a usar o apelido.
O argumento não colhe, e nem se vê bem o que prova ou
não prova. Antes de mais, a omissão de apelidos, na época e
documentos dela, era tão corrente como a mudança deles (e não
é este um dos menores problemas de quem pesquisa de gente
que, a seu capricho, se chamava Menezes, Castros, Noronhas,

conforme lhes convinha «pescar» um nome de família entre os disponíveis na massa de avós portadores de nomes ilustres). E contemporâneos de Rodrigues de Castro eram os *Castros* do Rio, notoriamente de origem judaica conversa, ligados por casamentos às mais poderosas famílias (ver, a este respeito, as referências a eles, e em especial ao poeta Martim de Castro do Rio, no 2.º volume dos nossos *Estudos de História e de Cultura,* em curso de publicação na revista portuguesa *Ocidente*), e que teriam tido aristocraticamente todas as razões e mais uma para largarem um nome que toda a gente sabia que não provinha dos Castros hispânicos em cuja casa nasceram Dona Inês e mais família (como os descendentes de Martim de Castro acabaram por fazer, quando «viraram» Furtados de Mendonça... sem que a Inquisição deixasse de desconfiar deles). Que ele foi conhecido, em Portugal, correntemente, pelo nome de Estevão Rodrigues é comprovado pelo Cancioneiro Manuel de Faria e Sousa (que, naqueles estudos, provamos contra o seu recente editor, o Prof. Edward Glaser, ter sido com a máxima probabilidade preparado pelo que veio a ser ilustre camonista, e entre 1619 e 1623, sendo esta última data fixada pela publicação das *Rimas* de Rodrigues de Castro, volume que o compilador evidentemente ao tempo de organizá-lo, não conhecia ainda), em que todas as composições em seu nome figuram como de Estevão Roiz ou Estevão Rodrigues, com o nome antecedido geralmente de «Doutor» e seguido de «o Poeta». Mas isto (que veremos ter tido excepção em latim) apenas prova que Estevão Rodrigues, em Itália, achou que ser «Castrensis» (e também «lusitani», presunção pátria que os italianos lhe ridicularizaram, talvez porque a soubessem um comovente traço dos sefardís exilados) era mais pomposo, enquanto em Portugal um *de* e de *Castro* seriam ridículos para a mentalidade estritamente aristocratizante do tempo, a menos que se fosse um Castro do Rio, já com a judaica fortuna azulada por alguns matrimónios que se douravam nela. Vejamos o caso da «estreia» religiosa. Esta ter-se-ia dado na muito desconhecida e curiosa obra compilada por Manuel de Campos, *Relação do solene recebimento que se fêz em Lisboa às santas relíquias que se levaram à Igreja de S. Roque da Companhia de Jesus aos 25 de Janeiro de 1588,* Lisboa, 1588, com o prefácio e a licença para imprimir-se de Junho desse ano (do interesse deste livro e das circunstâncias ridículas que celebra nos ocupámos a pp. 154 e segs. de *Os Sonetos de Camões e o soneto quinhentista peninsular,* Lisboa, 1969). O concurso poético que foi um dos números das festividades para recebimento do congresso internacional de santos portugueses e estrangeiros em estado de amostra óssea, ganharam-no, para poesia em «vulgar», o próprio Manuel de Campos, Diogo Bernardes, e certo António de Ataíde que ganhou também o prémio de poesia latina (em que teve menção honrosa Luis Franco, o compilador do manuscrito cancioneiro camoniano cuja publicação preparamos). Segundo Barbosa Machado em quem Manuppella se apoia, aquele António de Ataíde, cujo soneto vem impresso na supracitada *Relação,* é Estevão Rodrigues de Castro sob pseudónimo. E Manuppella vê nisto um indício do drama que o separava da família. Nós mesmos, sem crer neste drama, chegámos a aceitar (o que era meramente acidental nas páginas referidas do livro citado acima) que António de Ataíde fosse quem Barbosa Machado diz. Pensando no caso, não é este tão simples, pela simples razão de haver ao tempo um António de Ataíde, poeta e homem de grande relevo social e cultural (e pai do Jerónimo de Ataíde, grande figura da Monarquia Dual, a quem Francisco Manuel de Melo dedicou os seus juvenis sonetos a Inês de Castro — vejam-se os nosso *Estudos* acima citados). Não parece realmente possível que Rodrigues de Castro (que, por ocasião das festividades às relíquias foragidas da luterana Alemanha, preparava os exames finais da sua formatura em Medicina) concorresse a tão pública e clamorosa contenda poética com o nome de um homem que era pessoa de relevo nos meios aristocráticos e literários. Deve trata-se realmente, não dele com suposto nome, identificação que será lapso de Barbosa Machado, mas de António de Ataíde (c. 1560-1647), que foi capitão-mór das Naus da Índia, embaixador, Presidente da Mesa de Consciência e Ordens, 1.º conde de Castro Daire em 1625, 5.º conde da Castanheira em 1631, e governador de Portugal, neste último ano, com Nuno de Mendonça, 1.º conde de Val de Reis, poeta como ele. Estas duas personalidades já eram «compadres» poéticos, ainda que não governativos, havia muito: é António de Ataíde quem, numa carta de 1601, incita seu cunhado Henrique de Portugal a publicar as *Sentenças* de seu avô (de Henrique, e bisavô dele mesmo António), Francisco de Portugal († 1549), 1.º conde de Vimioso e poeta do *Cancioneiro Geral* de Garcia de Resende. O que foi feito em 1605, numa edição que imprimia aquela carta, e com sonetos encomiásticos à memória do velho poeta, compostos para a ocasião por Henrique de Portugal, *António de Ataíde,* e Nuno de Mendonça que assim se associava à promoção literária (e genealógica, pois que a carta de António de Ataíde é muito explícita a esse respeito, sublinhando a subida honra de ser-se Vimioso e Ataíde) do grande avô. Note-se que António de Ataíde, cuja irmã, Ana, era a mulher de Henrique de Portugal, não era por certo personalidade de cujo nome um Estevão Rodrigues, cristão-novo e estudante em Coimbra, se apoderasse para brincar aos poetas em concurso celebrador das relíquias idas a S. Roque de Lisboa. Na verdade, não só o Ataíde era poeta ele mesmo, como era eminente membro

dos clãs que controlavam directa ou indirectamente o poder.
Os Ataídes eram poderosos e preclaros desde que outro António
de Ataíde, 1.º conde da Castanheira, ocupara junto de D.
João III de Portugal uma posição análoga à de Rui Gomes da Silva,
Príncipe de Eboli e 1.º duque de Pastrana, junto de Filipe II de
Castela. Aliás, Guiomar de Vilhena, uma avó materna do António de Ataíde cujo nome está em causa, e que foi mulher de
Francisco da Gama, 2.º conde da Vidigueira e almirante-mór,
era prima direita daquele Príncipe de Eboli, ambos netos de Rui
Teles do Menezes, 5.º senhor de Unhão, que foi para Espanha
como mordomo-mór da Imperatriz Isabel. O poeta António de
Ataíde, assim aparentado, neto do favorito de D. João III, primo
de Portugais-Vimioso e cunhado de um deles (Henrique de Portugal era filho do poeta Manuel de Portugal e de uma Silva que
era também Teles de Menezes), homem a caminho dos mais altos
postos em 1588, não era pessoa cujo nome pudesse servir de
pseudónimo numa celebração de relíquias de que, diga-se de
passagem e por piada, era *sobrinho* o Nuno de Mendonça acima
referido: com efeito, este homem era filho de Joana de Aragão,
irmã da Francisca de Aragão, talvez de camoniana memória,
que foi mulher de João de Borja, conde de Ficalho, precisamente
o colector das relíquias foragidas, e eminente personalidade luso-
-castelhana (e filho de S. Francisco de Borja, o geral dos jesuítas).
E esta gente tinha na família pessoas que haviam sido, eram,
ou seriam governadores e vice-reis de Portugal no período de
1593, quando o sistema começou, até 1643, quando veio para
vice-rei a princesa Margarida, duquesa de Mântua. Do prestígio
que António de Ataíde, 1.º conde de Castro Daire, teve como
poeta e escritor fala António Caetano de Sousa na sua *História
Genealógica,* abonando-se de Pellicer y Tovar: «quan dedicado y
elegante en poesia, como uno de los primeros de su siglo» (cf.
H. G., ed. mod., Tomo II, p. 303). E este louvor não se referia
apenas a poesia em vulgar, mas a poesia latina também, como
sublinha A. C. de Sousa, referindo como foi «bom poeta latino»
e tradutor de Séneca. O ganhador do concurso das relíquias,
em 1588, e na *Relação* impresso em português e em latim, não
terá sido Estevão Rodrigues de Castro, sob pseudónimo, mas
o próprio António de Ataíde (a não ser que, em desespero de causa,
se afirme ou pense que o Rodrigues de Castro escreveu os poemas
com que o outro concorreu e ganhou). E acrescente-se que pelo
menos uma vez Estevão Rodrigues de Castro, em Portugal,
assinou *de Castro* como poeta, porque, em 1608, os epigramas
laudatórios que deu, latinos, para o *De ratione curandi per sanguinis missionem,* do Dr. Jerónimo Nunes Rodrigues (talvez tão
cristão-novo como ele) são «Stephani Roderici a Castro».

Se a estreia religiosa em 1588, com versos às relíquias salvas pelo conde de Ficalho dos desacatos luteranos, pode, e deve, ser vista como criticamos (e Manuppella, embora cite Barbosa Machado com reserva é desta identificação que parte para a explicação da vida e da personalidade do Dr. Estevão), há que iluminá-la com umas curiosas circunstâncias. Os rivais e inimigos italianos dele não se cansaram, como Manuppella eruditamente coligiu, de lançar suspeitas sobre o seu catolicismo. Nas *Rimas* de 1623, os poemas de 1588 não figuram, nem o filho do poeta dá notícia de tão importante e antigo desmentido às acusações, como teria sido ganhar prémio floral em celebrar relíquias santas. Entre os poemas portugueses daquela edição há quatro sonetos religiosos — Ao nascimento de Cristo, à Caridade divina, a S. João Evangelista, a São Francisco. Quando em 1639, o mesmo filho e editor coligiu as «variedades póstumas» (ou miscelânea póstuma) do pai, não sabia ele que publicara três destes quatro sonetos (menos o a S. Francisco) dezasseis anos antes?... Porque os incluiu outra vez, com as epígrafes, como que a defender publicamente a memória do pai (ou, o que será mais exacto, a prosseguir a ficção oficial em que ele vivera a sua vida, e que era o «double thinking» do cristão-novo judaizante). Deste facto que não ignora, Manuppella não tira as ilações que deve, preso à sua hipótese de um católico fervoroso sair do Portugal de 1600, para escapar-se às iras familiares judaicas, e ir buscar refúgio onde essa colónia cristã-nova era numerosa e notória... O que o perseguia em Lisboa não o perseguiria em Florença? Registe-se ainda o facto de E. Glaser (em «The *statio solis, Joshua*, 10, 12-14, as a theme in Iberian letters of the Golden Age», *Boletim de Filologia*, XVI, 1-2, pp. 14-49, Lisboa, 1956) ter pertinentemente apontado que o primeiro daqueles quatro sonetos usa de um conceptismo peculiar a cristãos-novos — e nós diríamos que peculiar à ambiguidade religiosa e intelectual que era a de alguns deles. O mesmo se poderia dizer da magnificente canção em castelhano «à imortalidade da alma», inserida na *Fábula de Árion*, impressa em 1623, e que teve circulação manuscrita independente (cf. o Cancioneiro Manuel de Faria e Sousa, ed. Glaser, nas notas respectivas), e em que não há qualquer traço de uma concepção cristã da imortalidade da alma, pois que o problema da salvação não é sequer aludido.

  Resta-nos examinar o belo poema latino *Elegia in discessu ex patria urbe,* que Estevão Rodrigues de Castro incluiu no volume do seu tratado médico *De alimento,* Florença, 1637, pouco tempo antes de morrer. Manuppella usa alguns fragmentos dele (vs. 15-16 e metade do v. 39 mais o v. 40) ou notas a alguns versos em apoio da sua tese vaga, declarando que os ditos passos são mais vagos ainda. O poema é uma evocação autobiográfica, e ao mesmo tempo uma nobre defesa contra as acusações de mero aventureirismo de carreira, que os inimigos lhe haviam lançado repetidamente: mas não há nele uma única linha em que o poeta afirme categoricamente a sua devoção católica — como se o sábio e humanista não pudesse em latim fazer algo de semelhante ao que fizera com eventuais sonetos.

Os primeiros quinze versos do poema são uma invocação a Lisboa, em termos de evocação impressionista, em que as imagens se sucedem, todas magnificadas por um tom mais épico do que elegíaco, e no que se diria uma sábia desordem de ode. O oceano, as praias (exactamente: «litorais»), «onde a última terra escora as águas» (o que é, por certo, reminiscência ou alusão ao verso célebre de Camões: «onde a terra se acaba e o mar começa»), o Tejo que ao longe vê a Serra de Cintra («Monte da Lua», como pelos antigos e pela arqueologia se sabe), os fortes da costa, «torres lançadas no ar», palácios, «áureos templos» (que são «obra da santa religião», única alusão religiosa e meramente retórica), uma fonte antiga, o traçado urbano, os montes cercados de oliveiras, em suma a cidade que Ulisses baptizou e que é detentora do «direito dos mares» — eis o que ele saúda. E o verso 15, que contém a saudação, diz: «tudo isso que é grato aos olhos, mas ingrato ao filho, viva!» Vê Manuppella neste verso «palavras amargas que mal conseguem disfarçar a dor da separação». Mas não há tal, não só pelo texto que imediatamente se segue, como pelo que é apenas um jogo de palavras *grata-ingrata* que pode significar, e sem dúvida significa, que essas maravilhas evocadas, tão agradáveis aos olhos, o lisboeta as não vê nem nota, e não que a cidade tenha sido ingrata para com ele, até porque a gramática não permite. E isso fica claro no verso seguinte que Manuppella glosa em nota assim — «nada o obriga formalmente; contudo, a alma do êxul voluntário começa a saborear a felicidade da libertação e das mais sedutoras esperanças». Mas o verso diz concretamente: «a mente sorridente nos conduz, não nos arrasta, porque lhe apraz ir», e nada mais. E logo depois, o que M. não comenta porque isso se não enquadra no romance que teceu, o Dr. Estevão diz (a Lisboa e suas maravilhas): «guardai os ossos deixados dos antepassados no doce carinho / eu levarei (= trarei) à pátria os meus ossos quando morrer». Ao doce carinho de Lisboa ele deixava os ossos dos pais e antepassados, e promete retoricamente que os seus próprios ali regressarão. Aonde está aqui o que M. vê? Seguidamente, Rodrigues de Castro faz uma retórica pergunta, a que dá, com uma alusão célebre, a retórica resposta: «Trá-los-ei à pátria, eu que deixo os pátrios lares? / Pois a mente acha a pátria onde quer que esteja bem (ou seja *ubi bene, ibi patria)*». E ERC comenta numa reflexão moral: «A mente, ainda quando me faz infeliz, o sofrimento me faz forte, / e a pátria é ao forte, se souber, o único conforto». O que, de um modo extremamente elaborado, significa que ele partiu feliz, sem saudades, levando a pátria consigo, se bem que pátria seja onde um se sente bem; e que a pátria lembrada e a pátria eleita se fundem na mesma confiança moral, ainda quando a mente sofra (não necessariamente de saudades, mas na generalidade). Os versos seguintes, que não mereceram comentário também a M., são do maior interesse. «Enquanto, longe da pátria, me sentar às margens com colinas, / tentando dar forma às minhas palavras, / sozinho voltando as palmas das mãos e a voz para os astros, / consolado será quem de mal nada tinha». Nestes versos, há a referência à antiga forma romana de saudar, mas há também, ao que nos parece, alusão ao espírito e à letra do salmo (que reaparece, muito mais adiante, na declaração de que não se sente ainda disposto a «suspender as harpas no ramo frágil») *Super flumina Babylonis,* o que não será necessariamente uma atitude judaica (o salmo foi extremamente popular na poesia culta dos meados e fins do século XVI, e, em Portugal, mais tarde ainda o glosou Francisco Manuel de Melo), mas é por certo, no contexto, uma forma peculiar de aludir ao tema do Exílio. Os versos seguintes, 27-32, que M. não entendeu porque viu no primeiro deles uma alusão a Deus, claramente insinuam que Rodrigues de Castro teria recebido algum convite para sair do país, feito por uma «majestade imponente», e que ele aceitou, porque «quem quer ser ignoto a uma divindade ponderosa»? Não são isto termos — judaicos ou cristãos — para referência a Deus. Essa personalidade, com as «caras ordens», oferecia-lhe um «caminho (...) aberto e quase fácil». Por isso, e é o motivo do poema, ele diz ironicamente não entender «de onde vem agora tanta querela» (isto é, porque é que os seus rivais se agitam tanto contra ele). E propõe-se contar a própria história, proposição que é objecto de vários circunlóquios retóricos até aos vs. 39-40 que Manuppella destaca no prefácio e comenta como significando «a crise e o repúdio de crenças ancestrais, que, em contraste com o tradicionalismo inabalável da família, o levam a trilhar novos caminhos da fé». Por este caminho de paráfrases, a gente pode fazer um texto — especialmente se tão convencionalmente e transpostamente retórico como o de ERC — dizer quanto quisermos. Mas os versos só dizem, todavia: «Seguirei pela ordem, desde quando foi impelido a deixar a sede pátria / e a soltar os laços familiares primeiros». O que não é mais que aludir ao início das suas aventuras fora da pátria, desde a hora em que pura e simplesmente a deixou, que é o que *prisci iura laris* pode significar e não uma alusão a mudanças nenhumas de religião. O *compulit* apenas se referirá a que ele foi impelido ou compelido (a deixar os pátrios lares)

— que pode ser ambiguidade para aludir, simultâneamente, a que as «caras ordens» que o chamavam eram fortes e irresistíveis no que representavam de honroso, e a que algo o forçava a sair (a segurança a que ele se refere mais adiante no poema). O poema, depois, menciona que ele foi levado à ira contra ataques de que foi vítima, que essa ira o levou a cometer uma vingança mesquinha que marcou a boca de quem o insultava, e que a sua (dele mesmo) mão pesada desencadeou os «irmãos conjurados» do insultador a atirarem «tochas ardentes contra os meus telhados». Nada nos permite inferir que ele se refere nestes versos (41-46) a coisas acontecidas *antes* de haver partido — sendo o poema sobretudo escrito como justificação contra os ataques dos seus rivais, este passo será apenas alusão a como terá sido qualquer revide dele, a que pela cólera se deixou levar, o que provocou os ataques de que ele e a família *(mea tecta)* foram objecto, como longamente foram em panfletos diversos que Manuppella cita. E o verso seguinte invoca o Príncipe protector (que pode ser a mesma «divindade» que o terá chamado, os Grãos-Duques de Toscana, para a cátedra de Pisa). Todos os versos seguintes são reiterações retóricas da sua grandeza, do propósito de conservar-se acima das lutas mesquinhas, da sua confiança em ter a protecção dos grandes, mas também da sua intenção de não deixar sem resposta os ataques (o que o poema realiza). A vs. 101-102, belíssimos (como aliás todos, na sua latinidade abstracta de humanista do século XVI), diz o Dr. Estêvão, em resumo: «Adiantado em anos, peço somente isto: que a terra italiana / me receba e acolha com seu amplexo», isto é, que, na morte, ela o receba no seu seio. Logo após, refere que a posteridade dele lá ficará, honrada por quem, com ele, se fez ilustre pelo exercício da medicina e pelas obras que compôs e que iludem a morte. Essa terra pode assim recebê-lo, porque sempre haverá habitantes da terra etrusca, viventes e morrentes, para terem-na como sua, vivos ou mortos — o que é uma maneira de dizer que ela também pode sepultá-lo, porque uma pátria é de quem vive e morre nela. E vem então o esplêndido epitáfio que ele recomenda à sua posteridade (dirigindo-se a um sobrinho, o que pode ser apenas uma fórmula retórica para posteridade) que aponha no seu túmulo: «A vida lhe era preciosa, o preço da quietude foi ela. / Aqui jazo. Ai, de quanto enfim persiste vazia a quietude!» Este epitáfio, que Manuppella não comenta, é talvez mais importante e significativo do que todas as retóricas anteriores. Porque, como suprema justificação da sua vida, Rodrigues de Castro diz que a vida lhe era preciosa (isto é, que a consciência do seu valor pessoal lhe aconselhava que buscasse o onde ela pudesse ter paz e segurança, e onde esse valor fosse reconhecido), que, para obter a «quietude» da vida, teve de pagar com a mesma vida (isto é, com o exílio), e que, morto, afinal nada lhe é mais vazio que a própria quietude conquistada (ou seja, possivelmente, que os seus ossos não podem repousar em paz, por não estarem na terra dos seus maiores, e porque o exilado nem na morte repousa; ou ainda, se quisermos, porque, para o inquieto de espírito, não há paz nem na morte).

Se este poema lindíssimo no seu artificialismo retórico diz alguma coisa, não é por certo o que Manuppella procura usar como abonação, e precisamente o contrário. O cristão-novo procurou voluntariamente a paz e a segurança, triunfou contra tudo e todos graças ao seu valor e às protecções de que foi objecto, mas (e parece-nos ouvir as lamentações de outro português, de Itália, o grande Samuel Usque da *Consolação às Tribulações de Israel,* impressa em Ferrara em 1553, meia dúzia de anos antes de Estevão Rodrigues de Castro ter nascido) a contradição da sua vida é total: pagou a paz com a vida, a pátria é onde uma pessoa se sente bem, e, contudo, falta-lhe até a inquietação na própria pátria, porque nada é mais vazio do que a quietude que se comprou com a vida.

Nascido em Lisboa em 1559 ou 1560 (ele, em 1638, cumpriu 78 anos, ou está no 78.º ano da sua existência, que ambas são formas de contar do tempo — e curiosamente Manuppella confessou indirectamente esta dúvida, porque, no texto, dá 1559, mas na capa e no rosto da edição é 1560 o que aparece), formado em Medicina em Coimbra em 1588, não tendo escrito versos a relíquias neste ano (como vimos), e havendo exercido a profissão durante cerca de vinte anos em Lisboa (pois que em 1608 sauda latinamente o colega por certo tão cristão-novo como ele), Estevão Rodrigues de Castro saiu em busca da segurança e da fortuna, lá onde um cristão-novo sentiria mais a primeira e teria mais oportunidades para a segunda. Em 1617, ascendeu à cátedra de Pisa, e a sua bibliografia médica é vasta. Em 1623, o filho publicou-lhe as *Rimas* que já circulavam manuscritas em Portugal (figuram no Cancioneiro Fernandes Tomás, no Cancioneiro Manuel de Faria e Sousa, no Cancioneiro Heitor Mendes de Brito, etc.), e que o classificam entre os mais importantes poetas portugueses da viragem do século XVI para o XVII, erradamente incluídos pela crítica precipitada e mal informada na lista dos «camonizantes», e que constituem a transição *maneirista* entre o Renascimento e o Barroco. Neste conjunto de nomes, em que há mais de uma geração, a de Rodrigues de Castro é a de Fernão Rodrigues Lobo Soropita, Jorge Fernandes (o Fradinho da Rainha), Martim de Castro do Rio, etc. a segunda depois da de Camões. Descontando-se o soneto português em nome de António de Ataíde, as numerosas poesias latinas, e as escassas em italiano, o Prof. Manuppella dá a Estevão Rodrigues de Castro

56 poemas em português e 10 em castelhano, provenientes das edições de 1623 e 1639, do Cancioneiro Fernandes Tomás, do de Mendes de Brito, e do de Faria e Sousa, além de dois sonetos altamente duvidosos, como considera, ambos provenientes do primeiro daqueles manuscritos. A proporção portuguesa sobre a castelhana, embora alguns dos poemas em castelhano (como a canção da Imortalidade da Alma, inserta na Fábula de Árion) sejam excepcionais, claramente mostra que o bilinguismo de Rodrigues de Castro foi bem inferior ao de outros contemporâneos ou antecessores. Mesmo que descontemos os 20 sonetos e uma canção em português, provenientes do Cancioneiro Fernandes Tomás, e que não deixa de ser estranho que Estevão Rodrigues de Castro não tivesse nos seus papéis (pois que não figuram nas duas colectâneas florentinas), a proporção mantém-se elevada. É de notar que, na verdade, daqueles 20 sonetos, 5 tiveram circulação portuguesa nos fins do século XVI e princípios do século XVII: três andavam copiados nos papéis de Fr. Agostinho da Cruz *(«Lembranças do meu bem, doces lembranças»,* que Faria e Sousa incluiu na sua edição das Rimas de Camões, avisando que o vira em nome de Martim de Castro do Rio; e *«Pus em tamanha altura o pensamento»* e *«Que cousa seja amor, não se comprende»),* de onde foram parar à edição Mendes dos Remédios daquele poeta; um *(«Doce despojo de meu bem passado»)* que Faria e Sousa incluiu como de Martim de Castro no seu cancioneiro para o conde de Haro (veja-se, a este respeito, o nosso estudo sobre este cancioneiro, acima citado); outro, como concordamos com Manuppella (veja-se a obra supracitada sobre os sonetos de Camões), é — *«Um brando mover de olhos grave e honesto» — livre imitação* de um soneto impresso como de Camões nas Rimas de 1595; e outro é o celebrado *«A perfeição, a graça, etc.»,* publicado como de Camões nas Rimas de 1598, atribuído a Diogo Bernardes no índice do Pe. Pedro Ribeiro, e dado a D. Manuel de Portugal no cancioneiro Luis Franco e no CXIV / 2-2 de Évora, de quem provavelmente será porque Faria e Sousa também declara tê-lo visto em seu nome. Como as Rimas se não reimprimiram até 1607, quando D. Manuel de Portugal estava a contas com a morte, não terá havido efeitos de ele protestar de uma autoria camoniana, como terá acontecido em 1595, com o soneto do «crocodilo», que era de Vasco Mousinho de Quevedo, e que desapareceu de Camões em 1598. Mas, se, a este quadro, acrescentarmos que outro soneto das rimas florentinas de 1625 o dá o Cancioneiro Fernandes Tomás a Martim de Castro, e dá a Rodrigues de Castro um soneto de Diogo Bernardes, deveremos concluir duas coisas: que, antes de 1623 (e em todos os manuscritos anteriores a essa data, ou copiados deles), a obra de Rodrigues de Castro andava confundida com

a de outros, e que as atribuições daquele cancioneiro, à medida que se ampliam os estudos de manuscritos e edições da época, se torna cada vez menos importante do que a ignorância oitocentista supôs, por tê-lo encontrado e estudado (?). O que por certo lança uma sombra de suspeita sobre o contributo desse cancioneiro para esta edição de Rodrigues de Castro, ainda que Manuppella tenha feito o que devia e é publicar os textos (tanto mais que esse cancioneiro é um dos mais ridiculamente inacessíveis de todos os manuscritos guardados virginalmente dos estudiosos em Portugal).

A produção portuguesa e castelhana do Dr. Estevão reparte-se em sonetos (cerca de meia centena, na sua esmagadora maioria em português), canções petrarquistas (cinco, sendo três em português), poemas em oitavas (na sua maior extensão em castelhano), uma égloga portuguesa, um madrigal em português, e glosas em redondilha (uma meia dúzia, em que português e castelhano se equilibram). Façamos agora a essa obra coligida por Manuppella algumas observações especiais, seguindo a ordem dos textos. O soneto «*Ondados fios d'ouro onde enlaçado*», de 1623, foi incluído por Faria e Sousa na sua edição das Rimas de Camões, provavelmente por considerá-lo de começo semelhante a «*Ondados fios d'ouro reluzente*», atribuído a Camões em 1598. O soneto «*Entre flamas de amor fostes criados*», que o cancioneiro Fernandes Tomás dá a Martim de Castro do Rio e que Faria e Sousa, no seu cancioneiro, dá, como a edição de 1623, a Rodrigues de Castro (pois que não tem indicação de autoria, ao contrário do que sucede com as peças que o editor sabe de outrem), é outro exemplo de quanto o cancioneiro FT merece menos confiança do que Carolina Michaelis lhe atribuiu — o que Manuppella justamente sublinha, mas sem daí tirar todas as consequências em relação a Faria e Sousa, embora prefira lições do manuscrito dele... O soneto «*Justamente o grão Rei que senhoreia*» é objecto de amplo comentário de Manuppella, no seu afã de desmentir as interpretações de Teófilo Braga (sem dúvida precipitadas muitas vezes, e quanto à cronologia também neste caso, mas que ficam de pé para a hipótese da duplicidade cristã-nova de Estevão Rodrigues de Castro), o que o faz cair em interpretações igualmente precipitadas.

... ...

IMAGEN DE LA VIDA CRISTIANA

Fr. Heitor Pinto *

Numa série de autores «espirituales españoles» publicou o Prof. Edward Glaser, da Universidade de Michigan, uma edição notável da tradução castelhana da *Imagem da Vida Cristã* de Fr. Heitor Pinto. Esta obra, publicada em duas partes, pela primeira vez, respectivamente em 1563 e em 1572, teve um êxito enorme como leitura filosófico-devota, e da Primeira Parte apareceu em 1571 uma tradução castelhana que conheceu semelhante êxito também. É esta tradução, considerada como importante leitura espanhola da época, que o Prof. Edward Glaser edita com uma introdução que, concentrada sobretudo na discussão das fontes da obra e na análise dos diálogos que constituem a Primeira Parte, se deve classificar de modelar e indispensável para o estudo da espiritualidade portuguesa da segunda metade do século XVI. Não têm os grandes clássicos portugueses sido habitualmente servidos com tal cuidado e erudição; e triste sinal da inferioridade em que provincianamente a cultura portuguesa se deixou colocar é que um Fr. Heitor Pinto, para ser estudado a sério (para lá de observações mais ou menos inteligentes e mais ou menos impressionistas em artigos raros, prefácios poucos, e capítulos de história literária), tenha tido de ser encorporado, ou reencorporado, à espiritualidade castelhana.

Diz-se habitualmente que a literatura portuguesa não é rica de autores espirituais, como o não é de autores filosóficos. O levantamento e a reavaliação do espiritualismo português está longe de ter sido feito, após o descrédito em que sucessivas gerações de «esclarecidos», românticos, naturalistas, positivistas, etc., ocu-

---

* Introducción, edición y notas de Edward Glaser. Barcelona: Juan Flors, 1967

pados em Portugal com sucederem-se uns aos outros, mergulharam essa literatura toda. Em geral, só Fr. Heitor Pinto, Fr. Amador Arrais e Fr. Tomé de Jesus, e o poeta Fr. Agostinho da Cruz, são referidos como «místicos». E isto é menos um efeito de escassez que do hábito português de remastigar sempre os grandes nomes. Discordamos da classificação de místicos para eles, por entendermos que a de autores espirituais lhes casa melhor, como é o caso também de Samuel Usque, nem sempre lembrado com eles, porque, como judeu que era e escrevendo para judeus, sofre ainda do ranço de Contra-Reforma que macula em Portugal mesmo os comunistas. Mas, se discordamos dessa designação, não quer isso dizer que a aceitemos para a tão repetida mistificação clerical que é a *mística espanhola,* que até críticos não-espanhóis aceitam por hábito. A maior parte da mística assim chamada situa-se exactamente no mesmo plano que um Fr. Heitor Pinto: literatura imbuída de humanismo cristão, escrita para fins de meditação moral e espiritual, mas que, mesmo nos entusiasmos da religiosidade, não atinge a vivência ou a transcrição das experiências místicas que só raros mortais, mesmo em Espanha, terão atingido alguma vez. E a fronteira entre esse humanismo de tradição simultaneamente classicizante e filosófica cristã (que é o equilíbrio precário tentado pelo humanismo de raiz nórdica que em grande parte prevaleceu na Península Ibérica sobre o de raiz italiana, mais confinado à literatura pura na Península, até que o espírito da Contra-Reforma acabou por liquidar e absorver os dois) e uma literatura devota foi sempre naturalmente ténue, conforme o nível de público a que as obras se destinavam.

  Em Portugal, a crítica tem-se ocupado menos destas questões que de, reaccionariamente, exagerar a religiosidade dos clássicos, e a ortodoxia deles, ou de, anti-reaccionariamente, acentuar os aspectos laicos que eles não poderiam ter tido. É sempre uma crítica de reivindicação apologética menos interessada em aprofundar o seu conhecimento cultural de uma época e a correcta compreensão de um autor, do que em interpretá-lo para fins de política imediata. Daí que os clássicos portugueses possam sempre ganhar em ser estudados por estrangeiros, desde que estes se não deixem, com ingenuidade bibliográfica, levar por aquilo que portugueses possam ter dito deles. É precisamente o caso de Fr. Heitor Pinto neste estudo que o Prof. Glaser lhe dedicou. O modo como destrinça as fontes bíblicas, patrísticas e greco-romanas pagãs é, segundo nós, inestimável para situar ideologicamente o autor, não porque sejamos admiradores ou fiéis da crítica de fontes (que consideramos apenas um caso particular e restrito da crítica tópica de Curtius), mas porque é o método justo para um autor como *este,* que precisamente constrói a sua obra sobre alusões ou citações. Por esse modo pôde o Prof. Glaser mostrar copiosamente até que ponto é válida a classificação de «Humanista» para Fr. Heitor Pinto: apenas até onde a Antiguidade é posta ao serviço de valores e de ideais cristãos. O que é precisamente característico do humanismo nórdico, erasmiano, que tanto se difundiu na Península Ibérica, e que, nos meados e fins do século XVI, perdera já o impulso reformista, mas não aderira ainda, ou não fora ainda inteiramente dominado, pelo espírito devoto e pelo neo-escolasticismo da Contra-Reforma. Fr. Heitor Pinto, grande escritor apesar dos seus excessos de comentários e citações (que tão lamentavelmente têm sido confundidos com barroquismo que ainda não nos parece existir nele), e homem da geração de Camões (este muito mais italiano e menos «religioso» do que ele), é nitidamente um representante do Maneirismo português na prosa e nas ideias. A sua linguagem é ao mesmo tempo elegante e ritmicamente cadenciada, salpicada de visualidade intelectualizada nas imagens e nas metáforas, e pretendendo a uma espiritualidade que, não ignorando a terra, ascende à contemplação da morte: não a morte barroca, espectacular e dramática, mas a morte maneirista entendida como vitória da inteligência individual sobre o passageiro e o efémero espelhados no desconcerto do mundo.

Sob estes últimos aspectos é que é pena que o Prof. Glaser, escrevendo precipuamente para Espanha (onde a ignorância de Portugal é muito grande, e onde os grandes escritores portugueses são sempre espanhóis ...), não tenha escrito um capítulo que ele, como poucos, estava capacitado para escrever, e que situasse Fr. Heitor Pinto no quadro português do seu tempo. É muito importante acentuar que ele, como escritor, é anterior ao desastre de Alcácer-Kibir, com tudo o que esta catástrofe significou socialmente e culturalmente para Portugal, e que pertence à pleiade de grandes poetas e prosadores que, no reinado de D. João III, souberam criar a literatura portuguesa como classicismo e como visão nacional, sem deixarem de sentir-se parte do mundo hispânico. A Espanha foi invenção posterior, e nem mesmo Filipe II era rei dela entre os seus numerosos títulos, esse Filipe II que procurou contrabater as intrigas do «místico» Fr. Luís de León contra Fr. Heitor Pinto por uma cátedra em Salamanca, e depois pôs o autor da *Imagem da Vida Cristã* sob vigilância, por perigoso patriota ...

Setembro de 1968

IV
ENSAIOS, PREFÁCIOS, PALESTRAS, NOTAS, INQUÉRITOS E BADANAS

DA VIRTUALIDADE POÉTICA À SUA EXPRESSÃO
— TOMAZ KIM

A virtualidade poética é a percepção de um puro e oculto sentido do mundo e da vida (embora, por vezes, apareçam casos de negação sincera da existência de tal sentido) e a necessidade de fixar essa percepção em palavras que surgem, e essas palavras, que no espírito esvoaçam, fixá-las em linguagem escrita.

O belo poético é sempre, portanto, um belo em palavras. E dentro deste sentimento tudo se tem considerado: desde o tomar as ideias como se fossem frases, e então susceptíveis de variações análogas às da corrente eléctrica, até ao tomar as palavras como se fossem puras, livres de qualquer interdependência de si para si ou de si para as outras. Na realidade, as ideias podem ir de extremo a extremo, e as palavras têm valor próprio — o encadeá-las segundo analogias variadíssimas, e com maior ou menor atenção, produz novas interdependências de extensão completamente misteriosa.

As ideias poéticas exprimem-se, porém, nas imagens que são grupos subjectivos de palavras, grupos completos ou grupos abertos para ligação a desenvolvimentos divergentes.

Suporemos três as características, melhor, as propriedades da virtualidade poética (e não da expressão poética): extensão, qualidade e quantidade.

Haverá uma região ontológica onde a percepção — aqui também acto sucessivo de compreender — é espontânea: e regiões até distantes, sem ligação aparente, onde a percepção é também espontânea, e mais regiões ainda, aqui e ali, para as quais não surgirá qualquer forma de compreensão. Noutras regiões do plano dos seres, a compreensão do poeta é voluntária. Qual a diferença não apenas formal? Uma diferença de duração e de técnica do espírito: quando a compreensão não é espontânea, há um pequeno tempo de contemplação prévia durante o qual o poeta se enternece voluntariamente sobre a ideia em questão: quando a compreensão é espontânea tudo se passa como se as transposições meramente mecânicas não existissem, tornando-se o acto sucessivo uma sucessão activa.

Abstraindo da noção atrás desenvolvida de extensão da virtualidade poética, e tomando um certo ponto da região ontológica, brilham evidentes as noções de qualidade e quantidade da virtualidade poética. Para atingir um ponto, infinitas direcções são possíveis — tomar esta ou aquela como processo de compreensão e temos a *qualidade*. E é claro que não aparece aqui qualquer preconceito valorativo: o vermelho e o violeta são cores do espectro, diferentes para nós, e não valem, pelo que são, uma mais do que a outra.

A um certo ponto pode a virtualidade aplicar-se mais intensamente do que algures (e o enternecimento prévio, voluntário ou não, será um grande factor da intensidade), e considerada estaticamente, vista como as cascatas geladas no Inverno, esta intensidade é a *quantidade* local da virtualidade poética.

Mas entre a virtualidade poética e a expressão está o indivíduo humano que julga conduzir a poesia ou ser conduzido por ela — o que depende apenas da sua forma de consciência individual, sendo que, na realidade, ambos são causa e ambos são efeito do movimento próprio. E esse indivíduo humano ao tornar-se poeta, isto é, ao realizar-se exteriormente a sua virtualidade poética, ao fixar a expressão directa (estamos tratando do tempo que vai da virtualidade até à expressão exclusivé) pode, por determinação orgânica, viver com esta em duas posições diferentes. Ou os poemas são, semelhantemente ao que dissemos para as imagens, grupos completos sem aberturas para ligações a desenvolvimentos divergentes (e ainda neste caso podemos, incluir aquele em que os poemas possuem ligações entre si e então a poesia própria é que é o grupo completo) ou os poemas, sem nada perderem da existência pura, têm ligações com o indivíduo humano e, mesmo que entre si se não associem, ligações de tal ordem que eles só com ele constituem um grupo completo, qualquer coisa como uma moeda de que são uma das faces, qualquer coisa como a Lua levando a andar em volta da Terra o mesmo tempo que leva a andar em volta de si própria.

Isto, que é extraordinariamente importante para a inteligibilidade da poesia, dirige a expressão poética.

E também a expressão tem uma extensão, uma qualidade e uma quantidade; mas estas, por sua vez, não correspondem, nem em sentido nem em realização, às suas homónimas da virtualidade poética. Esta extensão refere-se ao poder consignado às palavras, a qualidade é uma espécie de timbre da linguagem, e a quantidade é menos intensidade que a densidade verbal da compreensão poética.

Por espírito de justiça o poeta sem originalidade devia ter escrúpulo do mal que faz ao seu modelo, já que o descarna irremediavelmente, ou, no caso de um modelo abstracto, isto é, do uso restrito de uma técnica secular devia ter pudor de exibir a sua falta de individualidade, que nem sequer lhe inspirou uma orquestração original. A originalidade, porém, sob certos aspectos é relativa — quantas afinidades se desconhecem, quantos ecos passam desapercebidos? Há, pois, uma originalidade nacional e uma originalidade universal. Mas se as situações não se repetem e apenas moralmente se comparam, há sempre uma nacionalização por graça da linguagem e uma incompreensão rácica capazes de criar de novo.

Todas estas considerações tão longas se impunham para base de uma exposição crítica. E, estabelecidas elas previamente, é, logo de início e na continuação, mais límpido e mais rápido o inclinarmo-nos com curiosidade para a obra de um poeta.

Temos aqui toda a obra poética actual de Tomaz Kim: *Em cada dia se morre* — poemas e «*Para a nossa iniciação*». (*) Em 1939, Tomaz Kim estreou-se com *Em cada dia se morre*. Qual a posição imediatamente conquistada? A de uma poesia discreta, misteriosa não por concavidades formais mas por essa discrição e por um subjectivismo de origem colectiva, uma poesia contida que vai, laconicamente, aonde quer.

É curioso como o laconismo persiste e não é afectado por certas repetições. Veja-se este poema, um dos mais belos do livro:

> Diz-me,
> mulher que vives nas sombras
> e no sonho de todos nós!...
>
> Diz-me,
> mulher que fixei no tempo
> e no tédio dos meus passos!...
>
> Mulher que viveste outrora
> desconhecida de mim...
>
> Mulher!
> agora que te encontrei,
> diz-me:
>
> — Como tocar as estrelas?

---

* *Em cada dia se morre* — 1939.
Para a nossa iniciação — 1940.

Este poema diz por palavras muito pouco, as suas repetições não são para frisar uma ideia. Mas o poema é um belo poema pela vida própria que contém. As repetições — e é o segredo destas repetições verbais na poesia de Kim — vão conduzindo a imagem no espaço e no tempo, trazem-na do passado até ao presente da interrogação poética, e desde o abstracto antigo até ao estado de concretização actual.

Outras repetições marcam pontos dos quais partem fios para a imagem integradora do poema, o que reúne num mesmo vários aspectos da qualidade da virtualidade poética. Leia-se «Se o nosso refúgio é silêncio /.../ Se as nossas mãos / cerrando-se /.../ Se nós bebemos / do granito /... Para que pedir as estrelas / / a nudez dos que sofrem, / para com ela nos vestirmos?»

(Em àparte note-se a beleza pura do final do poema.)

Foi dito: um subjectivismo de origem colectiva, quer dizer, uma consciência do mundo e da vida, do irremediável do destino humano, da existência extra-humana de Deus, da naturalidade da morte e dos limites («Se eu me esquecer do que me limita, / então Te pedirei: / tornai estéreis os meus versos / e eu me encontro só e descrente / na escuridão!» E — de *Para a nossa iniciação*) — e uma esperança cósmica mais certa do que todas as outras mas apenas de saber-se e não de ter-se:

....
Poderá a noite cair para sempre
e o pranto e a morte encherem o espaço,
que para além das estrelas
outros mundos se formarão,
e neles a mesma vida recomeçará!

— uma esperança não progresso: a *mesma* vida recomeçará.
Examinemos quais a extensão, a qualidade e a virtualidade poética de Tomaz Kim. Há uma grande continuidade da sua compreensão ontológica como não podia deixar de ser em face do seu subjectivismo de conceitos gerais. Estranhamente, sem que a compreensão espontânea tenha uma região restrita, a compreensão voluntária é nele muito extensa. Não se trata de uma compreensão voluntária por enternecimento (sem que a humanidade do poeta seja afectada — é conveniente não confundir a humanidade com uma abstracta ternura pelos humanos) mas de uma compreensão voluntária induzida pela nitidez da compreensão espontânea, porque, porém, esta é estrita o poeta não desce a misteriorizar o íntimo das pequenas coisas particulares.

Vimos já qual era a função das qualidades na poesia de Kim — tratava-se de qualidades referidas a seres individualizados. Generalizando a noção de qualidade a todo o domínio do poeta, diremos que, aqui, a compreensão do mundo se dá simplesmente, de igual para igual, por não haver em Kim qualquer aspecto real de um nominalismo, e o nominalismo é sempre impeditivo, quando não associado a um elevado conceito das possibilidades do indivíduo.

Assim como havia uma grande continuidade na extensão há nesta poesia uma grande uniformidade na quantidade local da virtualidade poética. Daí o ter-se afirmado que era uma poesia contida — e podemos acrescentar agora: uma poesia que nunca se entusiasma consigo própria, uma poesia de índole aparentemente clássica. É sobretudo na exactidão rítmica do desenvolvimento orquestral que assenta o classicismo. Não é isso aqui, aqui é uma poesia que teme perder-se de vista a si própria (o que mostra, contudo, a atenção crítica que Kim dá à sua poesia). Esta disciplina excessiva é, porém, prejudicial ao, digamos muito vulgarmente, voo poético. Porque o voo poético ou se realiza pelo entusiasmo latente das palavras, ou fica em indicação de uma atitude.

Eu sei que para muitos espíritos o poema é um ponto de partida para a emoção poética: para esses basta a indicação — mas não basta para o poema. E Kim, que tanto num livro como noutro atinge a mais delicada e perfeita expressão, como naquele poema de *Em cada dia se morre:* «Tormento / e eco / de lágrimas / / tombando / etc.» e naquele outro admirável que termina: «Senhor! / Eu não quero matar... Quero viver! / E cantar os que esquecestes». (de *Para a nossa iniciação*), tão firmes e de tão pura dignidade emocional, Kim há-de gradualmente distinguir da contenção de uma forma dominada essa dignidade que é uma das mais fortes e originais características da sua poesia — veja-se ainda o belo «Post-scriptum» do primeiro livro.

E agora perguntemos, uma vez realizados, os poemas de Kim são livres uns dos outros e livres do homem que está no poeta? Libertam-se do homem por completo, a sua inteligibilidade não é função do estado de alma do poeta, mas sim do indivíduo permanente que está a ser condicionado na vida, a inteligibilidade assenta numa presença, de dentro para fora, do indivíduo na vida. Não se libertam, contudo, uns dos outros, agrupam-se — e, note-se bem, pois é ainda mais outra das características suas — agrupam-se todos no mesmo pé de igualdade, e tanto assim é que o segundo livro, mais unificado que o primeiro mas sem que haja uma unificação arquitectónica que o justifique, se chama poema. Há latente a noção de um todo de quem os poemas são afloramentos.

Muitas vezes nos livros o agrupamento obedece a considerações de ordem estética ou de ordem comunicativa. É claro que isso acontece também em Kim. Mas os poemas de cada grupo são realmente os poemas daquele grupo, e o nome dado a este só, quando prévio, chega a ser fundamental. Há, contudo, em *Em cada dia se morre* um desses nomes que convém evidenciar — Lamento pela infância perdida. Tal lamento ressoa em toda a obra e é em *Para a nossa iniciação* que se concretiza:

> ... a nostalgia
> por tudo que a infância / me não deixou...

A infância também a si própria se não deixou e resta apenas como consciência de um sedimento profundo sobre o qual foi pousando muito irremediável.

Não quero passar a este outro livro sem apontar ainda no primeiro alguns belos momentos de poesia como aquela generalização súbita:

> ....
> Ó cidade irreal
> que a noite cobrirá para sempre!
> — porque não encontrei em ti
> a guarida que procurei,
>   *o lar que procurámos!?*
> ....

a leveza do poema que começa: «Dai-me um rosário / para o desfiar ao vento.», ou aquela «página de diário»:

> Estou cansado,
> cansado
> da minha sombra,
> da tua, da vossa sombra...
> ...estou cansado!...

ou ainda o poema «Num bago de romã» de um paganismo singelamente apreensivo.

Do primeiro para o segundo livro os versos de Tomaz Kim cresceram exactamente como cresce uma criança, e, sem muitas vezes terem aumentado em aparência, na realidade são maiores — aumentou a largueza da ondulação rítmica. Não surgem agora aqueles poemas estreitos e esguios, ritmicamente equilibrados de baixo para cima. Em compensação as imagens plenas tornaram-se mais maleáveis, deixam-se passar de um verso para outro:

>	....
>	Pedimos um refúgio
>	e ninguém ergueu a lança para nos ferir.
>	....

e mais: passam às vezes para um terceiro verso, o que salva os poemas de um geometrismo de construção, em que os versos se acrescentariam como o ir pondo pesos numa balança, ora num prato, ora no outro —

>	....
>	Oh, o medo!
>	....
>	Sei que ele está em mim!
>	e que não basta o teu amor
>	pois ele não foi um refúgio, uma renúncia...
>	....

Neste trecho é nítido o desencanto. E em todo o livro se vê mais íntima, mais espontânea, a percepção da tragédia do mundo, e graças a isso, tornou-se mais lata a região ontológica da compreensão espontânea.

É que a tragédia do mundo se objectivou numa terrível crise exterior e o poeta nobremente exclama, poema após poema:

>	«Deixemos as vozes espectrais
>	gritando um futuro de vitória... ou de derrota...
>	Deixemos as palavras, regressemos à vida.»

>	«Para que esperar a vida de amanhã
>	se o pranto será eterno, se o ódio será eterno?»

>	«Mas acabai o mundo de outra maneira,
>	meus irmãos!»
>	«Não folheei um livro, não escrevi...
>	hoje existi...»

Há nestes finais de poemas todos do mesmo grupo, uma elevada defesa do indivíduo, tanto mais bela quanto se não faz com argumentos. Quando nos angustiamos perante uma imagem poética construída com intenção posterior, apenas nos estamos doendo da auto-destruição exposta. E porque nada disso acontece em Tomaz Kim do seu desencanto, da sua clarividência implacável mas, com heroismo, neutra em face do desânimo, resulta, primeiro uma consolação abstracta e depois uma alegria pelo espectáculo de uma poesia sinceramente plena.

Esta sinceridade, aliada á dignidade intrínseca da expressão, pode criar poemas preocupados como os «Poemas sem título» (dos mais belos do livro) ou poemas directos como o poema final:

> Em breve
> um estranho baterá à nossa porta
> e nós lhe morderemos a mão
> que nos acarinhará;
> Não lhe recusemos a entrada...

Aqui a dignidade mental não permite à ironia que se torne malévola, não lhe consente a mínima infiltração de egotismo sarcástico — apenas se expõe uma inevitável realidade do destino e da vida.

Desta dignidade resultaria por força uma grande piedade humana. E essa piedade humana é, para Kim, um tão importante dado de consciência que, por ela, pode afirmar:

> ....
> Pois em mim, dentro de mim,
> há o medo de Te perder, Senhor!
> ... pois em mim, dentro de mim,
> ressoa o eco
> do pranto de todos os outros...

Depois de tudo isto é escusado fazer considerações acerca da originalidade do poeta. Ela está patente nos seus poemas e nos seus livros, e, da convivência que lhe conhecemos com a poesia inglesa, veio para ele aquele empirismo de uma sensação poética sempre adjectivada (o que sucedia também a Fernando Pessoa, com quem, de resto, Tomaz Kim se não assemelha —há até, entre ambos, uma oposição da distância entre a virtualidade e a expressão). Os pequenos mecanismos exóticos da transposição poética desapareceram já da poesia de Kim.

E é o próprio Kim quem comenta:

> (Houve um poeta
> que escreveu o seu nome nas águas mansas...
> Um outro houve que o escreveu na areia molhada...
> mas o nosso nome,
> ....
> ....

>   Nós somos os últimos,
>   ....
>   Mas nós ficaremos!)

Kim pode ter a certeza que fica — e mais: a certeza de que leva para o mundo da nossa futura poesia uma mensagem que, ao contrário do que sucede a alguns, a si própria se conhece e respeita.

ANTÓNIO DUARTE GOMES LEAL (1848-1921)

Nasceu em Lisboa, a 6 de Junho de 1848. Seu pai, João António Gomes Leal, era empregado da Alfândega e homem abastado. Filho natural, o jovem Gomes Leal manifestou desde muito novo irresistível vocação poética, a qual era fortemente contrariada pelo pai, o qual, sempre que tinha conhecimento de que o filho publicava qualquer poesia, severamente o admoestava. Tentando corrigi-lo, empregou-o no cartório do tabelião Scola, uma vez que o poeta, aluno do Curso Superior de Letras, não levava vida escolar capaz. Orfão de pai muito cedo, continuou a viver com a mãe e uma irmã, mudando de casa frequentes vezes, consoante a necessidade. Boémio, independente, revolucionário, estreou-se na *Revolução de Setembro* com uns fragmentos da *Tragédia do Mal,* fundando em 1872 o *Espectro de Juvenal,* com Magalhães Lima, Silva Pinto, Luciano Cordeiro e Guilherme de Azevedo. *Tributo de Sangue* é o seu primeiro folheto político, publicado a quando da efervescência revolucionária em Espanha, e dedicado aos operários portugueses. O aparecimento do livro de Guilherme de Azevedo, *Alma Nova,* leva-o a publicar, no *Diário de Notícias,* uma espécie de manifesto intitulado, *Duas palavras sobre poesia moderna.* É de 1875, porém, o seu primeiro livro notável, *Claridades do Sul.* A questão de Lourenço Marques leva-o a escrever um folheto contra o governo e o rei — *A Traição,* o qual provocou o seu encarceramento sem culpa formada. Após uma viagem a Madrid, escreve o *Anti-Cristo,* inspirado, diz-se, numa notícia em que se relatavam certos amores de um padre. Aquando do Centenário Camoniano, publica *A fome de Camões,* e, com a fundação do *Século,* por Magalhães Lima, em 1881, passa a escrever naquele jornal uma gazetilha a que dá o nome de *Carteira de Mefistófeles.* Após anos de exaltada e incoerente vida política, em que recita em público versos incendiários e toma parte em comícios, morre-lhe a mãe, e Gomes Leal converte-se ao catolicismo, conversão, aliás, já anunciada pela sua *História de Jesus,* publicada em 1886. Esta atitude, agrava-lhe a situação económica, pois muitos dos seus amigos políticos retiram-lhe o seu auxílio, e, embora tenha adquirido com a sua conversão, o apoio dos católicos e conservadores, em 1917 é votada no Parlamento uma pequena pensão para ocorrer à desesperada penúria do poeta. Esta dádiva dos republicanos, provoca o azedume dos conservadores, e Gomes Leal, faminto, boémio, lunático, percorre as ruas de Lisboa vaiado pelos garotos, apedrejado, delirante. Por fim é recolhido em casa do deputado socialista Ladislau Batalha, à Rua do Telhal, onde falece a 29 de Janeiro de 1921.

Obras Principais

TRIBUTO DE SANGUE, 1873 — A CANALHA, 1873 — CLARIDADES DO SUL, 1875 — A MORTE DE ALEXANDRE HERCULANO, 1877 — A FOME DE CAMÕES, 1880 — A TRAIÇÃO, 1881 — O HEREGE, 1881 — O RENEGADO, 1881 — A ORGIA, 1882 — A CAÇA DA HIDRA, 1882 — HISTÓRIA DE JESUS, 1883 — A VOZ DA JUVENTUDE, 1883 — A REVOLUÇÃO EM ESPANHA E OS FUZILAMENTOS, 1883 — A MORTE DO ATLETA, 1883 — O ANTI-CRISTO, 1884 — AS TESES SELVAGENS, 1884 — PROTESTO D'ALGUÉM, 1889 — TROÇA À INGLATERRA, 1890 — A MORTE DE LILI, 1891 — O ROMEIRO, 1897 — FIM DE UM MUNDO, 1899 — A MORTE DO REI HUMBERTO E OS CRÍTICOS DO «FIM DUM MUNDO», 1900 — SERENATAS DE HILÁRIO NO CÉU, 1900 — CARTA AO BISPO DO PORTO, 1900 — KRUGER E A HOLANDA, 1901 — A DUQUESA DE BRABANTE, 1902 — A MULHER DE LUTO, 1902 — AO POETA DO ROMANCEIRO, 1902 — O SENHOR DOS PASSOS DA GRAÇA, 1904 — MEFISTÓFELES EM LISBOA, 1907 — A SENHORA DA MELANCOLIA, 1910 — PÁTRIA E DEUS E A MORTE DO MAU LADRÃO, 1914 — NOVAS VERDADES CRUAS, 1916.

Quando, como é o caso de Gomes Leal, se é um poeta de poesia dispersa ao longo de longos poemas e de inúmeros e ocasionais folhetos, e só momentaneamente, em certos trechos ou em certas líricas, a expressão atingiu aquela tensão que o gosto de hoje pede a cada «poema», parece-me que é justíssimo, para bem do renome do poeta, levantar a questão da sobrevivência da sua obra. Não é que Gomes Leal não seja unânimemente considerado uma das mais altas figuras da poesia portuguesa; mas, se a sua poesia não é agrupada com a de outros, cujo prestígio intelectual é um dos melhores títulos de glória da nossa história literária, e se, por outro lado, não é apenas por importância histórica da sua obra e pela categoria lírica de passagens dela, que Gomes Leal disfruta de especial renome, decerto cometeríamos uma injustiça e uma inexactidão, quando, ao evocá-lo no âmbito desta perspectiva do século XIX, afogássemos, na exposição de uma vida por demais conhecida em seus acidentes mais tristes, e na análise de alguns fragmentos tão célebres, a mensagem profunda, o significado unitário de uma obra vasta que o nosso tempo em grande parte não conhece. E — porque não dizê-lo? — que o nosso tempo não está em condições plenas e gerais de conhecer. A obra de Gomes Leal, há que abordá-la cautelosamente, num misto de carinhoso respeito e de piedosa humildade, antes de a revelar, antes mesmo de nos encantarmos apressadamente com o que, sendo elemento do seu perene valor e da sua presente ressureição, possa não ser o verdadeiro estímulo da sua vivência entre nós.

*

Poucos poetas portugueses viveram tão completa e perfeitamente o que já alguém chamou, noutro sentido, uma «vida reclusa em poesia»; e, à semelhança de seus pares e contemporâneos, um Francis Thompson e um Verlaine, Gomes Leal simboliza, com tanto maior acuidade quanto em Portugal toda a grande poesia é um atentado contra o pudor, o que as Musas reservam a quem se lhes prostitui. Muitos, em várias épocas, têm sido os poetas que da poesia fazem produtos de consumo corrente, segundo as tendências mais altas ou mais baixas do seu tempo — e esta prostituição das Musas torna-as infecundas. Outros a elas se entregam delirantemente, escutam a mínima solicitação, consentem em reproduzir a mínima harmonia: seguem-nas como escravos, cantando à ordem e ao que julgam ser ordem, vivendo não a própria vida, pelos primeiros habilmente vivida, mas sacrificando-a ao rumor dos mundos — e as Musas permanecem esquivas, altaneiras, distantes, dão-se às vezes, e, outras vezes em que apontaram a pureza colectiva ou a pureza individual, o poeta, um Gomes Leal, dá consigo a falar do presidente Kruger e do Mestre-escola, ao som, que foge, de um riso com que Elas, na distância interior, lhe apontam já uma só figura feminina, Mãe, Irmã, Rainha, Amante, Virgem Santa:

— Ó piedosa Mulher, Mãe dos Abandonados,
Miserere mei!...

A torre de marfim dos sacrifícios por amor da arte nada vale ao pé deste palácio em ruínas, a Gomes Leal tão grato. Pelos corredores imensos, desertos, poeirentos, circulam imperadores e papas, apóstolos e demónios... O poeta os convoca e dissolve, enquanto o mocho aguarda, ao termo de milhares de versos, «o cadáver de Deus». Mas «ao fundo, (os olhos) vêem uma sombra inexprimível, silenciosa, gigantesca (...) — *a visão ensanguentada da Consciência Humana*». E o órfão, súbdito, adorador, sob a visão se conhece

... um reles secretário
dum vulto excepcional, um vulto extraordinário.

A decadência admirável do Gomes Leal que Lisboa viu, aos bordos, com um rosário ao pescoço, não foi o fruto de congénita incapacidade de um grande poeta para a poesia de circunstância. A queda, folheto a folheto, do seu génio não foi cansaço de um estro apostado em comentar os *Diários de Notícias* da vida. Os fluxos e refluxos, que a sua obra patenteia, são a dolorosa expiação da indignidade exigida por uma totalitária actividade poética. Uma lição e um exemplo do alheamento vital que a mais profunda vida comunica. Qualquer coisa como antiteticamente concluirmos que, para ser-se aquilo a que se chama um verdadeiro grande poeta, se impõe entre o homem e o próprio pensamento rítmico, um mútuo e respeitoso desprezo.

*

Mas nem tudo o que, em Gomes Leal, parece frouxo, à luz de uma crítica assaz inadequada, o é de facto. O juízo crítico acerca de poetas padece, entre nós, de dois graves defeitos, que são uma falsa actualização histórica e uma ausência de sentido formal.

Julgam-se os seiscentistas pela boca dos árcades, os árcades pela boca dos românticos, os românticos pelo que a geração coimbrã não encontrou no chamado ultra-romantismo, e assim sucessivamente, para trás ou para diante; e, absurdamente, estes juízos coexistem, não correspondendo sequer a frágil eclectismo, e são integrados, sem mais alterações que de vocabulário, no sistema jornalístico da nossa crítica literária. Portanto, nesta confusão, o Gomes Leal puro lírico, terá, além das faltas de gosto por Moniz Barreto detectadas — que poderia para nós não ter —, outras que de facto não teve; e o Gomes Leal, prodigioso poeta panfletário, dirá truculências que, por concretas e dirigidas, sabem mal aos disfarçados amigos da poesia pura, e parecem desastradamente ingénuas aos cultores científicos da poesia aplicada. Já o mais genial anti-poeta português — Antero — lhe chamava doido, «doido de pedras», quando havia, então, um Junqueiro, cauteloso, huguesco e alexandrino, sem «estéticas do mistério», sempre desagradáveis na estratosfera intelectual da Pátria e susceptíveis de, por isso mesmo, irem na dança da mesa de pé de galo...

A ausência de sentido formal, aliada ao hábito epigramático da poesia de hoje, retira a críticos e leitores a compreensão da poesia extensa, discursiva, didáctica ou narrativa, de que as apóstrofes parnasianas de Gomes Leal não visavam a ser mais que o ornato. Não há, é certo, na poesia portuguesa, uma tradição prestigiosa do poema de fôlego, como na italiana ou na inglesa; Camões e o sarampelo camoniano, as metrificações dos árcades, de Garrett e de Castilho, as cadeias de fusis junqueirianas e as marmóreas poluções nocturnas de Pascoaes não conseguiram dominar a tendência para a poesia momentânea, ouvida ou lida como quem se coça, e escrita muitas vezes como o cão alça a perna sem pensar na árvore. Obras vastas, cuja planificação devemos partir do princípio de que sugeriu e sustentou a forma, são apreciadas pelos trechos líricos extratáveis delas, e tanto mais extratáveis afinal, quanto mais episódicos. Pode o poeta, se falhou na previsão do todo, lucrar com esta no fundo hedonística atitude, e ganhar em admiração a categoria que perde. Mas a poesia, para o poema longo substância infusa e em que os versos «lapidares» destoam, será traída em qualidade intrínseca, em significado e até nas virtualidades que, embora falha, possuísse latentes.

No entanto, que o plano de uma obra seja obscuro ou complicado, mesmo insusceptível de esquematização racional, não basta, por si, para provar, num poeta, a falta de qualidade intelectual. O que, em Gomes Leal, afoga por vezes o surpreendente dramatismo das situações poéticas, o que suspende o próprio discurso em *O Anti-Cristo* ou *A mulher de luto,* é a natureza da sua inspiração. Onde as torrentes junqueirianas fluiriam antiteticamente, as cadências do poeta da *História de Jesus* recomeçam a cada instante, sempre suspensas do fogo inicial. Como para todos os poetas do entusiasmo, a obra de Gomes Leal poderia ser interminável; como para todos os poetas estruturalmente poetas, poderia ter sido rapsódia única, pelo autor retomada a cada aflorar da inspiração. Só o poeta medíocre se não repete nunca, ainda que, paradoxalmente, lhe não seja possível renovar a forma sempre mesquinhamente procurada. O verdadeiro poeta, cuja riqueza de efeitos e incidências é inesgotável, esse, porque representa, no domínio da expressão humana, a multiplicidade e a unidade da vida, dirá bem menos, comunicando-nos, porém, o tudo que não disse. E, se foi um poeta recluso em poesia, entregue a ela como um burguês ao que chama a vida, até por vezes dirá pior: não se é grande a toda a hora; e as horas teriam de ser para a grandeza todas, quando ao serviço dela dedicadas.

*

Tomar de *As claridades do Sul* ou de *A mulher de luto,* alguns fragmentos pletóricos de associações de imagens com a fatalidade, e algumas estrofes furiosamente irónicas, esquecendo que muito do seu encanto reside na metrificação aparentemente fria e mecânica de uma época super-métrica, para projectar sobre Gomes Leal vários poetas que chegaram depois — é diminuí-lo, por ser então quase impossível ver o que ele transfigurou, sinceramente, da hipocrisia intelectual de um Antero ou sentimental de um João de Deus.

O seu culto do «mistério» não é surpresa perante o fenómeno da criação poética, como pareceria, se o aceitássemos apenas pelo paralelo com a posterior evolução da poesia portuguesa; é, sim, perpétuo espanto de um simples mortal, a quem foi dado sentir — e não pensar — a magnitude do Universo. E essa quarta dimensão, que ele procurou exprimir sob tantas formas, desde as vicissitudes da lágrima calista da poesia do seu tempo, nas oitavas deslumbrantes de *A Fome de Camões,* até à litania angustiosa *Bela dizia eu ...,* que é também calista da sua fama de hoje, desde os prefácios aos post-fácios «científicos», confere-lhe, na nossa poesia, um lugar que nem Antero pode disputar-lhe. Tem grandeza trágica o sacrifício constante de Antero; e, para um país onde os poetas principiam ou acabam por filosofar sem consciência do que estão fazendo, o sacrifício reveste-se de um sentido dolorosamente cultural. Não há essa grandeza em Gomes Leal, cuja vida não é, de atitude em atitude, a pesquisa da solução do enigma, a questão de saber qual era esse enigma possível, e de, uma vez atingida a douta ignorância, investigar amargamente, como o Inquisidor-Mor de Dostoïevsky, qual poderá ser a ilusão mais provável. Gomes Leal *soube* tacitamente, e nunca foi capaz de tentar a transferência lógica da sabedoria inútil. E quando, acaso, a tentou, dividido entre o Universo que o chamava e a literatice que traduzia tal voz, as ideias vinham-lhe em adjectivos, em correspondências baudelairianas e em Baedeker selecto do Parnaso e da Bíblia.

*

A transcendência oculta, feminina, vigilante, que desde o berço aos bancos da *Avenida* o amparou, primeiro sua mãe a pontear-lhe as meias, depois, já *Senhora da Melancolia,* restituindo-lhe em farrapos o vestido de noivado da rainha de Kashmir, mas sempre naturalmente impedindo que o homem vulgar, funcionalizável, tributável, familiável, surgisse da revolta infantil contra a «Sociedade», de quem, com distracção filial, ele aceitaria as pensões que viessem... — como é difícil, hoje, compreendê-la pura de complexos, admiti-la sem a malícia de termos perdido a infância! E ela dilui-se no positivismo com que hoje é adorada, e arrebata-nos Gomes Leal, de quem apenas ficarão boiando certas estrofes, certas imagens e um então para nós inesperado azeite de ironia.

Essa ironia, doce, recôndita e serena, que Gomes Leal espargiu sobre as pessoas e as coisas, é algo diferente da fúria elementar dos seus momentos heteróclitos. A violência das imprecações, o verso cruel que tomba sobre a evocação como um balde de água fria, ou o manquejar da sequência poética em metáforas fisiológicas — faltas de gosto flagrantes para os delicados — são o que, entre nós, naquele tempo, podia haver de rebelião romântica, e parece que ainda hoje se não encontrou melhor. A destruição final da litania célebre —*Nevrose nocturna*— é precisamente expressão da consciência de um poeta total, para quem o petrarquismo amável e madrigalesco de João de Deus seria hipócrita abstracção. Poeta do fantástico, do imaginar caótico, das visões iconograficamente completas, prenhes de atributos: poeta do excesso de realidade, sim. Mas poeta do amor de puros espíritos no vácuo da elegia formal, não. Super-realista, por um lado, e sobre-realista, pelo outro — nunca, porém, malicioso servo do idealismo burguês, com imagens campestres de fiar na roca. E as mulheres da Judeia, os velhos camponeses, as estradas crepusculares e solitárias apenas são bordão para o cansado peregrinar — «é ele, é o *Viúvo* ...»

O sentimento do excesso de realidade e o saber de que, à sua voz, tal excesso podia transmutar-se noutro, em nova realidade condenada a versos — e é apenas isto o transcendentalismo poético —, foram a dar-lhe uma ironia inabalável, uma ternura submissa, um como, só para raros, estar amarguradamente em sua casa neste mundo.

*

A obra de Gomes Leal, por natureza própria, constitui um todo. Há poetas de que o tempo extrai pequenas peças, esses versos que ainda são bonitos ... para o descanso, mais eterno que o da morte, das antologias. Gomes Leal, é de facto, um poeta de outros tempos: do seu, do que há-de vir. Errante, como o judeu lendário — «mas que vezes o bobo era um génio preclaro» —, se o depuramos, para nossa alegria ou nosso interesse, logo esquecemos que só o génio tem pleno direito à livre mediocridade. E, sobretudo, ao passá-lo discretamente em julgado, não contribuamos, *ex cathedra,* para a tabela irrevogável de salários mínimos com que é feita a nossa história literária. Que não possa de nós dizer-se o que Mallarmé disse do monumento a Poe, em Baltimore: «bloc de basalte que l'Amérique appuya sur l'ombre légère du Poète, pour sa sécurité qu'elle ne ressortît jamais».

A PROPÓSITO DA MEMÓRIA DE CARLOS QUEIROZ

Não fui para Carlos Queiroz daqueles amigos que todos os poetas, quando sobre eles por qualquer motivo incide a atenção pública, tiveram em vida já depois de mortos. Não porei, pois, os olhos em alvo para dizer «o Carlos...»; nem incriticamente o proclamarei um dos maiores poetas portugueses (embora o reconheça autor de duas ou três peças fundamentais da nossa poesia, como o «Apelo à poesia»), porque ele o não foi e sabia que o não era. Procurarei, sim, evocar uma pessoa que estimei, e um poeta cuja obra é, na nossa literatura moderna, um modelo de bom gosto e de discreta humanidade. Procurarei falar dele exactamente como Fernando Pessoa quis ocupar-se do seu primeiro livro: «sem mais entendimento que com a justiça, sem mais combinações que com a verdade».

No último terceto de um soneto inserto nesse *Desaparecido,* que é um livro que ficará na literatura portuguesa como o de Cesário Verde, o de Camilo Pessanha, o *Só,* e poucos mais, escreveu Carlos Queiroz:

> Poesia onde me levas? onde vamos,
> Se as fórmulas antigas não nos abrem
> O mistério da treva que sondamos!?

A esta pergunta a sua obra foi uma modelar resposta. Modelar, não pela profundidade alucinante das sondagens, mas pelo equilíbrio docemente irónico entre a maestria formal e sentimental em manejar as fórmulas antigas e uma consciência muito lúcida da aventura poética da modernidade. No seu foro íntimo e no convívio das obras poéticas, de que foi um amador como raros poetas o sabem ser, Carlos Queiroz, terá vivido todas as angústias de que o homem moderno chega a fazer profissão. Mas nem a vida lhe permitiu que as exprimisse a fundo, nem a sua missão poética era essa. Se a cada poeta cabe, como a cada homem, a missão especialíssima que é a de *ser* uma criatura única que não mais se repete, a Carlos Queiroz coube a de, em plena reconstrução da literatura, em plena modernidade, fazer com que os ritmos antigos e uma certa sentimentalidade romântica pequena-burguesa repercutissem em si mesmos e paradoxalmente o drama da liberdade que a literatura moderna perfeitamente simboliza. Os poemas tradicionais de um Fernando Pessoa ou as odes neo-arcádicas do Pessoa-Ricardo Reis, por muito que estejam presentes na poesia de Carlos Queiroz, desempenharam e desempenhavam uma outra missão: a de exprimirem, através de um renovo linguístico e rítmico, uma experiência humana. As «formas antigas» foram, para Carlos Queiroz, a possibilidade de conter, em graciosos e exercitados ritmos, a consciência moderna de um João de Deus que tivesse vivido as poesias de um Camilo Pessanha e de um Fernando Pessoa.

Ao lermos ou ouvirmos os poemas de Carlos Queiroz; ao atentarmos naquela voz que, com tanta sageza, amou extrovertidamente *todas* as mensagens poéticas (como a daquele grande Eminescu que ele apuradamente traduziu) — quão longe estamos dos ultra-românticos actuais do modernismo, de todos os cançonetistas que proliferam nos «Grinaldas» e «Trovadores», apoiados num pretenso classicismo moderno, que não buscaram em si próprios e encontraram já feito na obra aventurosa dos seus maiores!

É a de Carlos Queiroz uma voz puríssima, serena, comedida, para a qual a poesia, é ao mesmo tempo, uma vocação dolorosa e uma fruição delicadamente feliz.

Desaparecido em circunstâncias tão imprevistas quanto as desejara no poema de abertura do seu primeiro livro, Carlos Queiroz ocupa, na história da literatura portuguesa, um lugar de destaque, ao lado daqueles poetas que, no amor da poesia dos outros, nada perderam e antes iluminaram a dignidade do próprio lirismo: um lirismo profundamente consciente, em sua simplicidade, de quanto mistério a poesia pode criar, quando se lança no abismo da natureza humana. Assim a poesia de Carlos Queiroz avive em nossos corações o dedicado apelo à poesia que foi a sua existência de homem.

ZAGORIANSKY — *Indícios d'oiro*

> *Este morreu jovem, porque os Deuses lhe tiveram muito amor.*
>
> Fernando Pessoa

Numa efémera «revista mensal de crítica, literatura, arte, ciência», chamada *A Renascença,* cujo proprietário e director era Carvalho Mourão, e no n.º 1.º referido a Fevereiro de 1914, publicou Mário de Sá-Carneiro um «fragmento» *Além,* de Petrus Ivanovitch Zagoriansky. Este Zagoriansky é uma personagem inventada, que constitui o fulcro da novela *Asas,* mais tarde incluída em *Céu em fogo,* do mesmo modo que o supracitado fragmento e ainda outro. O fragmento agora republicado não ficou pois esquecido numa revista que ninguém conhece e poucos terão por certo conhecido mesmo quando era publicada; mas não menos jaz perdido na edição raríssima (de fins de Abril de 1915). O que ficou na revista foi a «nota» explicativa em que Sá-Carneiro promete narrar no seu «próximo volume» a «perturbadora história» de Zagoriansky, esse «extraordinário artista poeta admirável, legítimo criador duma Arte inteiramente nova». Na revista e no volume, a data do «fragmento» é a mesma: Paris--Janeiro de 1913. O outro fragmento está datado também de Paris, mas de Março, enquanto a novela *Asas* tem data de Camarate — Quinta da Vitória, Outubro de 1914. Os poemas de *Dispersão,* à excepção do primeiro, que é de Fevereiro de 1913, são todos de Maio deste ano. Dos poemas de *Indícios de ouro,* só uns cinco ou seis são anteriores à publicação de *Além.*

Ora, deste acervo de datas acima indicado, pode concluir-se que o fragmento em causa precede imediatamente *toda* a poesia de Sá-Carneiro, se considerarmos como ainda não *dele* os inéditos-primícias, recentemente revelados na revista *Acto,* e datados de 1911.

Segundo Sá-Carneiro, «a Arte do russo residia no timbre cromático ou aromal do som de cada frase e no *movimento* peculiar a cada "circunstância" dos seus poemas». Descontada

a fraseologia pretensamente impressionista, tão típica de Sá-
-Carneiro e de todas as revistas efémeras do seu tempo, isto
aplica-se quase exactamente, como é óbvio, ao poeta extraordinário que Sá-Carneiro se preparava para ser. E o dizê-lo de
um «outro» que se inventa é muito daquela geração com os seus
Caeiros, Campos, Violantes de Cysneiros, etc., admiravelmente
teorizados no «Ultimatum» de Álvaro de Campos. Simplesmente a heteronímia, tão plena e vitoriosamente conseguida por
Fernando Pessoa, como expiação da *alteridade* do mundo moderno
que nele próprio se espelhava, era em Sá-Carneiro menos um
«*movimento* peculiar a cada "circunstância" dos seus poemas»,
que em Pessoa o foi; e mais, de facto, o timbre desesperado
de uma alteridade irresoluta — «eu não sou eu nem sou o outro».
E irresoluta, por profundamente inserta na própria natureza do
poeta e não na da sua poesia, que, miraculosamente, com uma originalidade que ninguém no mundo pode disputar-lhe, transformou
em imagens fulgurantes, de um equilíbrio que só certo dandysmo
perturbou, a mais trágica consciência de frustração que já houve
em Portugal. Esse sentido do inenarrável *aquém,* desesperadamente
traduzido em cromatismos e aromatismos epocais; a consciência
de uma dualidade que, por não dicotomizada, não permite a
posse; a lúcida angústia do poeta ao qual, num mundo carecido,
a própria poesia não chega ... — não, nem tudo isto dá de Sá-
-Carneiro uma imagem pálida. «Mastros quebrados singro num
mar de ouro ...» — isso sim, que é uma coisa que nem toda a gente
merece.

Lx 14/12/952

HENRIQUE LOPES DE MENDONÇA

Muitas vezes pergunto a mim mesmo que significará sociologicamente esta febre de comemorações centenárias em que todos nos empenhamos neste país: a febre vai mesmo a meios, a quartos e a quintos, porque têm sido comemorados com idêntico fervor os cinquenta, os vinte e cinco e os vinte anos de muita coisa e muita gente. Somos, é certo, e inquestionável, um povo glorioso; isso é dos livros de História. E sem dúvida que a glória de um povo em parte se faz da glória daqueles seus filhos que foram grandes. E todos crescemos e nos nobilitamos um pouco ao participar, comemorativamente falando, na glória dos «grandes». Será por isso que tem havido nestas matérias um verdadeiro espírito de competição, uma autêntica corrida, que não recua perante nenhum obstáculo, ainda quando este último seja o sentido do facto ou da pessoa a comemorar.

Sociologicamente, uma tal fúria comemorativa, um tal afã de apropriação dos comemoráveis, uma tamanha boa vontade em ver com lentes róseas e de aumento os comemorandos todos, se não fossem precisamente uma fúria, um afã e uma boa vontade excessiva, seriam um sinal seguro da confiança de um povo no seu próprio destino, e também um índice claro do nosso respeito pela dignidade humana. Mas são, sim, uma fúria, um afã, uma boa vontade excessiva. E tão exagerada complacência póstuma pelos talentos nacionais revela, antes, que o talento não é entre nós verdadeiramente prezado, e que a todos interessam muito pouco as superiores dignidade, independência e nobreza com que esse talento tenha sido exercido. O carácter «utilitário» do nosso comemorativismo, inteiramente eivado de oportunismos e preconceitos, sem qualquer sentido profundo de humanidade que transcenda o «nacional» (e todas as glórias de um povo só são autênticas, quando foram conquistadas ao serviço do «universal», e não na estéril luta contra este ou na ilusão de que as glórias se repetem), trai precisamente o facto de que a alguns falta confiança, a muitos falta consciência e a quase todos certa coragem.

Ora, a comemoração é, por excelência, um acto cívico. A sua finalidade é chamar as atenções para alguém ou alguma coisa que tenha influído no que hoje acaso se é. Ou — e bem mais importante—que mostre claramente o que se não deve ser. A comemoração é, ao mesmo tempo, assim um acto de gratidão e um exemplo social. Não sendo ambas ou uma destas coisas, a comemoração, por muito que ficticiamente exalte a nossa vaidade, apenas comemora este defeito triste, que torna os povos execráveis ou ridículos, conforme sejam poderosos ou não.

*
* *

Eu não creio, todavia, que seja impróprio, inadequado, controverso ou exagerado comemorar o centenário de Henrique Lopes de Mendonça. Tenho, para mim, que muito da sua obra está irremediavelmente morto, e que outro muito está injustamente esquecido. Seria, sim, inadequado intentar uma pretensa ressurreição do que está morto, não só com o pretexto da carinhosa recordação, mas muito principalmente com o fito de opor a retórica (sempre relembrada com saudade por uns defuntos sobrados de outras eras) à desnuda secura ou à vibração humana que são conquistas inalienáveis da nossa literatura moderna. Mas seria perfeitamente justo — e então sem esquecer o que está morto — relembrar o que nesse escritor se consubstanciou de sóbrio e digno amor da pátria, de meritória e nobre dedicação cívica, de probidade isenta, e sobretudo, de um puríssimo idealismo político, talvez um tanto rígido ou ingénuo, talvez demasiado historicista e pouco crítico, mas perfeitamente suficiente para servir de lição ao cinismo ou ao «realismo» criminosamente desiludidos que estão no fundo de tantos pretensos entusiasmos de hoje.

Sem dúvida que muitos de nós não hesitaríamos entre «*O Duque de Viseu*» e «*A Relíquia*», de Eça de Queiroz. A Academia, coerente consigo própria e pela voz de Pinheiro Chagas, premiou o primeiro e recusou o prémio à segunda. Com todas as suas qualidades, a obra mestra do fundador do teatro historicista ou neo-romântico, é um morto ilustre no cemitério da história literária, e não há historiador digno desse nome que não deva à passagem levantar o chapéu. Com todos os seus defeitos, que são muitos, o romance de Eça de Queiroz ainda não baixou ao sepulcro, e não creio que esteja em riscos de baixar, enquanto o Teodorico for, como é, uma instituição nacional. Mas a literatura é, ou deve ser, sempre educação. Uma educação que, como todas, se processa em diversos graus, sem que deva por isso deixar de em todos ser perfeitamente escrita. Uma educação superior, sem dúvida, e orientada para a ilustração dos mais altos valores humanos. Há, porém, valores primários, imediatos, aos quais pode um escritor devotar-se nobremente, e entre eles avulta o amor da pátria, «movido não de prémio vil mas alto e quase eterno», expressão afectiva de uma realidade sem a qual não haveria universalismo que não fosse gregário e absurdo. As «Cenas da Vida Heróica», de Henrique Lopes de Mendonça, — correspondem por certo às exigências dessa primacial educação, base de toda uma ulterior libertação crítica. E creio que os rapazes portugueses deveriam lê-las, como quem adquire um certo sentimento de dignidade familiar, antes de correr justamente as aventuras da dignidade humana.

Não falei ainda, e propositadamente, do facto de ser Henrique Lopes de Mendonça o autor da letra do Hino Nacional. Esse facto não releva propriamente da literatura, domínio em que tenho procurado confinar-me. Escrita num momento de entusiasmo patriótico, essa letra, que não seria de per si uma obra-prima da literatura poética (para não falar-mos sequer de poesia), revestiu-se, porém, mercê de circunstâncias várias que não cabe historiar aqui, de uma transcendência perante a qual o seu próprio autor poderia ser esquecido, ainda quando alguma vez e só por ela o relembrássemos. A letra de um hino nacional é coralmente a voz de um povo, um momento de harmonia e de unidade perpassando sobre as divergências humanas. Eu bem sei que um hino, como tantas outras coisas, começa ou acaba por identificar-se com um regime, com um partido, até com uma classe. É essa uma vicissitude inerente a tudo o que é expressão de convicções, e não há expressão que o não seja. Mas é de tais vicissitudes que se faz quotidianamente, no silêncio da derrota ou no ruído triunfal das vitórias, a história das nações. E a história, que o tradicionalista Maistre considerava uma «conspiração contra a verdade», terá péssimas virtudes, mas — ainda que se preste a conspirações contra a verdade na companhia de alguns Josephs de Maistre — é irreversível. E, na nossa História passada e presente, como na do futuro, irreversíveis como ela, expressão da vontade e das aspirações de um povo, estão os versos de «A Portuguesa», que Henrique Lopes de Mendonça escreveu.

PAÇO D'ARCOS

Quando fui convidado para dizer aqui algumas palavras protocolares de apresentação de Joaquim Paço d'Arcos, hesitei um pouco. Porque nem Paço d'Arcos necessita de ser apresentado, nem em boa verdade eu me tenho ostensivamente ocupado, como crítico, da sua actividade de escritor. Mas hesitei apenas por uma fracção de segundos. E aceitei. Se começo por falar nestes termos, que não relevam aparentemente do que se está esperando de mim, é precisamente porque da exposição das minhas razões pode resultar a minha verdadeira contribuição pessoal para uma homenagem que considero justa a um dos poucos escritores contemporâneos detentor de um nome literário inatacavelmente digno.
Não é recente a actividade literária de Joaquim Paço d'Arcos — mais um ano, e cumprem-se trinta anos sobre a publicação da sua primeira obra. Não é de agora, também, o respeito geral pela sua honestidade de artista e de escritor. O êxito dos seus livros mostra que igualmente o público ledor o distinguiu, de entre a revoada imensa de romancistas que em Portugal se multiplicam. A qualidade da sua obra romanesca — qualidade feita de uma lúcida e humilde consciência que todo o artista deve ter ante o que cria — acabaria sempre por desculpar, aos olhos desconfiados dos seus camaradas nas letras, esse êxito que o público nunca lhe regateou. Mas tudo isto — perdoem-me o que pode parecer vaidade e o não é — não teria bastado para eu aceitar falar dele. Eu nunca falo do que, por qualquer motivo, verdadeiramente não me interessa: e uma obra digna, erguida ao longo de anos, e discutida ou acarinhada pela crítica em exercício, e aplaudida pelo público, hão-de concordar comigo que poderia não ser motivo suficiente para me interessar, se não houvesse nela e no seu autor *algo mais*, aquele *algo mais* que, precisamente,

a uma pessoa apaixonadamente e desassombradamente de olhos abertos para a vida e para o mundo, pode justificar aquela obra e distinguir o seu autor.

Tem-se dito, e é uma verdade, que a literatura portuguesa possui demasiadamente um carácter provinciano e restrito, e que esse carácter, mais ainda que o facto de não ser ainda a nossa língua uma das principais no mundo da cultura, contribui lamentavelmente para a pouca expansão de que a literatura que fazemos disfruta. Não vem para aqui analisar, nos mais diversos planos e correlações, estes dissídios, que o são. Mas importa notar que, de facto, a nossa literatura tem sido, na maior parte dos casos, uma conquista da celebridade citadina por parte de homens que trazem ainda agarrada à pena a terra das suas aldeias. O caso de um Eça de Queiroz — como o de poucos mais — é apenas uma excepção possibilitada pelo carácter muito específico da sociedade portuguesa nos fins do século XIX, quando uma relativa estabilidade política do constitucionalismo permitiu a aparição de uma alta e média burguesias financeiramente seguras e culturalmente independentes, nas únicas cidades — Lisboa e Porto — em que o comércio as sustentava a um nível apesar de tudo mediocremente europeu, que um Ramalho e o próprio Eça impiedosamente caricaturam, caricaturando-se afinal também a si próprios. Sucessivas revoadas de regionalismos, desde um Aquilino Ribeiro a um Miguel Torga aos neo-realistas têm continuado a provar que o ruralismo da nossa vida nacional continua a ser a base limitadora e estagnante da vida portuguesa. E chega a parecer incrível que não haja, como não há, qualquer nexo entre a apregoada e aliás efectiva expansão portuguesa no mundo, e a cultura portuguesa, desde a vaga claridade das Venezuelas no cérebro dos campónios que se propõem emigrar até às catadupas de labregos que têm feito a glória de muita página autêntica e inautêntica da nossa literatura. Que, portanto, um escritor transcenda, quer pela sua experiência pessoal, quer pelo meio a que a sua experiência se aplica, o ciclo estreito das intrigas aldeãs — e tão aldeãs são as altas culturas parisienses dos cafés de Lisboa como as memórias arqueológicas dos eruditos de Alguidares de Baixo — eis o que exige relevo especial, e um relevo tanto maior quanto o fácil êxito jornalístico do pitoresco e do exótico estaria sempre aberto a um homem de talento literário, que tivesse visto, desde a tenra idade, muito mundo. É esse precisamente o caso de Joaquim Paço d'Arcos, e precisamente por isso — porque transcendeu, bem mais que muito literato espevitado da última hora, a tacanhez provinciana da nossa intelectualidade — é que aceitei falar dele.

Muitas vezes a crítica o tem acusado de, nos seus romances, se limitar praticamente à sociedade lisboeta e, mesmo nesta, a um certo sector: o da alta burguesia financeiro-industrial e da aristocracia que àquela cede, a troco de conselhos de administração, alguns brasões às vezes bastante enevoados. Eu não creio que seja defeito, mas uma virtude, e o próprio Paço d'Arcos se defendeu, e bem, da acusação, que um autor se limite a falar do meio que, por diversos acasos da vida, melhor conhece. Mas não se tem atentado que é pouco «flatteur» o retrato dessa gente que, com a sua clientela, os seus interesses, as suas ambições, os seus negócios ilícitos, os seus mesquinhos problemas morais e as suas dores humanas, enche as páginas dos volumes da «crónica da vida lisboeta» e as cenas das duas ou três peças que, até hoje, ilustraram cenicamente essa comédia de Lisboa. De resto, uma transposição romanesca daquelas classes que comandam efectivamente a política, os negócios, a vida mundana e social, num determinado período nosso contemporâneo, a ser essa a intenção de um romancista, não creio que pudesse criar-se com outra comparsaria, ou em qualquer outra cidade da província. É em Lisboa que tudo se decide, e por muito provinciana que seja a sua população, por muito que pesem nacionalmente as visões estreitamente regionalistas que em Lisboa sejam impostas, a verdade é que a vida portuguesa se centra simbolicamente nesta «cidade de mármore e granito» chamada, metáfora excelente de absurdidade para uma cidade com pouco mármore e sem nenhum granito.

Mas Joaquim Paço d'Arcos não é um sociólogo nem propriamente um crítico de costumes. Nenhum romancista verdadeiro o é, mesmo quando toda a sua obra incida impiedosamente sobre o descalabro medíocre de uma sociedade. Porque tudo isso lhe interessa apenas na medida da sua inteligência artística, na medida em que, para bem compreender e criar as suas personagens, precisa de não ignorar as motivações e as circunstâncias a que elas, como personagens, obedecem mais ou menos cegamente. O grau de cegueira que se atribui às personagens, em relação com o grau de acuidade na destrinça das suas motivações é que faz uma obra ser profundamente uma tragédia ou uma farsa. Mas, no nosso mundo de todos os dias, e sobretudo neste mundo em que vivemos, o espaço moral é muito restrito para as grandes atitudes: há apenas comédias, quando muito, pungentemente dramáticas. E é esse morrer moral ou fisicamente à beira de não se recusar a sociedade de que se depende que Paço d'Arcos melhor frisa nos seus romances. Para lá da maestria com que movimenta e urde a trama complicada da actividade quotidiana de figuras representativas, e da arte com que as descreve e as escuta, está sobretudo a crítica indirecta daquela frustração. E por isso, sem dúvida, é que, numa sociedade, como a nossa, não socialmente evoluída, as suas melhores personagens, as mais centrais, são femininas. Ana Paula, a Carminha, a Pequenú, a Eugénia Maria, esta Leonor recente (a *Corça Prisioneira*) são tanto mais que os seus maridos, os seus amantes ou os seus amigos, figuras de uma humanidade dolorosamente fruste, uma humanidade que plenamente se não realiza, e está presa entre a frivolidade em que foram criadas e a superior seriedade moral e intelectual de que foram e são socialmente excluídas. Esta plena consciência, dada através do romance, do que falta a todo um sector da vida portuguesa é uma das maiores qualidades do Paço d'Arcos romancista — e paradoxalmente tem sido notado como uma das suas lacunas... Que verosimilhança haveria em Leonor ser aguadamente consciente dos grandes problemas da humanidade *hoje?* Como poderia sê-lo, ao longo da vida que nos é descrita? Os seus problemas são outros, e não cabe ao romancista mais que dá-los por uma forma que nos sugira o vazio de vidas que perderam qualquer superior sentido da Vida.

Este superior sentido em Paço d'Arcos identifica-se um pouco com uma certa saudade de uma sociedade ideal, uma aristocracia requintada, sensível e humana, como que uma Idade de Ouro, não do primitivismo bucólico, mas da civilização. Se na objectividade dos seus romances, das suas novelas — e estou a lembrar-me da bela *Evangeline* de *Neve sobre o Mar* — não transparece pelas suas personagens mais do que a simpatia, ora tinta de piedade, ora de desprezo, que o romancista post--realista se permite, a verdade é que é de certo modo em nome dessa visão aristocratizante que ele implicitamente condena a mediocridade, a mesquinharia, o arrivismo das suas personagens. Seria hipócrita da nossa parte não reconhecer e não confessar que todos os verdadeiros artistas, seja qual for as posições que assumam, no fundo sonham de uma forma ou de outra com esse ideal aristocratismo, como que uma elegância de espírito e de maneiras, sem a qual não há beleza que se não torne grosseira, nem virtude que se não macule de impurezas. No fundo também, é essa elegância de espírito e de maneiras que define os limites da literatura. E, como muito bem disse Paço d'Arcos, o «limite moral iniludível para o romancista», embora «variável de indivíduo para indivíduo, de escritor para escritor e até de público para público», é «aquele para além do qual já fere a sua própria dignidade de ser humano». São muito variáveis, de facto, esses limites, e muitas vezes dependentes menos de um autêntico *self-respect* que de uma como que subordinação a toda uma escala de valores a que tacitamente o romancista adere ou pelo menos contra os quais abdica de lutar. Mas, de certa maneira, não nos deixemos iludir pelo prestígio das ideologias mais diversas, quer para as vermos como limitações, quer para as supormos seguro paradigma da profundeza e da qualidade de uma arte. Pode o que o artista aprofunda e releva não ser exactamente o que preferiríamos, ou pode ele não ir, num dado sentido, tão longe quanto desejaríamos. Mas não é isso que importa — já vai felizmente passando o tempo de exigir-se dos outros o que gostaríamos nós de fazer. A função da crítica deve consistir muito apenas — e é uma missão altíssima e insubstituível — em verificar qual é o conceito da própria dignidade que o artista implicitamente afirma e se ele é fiel a esse conceito mais íntimo. Porque a fidelidade do artista a si próprio e a consciência de que a sua visão da realidade é limitada por aquele conceito são tudo o que devemos exigir de um artista. Seria perfeitamente óbvio acrescentar que as podemos exigir plenamente ao escritor Joaquim Paço d'Arcos.

«LE MOI HAÏSSABLE»

> — É que — saiba-o, Excelência —
> o homem é um animal muito triste ...
>
> Do «Diário Íntimo», de Manuel Laranjeira

Um doido, destes que dizem «coisas loucas e coisas acertadas, como certos bobos da antiguidade», afirmou uma vez a Manuel Laranjeira, voltando-se para ele «com os olhos fixos», que o homem era um animal muito triste. Como todos os loucos (na conta dos quais se devem incluir, embora menos inofensivos, os críticos literários, os impressionistas de jornal, etc., etc.), deve ter pressentido a personalidade, ali contígua, do médico de Espinho, e generalizou. Mas o diagnóstico (para usarmos uma imagem ao gosto daquela medicina literária de *fin du siècle*) era exacto: a impressão que se colhe, horrorizadamente, da leitura do fragmento de «diário íntimo» dedicada e proficientemente publicado pelo poeta Alberto de Serpa, é essa — o homem Manuel Laranjeira era um animal muito triste.
    O que resta ou o que apenas existiu de um «diário íntimo» do poeta de *Commigo,* que é sem dúvida uma das mais importantes e significativas figuras portuguesas da viragem do século, está todo contido neste volume que acaba de ser publicado numa edição corajosamente integradíssima, pois que Alberto de Serpa incluiu nela até os erros de ortografia e os deslizes gramaticais, como se a primeira edição de um «documento humano», necessariamente desalinhado, tivesse de ser uma coisa tão gravemente responsável que a interpretação do Futuro dependesse da leitura diplomática do texto. E certa curiosidade de escândalo criada pela expectativa da publicação de um «diário íntimo», que se espera muito desbocado, será por certo desiludida, pois que meia dúzia de palavrões genuínos ou de alusões chocantes não chegarão para satisfazê-la. Eu não creio que os ditos palavrões sejam essenciais para o significado humano do «diário», onde apenas servem a acentuar o carácter virulentamente azedo de Laranjeira. Mas, além do respeito que um texto, e póstumo,

deve merecer na sua integralidade, acho óptimo, como higiene mental do país, que se imprimam, embora esbatidos na pudicícia dos pontinhos, já que toda a gente os sabe, os diz muitas vezes e há momentos em que apetece escrevê-los. De resto, os pontinhos são uma homenagem discreta às obsessões desta população, que, neles, lerá imediatamente essas palavras de uso corrente, vernáculo, e afinal sem obscenidade alguma.

Mas o homem Manuel Laranjeira, tal como se revela nessas páginas, era de facto um animal muito triste. Onde os documentos desta natureza, quer demonstrem ou não a tristeza dos bichos-autores, são quase inexistentes, ou relevam, confessada e editorialmente, da actividade literária e pública, a publicação de um «diário íntimo», como este, será sempre um serviço inestimável. No caso presente, à parte o interesse para o estudo de uma época e da mentalidade pessimístico-literalizante que a caracterizou, é um texto importantíssimo. Ética e psicologicamente, em relação ao nosso tempo — e independentemente da categoria humana daquela «alma torturada», que é confrangedoramente miserável — vale pelo estadeamento, que comporta, de um complexo monstruoso de talento, mediocridade, cobardia moral, mesquinhez, capricho irresponsável, crueldade mental, orgulho, vaidade e desumanidade profunda, peculiar às almas que se auto-admiram como excepcionais — monstruosidade que é hoje perfeitamente corrente na vida intelectual portuguesa, onde quase todos andam sempre tão ocupados com suas sacrossantas pessoas, que lhes falta por completo aquela humildade sem a qual não há capacidade de admirar ou faculdade de estimar seja o que ou quem for.

Com efeito, o admirável ou sugestivo ou típico (como queiram) interlocutor de Unamuno sai, da leitura destas páginas, aflitivamente diminuído. E não pela sinceridade total com que se nos desvende — mal nos iria se não resistíssemos à imagem do «grande homem em cuecas». Mas precisamente porque não há, naquele desbragamento de alma, a mínima sinceridade autêntica, o mais elementar exame de consciência. A par e passo, assistimos ao espectáculo de um espírito que, sem qualquer respeito pelo dos outros, se *compraz* num egoísmo mortal, numa antropofagia moral de arrepiar os cabelos. Manuel Laranjeira morreu ou suicidou-se de indigestão do seu «moi haïssable» — e não podemos, sem emoção ou sem terror, deixar de pensar que esse fim foi transcendentemente e imanentemente justo como um castigo terrível, e em que não há — por muito que pese às almas deleitadas com o precioso «euzinho» — o mínimo lugar para a grandeza ou para a dignidade humanas.

O que há de vácuo horridamente palavroso naquele cepticismo superficial e entediado de que Laranjeira fez a angústia profunda da sua inteligência esterilizante de falhado, numa época em que todos os falhados se acobertaram com a coragem moral ou com a rectidão indignada para nada criarem do marasmo estagnante a que eles próprios pertenciam; o que há de diletantismo criminoso naquelas dúvidas e redúvidas de Otelo pacato e de província; o que há de incomensurável vaidade nas recusas a isto ou àquilo (desde concorrer a uma Escola que ataca, porque queria entrar nela sem concurso ... até pura e simplesmente deixar-se amar por uma alma simples e nobre; cujo convívio é evidente que não merecia) — eis o que não releva da grandeza ou da dignidade, por ser apenas hipertrofia lamentável de um subjectivismo que nada tem de comum com a verdadeira e real análise psicológica ou moral, característica das almas em verdade grandes e dignas, almas capazes de, na última miséria, respeitarem e amarem a própria ou alheia humanidade de que desesperam. Não há nada mais insuportável do que os Nietzsches de capelista.

Desta mesma triste matéria se têm feito entre nós muita literatura e muito pseudo-pensamento, que, passando por atentíssimos aos valores humanos e por lucidíssimos escabichadores da vida interior, são inteiramente cegos a todas as realidades psicológicas, morais e sociais do Homem, por caprichosamente absortos na sua própria e tragicamente fantasiosa irresponsabilidade.

O «Diário Íntimo» de Manuel Laranjeira, é, pois, um documento oportuníssimo. Que ele possa negativamente servir de espelho a todos os génios desta nossa terra, para que vejam, com horror e pasmo, as suas próprias tristes figuras, é o melhor voto que, culturalmente, cremos dever consignar. A tragédia de ser frustrada e falsa a própria tragédia é sem dúvida um espectáculo pavoroso, exemplar. Mas a monstruosidade de quem se julga mais e mais importante do que os outros; de quem considera como a coisa mais valiosa do mundo o seu pequenino «eu»; de quem se compraz e gloria, à custa de tudo e todos, no carácter único e intransmissível da sua pessoa... Ainda me bailam nos olhos estas linhas terríveis, que não resisto a transcrever:

«Segunda, 13 de Julho

A Augusta busca-me nos olhos para decifrar a razão desta tristeza misteriosa. Como a suicida...
E não sabe a pobre alma que esta minha inexplicável tristeza — até para mim inexplicável, às vezes! — é um abismo, onde já a *outra* se perdeu, quando me fitava ansiosamente e me dizia: — Quem me dera adivinhar essa tristeza! Dava a alma para adivinhá-la... — E deu e não adivinhou...»

A prosápia da Esfinge! A tristeza inexplicável! «Até para mim»... Ora veja-se que bestas eram as outras «pobres almas»[1]... «E deu e não adivinhou»... Tarrenego! Laranjeira, Laranjeira: tu, que escreveste coisas sérias e profundas, que inspiraste admiráveis paradoxos a Don Miguel de Unamuno (e que belas são as tuas notas a respeito dele...) — a terra e a literatura te sejam leves, pelos séculos dos séculos... Uma «pobre alma», e não a tua, se ergue, digna e grande, ainda que mesquinhamente martirizada por ti, destas páginas que te lembraste de escrever: essa Augusta que te amou e tu dás tão bem através das torturas que lhe infligiste... Ela que te valha.

1957

ALGUNS POETAS DE 1958

Eu não costumo — e creio que só abri excepção, em vinte anos de vida literária, umas duas vezes — falar ou escrever de poetas que sejam meus amigos pessoais. Não é que para mim, ao contrário do que habitualmente sucede na crítica portuguesa, a amizade seja inibitória, e me impeça de elogiar ou admirar em público quem, além de contar com a minha estima, pode contar com a minha simpatia intelectual ou a minha admiração. Nem sequer assim acontece comigo, por reflexo do que acabo de afirmar ser habitual na crítica que por toda a parte vemos ser feita, com muito raras excepções. Sou muito pouco dado a reacções reflexas desta ordem, e, quando reajo, faço-o sempre calculadamente, e é talvez por isso mesmo que os meus escritos ferem tanto, e eu tenho fama de ser uma pessoa desagradável. Ora é esta precisamente a explicação. Quando uma pessoa, bem ou mal, se impôs, de alguma maneira, sem auxílio de ninguém, e tem constantemente de aguentar a raiva que isso causa — pois que, de um modo geral, a sociedade só perdoa aquilo que ela mesma concedeu num jogo de empréstimos e hipotecas mútuas —, pode suceder, e é o meu caso, que tenha escrúpulos, fundos escrúpulos, em jungir os seus amigos à sua própria canga, forçá-los a partilhar o seu próprio destino. Porque estimo os meus amigos, nunca quis que se pensasse, eles pensassem, ou pensasse eu mesmo, que eu me escudava atrás deles, ou me servia deles para singrar o meu caminho, um caminho de que só eu, e não eles, sou ou devo ser o responsável.

Por outro lado, existe o prejuízo — que eu não temo — de que um poeta a falar de outros poetas ou da poesia é uma coisa muitíssimo suspeita. Embora a minha qualidade de poeta, ou a categoria dessa qualidade, me seja contestada por alguns — com uma persistência odienta que não posso deixar de agradecer como uma homenagem —, a verdade é que, em que pese aos não-poetas, quando os poetas falam uns dos outros ou da poesia, sempre estão falando de alguma coisa que conhecem de dentro, de uma experiência efectiva que possuem e os outros, os não--poetas, não. E o testemunho que tragam, apesar de toda a ganga de particularismo subjectivo que acarrete, não pode deixar de ser da maior importância num mundo, e sobretudo num país, em que toda a gente fala, sem cerimónia alguma, daquilo que não entende ou não conhece. Se os poetas devem ser tomados exclusivamente pelo que está nos seus versos, uma vez que a poesia a não estar neles, nos versos, não está em parte nenhuma nem existe; e se por vezes os poetas contradizem, na aparência, com as suas pessoas e as suas atitudes, o que de mais fundo na poesia dizem — não menos, apesar de tudo, pode um poeta, ou alguém que se julga tal com consciência e dignidade, melhor apreciar o que de facto é essencial nos poemas, para lá das personalidades civis que todos usamos, nesta sociedade em que vivemos, na qual o bilhete de identidade — o do arquivo de identificação, concretizado no papel, ou o abstracto, passado pelos meios que frequentamos e principalmente pelos que desprezamos frequentar — tem tamanha importância.

Por tudo isto, que não quis deixar de lealmente expor, hesitei em vir aqui, e acabei por aceitar. Mas há ainda uma outra razão, e é essa que vai ocupar-nos.

Os quatro livros de poesia, dos quais fui convidado a falar, são subscritos por quatro poetas que eu estimo e são pessoas de quem sou mais ou menos amigo há muitos anos. Mas esses quatro poetas partilham comigo, de certo modo, de um comum destino: o de não serem unanimemente reconhecidos como tal, ou o mérito não ser devidamente apreciado, ou de ser apreciado equivocamente, em função do que não é o mais importante e o maior da poesia que escrevem. Essa identidade contribuiu poderosamente para eu aceitar falar deles, por um imperativo de justiça que sempre me norteia, e que, após tudo o que vos expus, me libertou de facto para falar.

Pode parecer-vos estranho isto que começo por dizer deles. A maior parte das pessoas vive um pouco flutuantemente em compartimentos estanques, e esquece que a sociedade não é toda aquela rede de conhecidos e amigos que mutuamente fingem considerar-se muito. Há mais gente. E, com efeito, nem Merícia de Lemos, nem Ruy Cinatti, nem Sophia de Mello Breyner Andresen, nem Alexandre O'Neill são unanimemente considerados como os poetas que são. Todos quatro são tidos como pessoas curiosas, estranhas, originais, como aves raras. Sei perfeitamente como um Ruy Cinatti era, e ainda é, um conviva indispensável em jantares de sociedade pela pimenta que dá ao repasto a sua figura de Rimbaud da Brasileira, e como a sua poesia é contestada ou ridicularizada por quantos não sofreram, de perto ou de longe, a fascinação ou o desconcerto que a sua personalidade sempre deixou que se explorasse. Lembro-me perfeitamente de como Merícia de Lemos chamou a atenção da misoginia de há vinte anos, pelo escândalo de ser uma figura feminina cuja presença era um *frisson* na massa compacta de seres mais ou menos masculinos que enchiam os cafés e constituíam as massas dos intelectuais. Tenho pleno conhecimento de como, vindo do surrealismo, Alexandre O'Neill, com o seu ar peculiar de corvo benigno, é uma figura exótica cuja poesia é considerada por muitos uma lamentável traição ao surrealismo por que passou. E faço uma muito razoável ideia de como Sophia de Mello Breyner, com um nome sonante e ilustre, é no fundo tida como uma pessoa extravagante, cuja poesia é uma graça de sociedade para os que não pertencem a esta, e se admira por snobismo, ou uma desgraça mundana para essa mesma sociedade, em que a poesia e a arte são a futilidade por excelência, uma alternativa amável para a canasta.

Os quatros livros que nos ocupam revestem-se, portanto, de um especial interesse, porque todos quatro, pela sua qualidade notável, são desmentidos inequívocos a todo este acervo de tolices e afirmações decisivas de personalidades insusbstituíveis no nosso panorama poético contemporâneo. A afinada e evoluída consciência poética que patenteiam; a superior maestria, ao mesmo tempo enérgica e discreta, com que são feitos; a clarificação civilizada e culta da expressão — tudo é decisivo para os destacar e aos seus autores, definitivamente, das aldeias de sociedade, de Chiado, de café, de província... em suma da mediocridade pasmada e petulante, em que, com as suas verrinas, as suas misérias, as suas idiotices, se move a nossa actividade intelectual.

Nós vivemos uma época irremediavelmente condenada, e eu desejo, aqui entre amigos, à porta fechada, avisar-vos solenemente de que, após estes quatro livros, não podereis contar com nenhum destes quatro poetas para vos salvar. Podereis, quando muito, prolongar até aos limites do impossível os equívocos; pode acontecer, até, que os poetas às vezes cedam, complacentemente, a colaborar convosco — mas a poesia deles, não. E não, porque é poesia autêntica, sem complacências, sem mistificações, sem ponta por onde se lhe pegue. É típico da poesia autêntica, da que não é evasiva, não ter por onde se pegue para fugirmos à consciência, à lucidez, à crua luz da verdade moral. E não vos deixais enganar pela graciosidade de Merícia de Lemos, pelo tom evasivo e sonhador de Ruy Cinatti, pelo humor chocarreiro de Alexandre O'Neill, pela distância hierática de Sophia de Mello Breyner Andresen. Agarrados confiadamente a isso tudo, ireis parar a sítios extremamente desagradáveis, em que vos vereis solitários e nus. E a graça de uma, o canto de sereia de outro, a piada deste e a magnificência daquela — foram apenas encantamentos e magias com que fostes levados à perda do vosso sossego e da vossa segurança. A poesia autêntica é uma coisa eminentemente traiçoeira. Se não vejamos.

Rosa, Rosae, de Merícia de Lemos, é o seu terceiro livro de poemas, e há doze anos que fora publicado o segundo. Quer em *Mar Interior,* quer em *Pássaro Preso,* se a sua expressão na aparência pouco aprofundada, muito na linha de certo modernismo fantasista de entre duas guerras, poderia iludir quanto à fina sensibilidade e à segurança de uma intuição poética muito feminina — paradoxalmente este seu livro, em que os poemas por vezes parecem leves e graciosas brincadeiras, atinge um notável equilíbrio, na simplicidade directa de uma linguagem subtilmente despojada, que se apoia, fundamentalmente, na sua experiência de mulher, uma experiência rememorada e sopesada com lucidez, com delicado desassombro, com inteira naturalidade em relação ao mundo das coisas e ao mundo das convenções sociais. Poesia muito mundana e ao mesmo tempo solitária nas suas vivências mais fundas, quão nela estamos longe dos convencionalismos lírico-eróticos com que a poesia chamada feminina tem bordado e ainda borda, entre nós, primeiro em soneto, depois em tonitruâncias retóricas mais ou menos versilibristas, a complacência da mulher portuguesa, nas suas frustrações morais e sociais! Nem visionária nem convencional, a poesia de Merícia de Lemos — agarrada ao concreto e contida nos limites de um pessoalismo que não busca uma concepção do mundo — ataca, todavia, directamente, pela sua linha ora discreta ora desenvolta, todo um complexo de inibições em que a poesia feminina se mantém menos poesia e mais uma actividade marginal de mulheres desocupadas, às quais o homem aparece, não como o companheiro, mas como a entidade que lhes pode socialmente oferecer, não a liberdade, nem um aprofundamento da própria solidão, mas apenas uma situação na vida, que lhes permita iludir, em frivolidade ou em domesticidade, o vazio total da consciência. Nada disto há na poesia despreconceituosa de Merícia de Lemos — mas apenas o drama do que é inerente à vida humana, ao amor, ao nosso contacto singelo com a breve realidade que nos rodeia. Os poemas que vou ler documentarão, por certo, para vós isto mesmo — (Leituras).

Também *O livro do nómada meu amigo* é o terceiro livro de Ruy Cinatti, e, se descontarmos as poesias escolhidas que Alberto de Lacerda organizou e o autor corrigiu e emendou em vários passos, corresponde igualmente a um longo silêncio, de dezasseis anos. Tem-se dito que o poeta não evoluiu, que é ainda o mesmo poeta dos sonhos adolescentes de uma personalidade muito original; e para muitas pessoas este livro constitui uma desilusão. Eu não creio inteiramente justa esta crítica. Antes de mais, eu não sei porque havemos de exigir evolução a um poeta, se por evolução entendermos que modifique ou transforme aquilo que é, para lá das transacções com o tempo e a vida, a sua personalidade fixada muito cedo. Se por evolução entendermos um aperfeiçoamento harmónico e rítmico de uma linguagem pessoal; se entendermos um acerto mais firme entre a expressão e todo um complexo contraditório (e só as personalidades muito insignificantes nos não aparecem à primeira vista como confusas, obscuras, um pouco incertas), uma maior nitidez na afirmação de uma visão do mundo — então este livro é de poemas evoluídos, de uma segurança admirável, que confirmam definitivamente a sua poesia como uma das mais notáveis dos últimos anos.

Mas, concordo, se por evolução entendermos o aprofundamento de um pensamento poético, o alargamento deste pensamento até incluir em si os múltiplos e variados aspectos da realidade, um enriquecimento em extensão e em profundidade, o livro de Ruy Cinatti desilude. Ele continua a ser o mesmo poeta que era do desapego saudoso, da sensibilidade dolorida à beira de tudo, o mesmo *nómada,* na tão feliz expressão do título deste livro. Mas — perguntarei — continuará de facto?

Uma poesia como a sua, indirecta, alusiva, fugidia, cismadora, melancólica, erradia, é uma poesia altamente enganadora — e o próprio poeta, enganando-se nela, é o primeiro a contribuir para o engano, um engano quase sem ledice nem cegueira, mas todavia dos que constantemente temem o risco de que a Fortuna os não deixe durar muito. Ora precisamente a consciência deste risco, mais afinada pela experiência e o imenso mundo visitado, dá aos poemas presentes de Ruy Cinatti uma tremura, uma ansiedade e às vezes uma resignação, que, anteriormente, estando já presentes nos seus versos, eram menos um desesperado esforço de prolongar até aos limites do impossível um nomadismo essencial da personalidade. E, ao exigirmos, desiludidos, a Ruy Cinatti aquilo cuja ausência é afinal um dos característicos dramas da sua personalidade, corremos o risco de não ver em que medida essa personalidade se enriqueceu em humana amargura, em aceitação entre resignada e altiva do destino que as circunstâncias e ela mesma lhe talharam. E é esta a grandeza da sua poesia. Ouçamo-lo. (Leituras).

Sophia de Mello Breyner Andresen não é como os dois anteriores, um poeta reaparecido. Desde a sua estreia em 1944, com o livro notável que é, na simplicidade do seu título, *Poesia,* que os seus livros se têm sucedido em intervalos mais ou menos regulares, e este é o quinto volume de uma obra poética já excepcional pela quantidade e pela qualidade. Creio, porém, que *Mar Novo* contém alguns poemas de uma força rara, que classificam o poeta entre os maiores do nosso tempo e da nossa língua.

A poesia de Sophia de Mello Breyner apresenta enormes dificuldades ao crítico. A sua pureza essencial de sentimento e de expressão, a sua imagística de árvores e ventos, de praias e de mar, de noite e de sol coado pela vibração do momento, a sua concentração disfarçada numa dicção fluente e difusamente visionária, o rigor de uma exigência ética aplicada sem desfalecimentos à expressão de uma contínua e ininterrupta vivência poética — tudo isto como que cria uma túnica inconsútil, sólida, impenetravelmente austera, de uma fascinação que repele a análise, e revestida da qual o poeta assume um tom de sibila mítica, fria e distante, sonhando as suas memórias ambíguas no tempo como profecias, ou fulminando com as suas maldições enigmáticas a fragilidade humana. Curiosamente, de livro para livro, esta atitude — que o não é, mas essencial maneira do seu ser poético — se tem vincado, até por uma capacidade de despersonalização dramático-lírica, muito característica dos poetas para quem a poesia não é um abandono, uma dissipação exuberante da personalidade, mas um aumentar constante da densidade íntima, a criação cada vez mais lúcida de uma tessitura interior, condensada, áspera e decidida. O poeta das solidões dos jardins e das praias, o feminino vulto errante entre lágrimas e fontes, que foi quem mais fundamente, com uma originalidade muito peculiar, entendeu o naturalismo intrínseco da voz visionária e fluida de um Pascoaes, tornou-se gradualmente um olhar vigilante, um juiz implacável da degradação mútua das coisas e dos seres. O seu anseio de sensação nítida, de inteligência clara, de sensibilidade pessoalmente definida e revelada; o seu amor do apartamento entre a luz e as trevas; a sua preocupação fundamental acerca da limpidez daquilo que se contempla ou poeticamente se apreende ou humanamente se vive — anseio, preocupação e amor criaram-lhe progressivamente uma aparência expressiva de um hieratismo intratável, em que os rumores, as vozes, as luzes, criam uma atmosfera rarefeita de, como o poeta diz, «adros de vento e de vazio». Mas, paradoxalmente, toda essa distância, essa frieza, esse rigor, essa exigência palpitam cada vez mais de uma humanidade profunda, cada vez mais rica, mais ampla, mais compreensiva. Apenas o mundo e a sociedade em que vivemos são indignos de poesia como esta, e a poesia tem-se por demais degradado, pactuando com um e com outra. E, nesta contradição trágica de uma humanidade que aumenta na medida em que se recusa a si própria ou aos outros, a poesia de Sophia de Mello Breyner Andresen é, neste livro, uma das vozes mais nobres da poesia portuguesa do nosso tempo. Entendamos, por sob a música dos seus versos, um apelo generoso, uma comunhão humana, um calor de vida, uma franqueza rude no amor, um clamor irredutível de liberdade — aos quais, como o poeta ensina, devemos erguer-nos sem compromissos nem vacilações. (Leituras)

Alexandre O'Neill, a comparar com os três poetas anteriores, é um novo, e o seu *No Reino da Dinamarca* quase um livro de estreia, visto que *Tempo de Fantasmas*, em 1951, foi apenas um *Caderno de Poesia*, e alguns dos poemas nesse caderno contidos transitaram para o presente volume. A sua poesia, para pessoas pouco familiarizadas com a poesia moderna contemporânea (porque a poesia moderna propriamente dita vai sendo centenária já), será tudo menos poesia — terá graça, espírito, terá humor, terá por vezes um dolorido acento lírico, mas lá poesia é que não é. Para aqueles que, excessivamente ou pretensamente familiarizados com o que supõem ser a moda literária ou a fidelidade a cânones determinados, tudo julgam apaixonadamente, a sua poesia é um compromisso anedótico e talentoso entre o surrealismo, que continua a ser um dos seus traços fundamentais, e formas ultrapassadas de arte poética exercida e cultivada como tal. Acontece, porém, que nada disto é legítimo verdadeiramente, e que esta poesia ao mesmo tempo audaciosa na maneira de tratar os temas, e muito clássica na elegância e no recorte rítmico dos versos (dualismo em que tanto se aproxima do prosaísmo intencional dos árcades), é das que, contemporaneamente, entre nós, ferem mais fundo uma crítica penetrante da sensibilidade. Porque o lirismo de O'Neill é, antes de mais, um lirismo crítico, isto é, uma poesia da observação e do comentário das reacções do poeta às solicitações e hipocrisias do mundo que o rodeia. Ainda quando utiliza formas ultrapassadas, não as usa apenas, dando-lhes um novo conteúdo, mas, principalmente, fazendo-as servir de caricatura daquela hipocrisia do sentimento ou da inteligência poética que elas encobriam e foi longamente apanágio da poesia burguesa. A anedota, o inventário surrealista, o trocadilho, a metáfora absurda, aparecem, por outro lado, como o contrapeso de uma revolta íntima, e ao contrário da função originária que tiveram no surrealismo (que era pela sua criação justificarem e garantirem a libertação do espírito do poeta, em relação a todos os coletes de forças da imaginação), exercem um papel moderador, adequado a uma libertação ultrapassada, e são portanto, bem mais que a versificação rigorosa ou o torneado classicizante da frase (que ao poeta surge com a naturalidade própria a uma lucidez racionalista), uma disciplina, um método original de atingir, através da sátira, o discreto, pudico e recatado núcleo de uma doçura lírica, perfeitamente insólita. Poesia do concreto, cuja fixação em palavras é, por excelência, um exercício espiritual (no mais elevado sentido desta expressão), a poesia de Alexandre O'Neill, não recuando ante a pirueta, nem ante a crueza ferina da análise, nem ante a brutalidade calculada da expressão, é uma admirável linguagem nova, que trata o nosso tempo como ele merece, e apenas se abandona ternamente — após ter varrido a sua testada — a um lirismo simples do amor e da amizade, sem retóricas, nem humanitarismos pretenciosos, de lágrimas ao canto do olho, mas não no coração. *No Reino da Dinamarca,* onde, como se diz no *Hamlet,* alguma coisa está podre (e que eufemismo, que delicadeza este «alguma coisa» ...), é esta uma das mais urgentes poesias, e sem dúvida que, por sob a aparência desagradável de um mau gosto explorado até aos requintes do bom gosto, uma notabilíssima lição de actividade poética. Querem ver? (Leituras)

E aqui têm, minhas senhoras e meus senhores, o que eu fui capaz de apresentar dos quatro livros dos quatro poetas à custa dos quais aqui nos reunimos. Quatro poetas do nosso tempo, da nossa língua e do nosso país. Mas — e é isto que importa — quatro poetas cuja poesia surgiu e prossegue num mundo tenebroso de falsidade, num reino da Dinamarca como nem Shakespeare se atreveria a sonhar, e a todos quatro a noite da nossa vida marcou com sinais indeléveis, que o futuro há-de olhar com espanto, com mágoa e, esperemos com piedade. Se dois deles, Merícia de Lemos e Ruy Cinatti, por circunstâncias da vida e da personalidade, escapam, por um certo desenraizamento individual, ao peso soturno da não-vida contemporânea (e como, apesar de tudo, ele existe nos seus poemas!), os outros dois documentam flagrantemente a fúria sagrada, feita de cólera contida e de amargura irreprimível, que é o timbre das autênticas consciências poéticas, aqui e agora. Porque pode ser-se um notável poeta, minhas senhoras e meus senhores, sem ser-se uma verdadeira consciência. Mas a maior poesia — como O'Neill afirma no último poema que vos li — é a que dá uma lição de moral. É aquela de quem se pode repetir com este poeta: «Disseste o que devias dizer.» Que os quatro poetas meus amigos achem que foi o que eu fiz, a propósito deles, é quanto me basta.

Lx. 3/7/58

OITO POEMAS PARA-A-NOVA-MADRUGADA

Mário Dias Ramos *

Não se acredite nunca que haja poesia demasiado intelectual. Que há ou pode haver de *demasiado* em poesia?
A poesia é boa ou má, parece-nos boa ou má, antes de mais em função do que julgamos que ela deva ser. Mas ela não é nem surge em função disso, a menos que o poeta use de habilidade, de pouca exigência para consigo próprio, de pouco respeito pela lucidez dos outros. Poetas sem cabeça, como um António Nobre, podem ter uma expressão de simplicidade que foi, como os seus cadernos o mostram, uma dolorosa rebusca. E poetas com cabeça, como um Antero ou um Pessoa, podem escrever de um jacto, sem rebusca alguma, sem trabalho maior que o já terrível de um parto doloroso, uma coisa que assim lhes parece «acontecida do alto do infinito». A profundeza com que se sofre a vida, não pode deixar de ser pensada, se se medita no destino humano; e nenhuma profundeza o é de facto, se não se insere numa meditação contínua sobre o sentido da vida que vivemos. Não há intelectualismo em poesia: isso é um mito posto a correr por pessoas que assim disfarçam a superficialidade e o ocasionalismo das suas emoções, e a sua incapacidade, por falta de experiência da vida ou de cultura (sem a qual esta experiência, se for funda, não se elucida nem *situa*), de as sentirem em conexão com tudo o que os rodeia, com tudo o que foi e é um passado e um presente que só nos não condicionam na medida em que os conheçamos para dominá-los. A expressão poética é um domínio, uma disciplina, uma orientação. Não é um domínio do espírito que fabrica sobre o que concebe. Não é uma disciplina

---

* *Notícias de Guimarães.*

imposta pelo que queremos ao que fazemos. Não é uma orientação que traia aquela inteira disponibilidade, sem a qual traímos a nossa própria missão. Tudo isso são dicotomias falsas, que se instalam precisamente quando o que somos no fundo *não é* o que pretendemos ser. Muito imediatismo aparente, muito abandono, muita emoção que não foi sentida mas ecoada, nascem desta dicotomia, e tornam inteiramente falsas poesias que passam por as mais verdadeiras, as mais sensíveis às misérias humanas, as mais comovidas e menos pensadas. Domínio, disciplina, orientação exercidas sobre o nosso espírito a todas as horas, como uma preparação constante, implacável, humilde e atenta daquele momento em que o poema aparece. E ele então, surgindo súbito, sem que saibamos o que vai dizer, *dirá*. E parecerá aos desatentos, aos preguiçosos, aos que têm pressa, uma coisa muito pensada, muito intelectual, muito construída — precisamente porque nunca pensaram nada nem construíram nunca coisa alguma.

«BALANÇA INTELECTUAL» — *Francisco de Pina e Melo* *

Com aprazimento, folheando o n.º 16 (Dez. de 1959) da prestimosa *Revista do Livro,* deparei com um breve estudo de meu ilustre camarada Jacinto do Prado Coelho sobre Pina e Melo, o tão ridicularizado «Corvo do Mondego». Curiosa coincidência! Com efeito, ele se estava ocupando da poesia de Pina, quando eu estudava deliciado e reverente a *Balança Intelectual* com que ele zurziu a pedantaria vesga, em matéria literária, do «Anémico» autor do *Verdadeiro Método de Estudar.* Que dois homens da mesma geração e de formações tão diversas, como eu e Prado Coelho, ao mesmo tempo atentassem num desprezado autor do século XVIII (quantos o julgam do XVII que em bloco condenam, na pessoa dele!), demonstra quão revolutos vão os tempos em que se fazia uma ideia lamentável da literatura barroca, e se louvavam um Vieira ou um D. Francisco Manuel, um Rodrigues Lobo ou um Manuel Bernardes, por aquilo que, precisamente, de artificiosa limpidez ou engenhoso aprumo a consciência barroca, e só ela, lhes dera. Ainda hoje — e Prado Coelho nisso insiste no seu artigo, como Maria de Lourdes Belchior o faz no seu recente *Rodrigues Lobo* — se fia da influência camoneana o equilíbrio de gosto que acaso se encontre nos barrocos, ante as circunvoluções gongóricas, como se Camões, tão altamente admirado do teorizador Gracián, fosse um modelo de simplicidade não-barroca, e o gongorismo continuasse a ser, todo ele, a literatura barroca, ou fosse mesmo ele, o que já a emulação odienta de Quevedo, antes do positivismo branco de Menendez y Pelayo ou do muito verde-rubro de Teófilo, nele se comprazem em ver.

---

* Inacabado.

Demasiado se tem visto a história literária como História, para entender-se devidamente, à luz de uma simplista e positivista noção de progresso, que nem sempre o aparecer de novas épocas coincide necessariamente com decair das outras. As pretensões e as ambições dos que escrevem em qualquer época, as novas mutações de gosto, a transferência deste para diversos planos de atitudes literárias, a ascensão destas ao espírito de escola, a polémica interessada que daí resulta, tudo isto se não entende, ou é entendido em detrimento das criações literárias, desde que se não compreenda a História com algo mais que a periodização cronológica, como algo mais que o mero historiar da historiação que se historia. Porque as pretensões, as mutações, as ascensões, as escolas e as polémicas dependem estritamente de uma visão interessada e interesseira, qual de um grupo social que se afirma, de uma mentalidade grupal que a si se descobre, de uma descoberta (às vezes individual) da proeminência de outras regiões do binómio realidade-expressão, seria bem de esperar. É duvidoso que as épocas literárias morram de inanição, e que o golpe de morte lhes seja dado pelas épocas seguintes. Sobretudo, é imensamente duvidoso que elas tenham sido — e a investigação sempre o comprova — tal qual aquele retrato polémico em que os jovens seguintes as cobriram de ridículo ou isolaram de silêncio. Nem culturalmente, nem expressionalmente, o barroquismo era já, nos meados do século XVIII, aquela oposição ao iluminismo que os Árcades (para falarmos só neles) queriam que fosse. E é um erro supor-se, mesmo para o barroco, que uma época ou um estilo se extingue sempre numa hipertrofia babilónica e vazia do mau gosto que a tenha (ou o tenha) alimentado. Demasiado sabemos que, antes de atingir-se aquele equilíbrio clássico cujas possibilidades não há estilo que em si traga, qualquer época, qualquer período, qualquer estilo, ao iniciar-se, é que se dá a uma orgia de exagero que excede o seu conteúdo, para muitas vezes terminar, não já exangue (como tão erradamente se supõe regra geral), mas ricamente pródromos de novos planos, novas atitudes, novas maneiras, que ultrapassam em muito o limitado âmbito da frente de combate dos que vão demoli-lo. Assim, em geral (e é esta uma regra mais geral), se perde um *novo* que só muito mais tarde será reconhecido, em troca de ganhar-se uma novidade que esse mesmo novo tornado bandeira, revelará como vazio insustentável. Se, para a mesma época que nos ocupa, recordarmos a música verificaremos que, na música alemã, a personalidade de Mozart traiu a originalidade futura do Haydn das últimas sinfonias, como a personalidade de Beethoven traíu o Mozart das sinfonias K40 e K41, e como os românticos traíram o Beethoven dos últimos quartetos e sonatas. Sucessivamente, nessas obras últimas, sucessivos grupos culturais de compositores encontrariam um caminho moderno que em muito ultrapassava o falso marcar-passo glorioso da grande personalidade que desviou de tal caminho o rumo. Se, em história literária luso-brasileira, isto raro se vê, e, vendo-o, raro se reconhece (ainda quando a finura do entendimento tanto mais detecta) eis o que se deve à História historiante que tudo julga em bloco pelos preconceitos das eras sucessivas.

....

O INFANTE D. PEDRO E A «VIRTUOSA BENFEITORIA»

A personalidade do 4.º filho de D. João I e D. Filipa de Lancaster tem sido historicamente uma das mais controvertidas da história portuguesa. Não que a sua actuação num dos momentos mais decisivos dela tenha sido objecto de polémicas anacrónicas que sobre ele projectassem, como tem sucedido com outras figuras, as discussões e oposições sócio-culturais da vida portuguesa; mas sim por ser discutida a sua personalidade em si mesma, ora vista como uma das mais nobres, ora como a de um «condottiere» astuto e ambicioso. Não é isto indiferente para a história cultural de Portugal, já que a pessoa do Infante D. Pedro surge como um dos teorizadores ético-políticos da sua época. Quando a teorização, a que procede, parece contradizer a acção política que encabeçou e exerceu. Esclarecer e situar devidamente a personalidade do Regente será, de certo modo, poder compreender, no âmbito nacional, a extensão e o significado do *Tratado da Virtuosa Benfeitoria,* que compôs, e o seu confessor, Fr. João Verba, retocou e ampliou.

Este tratado é, portanto, de uma tripla importância: espelha as ideias de um membro influente da classe dominante, em certo período da sua vida; é uma tentativa, como a tradução de *De Oficiis,* de Cícero, do maior interesse linguístico, de criação de uma prosa de índole abstracta, mais para ser lida e meditada que para ser ouvida; e é um documento precioso, se devidamente situado, para a história cultural, do País, na qual D. Pedro, directa ou indirectamente, ocupa lugar de relevo.

A *Virtuosa Benfeitoria* não é, salvo em raros trechos, uma obra de interesse especificamente literário, de superior beleza estética ou humana, como pode ser considerado *O Leal Conselheiro* do Rei D. Duarte. Inspirado em Séneca, abundando em citações abonatórias à maneira medieval, e construído segundo um esquema escolástico, o *Tratado* de D. Pedro tem, sobretudo, a tripla importância histórica, cultural e linguística, que lhe foi assinalada acima. É certo que um estudo exaustivo e aprofundado do *Tratado* está por fazer, que releve documentadamente a originalidade ou não-originalidade da concepção e da realização. Mas, ainda que esse estudo seja feito, como se impõe, ele apenas poderá justificar a posição de D. Pedro na história cultural e na história linguística de Portugal; porque o que dá categoria estética a uma obra não é a originalidade do seu pensamento filosófico, não é a actualidade (no seu tempo ou no nosso) do seu pensamento político, não é o que ela nos diz ou não diz da história social que a propiciou, mas a originalidade artística do seu *estilo*. O esforço *técnico* de D. Pedro e do seu colaborador para se exprimirem é uma criação e um progresso linguísticos (que, aliás, importaria precisar para além das observações não--sistemáticas de alguns filólogos), mas não é um esforço coordenado para a produção de uma obra de arte, que, estilisticamente, um tratado abstracto, como este, poderia ser.

Na medida, porém, em que a pessoa do Regente D. Pedro, co-autor da *Virtuosa Benfeitoria*, é um dos membros da Ínclita Geração, e em que esta transformou os destinos de Portugal, o tratado desses «senequizantes medievais» é de grande valor. Para tal valor se revelar, desde já, isento das interpretações contraditórias e dos paradoxos que se vêem na obra e na personalidade do co-autor mais ilustre, há que observar cuidadosamente a evolução desta personalidade no âmbito da evolução portuguesa, de que ela foi um dos principais agentes.

FERNANDO NAMORA: «DOMINGO À TARDE»

Foi com *Domingo à tarde* que Fernando Namora ganhou o magno Prémio «José Lins do Rego» (o prémio original, não a recente imitação brasileira) de 1961, instituído pela editora «Livros do Brasil, Ltda.», de Lisboa, por iniciativa do seu director, António de Sousa-Pinto, a quem a difusão da literatura brasileira em Portugal muito deve (como bem saberão os autores do Brasil, que recebem os direitos das suas reedições, ainda que pareçam envergonhar-se de ser muito lidos lá, uma vez que, no meio de tanta propaganda, por interpostas pessoas, enchendo os jornais, nunca se vê referência a esse facto), e quando eu era o director literário dessa casa editora. O supracitado prémio é um grande prémio, pelo prestígio de que se reveste e o metal sonante que o materializa.

«O Melro, eu conheci-o»... Perdão, o Namora, eu conheci-o. Somos da mesma idade, andámos no mesmo liceu*, onde até nos sentámos durante um ano no mesmo banco. Depois, ele foi para Coimbra, eu fiquei em Lisboa. Quando, mais tarde, eu passava férias, do Porto (onde estudava) para Lisboa, ou regressava à «Cidade Invicta» do Senhor Dom Pedro (I ou IV, conforme a coroa), e parava em Coimbra para inteirar-me dos génios «en herbe», o Namora fazia parte daquele grupinho que sucedia à «*presença*» (já formada e transferida para Lisboa ou Porto) no direito de tomar café à mesa do grande poeta Afonso Duarte, e que, com a revista *Vértice,* que ainda hoje subsiste, e a colecção do *Novo Cancioneiro,* levava para a Rua da Sofia o espírito neo-realista que despontara já, desde as vésperas da Guerra Civil Espanhola, em jornais e revistas como *O Diabo* (Lisboa)

---

* No original *ginásio,* visto ser para publicação no Brasil.

e *Sol Nascente* (Porto). O neo-realismo era um eufemismo para «realismo socialista», nome que, aposto a algum livro pela crítica malévola, o faria apreender e ser preso o autor; mas seria idiota acreditar-se, como a censura salazarista acreditava, que os neo-realistas eram todos comunistas, ou vice-versa. Desse equívoco é que muitos têm sabido viver em Portugal. Aquilo, naquele tempo, já lá vão mais de vinte anos, era apenas muita leitura de livros brasileiros, de traduções brasileiras da «Calvino» ou da «Globo» (conforme os gostos menos ou mais literários, e porque o negócio das traduções quase só foi descoberto pelos editores portugueses, quando a queda da França, em 1940, fechou a torneira parisiense, e Portugal começou a acreditar que havia literaturas não escritas ou transcritas em francês), e sobretudo a chegada, às universidades ou à expressão culta, de camadas sociais provincianas ou pequeno-burguesas, menos aristocratizadas pela cultura ou o funcionalismo público, e, para os quais a «cultura» parecia, ou era, uma alienação ante as condições políticas em que o país era forçado a viver. Estou certo que nenhum arauto critíco do neo-realismo de então — e alguns tornaram-se eminentes, ou viraram próceres de Salazar, como o Sr. Franco Nogueira, o chanceler actual, o Sr. Albano Nogueira, que é a eminência parda das Relações Exteriores, ou o Sr. Pinto Loureiro, que é um dos chefes da União Nacional (que tendência do arvoredo semita para Oliveira de Salazar ...) — reuniria em volume, para edificação da posteridade, os dislates de baixa cultura, publicados então (curiosamente aqueles próceres é que cometeram essa imprudência). Com efeito, o que era preciso era atentar no «povo», recusar as subtilezas psicológicas (que ninguém estava explorando, a não ser, muito literatamente, alguns dos «presencistas», cabeças de turco daquelas realísticas invectivas), não ler autores depravados e ignóbeis como Gide, Proust ou Thomas Mann, escrever *mal* (como escreviam — pasme-se — Steinbeck, Istrati, Gorki, e outros primários que tais), suspeitar da cultura como de um vício burguês, etc., etc. Tecnicamente, na poesia ou na ficção, o neo-realismo não inovava nada, para além da politização da sub-literatura regionalista, a não ser com invadir o Alentejo com uma onda exótica de retirantes do Nordeste brasileiro, descritos num misto de Amando Fontes e de Jorge Amado, e num estilo neutro, muito «poético» por inçado de algumas metáforas já conhecidas de todos os jornalistas dos anos 20, que se haviam passado para a literatura, como Ferreira de Castro. Na poesia, persistências rítmicas e tópicas da linguagem anterior à revolução operada por Pessoa e por Sá-Carneiro (linguagem que, aliás, muitos «presencistas» partilhavam com os seus inimigos «neo-realistas») cruzavam-se com o refinamento ruralista de Afonso Duarte e de Miguel Torga, cujas rimas diariamente percorriam, às tardes, a supracitada Rua da Sofia. Lembremo-nos de que Sá-Carneiro é publicado ou reeditado pela *«presença»*, no fim dos anos 30, e que Fernando Pessoa só foi revelado ao grande público pela antologia que Casais Monteiro lançou em 1942 (e quantos jovens poetas de então foram às bibliotecas ler as revistas perdidas dos anos 10 a 30?), provocando o início da publicação das obras completas, que se aguardava desde 1935, quando Pessoa morrera. Foi neste ambiente cultural, em que o crítico Gaspar Simões, impondo publicamente o modernismo, proclamava semanalmente, no *Diário de Lisboa,* as excelências dos então seus amigos, e escrevia ensaios sobre o «grande romancista» Charles Morgan (exemplo romanesco que, sejamos justo, bastaria para desejar escrever romances com os pés), que a ficção neo-realista começou a brotar. Muitos desses romancistas melhoraram e não parecem os mesmos. A mim é que não me parece que Fernando Namora, em vinte e cinco anos, tenha melhorado muito, embora, para agrado dos adversários profissionais do neo-realismo, tenha mudado bastante. Claro que se formou em medicina, entrou para os serviços de propaganda de vários laboratórios farmacêuticos, para o Instituto do Cancro, e para a Academia das Ciências de Lisboa (que tem, como é sabido pela inexistência secular do Dantas, Classe de Letras, como apêndice ornamental dos professores de medicina e de direito, que querem melhorar os cartões de visita, com vista a congressos internacionais), tem ganho vários prémios literários, está traduzido aquém e além da Cortina de Ferro e não sei se da de Bambu, e disfruta, no Brasil, de especial admiração da maioria dos que fazem da Literatura Portuguesa profissão rendosa. E estou certo que este *Domingo à tarde,* maior e mais recente prémio, tem sido um êxito de livraria, paralelamente ao coro angélico da crítica que lhe não faltou.

Acontece, porém, que uma carreira triunfante, pertinazmente feita dentro e fora das letras, pelos mais modernos métodos, e um êxito de livraria e de difusão universal, nunca foram sinal seguro de qualidade intrínseca. E eu tenho para mim que Namora, interessante repórter de *Retalhos da vida de um médico,* é um romancista medíocre e um péssimo escritor. Ou pior: que é um narrador convencional, dotado daquela ausência de estilo estrutural, tão sedutora sempre, como a convenção «pseudo-realista», para quantos possuem da literatura uma concepção primária. Namora é, por certo, um escritor que ganha em ser traduzido, não só os direitos autorais e os sufrágios de quem ignora cem anos de romance moderno, mas também, se o tradutor for bom, o estilo que não tem. Não fossem os equívocos que têm aclamado a sua obra de romancista, e não deveríamos ocupar-nos dela, numa Secção de Letras, que deve reservar-se para o que cria e transforma a realidade, através da linguagem, e não para produtos de consumo público, sem dúvida comercialmente legítimos, mas que não passam de conservas de realidade no azeite dos lugares comuns.

Seria evidentemente levar ao absurdo esta execução enamorada, não reconhecer que, no panorama da actual ficção portuguesa, Fernando Namora ocupa lugar proeminente, e que as realidades de uma literatura existem, quer as aceite ou não a nossa exigência. De casos análogos todas as literaturas de hoje andam cheias, e nenhuma, a esse respeito, pode apedrejar a portuguesa. Sem dúvida que os romances de Namora, longamente de ambiente rural até à aculturação do autor, que demorou, aos ares citadinos de Lisboa (uma Lisboa que, como ele, mudara muito, desde a sua adolescência), contribuíram decisivamente para a implantação de um clima progressista naquela literatura e no gosto do público leitor. Sem dúvida que foi por eles e outros congéneres que muito desse público chegou ao interesse pelas obras literárias que, anteriormente, não apelavam para um anseio de justiça social, senão em termos de retórica romântica. Sem dúvida que a confusão de populismo sentimental e de degenerescência estilística, característica do neo-realismo, foi da maior importância para a extinção da tirania de Eça de Queiroz, que ainda subsistia. Tudo isso é verdade. Mas que ganhou efectivamente a literatura com isso? A própria evolução de Namora nos permite responder a esta pergunta. A sua «mudança» para a capital, operada com *O homem disfarçado,* a que se seguiu *Cidade Solitária,* corresponde à urbanização do neo-realismo, que obedeceu nisso à centralização administrativa do Estado Novo, e ao afluxo das populações para as cidades, atraídas por aquele centralismo burocrático, pelas possibilidades de trabalho oferecidas pela especulação imobiliária, e repelidas pela miséria da agricultura. E, se a maturidade e o cansaço do neo-realismo abriu este para especulações pseudo-metafísicas, e a presunção de viver mentalmente na grande cidade lhe incutiu, e às personagens, subtilezas de comportamento, eis o que prova o equívoco fundamental do neo-realismo e dos seus críticos. Porque uns e outros implicitamente confessam que as especulações e subtilezas são apanágio de criaturas que sobem e descem o Chiado todos os dias. E que os camponeses de outrora eram apenas expressão de uma grande raiva de não se pertencer à acrópole do cafajestismo lisboeta. A alegria com que foram recebidas as excelentes manifestações de cultura nos romances de Vergílio Ferreira, ou as razões copiosamente divulgadas em Portugal para ter sido premiado este «domingo» lisboeta de Namora, provam que, na situação actual da literatura portuguesa, se transitou do estalinismo crítico para uma «frente popular» que, muito mais ampla e tolerante, agrupa quase todo o mundo na exploração comercial do anti-salazarismo. Antigamente, nos tempos do neo-realismo polémico, achá-lo incipiente como arte era dar prova de fascismo. Esta situação, que durou até os fins da Segunda Guerra Mundial, modificou-se radicalmente, quando, nas manifestações que marcaram a queda do nazi-fascismo europeu, ficou patente que eram e haviam sido sempre anti-fascistas muitos dos escritores que apenas repudiavam o estalinismo crítico. Na década de 50, tornou-se, pois, difícil manter as mesmas campanhas sornas de execração pública, contra aqueles que, não sendo neo-realistas profissionais, repudiavam a projecção das atitudes políticas sobre a mediocridade. Mas eu, quando, em 1958, organizei e publiquei uma ampla antologia das novas gerações poéticas, ainda sofri pressões para incluir, e fui verberado por não ter cedido, um poeta cujo principal título de glória literária consistia em ser um corajoso agitador político, preso mais que uma vez; hoje, assiste-se a uma curiosa mistura destes hábitos com a inversão deles. Os antigos neo-realistas amadureceram honestamente, ou adquiriram posições preponderantes nas casas editoras ou na vida pública. E os seus inimigos de outrora, no fundo tão pouco «modernistas» como a maioria deles, julgam que o amadurecimento resultou da pertinácia com que exigiram essa melhoria... Quando ela resulta apenas do aburguesamento citadino de camadas provincianas, e da proletarização das antigas camadas burguesas, constituídas pelo funcionalismo público e pelas profissões liberais, que uniformizaram o gosto e a cultura, em dois movimentos sociais convergentes. De modo que, se um Vergílio Ferreira e um Fernando Namora são, até certo ponto, considerados trânsfugas pelos seus companheiros de outros tempos, ambos encontram, no aplauso generalizado, a compensação daquele apoio sectário que os levou à consagração actual.

É muito diversa, porém, a posição destes dois romancistas. Vergílio Ferreira é um homem cuja problemática filosófica, afinada pelo existencialismo, artificializa romances que, todavia, ela mesma torna notáveis. Namora, sensível sobretudo às flutuações do gosto, que já não se compadecem com simplificações que o ruralismo disfarçava, caminhou para um individualismo narrativo, em que o fingimento de uma experiência pessoal de médico citadino (porque uma coisa é a experiência pessoal, e outra a sua real transformação em matéria de arte) supre a retórica neo-realista do amor dos humildes. E, assim, no confusionismo da «frente popular» que domina o panorama actual das letras portuguesas, os dois romancistas são irmanados num mesmo aplauso, assistindo-se à mistificação de ser assimilada a coragem de um com o faro do outro. Que a aparição de pseudo-metafísicas em Namora tenha fascinado, por razões diversas, a mediocridade cultural dos que não conhecem a vida portuguesa, e também alguns dos melhores espíritos em Portugal, eis o que prova a que ponto um total irrealismo domina a cultura portuguesa e os seus propagandistas. Pois que outra explicação pode ter o facto de todos se babarem com a banalidade de Namora, neste romance, ao meditar ateisticamente sobre o sentido da morte? Acaso a morte sem além justifica a persistência de estruturas obsoletas do romance realista? Acaso é pela morte (se ela não significa a derrocada de uma pseudo-cultura) que se justificam estilos de prosa, que, longe de serem uma transformação da realidade, são, pelo contrário a consagração do «status-quo» de trinta anos de positivismo salazarista? A «frente popular» das artes e das letras, eis o que está muito bem. Mas, ao que se está vendo, as circunstâncias marginais da vida portuguesa conduzem-na implacavelmente para uma espécie de democratização informe, em que os valores revolucionários da arte são diluídos pela popularização deles. O modernismo de Pessoa e de Sá-Carneiro foi, como o de quase todos os seus pares post-simbolistas na Euro--América, uma reacção violenta contra a degradação pequeno--burguesa da cultura e das artes. O modernismo da *presença,* que lhe sucedeu e o valorizou criticamente, era já, nos seus elementos menos esclarecidos política e filosoficamente, uma subreptícia assimilação do aristocratismo da geração de 1915, pelos valores de uma nova pequena burguesia que se queria individualista em arte. O neo-realismo foi, e é ainda, nos seus aspectos artísticos, uma regressão ao espírito gregário da pequena burguesia jacobina que havia feito a República de 1910. A situação actual, em que as fronteiras, tão firmemente traçadas pela revolução modernista, entre academismo e modernismo se diluem por completo (e não por acaso a Academia lisboeta tem premiado a ficção neo-realista ou afim), não é mais do que o estado final de uma evolução da sociedade portuguesa, que, ao mesmo tempo que reage mais amplamente contra uma ditadura de décadas, é mais amplamente envenenada por ela. Não há qualquer diferença substancial de estrutura estilística entre os recentes romances de Namora, os romances daqueles que se conservam, em política, numa reserva cautelosa, ou os daqueles que salazaristas escreveriam, se houvesse escritores salazaristas. Só será possível estabelecer algumas diferenças, quando, após a queda do regime, for patente a saudade dele na obra de muitos que, hoje, mal se atrevem a confessar o seu fascismo latente, como é o caso, por exemplo de uma Bessa Luis.

Eu não quero, todavia, encerrar estas considerações cruéis e necessárias, sem apresentar, colhido ao acaso, um exemplo do estilo de Namora, neste seu romance tão significativo da irrealidade trágica da vida portuguesa. Veja-se: «Lembro-me de uma série de minúcias supérfluas acontecidas nessa manhã e que, tal como, decerto, irá repetir-se noutras circunstâncias desta história, se me fixaram com uma nitidez cuja significação se me escapa, enquanto as verdadeiramente importantes me exigem às vezes o esforço de as ir escavar nuns alçapões nebulosos. A memória, porém, lá tem as suas razões e os seus caprichos» (p. 63). Aquele «me», tão repetido, e denunciador da falsidade estrutural da narrativa na primeira pessoa... Aquela reiteração da nitidez que lhe escapa, feita pelos alçapões nebulosos, e que tão *significativa* é da insignificância estrutural da efabulação... Temos, além disso, de reconhecer que o Conselheiro Acácio e o Júlio Dantas escreviam melhor, insignificância por insignificância. Não valia a pena destronar o Eça, para chegar-se a isto. E concluamos com uma nota comprovativa da total isenção com que foi escrito este artigo: eu nunca li nenhum romance de Namora, e muito menos este de que me ocupei. De onde deve concluir-se que a diferença fundamental entre a literatura autêntica e a literatura de consumo está em que, para falarmos desta última, não é necessário lê-la. Que os historiadores universitários da literatura meditem nesta tremenda verdade, e comecem a ler a outra...

AS MEMÓRIAS DO CAPITÃO

João Sarmento Pimentel (1963)

Que diremos que estas «memórias» são? História ou literatura? Ficção ou documento? Sonho ou realidade? Reminiscência ou fantasia? Colocar nestes termos a questão é, desde já, prevenir perplexidades em que, perante elas, ainda que seduzidos pelo fascínio, alguns leitores se debaterão.

Porque é tão raro que alguém saiba transformar em arte a História de que participou. Tão raro que, sabendo-o, do mesmo passo insufle as ressonâncias da vida aos factos soltos de um passado extinto. Tão raro que o fervor, o entusiasmo e a ternura sobrevivam lúcidas e, todavia, capazes de rodear de sonho os tempos idos, para melhor reviverem-nos. Tão raro que as recordações, longe de secarem-se, palpitem de uma vida transbordante, que as faz mais vivas do que terão sido. Tão raro que um homem guarde, das experiências várias de uma longa e agitada vida, algo mais que a dispersa e melancólica ideia de que tudo não foi em vão. Tão raro, nas letras portuguesas, que um homem tenha sido, ao mesmo tempo, de acção e de cultura, sem que uma inutilize a outra, ou sem que constituam duas experiências independentes; e que, tendo esse homem herdado, vivido e feito História, seja aquele que a conta como coisa viva. Tão raro é tudo isto, mas tão raro, que as «*Memórias do Capitão*» hão-de surpreender muita gente, chocarão alguma, e serão daquelas obras que outros se afligirão de não saberem como classificá-la.

Já Camões, numa época também crucial da História portuguesa, punha o dedo na chaga da nossa civilização, ao denunciar como os heróis não cuidavam de cultura, e como os homens cultos não sabiam que heroísmo fosse. E, ao acrescentar à denúncia aquela outra de que não estima arte quem a não conhece, o nosso épico desenhava uma situação que, hoje, se tornou agudamente grave para a sobrevivência dos valores autênticos do que possamos ser com dignidade.

As *Memórias do Capitão* são, nesta ordem de ideias, uma obra corajosa e uma lição de coragem. Não são, como o são as memórias aliás escassas de que a nossa bibliografia dispõe, uma disfarçada defesa ou um não menos disfarçado retrato favorável. Contrariam a tradição de mediocridade dos nossos homens públicos que, ainda que pudessem e quisessem rememorar-se, não saberiam fazê-lo em termos de uma visão do mundo e dos destinos da sua pátria, no que demonstram quanto são inferiores aos papéis que as circunstâncias os chamaram a desempenhar. E, máximo paradoxo aparente a constituir a coerência delas, não deixará de parecer um escândalo que um aristocrata do tempo dos Afonsinos, cuja estirpe se gloria de ser mais antiga, na terra portuguesa, que a dos próprios monarcas, se apresente, por isso mesmo, como um defensor das liberdades e da República... A tal ponto a triste situação de Portugal nos habituou a que ter avós e estimá-los implica a vantagem de traí-los ou de ser-se traído por eles. Como se combater pela República não fosse ou não pudesse ser uma maneira de ser-se fiel à terra de seus maiores.

Eu tenho para mim que estas *Memórias* hão-de ser tidas — quando apenas ficar delas a beleza estética e moral das suas páginas — por uma das obras raras da literatura portuguesa; e que, se houver no futuro um gosto da viril franqueza que não exclua sensibilidade fina e discreta, e se voltar a haver, por sobre as divergências de opinião e de crença, qualquer coisa que se pareça com Educação Cívica, trechos delas serão lidos nas escolas, como exemplos de integridade, destemor, e apaixonada dedicação pela Pátria e pela Vida. Não são a minha amizade grata e a minha admiração por este homem de antanho, tão jovem sempre, o que me faz afirmar que será assim; mas o encantamento, que será o dos vindouros, com que assisti à formação deste livro, vendo páginas antigas e páginas agora escritas harmonizarem-se numa mesma vivência actualizada do passado, e também a emoção com que as fui lendo, episódio a episódio, à medida que estes vinham certeiramente, de todos os cantos do tempo, tomar o seu lugar na onda impetuosa de uma linguagem que é o próprio sabor concreto das coisas e dos homens. Assim foi que as li: comovendo-me com as cenas patéticas, rindo acolá nas cenas grotescas, vibrando nas cenas heróicas, e conquistado por um poder de evocação raríssimo na literatura portuguesa.

São, assim, vários os títulos deste livro àquela perenidade que é a de uma língua e de uma cultura: documento histórico, pondo a claro, sem reservas nem contemplações, pontos obscuros ou graves; memórias privadas, ressuscitando os costumes e as personagens, tão familiares e tão tumultuosos, da sociedade portuguesa de outras eras; criação artística que a tudo dá o colorido próprio e o relevo justo, com especial predilecção pelos contrastes violentos e pela amplificação satírica, que melhor sublinham o carácter multivário da vida; vigor do estilo, em que as grandes tradições da língua escrita mergulham na riqueza vocabular e expressional de uma erudição que é conhecimento e amor da fala pitoresca do nosso povo, antes de proletarizado; e, acima de tudo, auto-retrato vivo de uma grande figura de português, cuja dignidade de carácter e gentileza de coração, entre a chatinagem de couves tronchas e presumidas, que o «jardim da Europa à beira-mar plantado» incessantemente produz, o tornaram flor rara do que desejaríamos pudesse chamar-se *raça,* para melhor definirmos este republicano da Primeira Dinastia, exemplo de fidelidade aos ideais de independência de um povo, e de portuguesa dispersão pelo mundo.

Estas memórias chegam na hora própria. E talvez por isso mesmo parecerão insólitas. Escritas por um homem tão embebido na tradicional cultura, são, no entanto, um modelo de ficção moderna, em que as fronteiras da memória e da imaginação se dissiparam; e, sob este aspecto, não é o menor interesse do valor estético delas a subtil variação do foco narrativo e do ponto de vista, obtida através de uma transparente terceira pessoa que é o protagonista. A maior parte dos literatos portugueses, esmagados por um passado histórico que — não deles, nem de quem lho impõe — tem sido usado para escravizar um povo pela sujeição às glórias, ficará perplexa ante a *historicidade viva* que estas páginas representam. Os tradicionalistas, para os quais a tradição é, saibam-no ou não, refúgio a aceitar que a realidade existe e muda a cada instante, ficarão surpresos também, ante o desrespeito com que o «Capitão» fala dos seus maiores, próximos ou distantes — esquecidos de que o passado só paralisa quem o não tem na massa do sangue, mas na bolsa dos interesses suspeitos. E o ódio jacobino à aristocracia — com que muitas mentalidades supostamente revolucionárias pactuam com as tiranias pequeno-burguesas — não saberá que entender destas páginas truculentas ou delicadas, em que a modéstia é orgulho, a simplicidade é requinte, e a displicência é confiança na continuidade da vida. A crítica — habituada à monotonia dessorada de estilos pretensamente citadinos ou pernosticamente regionalistas, e que apenas reflectem a trágica inconsistência de um realismo que ignora a realidade — essa verá esteticismo passadista, onde há uma vivência directa, inata, e respirada, de uma civilização que radica naquele mesmo mundo de além--Douro, que produziu Camilo. E será tentada a concluir que são camilianas — até na grosseria admirável de certos passos — páginas que, culturalmente, são sob esse aspecto anteriores a ele: pois foi Camilo quem ascendeu a exprimir uma civilização que estava embebida nas paredes de casas senhoriais como a da Torre. As figuras portentosas como o Reitor do Ermeiro, e tantas outras tão vivas, que lhes sentimos o cheiro acre de mata-mouros rurais, não são camilianas. Camilo é que nos deu um mundo que supúnhamos ficção, e é a realidade viva de uma terra e de uma época.

Tudo, porém, perpassa nestas páginas. Não só as desfolhadas, as ingénuas representações populares, os montes e os bosques, os bichos e as coisas, os rios e os pegos, as casas e os caminhos, e as gentes de solar ou de aldeia. São também as traições da política, quando ela era mais nobre, os horrores da guerra, quando ela era mais individual, as agruras do exílio, quando ele era mais cavalheiresco. Não são só episódios grotescos como o do Papagaio das Cónegas, que nos revela tão singelamente a mentalidade infantil. Nem os episódios de vivência íntima da natureza, como «Adão no Paraíso», que é dos melhores trechos portugueses sobre o despertar da adolescência. Nem só os momentos dolorosos, como o lancinante destino de Guilhermina, em que o amor juvenil que a morte ameaça é dado no contraponto de uma das melhores descrições da Revolução do 5 de Outubro, que ficamos possuindo. Nem a sequência fulgurante da viagem para a África e das campanhas de Angola, que atinge extremos de violência grotesca e terrífica, consubstanciados na nobreza altiva daquele soba cujo olhar derradeiro não mais se esquece. Tudo isso é magnífico. Mas, antes de tudo isso, havia a galeria imensa dos antepassados: os Monizes de Ribadouro; os Coelhos, trovadores, executores de Inês de Castro, partidários do Mestre de Aviz, companheiros de Vasco da Gama, colonizadores do Brasil; os Pimenteis, amigos de Afonso III (por língua apimentada como a do descendente), combatentes de Aljubarrota, da Restauração, da campanha napoleónica da Rússia, das lutas liberais. São oito séculos de História portuguesa, tornados vida livre, palpitante, fervilhando de gente que uma frase, uma orelha, uma alusão, faz erguerem-se perante nós, e igualando generais e soldados, presidentes e camponeses, numa democracia tão vasta como a algibeira da Avó Francisca. São os homens e os animais, os crimes e os grandes feitos, a indecência e o pudor, a dignidade e a miséria da vida. E, por isso, é tão pungente e tão carregado de significado aquele retorno à velha Casa deserta, quando o protagonista, falhada a revolução do «7 de Fevereiro» de 1927, contra a Ditadura que iniciava o seu domínio de décadas, passa por ela, a caminho do exílio. Era, com efeito, um mundo que morria: traído, abandonado, asfixiado sobre si mesmo, como as salas fechadas de um solar perdido ...

A vingança, todavia, estava ali mesmo, naquele Pimentel que as deixava pelo Novo Mundo que já se chamara do nome de um dos seus antepassados. E, tendo diante dos olhos a «espada de honra» que o país lhe dera; rodeado de livros que não eram para ele literatura mas o compêndio vivo de uma ancestralidade que se confundia com o povo e a pátria; respirando o ar londrino de São Paulo de Piratininga; e com o coração aberto para o Portugal que sofre e para os corredores da memória — esse Pimentel vingar-se-ia de tudo e de todos, com a ternura feroz do muito amor. O riso, as lágrimas, a indignação, o desprezo, a serenidade calma das horas estivais, as personagens e as paisagens, a paixão e o sexo, o tumulto das guerras e das revoluções, tudo se transfundiu, e foi, mais que recordação apagada e triste, a comovida gargalhada homérica da dupla amargura de ser-se livre e português.

O resultado — obra magna de um grande escritor que há muito se adivinhava nos seus dispersos — é esse que aí está e me honro de prefaciar: um *nobiliário,* cheio como os de outrora de episódios trágicos ou grotescos, mas tendo, como eles não podiam ter, séculos de uma coisa estranha ou extravagante, que seria pouco chamarmos Portugal, quando nos cumpre chamar-lhe dignidade portuguesa.

Se lesse estas páginas, o Camões que escreveu as cartas picarescas, as canções diáfanas de espiritualidade, e soube tão bem o que é o heroísmo que fez Fernão Veloso contar dos Doze de Inglaterra, por certo enxugaria, oh disfarçadamente, uma lágrima de satisfação. Afinal, ainda Portugal vai dando, numa mesma pessoa, homens e escritores.

Araquara, São Paulo, Brasil, Setembro de 1962

AS MEMÓRIAS DO CAPITÃO
João Sarmento Pimentel (1974)

Foi em São Paulo de Piratininga que este livro apareceu, em 1963, compreendendo então só a Primeira Parte do volume agora finalmente publicado em Portugal e livre de circular no país a que pertence. Para ele escrevi, em Setembro de 1962, um prefácio que foi e é uma das minhas honras de escritor, por ter sido pelo autor convidado a escrevê-lo. Nesse prefácio dizia que o livro era dos grandes da língua, como criação de estilo e evocação de atmosferas, e um clássico de educação cívica lusitana, pela qualidade humana e portuguesa das suas páginas. Não dizia, senão indirectamente, que o autor era e é das mais nobres e íntegras personalidades que na vida me tem sido dado conhecer, porque a modéstia dele não me teria permitido. Agora que Sarmento Pimentel voltou à sua terra, abandonando o seu longo exílio brasileiro, é porém, tempo que isso se diga. Porque este homem não é apenas um grande escritor e um símbolo da resistência ao fascismo. Durante aquele seu exílio ele foi, como ninguém, uma figura tutelar, com a sua acção sempre aberta, a sua generosidade discreta, a sua decidida franqueza. Não sei se algum dia se escreverá a história (que vários tenderão a escrever diversamente) da actividade dos oposicionistas no Brasil, capítulo de alguma importância na longa cadeia de acções que culminou no 25 de Abril. Mas quem quer que a escreva (e assim possa Pimentel compor a terceira parte das suas memórias, sobre esses anos cheios de esperanças e de desilusões) não poderá deixar de ver como central a figura do autor destas *Memórias*. Creio que ninguém dos que passaram anos da sua vida no Brasil, e estavam envolvidos no sonho de libertar Portugal, deixou de dever-lhe alguma coisa e às vezes muita coisa bem concreta, para além de haver fruido da sua hospitalidade e do seu exemplo. E isto sem qualquer discriminação ideológica, bastando a Pimentel que as pessoas fossem, como ele, contra o que ele chamava a ditadura do «fradalhão de Santa Comba», como sempre se referia a Salazar.

Desde 1959, quando cheguei ao Brasil, até quando em princípios de 1962 a Primeira Parte destas *Memórias* ficou pronta para publicação, eu — que fora dos que haviam entusiasmado o autor a organizá-las, fascinado pela qualidade dos trechos que me dera a ler — assisti à formação delas com encantamento. Velhos papéis ou recortes juntavam-se a trechos compostos ou revistos então, e tudo se harmonizava num mesmo estilo pessoal que era a força de uma personalidade. Outros trechos assim ressuscitavam ou eram escritos, que pertenciam a uma Segunda Parte que o presente volume já contém.

Naquela casa da Rua Itacolomi, em São Paulo, era obrigatório almoçar-se, ou jantar-se, ou cear-se, se se estava de passagem pela cidade. E ai de quem sofresse do estômago ou vizinhas vísceras, ou tivesse o fígado já gasto! Porque aquelas comidas e bebidas eram uma dupla tentação: não só pitéus especialmene ordenados pelo anfitrião, ou vinhos de particular escolha, mas tudo rescendendo a Portugal. A menos que a refeição fosse estritamente «política», com vários convidados que discutiriam do que fazer em face de uma situação ou de uma conjuntura determinada, era sempre a mesa presidida pelo rosto rosado e fino de D. Isabel, inválida na sua cadeira de rodas — aquela esposa querida que Pimentel refere mais de uma vez com delicadas e amantes palavras, e que a morte não deixou que regressasse a Portugal com ele.

Antes de comer-se, ou depois, era no aconchegado escritório, contíguo à sala de jantar, que se conversava, rodeados nós até ao tecto pelos clássicos da língua portuguesa e pelas recordações de uma longa carreira de dignidade. A sala de jantar era um museu: móveis antigos, pratas, quadros, ornavam-na em continuada massa, como um resumo de gerações, como uma antologia de uma velha casa senhorial do Norte de Portugal. Nem os reposteiros armoriados deixavam de pender ante as portas. Foi por causa deles que um dia, de brincadeira, perguntei a Pimentel como era que um aristocrata como ele, do tempo dos Afonsinos, havia sido um dos jovens do 5 de Outubro, defendera heroicamente a República em mais de uma circunstância, e continuava simultaneamente e apaixonadamente fiel a ela e à sua estirpe. E ele, imperturbável, respondeu-me: — Ora essa, já havia Pimenteis, antes de haver reis de Portugal!... — que o mesmo é dizer que já havia povo que seria português, antes de formar-se uma monarquia para aquela «república» lusitana.

Depois que parti do Brasil, em fins de 1965, sempre me chegavam as cartas admiráveis, escritas ao correr da pena, na mesma linguagem das *Memórias*. E mais: daquela casa de São Paulo é que me chegavam constantemente jornais ou recortes de Portugal, que Sarmento Pimentel me enviava, seleccionando com certeiro juízo o que ele sabia que podia interessar-me. Muitas notícias de Portugal, as tive dando elas a volta por São Paulo para chegarem aos Estados Unidos.

Politicamente, também este homem se destaca ante os seus companheiros de geração e mesmo outros mais jovens. No seu lúcido afã pela restauração da democracia, não ficou ele anquilosado numa imagem ideal da Primeira República, e o seu espírito e o seu senso político evoluíram gradualmente para posições mais modernas, mais avançadas, socialistas, abertas à colaboração com todas as forças em jogo. Assim, a sua alma era como que uma antecipação dos dias festivos e unitários que se seguiram ao 25 de Abril, e que ele terá respirado ao chegar a Portugal.

Não sei se, no programa das Forças Armadas, ou no seio do governo surgiu uma simples justiça para com esta personalidade, e que seria o ser ele, na reserva, promovido ao general que sempre foi das forças republicanas. Se isso ainda não aconteceu, aqui fica a sugestão. Se o não for, também pouca diferença faz, uma vez que é como o Capitão das suas «memórias» que ele terá sempre um lugar especial na história da literatura e da vida portuguesa.

A terminar, perdoar-me-á Sarmento Pimentel que eu conte uma das muitas histórias que caracterizaram a sua acção no Brasil e que bem simboliza a sua generosidade. Quando o capitão Henrique Galvão (que tanta água pela barba nos deu no Brasil, e em cuja personalidade há que separar o mau político que foi, e o aventureiro heróico do golpe espectacular do *Santa Maria*) estava em dificuldades de saúde e mentais, nos seus últimos dias, e não tinha na sua penúria com que tratar-se, Sarmento Pimentel tratou de o internar numa casa de saúde. E, numa carta, dizia-me que assim procedia para que o fradalhão de Santa Comba e os seus sequazes não pudessem alegrar-se de que Galvão morria ao abandono. E era como se uma firme atitude política e uma sempre pronta generosidade de camaradas escondessem algo mais delicado: um caridoso perdão, um lavar de erros, um nobre ajustar de contas, que Galvão, coitado, nem terá chegado a saber.

É este o homem que vive nas linhas e entrelinhas do seu livro. E ao livro leiam-no os jovens de Portugal nestas horas duras e difíceis, para verem de quem descendem: daquele povo a que devem fidelidade, porque ele, como os Pimenteis, já existia antes de haver reis neste país. E quem diz reis, diz seja quem for.

Santa Barbara, Julho de 1974

ALMADA NEGREIROS POETA *

Não vou dizer do prazer de estar aqui, não vou dizer nada disso, visto que não vamos seguir as convenções habituais, vamos pura e simplesmente tratar da poesia de Almada Negreiros. Durante muito tempo falava-se da revista *ORPHEU* e dizia-se, habitualmente, que dois grandes poetas do *ORPHEU* tinham aparecido no modernismo português: Fernando Pessoa e Mário de Sá-Carneiro. Depois, começou a dizer-se que uma outra grande figura tinha existido no *ORPHEU*, que era Almada Negreiros; agora já começa a falar-se de outras figuras do *ORPHEU* que teriam sido grandes também, e que teriam representado um papel importante na evolução da linguagem poética portuguesa; de modo que nós estamos, pode dizer-se, numa fase de redescoberta do *ORPHEU*. Não é, de qualquer maneira, um fenómeno inútil, visto que eu acho que uma das necessidades absolutas, sempre, da poesia portuguesa deste século, é descobrir o *ORPHEU* de 1915 de vez em quando, sob pena de cair em academismos, sob pena de cair em falsos modernismos, etc. Por outro lado, eu desejaria chamar a vossa atenção para um aspecto muito curioso que o *ORPHEU* teve, e que é o seguinte (como aliás quase todo o modernismo em qualquer parte):

O modernismo, que não vale a pena começarmos já por explicar, vamos falar nisso falando de Almada Negreiros, teremos ocasião de ver exactamente isso, que surge, que começa a desenvolver-se no princípio do século, deste século, e que em Portugal aparece segundo se diz oficialmente em 1915 com a publicação da revista *ORPHEU,* foi um movimento muito mais complexo do que longamente se apresentou. Hoje, com a perspectiva que o

---

* Transcrição de gravação — palestra não escrita.

231

tempo nos dá, nós podemos notar que o modernismo teve duas tendências principais que, por vezes, foram convergentes, e por vezes não foram. Eu quero referir-me, segundo o meu ponto de vista e a terminologia que uso, a duas tendências que eu classifico da seguinte maneira: o que nós podemos chamar post--simbolismo e o que nós podemos chamar vanguardismo. Quer dizer, aquilo que, no movimento modernista, que se desenha no princípio do século como uma renovação da expressão artística e da expressão literária, nós observamos, é que há duas tendências principais, uma que de certo modo trabalha para ampliar e transformar a expressão herdada dos movimentos literários anteriores, e outra que procura, ou apresenta-se, ou julga inicialmente que surge de um corte total e absoluto com o passado anterior. Isto independentemente de, como sucede em vários casos, as teorias não coincidirem com a prática, e um autor, por exemplo, poder ser menos vanguardista nas suas considerações críticas do que o é na sua obra ou vice-versa. Nós temos um caso curiosíssimo a este respeito, e isso não tem sido suficientemente acentuado, segundo creio, no *ORPHEU,* na personalidade de Sá-Carneiro. Quando nós comparamos o que Sá-Carneiro faz na sua poesia, (não na sua prosa, já vamos tratar disso, precisamente a propósito de Almada, quando nós compararmos o que Sá-Carneiro faz na sua poesia), com aquilo que ele diz nas cartas a Fernando Pessoa, nós verificamos uma coisa curiosa: de um homem que estava por certo interessado numa renovação profunda da expressão, em criar a sua expressão própria, por um lado, mas em que também esse homem estava em Paris, no momento em que o vanguardismo está a surgir por todos os lados, e nitidamente as referências que ele faz aos artistas e aos escritores dessa época são, ou incompreensíveis, ou negativas nessas cartas. Quer dizer, ele é um modernista, um vanguardista que se desconhece, e precisamente é um vanguardista que se desconhece porque havia nele um peso enorme de post-simbolismo, que é precisamente a mobília, digamos assim, com que ele faz a criação da sua linguagem, da sua nova linguagem poética. Nós podíamos dizer que um homem como Sá-Carneiro é um vanguardista porque levou a linguagem do post-simbolismo ao absurdo; ele levou a linguagem do post-simbolismo ao ponto de não significar. E vou explicar o que pretendo dizer com isto, que é um pouco paradoxal: é que ele usa toda uma linguagem que vinha do simbolismo, com todos aqueles luxos de cenário com que ele faz a sua poesia, para dizer, não o que essas coisas normalmente diziam, na poesia dos Eugénios de Castro, mas para dizer aquilo que não podia ser dito, e que não podia ser dito porque era o drama profundo da sua personalidade para lá daquilo que podia ter expressão verbal, era o drama da personalidade dividida, o drama da personalidade, que ao dividir-se, e sem criar de si mesma uma síntese dialéctica, cria dois extremos, dois pólos que se entre--devoram e que se destroem. Foi exactamente o que aconteceu com a pessoa dele. Eu já disse uma vez num artigo que isto não aconteceu a Fernando Pessoa precisamente porque Sá-Carneiro se suicidou. E disse que Sá-Carneiro foi o Werther de Fernando Pessoa, usando a anedota célebre das conversações de Goethe com Eckermann. Eckermann estava uma vez a conversar com o velho Goethe e disse-lhe assim: «O senhor lembra-se que o seu romance Werther teve uma importância muito grande na sensibilidade alemã? Na altura em que esse livro saiu, deu uma crise enorme e houve inúmeras pessoas que se suicidaram!» E Goethe, com aquela raposice que ele tinha, disse: «Ah, sim?, é, curioso, e eu que escrevi esse livro para não me suicidar!» Quer dizer, ele havia escrito Werther precisamente para purgar-se de uma crise espiritual e isso, projectado sobre os outros, tinha dado o suicídio dos outros. Ele não se tinha suicidado, os outros sim. Nós poderíamos dizer que com Sá-Carneiro e com Fernando Pessoa aconteceu um pouco a mesma coisa: Sá-Carneiro suicidou-se da sua divisão da personalidade e Fernando Pessoa triunfalmente se libertou através dos heterónimos. Quer dizer, um matou--se por se ter dividido em dois, o outro salvou-se porque se dividiu em muitos. Isto vem a propósito de acentuar os aspectos do que posso chamar o post-simbolismo. Sá-Carneiro, no *ORPHEU,* representa o post-simbolismo levado à significação do indizível, por estar abaixo da experiência verbal do conhecimento de si mesmo. Vamos ver agora em que medida é que no *ORPHEU* nós encontramos outras tendências. Nós temos por exemplo, no *ORPHEU,* a poesia de Alfredo Pedro Guisado, que representa um compromisso, sob certos aspectos, entre o post-simbolismo modernista e o vanguardismo modernista. Nós temos, por exemplo, Luís de Montalvor, que é absoluta e integralmente um simbolista que tendia já para uma expressão um pouco mais avançada, mas que não ia além disso, com todo o seu interesse. E o Fernando Pessoa que surge nessa época é já, como se sabe, o Fernando Pessoa que criou os heterónimos. Mas reparem como é curioso pensarmos o seguinte em relação à linguagem de Fernando Pessoa. O Fernando Pessoa que cria os heterónimos é (ele mesmo assina as suas coisas, de ele mesmo, nessa época) um poeta extremamente inferior aos heterónimos que ele cria. É como se o Fernando Pessoa ele mesmo fosse, de certo modo, o último dos heterónimos a libertar-se da linguagem do post-simbolismo. Lembrem-se que, em 1917, no *Portugal Futurista,* ele ainda publica aqueles poemas de «hiemaes» e não sei que mais, com aquelas palavras extravagantes herdadas dos Eugénios de Castro & Cias., que ainda representam o sarro do simbolismo, quando o Alberto Caeiro, e o Ricardo Reis, e o Álvaro de Campos já começavam a existir, e alguns deles de pleno direito, até em letra impressa, como era o caso do Álvaro de Campos, autor da *Ode Marítima*. Reparem portanto em que, como nos heterónimos de Fernando Pessoa, nós vemos outra fase do que se passa, em que nós vemos o poeta ele mesmo ter ainda uma linguagem cheia de compromissos dos movimentos imediatamente anteriores, e, ao mesmo tempo, com os heterónimos que cortam totalmente com isso, que se comportam como vanguardistas, temos a linguagem nova que o modernismo procurava encontrar. É o caso do Alberto Caeiro, é o caso de Álvaro de Campos. Quem, no modernismo de 1915, representa, desde o início — isto é extremamente curioso—, uma linguagem nova, é precisamente Almada Negreiros. Longamente, como eu disse, isto não foi inteiramente notado, por culpa do escritor e pintor aqui presente, que sempre se preocupou muito pouco com publicar-se como devia. E é curiosíssimo notarmos o seguinte: é que a poesia de Almada Negreiros, na maior parte dos casos, foi sempre publicada, ou quase sempre publicada, muito mais tarde do que quando tinha sido escrita. De modo que, na perspectiva histórica dos movimentos literários, ela levou muito tempo a tomar o lugar na época a que pertencia, precisamente porque tinha aparecido depois, tinha sido publicada muito mais tarde. É o caso, por exemplo, da célebre *Cena do Ódio,* que pertencia ao *ORPHEU 3,* que não chegou a sair, o tal *ORPHEU* que não houve, e que só foi publicada integralmente em 1958 na minha antologia das *Líricas Portuguesas,* que tinha sido escrita em 1915, e que é uma das peças fundamentais no modernismo português.

Uma das coisas curiosas na linguagem poética de Almada Negreiros é que, com determinadas diferenças de gama que nós vamos estabelecer, é uma linguagem que não tem solução de continuidade entre a linguagem expressamente do poema, a linguagem do ensaio, e a linguagem de ficção. Ele criou uma linguagem sua, em que diversos aspectos se concentram mais para um determinado tipo de expressão, conforme se trata deste ou daquele género, se podemos usar essa expressão, mas, de modo algum, com o que nós poderíamos dizer que ele tenha um estilo para a poesia, um estilo para o ensaio, um estilo para a ficção. São, de certo modo, apenas adaptações a um género de uma mesma maneira de falar. Essa maneira caracteriza-se por alguns aspectos que os outros do *ORPHEU* não atingiram, porque atingiram outras coisas diferentemente, e que permitem caracterizar Almada com peculiaridade especial. Nós podíamos começar por apontar como característica fundamental desse estilo aquilo que em extremo aparece num dos livros mais importantes de poesia que Almada publicou, uma das obras mais importantes quero dizer, que se chama

A Invenção do Dia Claro, que é um livro formado por poemas em prosa.

A Invenção do Dia Claro é um livro que tem, muito mais do que parece à primeira vista, uma estrutura interna muito sólida, que assenta, digamos, numa relação do poeta com sua Mãe. Há um *leitmotiv* que passa constantemente, que é a relação do Poeta com a Mãe. O Poeta dirige-se à Mãe, de vez em quando no livro, e diversas referências passam de uns poemas para os outros, de uns trechos para os outros, dando à obra uma unidade real que, na aparência dos trechos soltos, ela parece não ter. Essa relação básica dá à linguagem do livro um tom de menino pequeno que está a falar com a sua Mãe. Isto podia ter uma explicação imediata, que era da própria circunstância teatral em que esse diálogo inexistente se coloca, mas isso corresponde a uma característica profunda da linguagem de Almada Negreiros, que é a de uma simplificação no sentido, não de um primitivismo propriamente, mas do que nós poderíamos dizer de uma sofisticação da sua simplicidade. É na simplicidade extremamente sofisticada, em que as coisas profundas parecem ser ditas sempre por acaso. Mas vamos ver isso de uma maneira muito curiosa, precisamente num dos trechos d'*A Invenção do Dia Claro*, em que ele diz assim:

«*Mãe!*
Vem ouvir a minha cabeça a contar histórias ricas que ainda não viajei.
Traze tinta encarnada para escrever estas coisas! Tinta cor de sangue, sangue! verdadeiro, encarnado!
Mãe! passa a tua mão pela minha cabeça:
Eu ainda não fiz viagens e a minha cabeça não se lembra senão de viagens!
Eu vou viajar. Tenho sede! Eu prometo saber viajar.

Quando voltar é para subir os degraus da tua casa, um por um. Eu vou aprender de cor os degraus da nossa casa. Depois venho sentar-me a teu lado. Tu a coseres e eu a contar-te as minhas viagens, aquelas que eu viajei, tão parecidas com as que não viajei, escritas ambas com as mesmas palavras.

Mãe! ata as tuas mãos às minhas e dá um nó-cego muito apertado!
Eu quero ser qualquer coisa da nossa casa. Como a mesa. Eu também quero ter um feitio, um feitio que sirva exactamente para a nossa casa, como a mesa.

Mãe! passa a tua mão pela minha cabeça!
Quando passas a tua mão pela minha cabeça é tudo tão verdade!»

Vamos reparar como este belíssimo trecho se constrói:
«*Mãe, vem ouvir a minha cabeça a contar histórias ricas que ainda não viajei.*»

Reparem na aparente linguagem correntia da frase. Mas se nós notarmos imediatamente, a Mãe é convidada a ouvir não o que o poeta conta mas aquilo que a cabeça do poeta conta: «*vem ouvir a minha cabeça a contar*». Quer dizer, não é «a minha cabeça vem ouvir contar», é «*vem ouvir a minha cabeça a contar*», vem ouvir a minha cabeça no acto de contar. Ou como os Brasileiros diriam aqui: «vem ouvir a minha cabeça contando ... *histórias ricas*», que é uma linguagem infantil, histórias ricas são as histórias que são muito bonitas, que «rica coisa» se diz na linguagem coloquial. É nesse sentido que «história» está adjectivada aqui. «*Histórias ricas que ainda não viajei.*» E encontramos imediatamente uma frase extremamente simples, porque ele apenas está a contar as histórias imaginosas daquilo que ainda lhe não aconteceu nas suas viagens. Reparem como tudo isto foi transposto totalmente, e agora vemos melhor a frase «*Vem ouvir a minha cabeça a contar histórias ricas que ainda não viajei*», ou seja, se pudesse haver paráfrases, que não pode, porque a linguagem só diz aquilo que exactamente diz da maneira como diz, e não doutra maneira, nós poderíamos propor em vez desta expressão, o seguinte: «vem ouvir a minha imaginação a desfiar as histórias extraordinárias das minhas viagens, daquelas viagens que eu ainda não fiz e que a minha imaginação constrói». Mas não é isso que está dito aqui. O que está dito é: «*vem ouvir a minha cabeça a contar histórias ricas que ainda não viajei*». E reparem como está cadenciado «*vem ouvir / a minha cabeça / a contar / / histórias ricas / que ainda / não viajei*». Reparem que a cadência marcou todos os membros de frase que sucessivamente constroem o sentido dela. «*Vem ouvir*» o quê? «*a minha cabeça*» a fazer o quê? «*a contar*» o quê? «*histórias ricas*» quais? «*que ainda*» o quê? «*não viajei*». «*Traze tinta encarnada para escrever estas coisas! Tinta cor de sangue, sangue! verdadeiro, encarnado!*»
Reparem, «*vem ouvir*» é um vocativo inicial e agora pede-se que a Mãe traga a tinta encarnada para escrever estas coisas, a mãe traga a tinta com que se pode dar realidade às coisas imaginadas, essa tinta só pode ser «tinta cor de sangue», só pode ser «dor de sangue, sangue verdadeiro, encarnado», porque só o sangue vivo pode dar realidade às coisas imaginadas. Mas, como isto se passa no plano da criação, não é sangue, é «tinta cor de sangue». Porque não é com sangue que se escreve e só se escreve nos folhetins; as pessoas que não vivem nos folhetins escrevem com tinta cor de sangue. E, de repente, parece que temos uma mutação súbita para de novo o vocativo aparecer, assim: «*Mãe, passa a tua mão*

pela minha cabeça»; este é um gesto comum da ternura, passar a mão pela cabeça, mas isto tem imediatamente uma conexão com o que está para trás, na frase seguinte: «*eu ainda não fiz viagens*», que é a repetição de estar a imaginar, «*a contar as histórias que ainda não viajei*», «*eu ainda não fiz viagens e a minha cabeça*», aquela cabeça que está a contar histórias, «*não se lembra senão de viagens*». Reparem como a repetição se faz noutros termos. É como se começasse a descobrir-se, e é isso que a linguagem de Almada Negreiros traz, começasse a descobrir-se que a linguagem só descobre por aproximações sucessivas. A linguagem dá uma versão, procura uma nova versão, acrescenta uma nova versão como se a mesma coisa só pudesse ser apreendida totalmente se for dita de diversos ângulos dela ser dita. Nunca é exactamente a mesma coisa que fica dita, é sempre um pouco mais, que só pode ser dito com as variações sucessivas que permitem o cerco à realidade. Isto foi, sob certos aspectos estilísticos, uma descoberta deste século. Encontra-se, com uma linguagem inteiramente diferente e com raízes estilísticas inteiramente diversas, por exemplo, no estilo de Marcel Proust, em que tudo se faz por aproximação sucessiva: ele dá sempre um adjectivo, outro adjectivo, um outro adjectivo; quando faz uma comparação, ele faz sete comparações sucessivas, não por exercício retórico mas como quem faz um cerco à realidade, corta-lhe todas as portas por onde a realidade pode fugir, fecha daqui, com outra comparação daqui, com outra dali, com outra dali e a realidade fica fechada no meio, porque a realidade não pode ser dita — aquilo que nós dizemos literariamente é a criação doutra realidade. A única maneira que nós temos de dizer aquela, é dando paralelos sucessivos que a fechem ali dentro. E depois nós sabemos que a realidade está fechada ali dentro, é tudo quanto podemos saber. «*Eu ainda não fiz viagens, e a minha cabeça não se lembra senão de viagens!*», «*Eu vou viajar*». Agora reparem na transposição total: «*Tenho sede!*» Eu tenho sede de quê, tenho sede, eu vou viajar, quer dizer, tenho sede de sair de mim, tenho sede daquilo que se chama, metaforicamente, viagem, mas como menino que é, «*eu prometo saber viajar*», ele promete à mãe que saberá viajar, ele vai viajar com cuidado, ele vai viajar com atenção, ele vai procurar tirar das viagens o máximo que das viagens se possa tirar. É um menino ajuizado que não quer que a mãe se assuste com a hipótese de ele viajar, que a atmosfera da relação entre mãe e filho fica extremamente marcada por um toque como esta frase acrescentava tudo o que ele acabou de dizer. E depois passamos para o que pode chamar-se a segunda estrofe do poema em prosa, em que ele diz: «*Quando voltar é para subir os degraus da tua casa, um por um*», quer dizer, quando voltar, ele vai procurar ter a plena consciência de voltar, ele subirá os degraus um por um, cuidadosamente, para que o regresso fique perfeitamente marcado nos próprios pés que sobem os degraus um por um. Para isso, como ele diz na frase seguinte, «*eu vou aprender de cor os degraus da nossa casa*». Quer dizer, ele vai decorar os degraus, ele vai levar a escada do regresso impressa na memória. Para quê? Porque depois «*venho sentar-me a teu lado, tu a coseres e eu a contar-te as minhas viagens, aquelas que eu viajei*», porque nessa altura já viajou, «*tão parecidas com as que não viajei*», quer dizer, aí temos a união nesta estrofe do que vinha do início com a nova realidade apresentada, que é a experiência de ter viajado, em que as viagens viajadas vão identificar-se tanto quanto possível com as viagens que elas tinham sido, primeiro, quando tinham apenas sido imaginadas. E reparem como isso é dito dentro da teoria que nós vemos sair deste poema: «*Aquelas que eu viajei, tão parecidas com as que não viajei, escritas com as mesmas palavras*», quer dizer, as palavras com que se escrevem as viagens que se viajaram são as mesmas palavras com que se escrevem as viagens não viajadas, as viagens imaginadas, não há outras. Desde que se fala das viagens em criação, tanto faz que as viagens tenham sido viajadas como imaginadas. São escritas com as mesmas palavras.

«*Mãe! ata as tuas mãos às minhas e dá um nó-cego, muito apertado.*» Reparem como tudo se passa com imagens da linguagem mais coloquial, da familiaridade. «*Ata as tuas mãos às minhas*», quer dizer, é uma forma de ternura, quer dizer, prende bem as tuas mãos nas minhas. Mas reparem como isto é já uma criação poética. Não é: prende as tuas mãos nas minhas, ou prende as minhas mãos nas tuas: «*ata as tuas mãos às minhas*». E reparem como, partindo desta expressão, o poeta imediatamente acrescentou a continuação lógica da metáfora, da imagem que ele criou. «*Ata as tuas mãos*», então ele vai atar as mãos, para atar bem ele vai dar um nó-cego, muito apertado. E reparem como estamos no plano, não duma linguagem metafórica impressionista, mas no plano da criação expressionista da linguagem: não é a expressão realística o que importa, a linguagem cria a sua própria realidade, visto que do realismo imediato, porque isto é um outro realismo, doutro grau, não faz sentido algum dizer que as mãos se atam com um nó-cego muito apertado, com um nó-cego atam-se, fios, atam-se fitas, atam-se cordas, não se atam mãos. No entanto o atar mãos com um nó-cego muito apertado é, do ponto de vista da expressão emocional, máximo de unidade que a ternura pode criar. Porquê? «*Eu quero.*» Para que é que ele quer sentir-se tão preso desta maneira? Porque ele quer ser «*qualquer coisa da nossa casa*», porque a única maneira de poder regressar plenamente é ser uma coisa colocada numa circunstância, ele precisa ser como uma coisa do lar, não apenas como, ele precisa ser uma, porque ser como é apenas ser como, ser em relação a, ser em comparação com, ele não quer ser isso, ele quer ser uma coisa da casa. Quer ser um objecto da casa, quer ser uma daquelas coisas que não se desloca da casa para fora se nós próprios a não deslocarmos, porque ela faz parte da casa, ela fica posta no lugar onde a pusermos, no lugar onde a deixarmos. E ele explica melhor, «*como a mesa*», ele quer ser uma coisa exactamente como uma mesa que tem quatro pernas e que assenta onde nós a pusermos (as de pé de galo é que têm três e por isso dançam). E acrescenta: «*eu também quero ter um feitio, um feitio que sirva exactamente para a nossa casa, como a mesa*». E reparem na construção da frase, antes de vermos mais: «*eu quero ser qualquer coisa da nossa casa*», reparem «*eu quero ser qualquer coisa da nossa casa. Como a mesa. Eu também quero ter um feitio, um feitio que sirva exactamente para a nossa casa, como a mesa*». Reparem no paralelo e na dialéctica que se estabelece entre estes membros da frase. «*Eu quero ser qualquer coisa da nossa casa. Como a mesa. Eu também quero ter um feitio, um feitio que sirva exactamente para a nossa casa, como a mesa.*» Ele primeiro quer ser qualquer coisa da nossa casa tal qual como a mesa é. E porque é que ele quer isso? Porque ele quer ter um feitio, quer dizer, as coisas têm uma forma definida, as pessoas não. As coisas têm; as pessoas têm uma falsa forma, que é a nossa forma exterior, o nosso aspecto exterior, o interior não tem forma, e é por isso mesmo (e agora vejamos como esta linguagem nos dá a chave da própria criação da arte moderna), é por isso mesmo que quem escreve assim pode pintar uma cara com nariz para baixo e um olho para cima, precisamente porque as pessoas não têm senão a forma que nós lhe dermos, e não a forma que fotograficamente parecem ter. E ele volta à 1.ª estrofe para dizer: «*Mãe! passa a tua mão pela minha cabeça!*», que é a repetição do vocativo anterior em que ele pediu o gesto da ternura, mas que serve esse gesto agora depois de tudo o que aqui foi dito? É que quando a mãe passa a mão pela cabeça dele é tudo tão verdade, as coisas tornam-se tão verdadeiras! Quer dizer, a verdade das coisas depende precisamente da emoção, depende precisamente da ternura, o que é exactamente a raiz de toda a criação expressionista. O expressionismo depende precisamente não da impressão exterior mas da criação transposta do interior, portanto da emoção que rege o momento da criação, o momento em que a Mãe, ou seja a Poesia, se quiserem, ou seja a Vida, ou seja a Liberdade, seja o que quiserem, passa com ternura a mão na cabeça do Poeta. Vamos agora ver como isto se processa melhor ainda, claramente, num outro poema da *Invenção do Dia Claro*, e antes disso, entre os dois poemas, vamos passar pelo início da segunda parte do livro que se chama *A Viagem ou o que se não pode prever*, que é feito de pequeninos trechos em que há um trecho excelente

para nós compreendermos tudo isto, em que diz ele assim: «*Eu
— e depois tem estas três linhas que dizem o seguinte — quando
digo eu não me refiro apenas a mim mas a todo aquele que couber
dentro do jeito em que está empregado o verbo na primeira pessoa.*»
Quer dizer, quando o poeta diz eu, ele não se refere apenas a si
mesmo, ele refere-se a ele mesmo e a todas as pessoas que pude-
rem caber dentro da expressão em que o verbo está usado, na
primeira pessoa. Ele, e não aquelas que se identifiquem com ele,
reparem. Não se trata da identificação romântica, em que a pessoa
se identifica com a subjectividade do poeta. Não, não, nada disso:
trata-se da linguagem só e de caber nela ou não; o que está dito
é «*aquele que couber dentro do jeito em que está empregado o
verbo na primeira pessoa*», quer dizer, não tem nada a ver comigo,
tem que ver com o verbo que está ali da maneira em que ele está
empregado. E isto nos dá outra das maneiras de compreendermos o que o modernismo foi, o corte, que às vezes não foi
feito por todos, nem foi feito da melhor maneira por todos, nem
sempre, mas que é o aspecto fundamental do modernismo do qual
nós podemos dizer que, de certo modo, no princípio deste século,
do ponto de vista da criação estética, uma nova época começou
e uma outra terminou. É que o modernismo é o corte com o romantismo que o precedeu, é a época que coloca a linguagem, o poema,
a criação estética, acima do poeta, acima das emoções do poeta,
acima da subjectividade do poeta. Uma das características mais
curiosas de todos os grandes modernistas foi o uso da subjectividade como um elemento análogo a qualquer outro com que
se pode entrar na criação estética. Para os românticos, a subjectividade era o centro da sua criação, e, no fundo, eles sempre
acharam que eles como pessoas eram muito mais importantes
do que a própria obra. Os modernistas, de uma maneira geral,
pensaram todos o contrário: que a obra era muito mais importante
que as próprias pessoas, e se há alguém que seja símbolo disso
mesmo é Fernando Pessoa, visto que Fernando Pessoa de tal
modo estabeleceu essa realidade do modernismo, que nós podemos
dizer, e é minha teoria acerca dele, que Fernando Pessoa como
criatura estética não existe, não há Fernando Pessoa ele mesmo,
de que outros sejam heterónimos, o Fernando ele mesmo é tão
heterónimo como todos os outros. É apenas o heterónimo que
por coincidência usa o nome civil daquela pessoa, mas que é tão
heterónimo como os outros, e é da mesma maneira uma invenção
«de toutes pièces» como os outros são. O Fernando Pessoa ele
mesmo, por coincidência, tinha o mesmo nome. Podemos até
dizer que o refinamento maior da heteronímia está exactamente
nisso; é com isso que ele criou a maior mistificação do modernismo: o mais heterónimo de todos é aquele que tem o nome dele
para enganar os incautos, os ingénuos e os académicos. E é

exactamente o que está dito nesta frase. Agora vamos ver exactamente como isso se processa num outro trecho do livro. É o poema muito célebre e que tem uma epígrafe do pintor Matisse. E chamo a atenção para o facto de em Portugal se pôr uma epígrafe de Matisse em 1921, como Almada fez neste poema. (Imensas pessoas devem ter ficado a pensar quem o Matisse seria, é como acontece em 1917 com o *Ultimatum* do Álvaro de Campos no *Portugal Futurista,* quando ele começa por citar uma série de autores europeus que ele expulsa da literatura europeia, ali na Brasileira do Chiado, em 1917. Eu creio que nenhum desses autores seria conhecido, eram conhecidos na Europa, mas a Europa naquele tempo parava nos Pirenéus, e nós hoje não estamos muito certos de que não páre ainda ...) O poema a que me refiro chama-se *A Flor.* Tem a seguinte epígrafe:

«— *Je travaille tant que je peux et le mieux que je peux, toute la journée. Je donne toute ma mesure, tous mes moyens. Et après, si ce que j'ai fait n'est pas bon, je n'en suis plus responsable; c'est que je ne peux vraiement pas faire mieux.*»

E o poema diz o seguinte:

A FLOR

«*Pede-se a uma criança. Desenhe uma flor! Dá-se-lhe papel e lápis. A criança vai sentar-se no outro canto da sala onde não há mais ninguém.*
Passado algum tempo o papel está cheio de linhas. Umas numa direcção, outras noutras; umas mais carregadas, outras mais leves; umas mais fáceis, outras mais custosas. A criança quis tanta força em certas linhas que o papel quase não resistiu.
Outras eram tão delicadas que apenas o peso do lápis já era demais.
Depois a criança vem mostrar essas linhas às pessoas: Uma flor!
As pessoas não acham parecidas estas linhas com as de uma flor!
Contudo, a palavra flor andou por dentro da criança, da cabeça para o coração e do coração para a cabeça, à procura das linhas com que se faz uma flor, e a criança pôs no papel algumas dessas linhas, ou todas. Talvez as tivesse posto fora dos seus lugares, mas são aquelas as linhas com que Deus faz uma flor!»

Vamos deter-nos um pouco neste poema para completarmos a análise que fizemos anteriormente. Reparem como o poeta para estabelecer, digamos, uma longa metáfora da criação, usa a criança. Reparem que a criança já apareceu na relação da Mãe e agora aparece a criança, ela, a criar. «*Pede-se a uma criança. Desenhe uma flor! Dá-se-lhe papel e lápis. A criança vai sentar-se no outro canto da sala onde não há mais ninguém*»: esta frase, reparem na sua estrutura, é paralela das outras que nós observámos: «*a criança / vai sentar-se / no outro canto / da sala / onde não há / mais ninguém/*». E reparem o que resulta: a criança (de que nós falámos) vai sentar-se no outro canto (que é maneira de dizer vai sentar-se no lado oposto a nós, vai sentar-se do outro lado onde estão os sabidos, no outro canto) da sala onde não há mais ninguém (porque não há mais ninguém? não há mais ninguém porque a criação só se processa na mais completa solidão; só onde não há mais ninguém é que é possível criar). «*Passado algum tempo o papel está cheio de linhas. Umas numa direcção, outras noutras; umas mais carregadas outras mais leves; umas mais fáceis outras mais, custosas*» (notem a sucessão: «*passado algum tempo o papel está cheio de linhas*»). Ele não disse «o papel está cheio de linhas passado algum tempo», não disse «algum tempo depois o papel está cheio de linhas», ele disse «*passado algum tempo* — o que importa primeiro é que algo passou, passou o quê?, alguma coisa que é, de tempo, é o que está dito na sequência e o que é que depois disso aconteceu?: «*o papel está cheio de linhas*». Nós transitámos da criança para o papel ele mesmo, através das frases que ficaram intercaladas e pelas quais nós não tínhamos dado, em que se disse: «*pede-se a uma cirança que desenhe uma flor, dá-se-lhe papel e lápis*». No momento em que com a frase se anunciou que se dava papel e lápis, podemos passar directamente para o papel que está presente onde o lápis desenhou linhas. «O *papel está cheio de linhas.*» Agora reparem: as linhas estão «*umas numa direcção, outras, noutras*»; depois, umas são mais carregadas, outras são mais leves; depois umas são mais fáceis, outras são mais custosas. Reparem nas três categorias sucessivas com que as linhas são classificadas. As linhas começam por ser classificadas pura e simplesmente em relação à direcção que têm, é um critério topológico de situar as linhas; a seguir umas são mais carregadas e outras são mais leves. Além de estarem dirigidas num determinado sentido, umas são mais leves e outras mais carregadas, quer dizer, umas são mais finas, outras são mais grossas, é a segunda categoria em que as linhas se classificam, ou seja, aquilo que as individualiza dentro da situação geográfica em que ficaram. E a seguir umas são mais fáceis, outras mais custosas, e entrou imediatamente um critério de realização estética, porque só por esse critério é que nós sabemos se umas linhas foram mais fáceis de fazer, que outras foram mais difíceis de fazer. Porque em certas alturas, como ele acrescenta, «*a crian-*

ça quis tanta força em certas linhas que o papel quase que não resistiu». É uma frase acrescentada a todas estas caracterizações em que o conceito de força expressiva surge transposto para a imagem do risco do lápis rasgar o papel, tal foi a força que a criança dispôs no desenhar aquela linha. «*Outras eram tão delicadas que apenas o peso do lápis já era demais.*» Reparem que apenas o peso do lápis era já demais; nós temos, além de todos os critérios, sobreposto a esse, o critério duma força a que se opõe completamente uma leveza. São os dois pólos de força criadora, que pode ser uma coisa imposta ou pode ser precisamente uma criação extremamente leve. «*Depois, a criança vem mostrar essas linhas às pessoas; uma flor! As pessoas não acham parecidas estas linhas com as de uma flor! Contudo, a palavra flor andou por dentro da criança*». Reparem como se parte da palavra flor. Quer dizer, aquilo que inspirou a criança não foi, segundo o poeta diz, a imagem da flor, foi a palavra flor, porque aquilo que foi comunicado à criança, foi precisamente a palavra que lhe foi dita, é esse signo que foi dito numa palavra que ela ouviu. Quer dizer, essa convenção pela qual nós designamos uma flor, essa convenção andou dentro da cabeça da criança dum lado para o outro, da cabeça para o coração e do coração para a cabeça, à procura das linhas com que se faz uma flor, juntar as diversas possibilidades com que uma flor se faz, quando se desenha, e a criança pôs no papel algumas dessas linhas ou todas; talvez as tivesse posto fora dos seus lugares, mas são aquelas as linhas com que Deus faz uma flor. O que é que significa este final? Significa que o que importa realmente não é tanto que as coisas sejam postas nos seus lugares, visto que os lugares são afinal uma convenção como outra qualquer, mas sim que todas as partes de que a realidade se compõe estejam presentes tal qual como na criação integral que o mundo é; é nesse sentido que aqui aparece que são as linhas com que Deus faz uma flor; é no sentido de que, se Deus fizesse uma flor com linhas, essas linhas feitas pela criança estariam lá todas. Estariam provavelmente fora dos seus lugares; mas é muito mais importante que elas estejam mesmo fora dos seus lugares do que algumas faltem estando as outras todas nos seus lugares. [ALMADA: «Bravo! bravo!».] Ora, vamos agora daqui concluir para certos aspectos desta linguagem criada por Almada Negreiros na sua poesia. Nós vemos que há todo um paralelismo aparente em que a realidade é definida (é cercada), esse paralelismo assume aspectos duma simplicidade aparentemente infantil, como se fosse um tom coloquial da criança que fala, quer dizer, é a procura de voltar a um imediatismo da expressão. Ao mesmo tempo, notem que este tom coloquial é extremamente intelectualizado, quer dizer, é um tom coloquial de menino extremamente inteligente, de um menino que fala sempre sabendo o valor que as palavras têm, conforme a posição que elas ocupam na frase. As palavras não são ornamentos da frase, não servem para ornamentar uma realidade pré-existente a elas. Reparem como este poema da flor é importante para vermos isso. Não é a realidade que pré-existe. O que pré-existe são as linhas com que a realidade se faz, de modo que o que importa realmente é o tom com que essa realidade é apresentada, a maneira como ela é definida. É isso que faz com que este tom seja extremamente intelectualizado, para que seja um tom em que são as essências e não, digamos, as circunstâncias exteriores o que é considerado. Há como que uma destilação da realidade para que ela seja transformada na sua essencialidade expressiva. Por outro lado, verificámos como tudo isto se coloca, não no que nós poderíamos chamar um impressionismo estilístico, mas numa total transposição expressionística. E um outro aspecto, que é extremamente curioso e que tem que ver com outro aspecto da criação literária de Almada Negreiros, é uma certa teatralidade da expressão que provavelmente vos não escapou nestes poemas em que há toda como uma *mise-en-scène* das frases no sucederem-se umas às outras. As frases surgem como rubricas de teatro, sucessivamente, que nos dão precisamente a transformação e a transposição que há entre a realidade em si e a criação de uma nova realidade que a criação estética é. O outro aspecto que existe na poesia de Almada Negreiros e que nós não tivemos ainda ocasião de comentar é aquilo que surge em certos passos do seu romance *Nome de Guerra*, que surge na *Engomadeira*, que surge nos *Saltimbancos*, em numerosas das suas criações em prosa, e que é a capacidade de invenção, que chegou ao máximo de expressão na *Cena do Ódio* que está publicada nas *Líricas Portuguesas*, III.ª Série, e que teve também a sua contrapartida num dos mais belos manifestos que se escreveram em Portugal, o célebre *Manifesto Anti-Dantas*, «morra o Dantas, pum» (com uma mãozinha a apontar). O Dantas não morreu, senão muito mais tarde, mas o segredo é que ele já estava morto nessa altura! E o que eu queria, precisamente, passando desse aspecto de invectiva que mencionei aqui, seria passar para um outro poema de 1915, publicado em 1935, em que nós vamos ver a reversão completa daquela frase sobre o EU que vos li na *Invenção do Dia Claro* e que completa precisamente essa frase. É o final de um longo poema publicado na revista *Sudoeste*, que Almada Negreiros dirigiu, chamado *As Quatro Manhãs*. É o final da quarta manhã, isto é, o final do poema. Ele diz o seguinte:

«*Tudo começava lá, ao princípio,
    num ponto:
    um simples ponto sem dimensão,*

*e do qual partiam depois todas as linhas
todos os ângulos, cones e sectores
de uma esfera infinita
da qual a terra era uma pequena reprodução
e eu uma pequena reprodução da terra.
Desde o ponto inicial até mim
a linha era única
e não pertence hoje
senão a mim.
No ponto inicial nasceram todos os destinos, até os destinos |
               | sem dono.
Jamais perdi o tempo com o mistério dos outros
ainda mesmo que as nossas vidas se cruzem.
Não são as nossas vidas actuais que se comunicam
já sei
mas sim os nossos mistérios que dialogam.
E eu acabo de chegar apenas ao limitar do meu mistério.
Eu tive d'inventar-me um génio discretíssimo
para escapar através dos séculos à mecânica das actualidades.
Para chegar até aos meus próprios pensamentos,
aos meus pensamentos, só meus,
eu tive muitas vezes de dar voltas ignóbeis!
Mas até que cheguei aqui
a isto que eu buscava,
e que é o principiar em mim.
Desde o ponto inicial
Já tudo começou para mim
e passados séculos e séculos
eu hoje vou exactamente em mim.»*

Reparem como à primeira vista nos pode parecer isto uma proclamação de subjectividade absoluta. No entanto, notem que o poeta fala neste EU tão aparentemente sujectivo — é exactamente o mesmo EU que se definiu na *Invenção do Dia Claro*. É o EU que representa, digamos, a Humanidade, representa o Homem em si mesmo, na aventura da sua própria consciência. É o que está dito neste poema. E reparem a que ponto este poema confirma o que nós dissemos sobre o anti-romantismo fundamental destes homens. «*Eu tive de inventar-me um génio discretíssimo para escapar através dos séculos à mecânica das actualidades*», eu tive de inventar um génio discretíssimo para escapar àquilo que me colocaria na minha própria circunstância imediata. Além disso, «*jamais perdi o tempo com o mistério dos outros, ainda mesmo que as nossas vidas se cruzem*», quer dizer, o mistério dos outros, aquilo que os outros são, não é uma coisa com que eu perca tempo; a mim não me interessa o que é que os outros são; a mim só me interessa o que é que os outros fazem, que é exactamente o que está dito deste poema quando é dito, «*para chegar até aos meus próprios pensamentos*... eu tive de dar voltas... *até que cheguei cqui, a isto que eu buscava, e que é o principiar em mim*», quer dizer, eu sou apenas um ponto de partida e eu hoje vou exactamente em mim. Reparem como está dito «*eu hoje vou exactamente em mim*», quer dizer, eu estou colocado em mim com a maior precisão, com o maior rigor, conhecendo exactamente os limites em que essa colocação se processa. Sendo assim, reparem: eu vou em mim, quer dizer, eu não estou em mim, eu não me confino em mim, a criação permanente que nós somos a cada momento parte de mim, eu dizer isto quer dizer que a cada momento da Humanidade parte daqueles outros EUS que o meu EU significa, aquele EU em que cabem todas as pessoas que forem capazes de se encaixar dentro dum jeito de se conjugar o verbo na primeira pessoa. Este é precisamente o grande segredo da arte moderna, aquilo em que nós podemos dizer que Almada Negreiros criou uma das maiores linguagens realmente de vanguarda e realmente modernas da nossa literatura neste século. Ele criou exactamente a linguagem que muitas vezes, poderíamos dizer, o próprio Fernando Pessoa não criou, e não criou por uma razão muito simples, porque Fernando Pessoa ficou amarrado à subjectividade de cada um dos seus heterónimos. Ele libertou-se da subjectividade de si mesmo mas pluralizou-se na subjectividade daqueles que criou e não procurou libertar-se dessa subjectividade através da criação de uma linguagem, como Almada Negreiros fez. É por isso que a obra em prosa em que ele inventou um semi-heterónimo é uma das obras mais curiosas, precisamente porque depois de criar o *Livro do Desassossego* naqueles fragmentos imensos que o inédito *Livro do Desassossego* é, fragmentos algumas vezes muito fragmentados de uma obra que é totalmente informe, ele nunca se referiu ao *Bernardo Soares,* autor dessa obra, como heterónimo, ele referiu-se sempre como a um semi--heterónimo, precisamente porque no momento em que ele escrevia alguma coisa num tom de diário íntimo, a criação dos heterónimos caía do nível subjectivo dos heterónimos para o nível do sentimentalismo invididual. Ele próprio diz num trecho célebre que o *Bernardo Soares* lhe aparecia quando ele se sentia abaixo de si mesmo. Quer dizer, precisamente, essa criação só lhe foi possível nos heterónimos, em cuja subjectividade ele fica preso, e não criando propriamente uma linguagem que seja a libertação completa duma subjectividade. Não podemos falar da personalidade estética e artística de Almada Negreiros, não podemos dizer que a sua subjectividade entre nos poemas como mais do que um elemento para a criação deles. Eles são feitos de subjectividade e de muito mais do que isso, como acabámos de ver nestes poemas que procurei comentar para vós. Creio que já chega por agora.

(Não sei quais são as normas aqui, se há normas para fazerem perguntas, para me perguntarem alguma coisa. Qual é o costume da Casa? — se normas não houvesse, criavam-se agora. — Bem, eu sou partidário da criação permanente. Então, se quiserem perguntar-me alguma coisa eu procurarei responder.)

[*ALMADA:* Eu não quero perguntar nada, mas queria fazer uma confirmação, para mostrar o grande agradecimento (...) com que V. ressuscitou a minha poesia. Eu acabei agora de fazer um trabalho de vários meses, oito meses consecutivos, trabalho obcecante, a ter que fazer. Em pormenor basta dizer que o médico todos os dias me dizia: Você está-se a matar! E eu respondia-lhe: Mas se eu não fizer isto morro! Este pedido de interrupção é só para dizer isto. E aqui vai toda a minha admiração que sempre tive por si, e o meu agradecimento por este momento de hoje. Vou simplesmente dizer o título da obra que eu concluí, que é uma obra síntese de tudo o que eu fiz na minha vida; é a Geometria. O título é COMEÇAR...]

Acho que o título da obra confirma precisamente a teoria que eu procurei dos poemas.

RONDEL DO ALENTEJO

*«Em minarete
mate
bate
leve
verde neve
minuete
de luar.*

*Meia-noite
do Segredo
no penedo
duma noite
de luar.*

*Olhos caros
de Morgada
enfeitada
com preparos
de luar.*

*Rompem fogo
pandeiretas
morenitas,
bailam tetas
e bonitas,
bailam chitas
e jaquetas,
são de fitas
desafogo
de luar.*

*Voa o xaile
andorinha
pelo baile,
e a vida
doentinha
e a ermida
ao luar.*

*Laçarote
escarlate
de cocote
alegria
de Maria
la-ri-rate
em folia
de luar.*

*Giram pés
giram passos
girassóis
e os bonés
e os braços
destes dois
giram laços
ao luar.*

*O colete
desta virgem
endoidece
como o S
do foguete
em vertigem
de luar.*

*Em minarete
mate
bate
leve
verde neve
minuete
de luar.»*

Reparem como este poema, que é feito da cadência rítmica, constrói a sua cadência rítmica inclusivamente com palavras que não existem, e com paralelos que resultam única e simplesmente do paralelo fonético ou de raiz semântica de radical entre as palavras. Reparem, por exemplo, no seguinte:

«*Giram pés
giram passos
girassóis
e os bonés
e os braços
destes dois
giram laços
ao luar*»,

em que tivemos exactamente, ao nível das próprias palavras, a mesma construção paralelística que eu vos apontei na estrutura das frases, e que com isso se constrói o próprio poema, o próprio ritmo com que é dado todo o movimento de dança. Aliás, é muito interessante saber que este poema, que à primeira vista pode parecer um poema regionalista, tem toda uma criação de linguagem, toda uma criação de ritmo extremamente afim do futurismo dos anos 15 e 16. Há, por exemplo, um poema muito célebre na língua italiana, como este devia ser na língua portuguesa, que é o poema de Aldo Palazzeschi, *La Fontana Malata,* em que Aldo Palazzeschi descreve uma fonte doente, que é uma fonte arquejante, que só deita água de vez em quando, e constantemente a fonte está a acabar e então faz:

«*Clof, clop, cloch,
cloffete
cloppete
clocchete,
chchch* ...»,

exactamente com o mesmo tipo, sem que haja qualquer semelhança entre os dois poemas, o mesmo tipo de criação cadenciada rítmica.

(Acho que, agora definitivamente, chega.)

ANTÓNIO SÉRGIO — INQUÉRITO

Antes de mais, quero congratular-me com *O Tempo e o Modo* por procurar dedicar à figura de António Sérgio um número especial de alto nível: poucos portugueses deste século o merecerão tanto como ele, pela categoria intelectual e moral que é a sua. Quero, porém, lamentar que o crítico literário que ele, em tantas circunstâncias, admiravelmente foi (para lá de enquadrar excessivamente a literatura nos seus esquemas de salvação da pátria pela pedagogia) não tenha sido ainda estudado como convém e como importa, com o relevo a que tem direito. Porque também nesse campo ele foi um precursor de atenção aos textos, ao pensamento dos autores, à interpretação deles em função do que ideologicamente signifiquem. E foi-o não só no panorama português em que Sérgio tanto se situou, que os críticos acabaram por vê-lo apenas como um mestre de pensar dos portugueses: na verdade, ele foi um homem do seu tempo, e muitas vezes em avanço sobre ele, mesmo se colocado num contexto europeu.

Sinto-me plenamente à vontade para dizer isto e outras coisas. António Sérgio, como os grupos a que pertenceu, não foi nunca um mestre meu. Tive a felicidade de não ser aluno de Letras em Portugal, quando Sérgio e outros apareciam como os luminares que não brilhavam nas cátedras. E, por isso, nunca precisei, como tantos outros, de *purgar-me* de António Sérgio. Os contactos pessoais que com ele tive foram muito pouco literários, filosóficos, ou pedagógicos, por força das circunstâncias em que se verificaram. E o meu conhecimento da sua obra foi sendo feito, sempre, como achega para estudos e pesquisas que me eram inspirados de outros quadrantes culturais. A pessoa e a obra, todavia, deram-me sempre a impressão fascinante de uma coisa rara, mitológica, e quase impensável em Portugal: serem uma criação consciente de um aristocrata nato, que era também um *gentleman*. Creio que muitos desentendimentos que houve com ele resultaram da tradição do varapau, de falta de banho de duche, etc., que não era a sua, nem a que ele se criara para si mesmo. Mas uma outra impressão ele me deu sempre que é talvez o mais puro timbre da sua personalidade (e também a causa de alguns dos muitos fracassos ou lapsos que pontuaram a sua carreira tão digna): a de uma incurável ingenuidade num país de «sabidos», a de uma indestrutível inocência tanto mais quixotesca quanto ele se supunha (e era) muito mais inteligente e lúcido do que os outros. Longe de mim a ideia de explorar agiologicamente os grandes vultos da República, um dos quais ele foi, e que é tão primária e tão oportunista como o sistemático denegrimento a que longamente estiveram sujeitos. O que eu queria acentuar na impressão que Sérgio sempre me comunicou é uma outra qualidade especial e peculiar que muitos dos outros, em diversos níveis, partilhavam com ele: uma espécie de verticalidade mesmo física, um certo brilho do olhar, uma elegância dos gestos e da linguagem, que faziam dele o retrato vivo de uma dignidade *desocupada,* aqui onde sempre se morreu mal com el-rei por amor dos homens, e mal com os homens por amor del-rei. O que eu não queria que fizessem de António Sérgio é um novo Verney. Há entre ambos um abismo: se ambos pertencem decididamente à história dolorosa de renovar Portugal, António Sérgio pertence ainda a um outro panteão, onde me parece que demasiado se esquecem de o colocar, e que é o dos grandes escritores do mausoléu sumptuoso de que falava Herculano: a língua portuguesa. Quando se fizer a história da língua de Portugal, independentemente da validade actual dos escritores, o lugar dele será sem dúvida ao lado de alguns dos grandes que ele, em alguns casos, foi o primeiro a modernamente compreender.

Lisboa, 18 de Janeiro de 1969

SOBRE JORGE DE MONTEMÓR E UM POETA DE VALENCIA *

Em 1561, na Itália, foi assassinado Jorge de Montemór, ou de Montemayor, ou George de Montemayor, como ele se publicou (1). Ano sangrento para as letras portuguesas, ainda que o sangue de Montemór (como em geral, por culposa consciência de exportação do seu principal produto, costuma suceder em Portugal) não tenha em tempos migratórios e post-imperiais mais recentes ocupado as mentes lusitanas, embora ele sempre tenha nobremente insistido na sua qualidade de português. Ano sangrento, dizíamos, porque outro assassinato, este em Goa, o maculou também: o de Gaspar Correia que não era uma celebridade hispânica, e mesmo cuidara de deixar inéditas as suas *Lendas da India,* como outro não deixara os seus poemas religiosos. Tempos heróicos esses, em que os assassinos, por mesquinhos que fossem, usavam da faca e não do artigo do jornal... É certo que não havia jornais então, e as pessoas andavam todas armadas de instrumentos cortantes e perfurantes: assassinos e assassinados.

Em 1562, o poeta Diego Ramirez Pagán, na sua *Floresta de Varia Poesia,* publicada em Valência, dedicava à sua memória dois sonetos que o monstro não da Natureza, como disse Cervantes que Lope de Vega era, mas de reaccionária erudição e feroz anti-portuguesismo que foi Menendez y Pelayo (esse colossal Torquemada cuja sombra ainda pesa, como um «hélas» inamovível, sobre a crítica hispânica) decretou que eram «bastante malos». Não serão piores do que centenas de outros que fazem as delícias dos hispanistas e hispanófilos que, pelo mundo adiante, afinam pela falta de gosto, que foi timbre de Carolinas

---
* Inacabado.

e Pelayos, cujos discípulos continuam a confundir erudição e cultura, poesia e filosofia, crítica e história literária. Nessa mesma *Floresta* uma epístola de Montemór a Pagan contém audaciosas críticas da vida hispânica (a que Pagán responde com outra).

Não foi Pagán o único a chorar a morte de um escritor cuja *Diana,* publicada provavelmente em 1559, tivera até aos fins de 1561 umas sete edições em espanhol, e mais umas trinta na Península Ibérica (ou em espanhol) até um século depois, e cerca de outras trinta em várias línguas europeias, desde 1578 até 1750 (pelo que é curioso anotar que se o sucesso hispânico se suspende nos meados do século XVII, o europeu durou quase um século mais). A *Diana* não foi, pois, apenas um fugaz *best--selles,* mas, durante quase dois séculos, uma das obras mais influentes e lidas da Europa. A censura portuguesa proibiu-a de 1581 a 1624, e as obras devotas do poeta foram-no em Espanha em 1583 (mas a *Diana* não). Em 1624, em Portugal, as suas obras poéticas (assim as de devoção como de amores profanos) continuavam proibidas. Já autores da maior autoridade consideraram Montemór um *alumbrado* se não um cristão-novo (2), e, noutro lugar, tendo presente que ele se afirmava membro da família dos Pinas e dos Paivas, o correlacionámos com Fernão de Pina, o filho e sucessor de Rui de Pina, e que foi um dos primeiros perseguidos pela Inquisição portuguesa (3).

Quando em 1559 (se foi esse o ano da 1.ª edição) publicou Montemór a *Diana* não era um desconhecido nem das cortes portuguesa e espanhola em que gravitara (e quiçá da inglesa, a que teria acompanhado Filipe II, quando este casou com Maria Tudor) nem do público. Antes de 1548, compusera um juvenil *Diálogo espiritual* dedicado a D. João III (4), e a sua estreia em letra de forma foi, em Alcalá, 1548, uma *Exposicion Moral sobre el salmo 86 del real profeta David.* Em 1553 é possível que tenha havido uma 1.ª edição, de Évora, impressa por André de Burgos, do seu *Cancioneiro* (ou mais exactamente *Las obras de George de Montemayor, repartidas en dos libros,* como diz a edição de Antuérpia, 1554, dedicada aos Príncipes D. João, o herdeiro de Portugal, e D. Joana de Áustria, sua mulher, a cuja casa o poeta então pertencia) que teve também grande êxito: saiu póstuma já, em 1562, a reedição preparada por ele, e com um belo retrato seu que, cremos, é desconhecido em Portugal. O «cancioneiro» teve também grande êxito: mais seis edições até 1588. Em 1558, publicara ele o *Segundo Cancionero,* ou sejam as obras devotas que compusera para a corte «alumbrada» da Princesa Joana, e que a Inquisição logo proibiu em 1559. Por isso, ele não concluiu as obras mais especificamente devotas na edição que preparara, antes de partir para Itália, tal como deixou preparada (e saiu também em 1562) a reedição da sua tradução castelhana da primeira parte das obras de Ausias March, que ele publicara em Valência, 1560. Desta época deve datar o convívio e a amizade com Ramírez Pagán. E entre 1554 e 1561, e talvez por volta de 1558, será que um poetastro sevilhano o atacou por um «descuido» teológico sobre a Santíssima Tindade. Contestou o poeta, e o sevilhano, ripostando, chamou-o abertamente cristão-novo e de seguidor da fé mosaica (5).

Analisemos os dois sonetos de Ramirez Pagán, em cuja colectânea há, de interesse português, um belo soneto à morte da Imperatriz Isabel de Portugal (6).

A la Sepultura de la Emperatriz nuestra senhora.

> Cesse la temporal y humana risa,
> Encarezca se agora el lloro tanto,
> Que a precio de um imperio valga el llanto
> La jerga vença a la real divisa.
>
> Y va la muerte coronada a guisa
> De imperatriz rasgando un rico manto:
> Y cubra un triste y doloroso canto
> La magestad de la divina Elisa.
>
> Y el fino rubi de la granada
> Del mas precioso engaste desprendido,
> Polvo se haze en esta sepultura.
>
> Ma dejad ir esta alma bien guiada,
> Que otro imperio mayor le era devido
> A la mayor grandeza y hermosura.

O soneto é um epitáfio imaginário que, como se vê, termina com uma imitação do famoso verso de Dante (*Onorate l'altissimo poeta*) referente... [V. a transcrição do poema na pág. 258].

O poeta é comparado a Apolo, a um Sol que se pôs no ocaso da morte para sempre, mas é na verdade uma fénix que repousa no túmulo (e renascerá das próprias cinzas). Note-se que Pagán não menciona o Mondego, supostamente a «pátria» rio bucólico de Montemór entre os que nomeia: Ebro, Tejo, Douro, Tibre. Se este está simbolizando a Itália (ou especificamente Roma, ainda que se saiba da estada de Montemór em Milão), os outros por certo significam o Tejo, Lisboa ou Toledo, as cidades imperiais que ele banha, o Ebro, Saragoça, e o Douro...

Vejamos o segundo soneto em perguntas e respostas.

Al mesmo Montemayor
em modo de dialogo

Nuestro Monte mayor, do fue nascido?
En la ciudad del hijo de Laerte.
Y que parte en la humana instable suerte?
Cortesano, discreto, y entendido.

Su trato como fue, y de que ha bivido?
Sirviendo, y no acerto, ni ay quien acierte.
Quien tan presto le dio tan cruda muerte?
Imbidia, y Marte, y Venus lo ha movido.

Sus huesos donde estan? En Piamonte.
Porque? Por no los dar a patria ingrata.
Que le deve su patria? Inmortal nombre.

De que? De larga vena, dulce y grata.
Y en pago que le dan? Talar el monte.
Y haura quien le cultive? No ay tal hõbre.

A primeira resposta declara expressamente que Montemór não nasceu em Montemor-o-Velho, *mas em Lisboa,* a cidade de Ulisses, o filho de Laertes, o que se coadunaria com ser ele um bastardo de Fernão de Pina. Poderá supor-se isto um erro de Pagán, quando ele parece tão bem informado da personalidade e da vida de Montemór? A segunda resposta define-o como todas as memórias sobre ele o descrevem — cortesão, discreto, e entendido — e como discretamente se entenderiam dos «espirituais», já que Pagán também notoriamente o foi. A terceira resposta esclarece, todavia, que «servir» não ajudou Montemór, porque não acertou, uma vez que, neste mundo vil, tal não é possível a um nobre carácter. A quarta resposta (que o é a uma pergunta que alude muito claramente a um assassinato) acusa da sua morte a Inveja, Marte, e Vénus: ou seja as armas, a malignidade invejosa, e quiçá questões de amor ( ). A sexta informa-nos de que os ossos («non possedebis ossa mea») se ficaram lá para não os dar o poeta à «pátria ingrata» (nota sobre o prefácio de Craesbeaeck p. XII). Qual delas? A de nascimento, e a que ele insistia que pertencia, ou a de adopção (ou seja, menos que a Espanha, o império europeu de Carlos V)? Muito provavelmente, a do nascimento, de que Pagán saberia que Montemór tivera razões para afastar-se.

A sétima resposta diz-nos do que essa pátria lhe deve pelo que a oitava acrescenta: a sua veia poética — larga, doce e «grata» (= agradável, amena) ( ). A nona resposta diz que a pátria na verdade lhe dá: *Talar o monte*. A décima afirma que não há homem que a esse monte cultive. Estas duas respostas têm um carácter sibilino que por certo se refere ao próprio sentido oculto do nome que Montemór assumira: Montemayor, ou, como também escreveu Monte Mayor (e Pagán lho escreve em ambos os sonetos).

(1973)

Nota — Este era apenas o começo de um longo estudo que Jorge de Sena sempre pensara escrever, mas a vida lho não permitiu. Em lugar de tentar reconstituir as notas assinaladas no texto, decidi transcrever os apontamentos que juntos se encontravam e que poderão servir para algum estudioso que pense em prossegui-lo.

Além dos apontamentos, havia ainda um quadro genealógico que ia de Carlos V - Isabel a Filipe III. Incluímos também o «soneto à la muerte de Montemayor», citado no texto, e que se encontrava transcrito.

Entre os apontamentos se encontravam também fotocópia das páginas da *Floresta,* que incluíam todos os poemas citados no texto, além do frontespício do *Cancionero del excelentíssimo Poeta George de Montemayor: de nuevo emendado y corrigido,* em que está o retrato do Poeta.

— Diego Ramírez Pagán (chama-se na carta dedic. teólogo e sacerdote indigno), *Floresta de Varia Poesia,* Valencia, 1562 (a data está no fim: 19 de Dezembro de 1562).

«contiene esta floresta que componia D.R.P., muchas e diversas obras, morales, spirituales, y temporales, y esta primera es una elegia en la muerte del Emperador nuestro rey y senor. Dirigido al Exmo. Senor Duque de Segorbe.» (carta ded. ao mesmo, grão-condestável de Aragão, vice-rei e capitão-general de Valência).

Segue-se a carta a D. Joana de Áustria, princesa de Portugal, infanta de Castela — fala dos inimigos dele pela Bíblia espanhola.

— sonetos fúnebres a: Ariosto, Juan de Mena, Boscán, Montemayor (2 — um por interrogações — «Quien presto le dió tan cruda muerte?»), à Imperatriz, Garcilaso, Paulo Jovio.

— três sonetos: 1 + a Hero, e a Leandro (mais um à sua sepultura)

Leandro no te mostres atrevido
Hazia Sesto Leandro navegava
Hero con alarido rompe el cielo
O tu que vas tu via caminando

— Discante en el psalmo *Super flumina* em tercetos:
— Uma carta de Montemór a D.R.P.
— canção a Juan Rodríguez del Padrón

Soneto a la muerte de Montemayor

Aqui Monte Mayor, (hay cruda muerte)
Cahe, el choro se inclina de Parnaso,
Con el bivio, y con el eterno Ocaso
Cahe Apolo, ya no ay quien lo despierte.

Ai quien la via de la cumbre acierte
Queste es gloria de Musas, este el vaso,
Quel licor consumio al noble Pegaso
al Ebro, a Tajo, a Duero, al Tibre fuerte

Aqui la Fenix unica reposa,
Fuentes claras aqui, y dulces amores
De Cisnes y de amor sombra quieta.

Pues dezilde al passar. Tierra dichosa,
De versos, y de lagrimas, y flores,
Honrad al Lusitano alto poeta.

Os poemas a que J. de S. se refere no texto são:
«Carta de Monte Mayor a Ramirez» — longa epístola que ocupa mais de sete páginas;
«Resposta de Ramirez a Jorge de Monte mayor» — ígualmente longa — oito páginas.

AS MÃOS E OS FRUTOS

Eugénio de Andrade

Foi o terceiro livro de Eugénio de Andrade, sob nome que ficou o seu. Era o quarto livro de poemas que publicava. Hoje, é há muito o primeiro na lista das suas obras poéticas, por supressão de todos os anteriores. E isto aconteceu simplesmente porque ele não quis reter a sua produção juvenil, mas só desde a que primeiro se coligia neste livro.

Diríamos que foi um poeta lento em descobrir-se e à sua pessoal expressão? Não, pois que muitos dos seus temas e imagens predilectas figuravam já nos primeiros livros, e porque um livro publicado aos vinte e cinco anos, como este foi em 1948, não é ainda obra de poeta amadurecido pelo tempo, se bem que o seja de poeta que amadureceu em si mesmo.

E qual a razão, portanto, do êxito perene deste volume consagrado pelos admiradores do poeta e por ele próprio sem dúvida? Por certo que o encantamento de uma colectânea em que, já sem juvenilidade, a juventude é tranquilamente e naturalmente juventude.

As Mãos e os Frutos foi um livro composto graças a um conjunto de circunstâncias que o fizeram feliz. Escrito por um homem na força da juventude, mas no momento raro em que a adolescência ainda não murchou de amarga, nem a maturidade já se fez de triste. Escrito, assim, com lucidez sem angústia, ardor sem ingenuidade, segurança sem complacência, inquietação sem azedume, tranquilidade sem ignorância, e com franqueza discreta, elegância viril, naturalidade para além do desafio.

As emoções tensas e contidas do entusiasmo erótico, a melancolia estóica ante o que se perde e esvai, uma vivência vegetal e de ar livre, um frescor de manhãs, um ardor de estio, um fluir das noites silenciosas entre o céu e a terra em que os corpos se alongam ou se aprumam numa nudez sem vergonha ou o contrário dela — tudo isso que será depois muito da poesia de Eugénio de Andrade, surge neste livro, em estado de milagre momentâneo. E, por isso, ficou para sempre na sua obra, como um padrão da sua originalidade e da sua dignidade de poeta.

Uma poesia nem alegre nem triste, nem apaixonada nem fria, nem próxima nem distante, nem confessional nem reticente, nem intelectual nem sentimental, nem pura nem impura — em versos musicais, fluidos e firmes, a que a rima dá por vezes, menos que a pontuação do canto, a marcação da dança, uma poesia do ser e do amar, entre a carne e o espírito, lá onde as almas não existam para torturar-se e os corpos não saibam o que seja trairem-se.

Dança, sim. Dança pagã sem deuses olímpicos nem telúricos, anterior e alheia ao hieratismo dos mistérios ou ao alegorismo das mitologias. Deuses que são a vibração das águas e dos campos, das sombras e da luz, a intensidade muscular do gesto distendido. Dança anterior, sobretudo, ao pecado como crime de existir. Dança que evoca e concretiza uma Arcádia, uma Idade de Ouro, suspensas sobre o bem e o mal, e no entanto rodeadas — como uma ameaça sinistramente presente que a esta poesia dá a dimensão trágica — pelas fúrias da maldade humana, que só a firmeza do poeta detém no limiar deste paraíso de sensualidade, como aos anjos e aos demónios de que elas se mascaram.

As mãos e os frutos... As mãos que se estendem, que tocam, que acariciam... Os frutos que, maduros, tombam e se entregam... Não as mãos que suplicam ou que receiam ou desistem. Não «os frutos de sombra sem sabor», como o poeta diz. Mas as mãos e os frutos do poeta que, aos vinte e cinco anos, podia serenamente dizer:

> Se vens à minha procura
> eu aqui estou. Toma-me, noite,
> sem sombra de amargura,
> consciente do que dou.

— na plena epifania de celebrar aquele momento em que

> ... gravemente, comedidas,
> param as fontes a beber-te a face.

Madison, Wis., USA, Janeiro de 1970

A POLTRONA DO REALISMO

António Gedeão

Estas considerações acerca do Realismo são-nos inspiradas pelo livro de «novelas», que, com o nome daquele objecto quadrúpede inventado para o conforto doméstico ou social, António Gedeão publicou. Não sei se o público português foi devidamente informado de que se trata de um notável livro que em nada desmerece da categoria do poeta seu autor. É que é também um livro extremamente enganador, aparentemente escrito com desenfado e sem pretensões a ser moderno porque sim — o que pode iludir os críticos que mereçam ser iludidos ou já estejam de peito feito para considerar «ultrapassado» o que, em qualquer caso, teria de ser compreendido no âmbito da geração a que efectivamente pertence o seu autor. Com efeito, dentro de certos limites, não pode exigir-se de um autor que não é jovem, que faça exactamente o que os jovens estão interessados em fazer ou querer que toda a gente faça. Como copiosamente mostrámos no estudo prefacial às poesias completas de António Gedeão (estudo que não cremos que muitos, na pressa superficial com que as coisas são lidas em Portugal, tenham realmente lido nas linhas e entrelinhas que tem), este poeta, que nasceu em 1906, apareceu trinta anos depois da idade literária que lhe competia e é, geracionalmente, a das personalidades nascidas na viragem do século XIX e até c. 1910: Bettencourt, Gomes Ferreira, Régio, Nemésio, Botto, Navarro, Saul Dias, Homem de Melo, Bugalho, Branquinho da Fonseca, Alberto de Serpa, Torga, Carlos Queiroz, Guilherme de Faria, Casais Monteiro, António Pedro, Manuel da Fonseca. Isto significa que a sua «modernidade», como poeta que se estreava mais de um quarto de século depois dos seus companheiros de geração (que foram, a maior parte deles, a segunda e até a terceira «geração» modernista), tinha de ser verificada em relação a eles: se ele fosse, como efectivamente é, mais moderno que alguns deles, já tinha cumprido muito mais que a sua obrigação. E o mesmo se dirá em relação à sua prosa de ficção, ou — mais genericamente — prosa de criação literária. Geracionalmente, ela tem de ser vista na comparação com a de ficcionistas como Ferreira de Castro, Aleixo Ribeiro, Araújo Correia, Gomes Ferreira, Francisco Costa, Régio, Rodrigues Miguéis, Nemésio, Domingos Monteiro, Tomaz de Figueiredo, Branquinho da Fonseca, Torga, Paço d'Arcos, Soeiro Pereira Gomes, António Pedro, Alves Redol, Manuel da Fonseca, etc. — e por certo que será mais «moderna» que a de muitos deles.

Em matérias de realismo neste século, tem a crítica usado das categorias propostas por Lukacs, segundo as quais quem não seguiu fielmente as estipulações do realismo socialista não pode aspirar a mais do que a classificação de «realista crítico» ou «ético». Claro que fica em excelente companhia: tem consigo todos os Balzacs, desde a Antiguidade, que todos morreram antes daquelas prescrições. É uma situação algo semelhante à que sucedeu no fim da Antiguidade e durante a Idade Média, e ainda no Renascimento, quando se sentia imenso respeito pelos escritores antigos, os «clássicos», e era uma pena pensar que todos eles ou haviam morrido antes de Cristo vir ao mundo, ou não tinham aderido ao cristianismo de que alguns haviam já sido contemporâneos. Isto aparece na crítica de Lukacs em paralelos termos: sente-se a aflição do homem educado nos valores do século XIX por salvar essas almas perdidas ao longo dos séculos, ou existentes no nosso como um Thomas Mann que Lukacs não podia resignar-se a não admirar. Note-se que a distinção proposta por este crítico germânico (ele era húngaro, mas a sua cultura era toda alemã) era primacialmente ideológica, como a dos cristãos cultos que se esforçavam por salvar os pagãos defuntos. E não era *estrutural,* isto é, não se ocupava em verificar as características especificamente formais que podiam elas mesmas indicar uma atitude mais «crítica» ou mais «ética», e uma realização estética mais profundamente revolucionária que a do realismo tradicional a que revertera grande parte do realismo dito socialista. A este respeito, há que ter em conta duas reservas que a crítica ocidental, por deficiência de informação, não aprecia devidamente (e que explicam não poucos dos equívocos das polémicas em prol ou em contra do «neo-realismo»). A proclamação do realismo socialista postulava duas coisas: uma literatura ao serviço crítico da construção do estado socialista (o que punha, *ab initio,* o problema da situação dos escritores progressistas lá onde tal construção estava fora de causa), e uma condenação do formalismo gratuito, que podia ser tida, e foi-o, como excluindo todo e qualquer experimentalismo estético (tanto mais que muitos dos experimentalistas da Vanguarda, sobretudo no ocidente, haviam assumido atitudes sócio-políticamente reaccionárias ou pelo menos conservadoras), em favor de uma literatura dita ao alcance de todos. Acontece, porém, que na Rússia, já antes da Revolução, a crítica desenvolvera uma excepcional actividade de análise objectiva e *formal* (que é antepassada de grande parte do estruturalismo moderno), e a literatura quer na poesia, quer na prosa de ficção, não havia sido, como em Portugal então foi, apenas uma fugaz aventura de Vanguarda de uns poucos escritores e artistas, destacando-se contra as formas e tradições do século XIX. A literatura russa, nos fins desse século, nos primeiros anos do presente, e nos quinze anos seguintes à Revolução desenvolvera e assimilara uma intensa exploração de radicais transformações estilísticas (no sentido global de criação literária, e não no de nível de linguagem apenas), a uma escala que alterara profundamente uma tradição realista que, por sua vez, havia sido a mais alta e mais ricamente variada de toda a Europa. Isto quer dizer que, ao condenar-se o chamado «formalismo», se condenava sobretudo o esteticismo divorciado de directas preocupações sociais (e não necessariamente o refinamento estético da criação literária em si); e que a «literatura para todos», num país que tinha já uma forte tradição de literatura e de discussões literárias (e onde o público era, mesmo ampliando-se, mais «sofisticado» do que o continuou a ser em muitas das sociedades burguesas do chamado «ocidente»), ainda quando regressasse a preocupações realistas (depois da orgia de fantasias esotéricas e místicas que houvera na Rússia, nos fins do século XIX), não deixaria de conservar a maior parte das conquistas expressivas que os próprios realistas tradicionais haviam desenvolvido. Há uma diferença de qualidade entre Teixeira de Queiroz e Máximo Gorki, no fim das contas. Isto significa que um retorno ao «realismo», com repúdio de experimentalismos, não recusava expressamente algum vanguardismo expressivo que, no dito Ocidente, desde que abandonasse o experimentalismo da Vanguarda, cairia inevitavelmente na vulgaridade estilística dos escritores secundários do século XIX e dos que, no nosso, os continuavam. Todavia, nem todos os neo-realistas «ocidentais», ou o que queira chamar-se-lhe, foram ou são ainda nas suas obras tal primarismo, ao contrário do que os acusaram de ser os que, por sua vez, não escreviam à maneira de Joyce ou de Proust, por muito que se reclamassem deles. Também eles, com as suas limitações próprias, tentaram aquele despojamento estilístico da descrição tradicional (que foi sempre um dos problemas do realismo), e uma oblíqua apresentação da realidade. Se os do realismo dito «crítico» ou «ético» continuaram a seguir os esquemas tradicionais, ou, diversamente, tentaram revolucioná-los, a verdade é que, lá onde os critérios de julgamento fossem apenas ideológicos, tal seria isto uma consideração infelizmente secundária, de que, paradoxalmente, os aclamados neo-realistas seriam os primeiros a ser as vítimas. Tudo isto obscureceu grandemente a questão fundamental do Realismo, a qual, como dizemos num escrito ainda não publicado em Portugal, consiste em avaliar-se o que seja um *realista:* e um realista é, em última análise, *um homem que usa a sua imaginação para imaginar a realidade.* E que, estilisticamente, re-cria para nós o que, em cada momento da história da civilização *nós pretendemos que a realidade seja.* Com efeito, uma das maiores ilusões do chamado realismo resulta exactamente de uma errada compreensão destes dois postulados, quer em realismo crítico, quer em realismo socialista. Porque nada é mais fácil do que confundir a selectividade intencional com que a realidade que nos rodeia ou está em nós é evocada, com o que desejaríamos que ela fosse mas não é. Todo o problema da *falsificação* realista está nisto: quer para os que confundem os seus sonhos de frustração vital com a realidade mesma, quer para os que desejem que se descreva «positivamente» a construção, se o é, de um estado socialista. A única forma, actualmente, de superar esse problema da «falsificação» (já que as próprias estruturas sociais se nos impõem em termos falsificados eles mesmos) é a *ironia,* como admiravelmente Thomas Mann explicou a propósito do seu *Doutor Fausto.* Esta ironia pode ser trágica ou risonha, conforme o nível de aproximação que o autor assuma em relação aos problemas fundamentais da existência. Por certo que tal ironia, disfarçada de risonha, é o que torna notabilíssimos os relatos ou narrativas que António Gedeão chamou novelas (longe de nós entrar na questão, até certo ponto de lana caprina, de saber-se aonde acaba um conto e uma novela começa, ou vice-versa). São admiráveis retratos da vida da pequena burguesia lisboeta, em tempos passados ou quase presentes, e que não desmerecem das obras-primas de um Rodrigues Miguéis.

Tornou-se corrente, de hoje em dia, e com uso de muitas palavras mágicas («leitura», «escrita», «estruturas», «invenção», etc., que só têm realmente sentido nos contextos linguísticos em que alguns críticos maiores deste século as usam), o exigir-se que os prosadores sejam abertamente experimentalistas — sem prejuízo de que, quando tal são mas não pertencem aos círculos dos amigos, isso não seja louvado ou mencionado. Por certo que, após tantos anos de crítica que nunca nos disse como uma obra estava estruturada ou escrita, tal é uma muito saudável atitude. Mas há que não confundir as coisas. Um autor pode ser experimentalista à sua maneira, sem criar desses pastelões franceses ou hispano-americanos que, hoje na moda, só alguns são legíveis e pouquíssimos são obras-primas. E, sem encobrir com os seus jogos de arquitectura narrativa ou de tessitura estilística a total falta de contacto com a realidade, que dolorosamente caracteriza a maior parte da literatura portuguesa há décadas. Não queremos dizer contacto no sentido jornalístico, nem dizer que não haverá, muitas vezes, mais «realismo» em fantasias imaginosas do que em retratos de uma realidade actual. Mas, sim, que grande parte da literatura portuguesa contemporânea manifesta uma tremenda limitação de perspectivas sociais e de experiência psicológica do convívio humano. E isto não tanto, directamene, por limitações de vária ordem, como porque, socialmente, o escritor português é levado a segregar-se do povo a que acaso terá pertencido, ou não teve nunca dele qualquer experiência mais que turística. Ou porque, mesmo limitado à vida de alguns círculos sociais, não consegue, por efeito indirecto daquelas limitações, ao mesmo tempo criar-se uma distância crítica e libertar-se do isolamento subjectivo da sua própria pessoa, (como, por modos tão opostos, Camilo e Eça foram capazes de fazer). Desta situação, António Gedeão assume paradoxalmente a crítica, quando apresenta o narrador como um espectador presente à acção ou até agente dela, ou quando joga inteligentemente com o ponto de vista — é o autor interessado, que observa e dirige da sua poltrona de realista.

Em geral, confunde-se com distância, ou mesmo frieza, que não se sinta numa obra a paixão das intenções de um autor. Ou se considera como uma falta que este a não possua. Por este raciocínio um Eça seria um autor muito frio, e Camilo por certo um autor ardentíssimo. Mas, independentemente de essas coisas poderem ser apenas características individuais (encontráveis em todas as literaturas, em todas as épocas), e deverem ser — para o estudo do estilo de um autor — consideradas no plano de uma *tonalidade* assumida (que poderá ser «apaixonada» ou «contida», cf. o nosso livro *Dialécticas da Literatura*) numa determinada obra, ou no conjunto de todas as criações de um autor, o envolvimento directo ou indirecto de um autor na sua obra não tem necessariamente que ver com a impulsividade que o caracterize acaso como pessoa. Apenas terá que ver com o tipo de relações que o autor estabeleceu com a sua obra. Um tímido impulsivo pode escolher, com grande sucesso, uma distância irónica, da mesma forma que o fará um audacioso muito reflectido. E um autor que fale sempre na primeira pessoa, colocando-se no centro de tudo, não é só por isso um autor mais «envolvido» no que pensa e faz do que o autor que se coloca por trás da objectividade aparente do narrador invisível — apenas poderá ser uma pessoa que se dá mais importância a si mesmo do que àquilo que faz. A literatura contemporânea, transferindo a ênfase da criação para os níveis linguísticos da criação individual, tem obscurecido muito esta questão. No seu aparente regresso a um realismo do quotidiano, com personagens vulgares cujo horizonte não alcança as inquietações do nosso tempo (mas são, sem o saberem, vítimas delas), o livro de António Gedeão é excelente ilustração destas observações.

E venhamos à linguagem, e ao experimentalismo. Já referimos que este afinal pode estar aonde menos se espera, e consequentemente estar ausente de onde parece que está. E isto particularmente na literatura portuguesa contemporânea, cuja qualidade, em muitos casos, não necessitaria da obsessão do que se faz lá fora — não só porque muitas vezes se não faz melhor, como porque não vale a pena andar atrás do que se faz lá fora só depois de o lá fora nos ter dito como é. Mais vale andar com o tempo do que a reboque dele. O que, em geral, em Portugal se não nota, por se estar sempre na preocupação de compensar com o «lá fora» a falta de realidade; e, por isso, não se distingue o que, em Portugal, estaria já superando, em termo de «lá fora», o que ainda se não copiou «cá dentro». Os mais recentes caminhos do «lá fora» são, não o abandono do experimentalismo, mas por certo um regresso (esclarecido) ao realismo de sempre, superando-se a obsessão experimental (a qual, de resto, tem mais de sessenta anos em várias literaturas que muitos críticos não conhecem bem, e não é portanto, só por si, a última novidade). Mas um realismo em que o narrador, sem interferir na narração com os seus considerandos extemporâneos (que tanto fazem arcaicos grandes escritores como Camilo ou Machado de Assis), assume o papel do director de cena, produtor da acção, como faz Gedeão. Não narra diversamente uma grande escritora contemporânea como Doris Lessing. Quanto à linguagem, não a inventa quem quer, mas quem pode. Uma escrita aparentemente simples e tradicional pode ser, e às vezes é, mais revolucionária literariamente do que uma escrita confusa, cheia de tropos, figuras, jogos com o tempo e o espaço, reflectindo, na maioria dos casos, uma total insegurança intelectual dos autores, e uma incapacidade lamentável para destrinçarem entre essa insegurança e a crítica profunda da situação «confusa» do homem de hoje. Tal escrita possibilitará muitas «leituras» tão arbitrárias quanto ela o for, mas não será senão uma triste caricatura da grandeza de um Samuel Beckett. Ora é isto mesmo o que se passa, e não só em Portugal, com grande parte das famosas *escritas* contemporâneas, o há que dizê-lo abertamente. O grave erro de um António Gedeão, poeta ou ficcionista, é o ter procurado atingir uma superior sem-cerimónia num país de pedantes, o ter sentido de humor numa literatura onde só a chalaça vinga e a ironia passa em branco, e o possuir, além disso, uma delicada e terna humanidade, lá onde as pessoas só sonham com pisar os calos dos outros. Ora antes o realismo, de poltrona ou outro qualquer, que a falsificação da linguagem e, por ela, da realidade mesma.

Por isso, convido V. Ex.[as] a sentarem-se por algum tempo na poltrona que António Gedeão vos ofereceu, e a meditarem, senão sobre as soluções do enigma do universo, pelo menos nas possíveis soluções do impasse literário português. Houve, em França, uma vez, um escritor que publicou um discurso «sobre o pouco de realidade». Que coisa trágica para nós. Não percam V. Ex.[as], como na poltrona em causa, a oportunidade de se apropriarem de mais alguma. Tão pouca temos, que as raras fatias dela não se devem perder.

Santa Bárbara, Dezembro de 1973

UM VERÃO ASSIM-*Mário Cláudio*

Neste *Um Verão Assim,* no seu entrecruzado recorrer de metáforas e de imagens obsessivas, confluem caminhos novos e antigos. Mas o mais interessante da obra e que será talvez o seu melhor fascínio, se não for o harmonioso estilhaçar de um jogo de espelhos como as alternadas partes constituem, é por certo uma atmosfera estilística que mistura farrapos da realidade com um brilho sumptuoso que não é dela mas do esteticismo «fin-de-siècle» com o seu quê de perversa inocência. É como se um contínuo de clarores estranhos passasse subterraneamente sob a tessitura de uma prosa que busca no concreto a abstracção das visões perdidas. Como se por sobre um rio subterrâneo flutuassem, evocações de figuras e personagens que não são fantasmas senão na medida em que a realidade as fez tais. Mas nem a inocência perversa nem o fantasmático (e não fantástico) se amolecem de brilhos e de visões vagas. Há uma contida violência nesta obra, que não tem nada de invisível, e que transparece no fluir das linhas dela, como um impulso constante, no próprio jogo de uma serenidade ambígua. Creio que Baudelaire, se fosse vivo, e não apenas o glorioso clássico desta linhagem, gostaria muito de a ler.

SOBRE O «ORPHEU» — INQUÉRITO

A sessenta anos de distância, creio que o significado do *ORPHEU* não é apenas histórico, mas um fenómeno que, por diversas razões, a cultura portuguesa ainda está muito longe de ter digerido ou ultrapassado.

De resto, há que ter em conta que, culturalmente, *nada* é «já de ontem», porquanto é da própria essência da actividade cultural lá onde ela exista a contínua redescoberta e actualização de um passado que a erudição vai conhecendo melhor, e novas perspectivas vão iluminando. A cultura contemporânea só na ignorância e no oportunismo jornalístico se faz com um «amanhã» que é afinal um «presente» mal julgado e mal entendido. O verdadeiro «hoje» é uma permanente dialéctica entre a descoberta de novas formas de expressão e o actualizar do passado a uma luz nova. De modo geral, em Portugal, isto deve ser afirmado contra a habitual maneira de resolver todos os problemas estético-culturais e todas as questões de «valor actual» de qualquer momento cultural do passado, em termos das últimas modas momentâneas, deixando-se sempre por esclarecer a que ponto a pretensa actualidade se faz de perpétuas regressões formais e intelectuais, que espelham, infelizmente, radicadas formas de estruturação social.

Isto na generalidade. No caso particular do *ORPHEU*, há ainda aspectos específicos, e até circunstanciais, a ter em conta. Antes de mais, duas circunstâncias de curiosa cronologia. O *ORPHEU* de 1915 tornou-se simbólico do lançamento do Modernismo em Portugal. Mas, sem falarmos de anteriores manifestações nas artes plásticas e mesmo na literatura, há que ter presente que Mário de Sá-Carneiro publicara importantes obras *modernas* em 1914. Assim, um espírito moderno, que vinha processando-se, apenas encontrou no *ORPHEU* aquele escândalo momentâneo que justifica os «nascimentos» convencionais. A outra circunstância é altamente importante, e modifica radicalmente a maneira como o *ORPHEU* tem sido visto. Na verdade, após essa revista e outras igualmente efémeras (ou que não chegavam sequer à informação da grande imprensa e ao público em geral), o Modernismo foi longamente ofuscado pela continuidade literária anterior que a aventura modernista não tinha abalado. A chegada dos grandes nomes identificados com o *ORPHEU* ao público leitor e à crítica não identificada com o Modernismo só se processa nos fins dos anos 30 e nos anos 40: a poesia de Sá-Carneiro só foi reeditada ou primeiro publicada em volume em 1937-39, e a poesia de Fernando Pessoa só começou a aparecer em volume em 1942 (e ainda está em curso de publicação). Com raríssimas excepções, a obra vanguardista de Almada Negreiros só em anos recentíssimos chegou ao grande público em obras completas. É de há pouquíssimos anos a publicação de *Tempo de ORPHEU,* de Alfredo Pedro Guisado. Só há poucos anos se publicou em volume a obra poética do Ângelo de Lima que o *ORPHEU* acolhera. Assim, é preciso distinguir-se entre o mito do *ORPHEU,* ressuscitado criticamente nos anos 30 pela crítica da *presença,* e que preparou decisivamente o público para um conhecimento da literatura moderna, e a efectividade duma popularização das obras dos grandes autores, cujo início data dos últimos trinta e tal anos mas que só recentemente teve oportunidade de repercutir para lá daqueles raros que, sozinhos, acompanhavam a literatura moderna. Entretanto, foram as tendências anteriores à eclosão do Vanguardismo de 1914-17 o que dominou a cena literária. Ou então aquilo que, no tempo do *ORPHEU,* era uma das duas linhas que se manifestavam na revista (como noutras subsequentes): a tradição do Post-Simbolismo, aliada a muito Saudosismo e a revivescência da poesia romântica. A outra linha, a da Vanguarda experimentalista, essa só começa a repercutir, pelas razões expostas, nos fins dos anos 30 e nos princípios dos anos 40.

Quando se desencadeou contra a *presença* a polémica do Neo-Realismo, o impacto do experimentalismo de Vanguarda, que principiava a difundir-se, foi prejudicado pelo equívoco de que experimentalismo e vanguardismo eram necessariamente inconvenientes para uma arte que se quisesse política e socialmente activa e popular. Neste fenómeno, houve diversos factores intervenientes, além do geral desconhecimento do vanguardismo internacional de que o *ORPHEU* havia sido um aspecto: um, a desconfiança para com os grandes nomes do Vanguardismo que, pelo seu aristocratismo estético (ou as suas atitudes não necessariamente de extrema-esquerda) pareciam «suspeitos»; outro, a continuidade pequeno-burguesa da literatura anterior a 1915, que, presa à sua curiosa dicotomia de romantismo para a poesia e de realismo tradicional para a ficção, não aceitava nem reconhecia a revolução vanguardista, e que confundiu o seu conservantismo estético com um realismo socialista que, na Rússia, conhecera a tremenda agitação estética dos anos 10 e 20, que alterara o realismo tradicional. Por outro lado, os homens da *presença* e seus pares (cuja defesa da independência da arte tem de ser julgada à luz das pressões oficiais da ditadura fascista para a existência de uma arte sem profundidade humana), ao defenderem-se dos ataques que, de certo modo, eles mesmos provocaram, presos como estavam aos seus valores de expressão do *humano* (contra a superficialidade literária das artes oficiais), não podiam opor a essência *experimental* e não apenas expressiva do Vanguardismo aos ataques de que este era objecto. Deste modo, um profundo reatar da importância da Vanguarda dita de 1915 só realmente se processou, e à luz da evolução internacional da literatura moderna, com os escritores dos anos 40 e 50. Isto não é diminuir o papel dos escritores anteriores, mas é explicar como o significado do *ORPHEU* só lentamente e muito contraditoriamente se processou, há muito menos que sessenta anos.

Assim, por todas as razões, a revolução simbolizada pelo *ORPHEU* não é de ontem. Mais ainda: na actual situação portuguesa, que é a de um país empenhado em revolucionar-se social e politicamente, há que manter, a todo o custo, um equilíbrio precário entre uma liberdade de investigação e de escrita (que pode e deve envolver uma crítica devastadora do passado histórico imediato, e uma atitude construtiva em relação ao futuro), e as tendências críticas que inevitavelmente se afirmarão para *ditar* aos escritores as normas e as formas com que podem contribuir para uma sociedade nova. Essas normas e formas, porque as estruturas mentais do País levarão tempo a evoluir (e correm sempre o risco de reverter a modelos anteriormente estabelecidos), voltarão a ser, sem dúvida, as que, nos anos da ditadura fascista, não puderam ser livremente discutidas. Os autores ditos de 1915, tal como os seus pares de outras literaturas, deram um exemplo de Vanguarda, que não pode ser perdido em conformismos de qualquer espécie (e há conformismos revolucionários, como os há reaccionários), se se quiser possibilitar enfim a literatura que, por décadas, Portugal foi impedido de ter. E esse exemplo — que cumpre à crítica iluminar à luz de novas realidades — está ainda muito próximo de nós para poder ser apenas avaliado como um «significado histórico». Aliás, como se pode falar de «significado histórico» quando Portugal esteve fora da História precisamente durante o meio-século em que o Vanguardismo se expandiu? Tudo tem que ser discutido de novo. Apenas essa revisão de valores (a que toda a cultura está sempre sujeita, e que, no caso presente, corresponde a uma transformação sócio-

-política) não pode nem deve ser feita à custa de oportunismos fáceis, ou de juízos superficialmente «actuais», mas de uma vigilância constante contra a habitual paixão pseudo-jornalística com que tudo parece renovar-se dia a dia, para sempre voltar a esquemas que o Vanguardismo ultrapassou. Uma sociedade nova faz-se com formas novas, e com a revalorização sistemática de todo o passado distante ou próximo. Não é pelo empobrecimento constante que, em Portugal, continuadamente deita fora o melhor que teve ou tem, que se poderá reconstruir a cultura portuguesa, de maneira a evitar o pior espectro que pode ameaçá-la: a de que se utilize uma revolução libertadora para regressar ao provincianismo do Portugal fechado sobre si mesmo, numa falsa «actualidade» em que correm risco de perder influência e importância cruciais aqueles mesmos valores que mais importaria descobrir e actualizar. Neste sentido, cumpre não esquecer nunca que o espírito de Vanguarda, cujos pródromos surgem com a geração dita de 70, e chegaram a uma realização exemplar (ainda que limitada pelo seu próprio tempo) com a geração do *ORPHEU,* é uma batalha cultural que ainda está longe de ter sido ganha. Peça-se aos escritores que trabalhem por um Portugal novo — mas chame-se a essa tarefa todo um passado que longamente foi impedido de nos transmitir a sua mensagem.

Santa Barbara, Março de 1975

V
PROBLEMÁTICA DE JÚLIO DINIZ

PROBLEMÁTICA DE JÚLIO DINIZ

I

Júlio Diniz ocupa, na literatura portuguesa, uma posição ambígua. A sua singeleza de estilo, a sua aparente ausência de romanesco apaixonado ou sarcástico (cujo tom era dado, no seu tempo, por Camilo), o seu «idealismo» social que já foi identificado com o do Castilho de *A Felicidade pela Agricultura* ([1]), o seu realismo mitigado, pareceu colocá-lo, simultaneamente, dentro e fora do Romantismo de escola, a que como poeta pertenceu ([2]), e do Realismo também de escola, que Eça de Queiroz proclamou, a 12 de Junho de 1871, desenvolvendo as ideias expostas por Proudhon no livro póstumo *Du Principe de L'Art* (1865), e três meses exactos antes da morte dele que regressara, em Maio, do Funchal ao Porto, para morrer ([3]). Entre *Os Fidalgos da Casa Mourisca*, em que as tendências «idealistas» de Júlio Diniz

---

([1]) A obra de Castilho é de 1849, quando Júlio Diniz tinha dez anos de idade. A tese da aproximação ideológica é de António José Saraiva *in* ...

([2]) A poesia de Júlio Diniz, uma das mais interessantes do Romantismo português, não foi ainda, até hoje, objecto da menor atenção. E, no entanto, muitos poemas antecipam João de Deus, o poema «No Teatro» antecipa Cesário Verde, «A Oração do Reitor» antecipa o melhor Junqueiro — tanto temática, como ritmicamente. Alguém já atentou nisso?

([3]) Ver na fundamental *História das Conferências do Casino*, de A. Salgado Junior, Lisboa, 1930, a reconstituição do texto de Eça de Queiroz. J. Diniz faleceu a 12 de Setembro.

parecem refinar, publicados nesse ano ([4]), e as *Singularidades de uma Rapariga Loura,* que, em princípios de 1873, é o brinde queiroziano aos «Snrs. Assinantes do *Diário de Notícias* (de Lisboa)», a distância afigura-se-nos enorme; e, todavia, há em Júlio Diniz, sobretudo no de *Uma Família Inglesa* ou de *A Morgadinha dos Canaviais* (mas também no das *Pupilas* ou dos *Fidalgos*), muito que parece de um precursor: e, com efeito, a crítica atribui-lhe a introdução do Realismo em Portugal, reconhece nele o primeiro a criar estilisticamente uma *atmosfera*. Por outro lado, as virtudes «atmosféricas», um senso do real e do humor, uma visão prática da literatura, seriam nele, ao que se tem afirmado, efeitos da ascendência e da educação britânicas, e da sua leitura e estudo dos «realistas ingleses». Deste modo, muita da ambiguidade que, tão paradoxalmente, o desintegraria das correntes literárias do seu tempo português e o tornaria um dos mais populares escritores de Portugal, encontraria nisso a sua explicação: ele traria ao realismo que a burguesia prefere o *quantum* de idealização com que ela estima evadir-se. Mas acontece que a crítica, se tem posto em relevo essa idealização convencional para que tendem as suas figuras, não deixou de atentar, com Egas Moniz ([5]), no que poderia chamar-se a «pré-psicanálise» de que ele é capaz e que faria dele, na ficção portuguesa, um psicólogo sem precedentes e, diríamos, sem consequentes. Parece, pois, oportuno deslindar um pouco esta situação de um escritor que foi um romancista notável, já que a sua obra — dotada de uma vitalidade que não foi a da sua fragilidade física nem a da sua delicadeza moral — continua muito viva, e merecedora, em verdade, de uma atenção mais respeitosa do que a fugidia e carinhosa que a crítica lhe tem dispensado. É impressionante observar como, acerca dessa obra, os críticos e historiadores têm repetido, quase sem excepção, as mesmas amáveis banalidades. Seria desagradável fazer um processo sistemático dessas finezas críticas. Reponhamos o problema. Porque o caso é que há um *problema*... aliás criado mais pela desatenção da crítica, que pelas qualidades profundas e pelas características superficiais — umas e outras tão apressadamente catalogadas e aceites — do autor excepcional de *Uma Família Inglesa.*

([4]) Mas terminados em Novembro de 1870, no Funchal, segundo informação do próprio J. Diniz, recolhida em *Inéditos e Esparsos* (2.ª ed., Lisboa, 1910, p. 14).

([5]) Egas Moniz — *Júlio Diniz e a Sua Obra,* 2.ª ed., 2v., Lisboa, 1924, (vol. I, p. 374).

II

A questão da ascendência e da educação britânicas não resiste à colação das informações existentes. Já se disse, levianamente, que sua mãe era inglesa ... Infelizmente, não era. A mãe de sua mãe é que era filha, nascida no Porto, de súbditos britânicos radicados no Porto. Havemos de concordar que, como ascendência, é muito pouco. José Joaquim Gomes Coelho é quase tão inglês como Garrett ... — e sua mãe faleceu quando ele tinha seis anos ([6]). Quanto à educação britânica, sabemos que apenas estudou inglês com um *professor português,* que lia inglês (porque cita em inglês, nas suas notas as obras que andava lendo), mas o não falava nem entendia para conversação, do mesmo que, à sua tão proclamada britanização, não repugnava ler Dickens ... em francês ([7]).

A «colónia» britânica era, há um século, numerosa no Porto, e ligada, então como hoje, à produção e exportação dos vinhos do Douro. Certo convívio com ingleses, na alta sociedade burguesa, era natural, e a literatura portuense do tempo e sobre esse tempo faz referência a tal grupo social que, muito reduzido hoje, sempre manteve peculiares e típicas características de segregação em relação ao meio. O avô materno de Júlio Diniz fora

---

([6]) A informação vem, dada pelo Editor, em *Inéditos e Esparsos* (p. 2 da edição citada). Os críticos e historiadores que a leram — pois parece que nem todos a leram — citam-na *ipsis verbis,* como E. Moniz, sem mencionar a origem. Aí se diz que D. Ana Constança Potter Pereira Lopes (1801-1845) era filha de António Lopes e de Maria Potter, ambos portuenses, e que esta última era filha de Thomas Potter, inglês de Londres, e de Mary Potter, irlandesa. Portanto, só a avó materna de Júlio Diniz era integralmente de sangue do Reino Unido da Grã-Bretanha e Irlanda, mas nascida já no Porto ...

([7]) O precioso volume dos *Inéditos e Esparsos* é decisivo neste ponto. A informação do professor de inglês é dada pelo «Editor». As citações inglesas (de *English Humorists of the XVIII century,* de Thackeray, obra publicada em 1853) aparecem em notas de Júlio Diniz, provavelmente de 1869-70. Em carta de 1868, ao seu amigo Custódio Passos (p. 385) refere-se ao encontro que vai ter com o então futuro tradutor das *Pupilas,* dizendo: «Entendendo perfeitamente o português lido, (ele) não percebe palavra do pronunciado. Há-de ser curiosa a entrevista.» E, em 1869 (p. 395), informa ao seu correspodente: «Tenho empregado o tempo a ler um romance do Dickens traduzido em francês.» Na *História da Lit. Port. Ilustrada* (vol. IV, p. 264), Egas Moniz, que é o autor que trata de Júlio Diniz, afirma: «teve sempre má pronúncia para o inglês, chegou a conhecê-lo a fundo, traduzindo os clássicos com a maior facilidade». Isto que não encontra referências confirmatórias, não é abonado pelas próprias declarações de J. Diniz anteriormente citadas.

precisamente funcionário da Companhia Geral do Alto Douro, e o seu casamento com Maria Potter terá sido não só regado mas propiciado pelos vinhos do Porto. Mas poderemos daí concluir que a cultura britânica de Júlio Diniz era actualizada, e, sobretudo, directamente ligada à Inglaterra? A «colónia» britânica do Porto, como aliás sucede com as de outros pontos, nunca brilhou, que se saiba, por interesses tipicamente literários excedendo os comuns a qualquer inglês medianamente educado. E é exactamente o que Júlio Diniz reflecte em *Uma Família Inglesa*. Que autores são predominantemente mencionados? Sterne e Fielding, apenas através do *Tristram Shandy* e de *Tom Jones*, obras extremamente populares. São citados ainda os nomes de Dryden, Pope, Byron, Richardson, Scott, Dickens, Thomson (o poeta das *Seasons*), e, com uma gralha persistente em todas as edições, o John Gay da *Beggar's Opera* (sempre escrito Gray, como se fosse o autor do *Cemitério de Aldeia*). No quarto de Carlos Whitestone há os bustos de Byron, Scott, Shakespeare e Milton. E, além do autor popular de *Robin Hood*, e de «Ossian» e de uma colectânea de melodias populares inglesas, é tudo. Nas notas de *Inéditos e Esparsos*, já vimos que J. Diniz lia o Thackeray ensaísta; mas, nessas notas, menciona, não referido noutro lugar, o *Vigário de Wakefield*, de Goldsmith [8].

Todos estes nomes da literatura inglesa eram, então, mais património comum da cultura europeia literária do que o foram depois. E eram-no, também, dessa cultura em Portugal com ligeiras excepções que, de facto, documentavam um convívio mais íntimo, mas não perfeitamente actualizado, de Júlio Diniz com a literatura inglesa. Sterne, Fielding e Richardson — setecentistas — haviam tido uma imensa popularidade europeia que Walter Scott, mestre de meio mundo, veio obnubilar. Este andava largamente traduzido em Portugal, desde vinte anos antes, quando Júlio Diniz terá começado a escrever *Uma Família Inglesa*, em 1858 ou 1859. Pope e Goldsmith e Thomson datavam das traduções e adaptações, mais antigas ainda, da marquesa de Alorna. O *Vigário de Wakefield*, que, nas suas notas, J. Diniz considera exemplo da «escola genuinamente inglesa», é uma das fontes de *O Pároco da Aldeia*, de Herculano, confessadamente uma das obras inspiradoras das *Pupilas*. Byron e Shakespeare eram deuses tutelares do Romantismo. Desde 1851 até 1858, os artigos do crítico francês Emile Montégut, na *Revue du Deux-Mondes*, apresentam ao público continental o romance «moderno» inglês e americano, numa obra de difusão que encontra o seu coroamento

---

[8] Ed. cit. p. 32.

no estudo de Taine sobre Dickens (1856), e em 1859 é ainda Montégut quem apresenta em França o nome de George Eliot ([9]). Restam apenas, como novidade possível que talvez investigações mais exaustivas expliquem provenientes de via indirecta, os nomes de Dryden e de Gay... e, de facto, uma grande intimidade, documentada nas páginas de *Uma Família Inglesa,* com o *Tristram Shandy* e o *Tom Jones.*

Um crítico ([10]) vê, em *Uma Família Inglesa,* «uma ironia urbana ao modo de Jane Austen, a sátira a certos convencionalismos de casta regrada pelo tom de Thackeray, e a cor e o clima das histórias de Henry Fielding, e desenvolve, com virtuosismo, um paralelo entre as figuras e situações de J. Diniz e de Fielding. Sem dúvida que, quanto àquele romance, em que o *Tom Jones* é tão citado (aliás *só* como leitura predilecta do pai Whitestone, e Charles queixa-se que, de ouvir o pai, sabe de cor o *Tom Jones* e o *Tristram Shandy*), o paralelo é tentador. Mas, antes de o comentarmos, consideremos que a crítica explícita ou implícita a convencionalismos de casta se encontra já feita no próprio *Tom Jones,* sem precisarmos de invocar Thackeray por sabermos que Júlio Diniz terá lido (e *concretamente* apenas sabemos, ao certo, que leu *English Humorists*). E observemos que a ironia urbana de Jane Austen — que não sabemos se Júlio Diniz leu — possui características estilísticas de comediografia brilhante, que, no autor das *Pupilas,* tão avesso a qualquer gratuitidade da criação literária, não aparecem. A ironia de Júlio Diniz — dentro deste quadro — seria muito mais a ironia de George Eliot ([11]) que também não sabemos se ele leu, mas é, de todos os romancistas ingleses, a que, no espírito e na estrutura das obras, mais se aproxima das suas. Entre Fielding, o truculento e desinibido realista de setecentos, e Júlio Diniz, o idealista e discreto romântico de segunda fase, é que o paralelo se nos afigura forçado. A «cor e o clima» de Fielding, que são os de romances de *viagem* ou de *educação,* nos moldes que o romance picaresco e o *Don Quixote*

([9]) V. *Histoire de la Langue et de la Litterature Française des Origines à 1900,* publiée sous la direction de Petit de Julleville — Tome VIII — XIXème siècle — Période Romantique (1850-1900) — A. Colin, Paris, 1913, pp. 675-9.

([10]) Luis de Sousa Rebelo, no artigo «Influências Inglesas na Literatura Portuguesa», no *Dicionário das Literaturas Portuguesa, Brasileira e Galega,* p. 376.

([11]) Note-se, porém, que a publicação da obra de George Eliot se desenvolveu paralelamente à composição de *Uma Família Inglesa,* que terá sido escrito de 1858 (ou 59) a 62, mas começou a ser publicado em folhetins em 1867: *Scenes of Clerical Life* (1858), *Adam Bede* (1859), *The Mill on the Floss* (1860), *Silas Marner* (1861).

haviam firmado, e que consistem em histórias intercaladas, em licenciosismo risonho, em encontros de estalagem, em peripécias e reconhecimentos, nada têm de comum, nem no espírito, nem na estrutura romanesca, com a «cor e o clima» de Júlio Diniz. Se, como foi dito, Jenny, Madalena e Cristina «são feitas da mesma argila que Sofia Western», a heroína de *Tom Jones*, essa argila é a da humanidade comum a uma visão literária da personalidade feminina como ideal de pureza e, ao mesmo tempo, algo de voluntariosamente decidido, que o romance europeu vinha desenvolvendo e tinha já os seus protótipos portugueses na Joaninha dos Olhos Verdes ou nas heroínas de Camilo ([12]). Este protótipo, como coerentemente lhe correspondia, tinha um reverso de anjo decaído e mártir, que não interessou a Júlio Diniz, homem que, pela sua idade (senão pela precocidade), já escapa ao Romantismo do adultério e das lágrimas, tão longamente camilianas por muitos anos ainda.

Mas, voltando à literatura inglesa... Que romancistas contemporâneos poderia Júlio Diniz ter lido? Todo o Dickens e todo o Thackeray, sim. Mas também a obra central de Disraeli, Mrs. Gaskell, Charles Kingsley, as Brontë, parte das obras de Trollope e de Charles Reads, os principais romances de Wilkie Collins, toda a primeira fase de Meredith. Esta literatura em que há de tudo, será que tem algo de comum com a de Júlio Diniz? Ora! Porque não se lembraram os críticos das semelhanças com Trollope? Porque não acharam que a ironia de Cranford de Mrs. Gaskell é mais afim da de Júlio Diniz que a de Jane Austen? E os dois amigos de Mr. Whitestone não poderiam ser personagens de Peacock? E as relações de Richard Feverel com o pai não poderiam ser protótipo das de Carlos Whitestone com o seu (dele e de Júlio Diniz)? Por este caminho vai-se a toda a parte e não se chega, em verdade, a parte alguma.

III

Em que ficamos, pois? Nascido em 1839, Júlio Diniz pertence, em Portugal, à geração de Rodrigo Paganino — um dos seus mestres confessos —, Júlio César Machado, Ramalho Ortigão, João Penha, Fernando Caldeira, dos historiadores Costa Lobo e Alberto Sampaio, do crítico Alexandre da Conceição,

---

([12]) Quando Júlio Diniz inicia a sua carreira, o romance camiliano já contava com as figuras excepcionais da Augusta de *Onde está a felicidade?*, de *Carlota Ângela,* e das protagonistas do *Amor de Perdição* e *Romance dum Homem Rico.*

e de Bulhão Pato e Pinheiro Chagas. Precisamente Antero de Quental e Júlio Lourenço Pinto, o teórico do «naturalismo», mais novos três anos do que ele e da mesma idade que aqueles dois últimos, fazem a divisão, que Ramalho transporá mais tarde, para outra mentalidade que é também, com variantes, a de Teófilo Braga (1843), a de Guilherme Braga, Oliveira Martins e Eça de Queiroz (todos de 1845). Mas, na França, a sua geração é a de Duranty e de André Theuriet (1833), de Villiers de L'Isle Adam (1838), de Heredia e Sully Prudhomme (1839), de Alphonse Daudet e Émile Zola (ambos de 1840), de Mallarmé e François Coppée e Paul Verlaine (1844)([13]). Na Inglaterra, a sua geração é a de William Morris (1834), Samuel Butler (1835), Swinburne (1837), Walter Pater (1839) e, por incrível que pareça, Thomas Hardy (1840); mas também do americano Henry James (1843) e do jesuíta Gerald Manley Hopkins (1844)! Na Alemanha, o seu exacto contemporâneo é Nietzsche (1844). Na Espanha, são Pereda (1834), Bécquer (1836) e Perez Galdoz (1843). Na Itália, Carducci (1836), Verga (1840), Fogazzaro (1842). Na Rússia, Puchkine fora da idade de Garrett (1799); Gogol (1809) quase da de Herculano; Turguenev (1818), Dostoievsky (1822) e Tolstoi (1828) pertencem à geração de Camilo (1825), Soares de Passos (1826), Arnaldo Gama (1828), à qual Ibsen (1828), na Escandinávia, pertence também. E, no Brasil, nasceram, como Júlio Diniz, em 1839, Machado de Assis (!) e Casimiro de Abreu, cujas *Primaveras,* tanto Pinheiro Chagas como Ramalho Ortigão prefaciarão devotadamente.

Morto prematuramente Júlio Diniz em 1871, sobrevivem-lhe Camilo, João de Deus, Tomaz Ribeiro, Júlio César Machado, Ramalho Ortigão, João Penha, Gomes de Amorim, um Herculano e um Mendes Leal, estes tão mais velhos. Isto em Portugal. Em França, gente muito mais velha lhe sobrevive, como Guizot, Michelet, Henri Monnier, Littré, Quinet, Victor Hugo, George Sand, Aurevilly, Jules Sandeau, Gobineau, Fromintin, Ernest Feydeau, Flaubert, Champfleury, Octave Feuillet, Edmond Goncourt, Banville, Renan, Dumas Filho, Taine, para não falarmos dos «contemporâneos» de Júlio Diniz, como Duranty, Theuriet, etc. Na Ingletarra, sobrevive-lhe gente trinta anos mais velha, como Stuart Mill, Darwin, Newman, Disraeli, Tennyson; e, se Dickens o precede de poucos meses na morte, Charles Kingsley, George Eliot, Ruskin, Matthew Arnolds, Patmore, Dante Gabriel Rossetti, Meredith, Spencer, todos lhe sobrevivem, enquanto

---

([13]) Petit de Julleville — ob. e tomo cit., p. 2-4. Albert Thibaudet, *Histoire de la Litterature Française de 1789 à nos jours,* Stock, Paris, 1936, pp. 360 e segs.

Conrad e Shaw são apenas mais novos que ele dezassete anos... Mas sobrevivem a Júlio Diniz, na Alemanha, românticos como Mörike, Anastasius Grün (que um irmão de Soares de Passos, e amigo de Júlio Diniz, traduziu)... e Wagner; enquanto também lhe sobrevivem alguns primeiros realistas, mais velhos do que ele, como Storm, Keller, Fontane... e, *the last but not the least,* Marx. E Thomas Hardy, Henry James, Galdoz, Verga, Turgenev, Dostoievsky, Ibsen, Tolstoi, viverão ainda muitos anos, como Eça de Queiroz, morto aliás na meia idade.

Como se vê, a realidade coetânea dos «períodos» e das «gerações», quando observada à luz do tempo real, de que abstractamente os retiramos, é muito diversa do que nos parece. Mas esse tempo real é mais complexo ainda, sobretudo porque ele nunca foi — o que é indispensável para a compreensão de um autor e de uma obra — a hierarquia de valores, que hoje situamos nele, com a perspectiva de uma cultura que nos surje dilucidada, de um gosto que nos aparece diversificado, de um discernimento crítico que é *nosso* e de outros tempos reais, vividos daquele até nós, mas não o que esse específico tempo aplicou a si próprio, com diferentes dados, diferentes interesses. Uma «periodização» que coloque os romances de Júlio Diniz, entre os de Camilo e os de Eça de Queiroz, ao mesmo tempo os favorece e os desfavorece. Com efeito, esses romances têm preocupações de *ambiente* que os de Camilo até certo ponto ignoram; buscam uma serena ironia no desapego narrativo, que é de um realismo conscientemente orientado, claramente distinguível da paixão sarcástica e individualista, em que, camilianamente, uma linguagem pessoal (e não um *estilo*) se sobrepõe à narrativa e às personagens; e procuram transmitir, ao maior número de leitores, uma didáctica social que não visa o mandarinato artístico de que, na peugada de Flaubert, Eça de Queiroz nunca se libertou. Voltaremos a este ponto. Uma periodização mais lata, no âmbito evolutivo do romance europeu, pode, pelo contrário, desfavorecer gravemente Júlio Diniz. Com efeito, a sua obra desenvolve-se, ainda que fugazmente, quando Dickens e Thackeray completaram as suas, quando George Eliot ascendeu à glória (embora Júlio Diniz não pudesse ter lido *Middlemarch*), quando Disraeli publicou já a sua obra central de romance crítico social, quando o refinamento estilístico de Meredith aparece já em meia dúzia de excelentes romances, quando o escândalo coroou a publicação de *Madame Bovary* (1856), quando Dostoievsky lançou já *Humilhados e Ofendidos, Voz Subterrânea, Crime e Castigo,* quando alastra no mundo da ficção uma claridade como de *Guerra e Paz.* Uma periodização como esta não se daria conta, todavia, de como, integrando-se em determinadas correntes culturais, Júlio Diniz as ultrapassa, e de como a Europa culta levou tempo a aceitar, compreender e reconhecer a lição de Flaubert, a de George Eliot (que, se é dada como mestra de Júlio Diniz, também o é de Tolstoi), a de Zola, e a dos romancistas russos, estes mais tardiamente, só no nosso tempo chegados a uma popularidade que os tenha lido na integridade dos seus textos.

IV

É do domínio público que, na Europa, por volta de 1850, o Romantismo como vanguarda sossobrou já, nas traídas revoluções de 48 e na industrialização da ciência. Em Março de 1853, num estudo intitulado *La Liquidation Littéraire,* publicado na *Revue de Paris,* é feito o processo da escola: «Nos grands lyriques se reposent (...) L'avenir appartient à Balzac», retomando-se os argumentos expostos no ano anterior, por Leconte de Lisle, no prefácio aos *Poèmes Antiques.* E, em 1855, a exposição de Courbet, anunciada por um manifesto, apresenta o *realismo.* Dickens e Thackeray são divulgados em França. George Sand iniciou os seus romances campestres *(La Mare au Diable),* 1846; *Petite Fadette,* 1849; *François de Champi,* (1850), alguns anos antes, e prosseguirá com obras mais complexas, como *Le Marquis de Villemer* (1861) e *Les Beaux Messieurs de Bois-Doré* (1862). Champfleury e Duranty publicam em 1856 uma revista efémera, *Le Réalisme,* na qual maltratam Flaubert, e doutrinam em termos singularmente semelhantes aos de Júlio Diniz. «O romance é um género de literatura essencialmente popular. É necessário que na leitura dele as inteligências menos cultas encontrem atractivos, instrução e conselho, e que, ao mesmo tempo, os espíritos cultivados lhe descubram alguns dotes literários para que se possa dizer que ele satisfaz à sua missão. (...) A verdade parece-me ser o atributo essencial do romance bem compreendido, verdade nas descrições, verdade nos caracteres, verdade na evolução das paixões e verdade enfim nos efeitos que resultam do encontro de determinados caracteres e de determinadas paixões» — afirma Júlio Diniz ([14]). E é esta ideologia — mediana entre a visão proudhoniana que se imporá mais tarde, reformando o intervencionismo socializante de algum Romantismo e a visão esteticista de «arte pela arte», que prolonga a liberdade romântica do artista — aquela que de facto corresponde ao romance que o autor dos *Fidalgos* criou. Nessa ideologia mediana houve gradações diversas, desde o realismo incolor de Champfleury e de Duranty, ao realismo sentimental de Ernest Feydeau (cuja *Fanny,* de 1858, Camilo traduz em 1861) e ao realismo idealizado de Octave

---

([14]) *Inéditos e Esparsos,* ed. cit., p. 33.

Feuillet (cujo *Romance de um Rapaz Pobre,* Camilo traduz em 1865), autor pelo qual, louvando-lhe o «efeito salutar» dos livros Júlio Diniz nutre confessada admiração ([15]).

O realismo idealizado, inextricavelmente anglo-francês — um ruralismo mitigado por uma visão em que o bucolismo perdeu a máscara barroca — vinha de mais longe, do pré-romantismo, e prolongou-se para mais além: George Sand, Émile Sauvestre, Jules Sandeau, Henri Conscience, Arsène Houssaye, Ernest Feydeau, Champfleury, Duranty, Octave Feuillet, Edmond About, André Theuriet, o próprio Alphonse Daudet, Paul Arène, constituem, maiores, menores ou insignificantes, uma longa teoria que, mesclando-se de elementos urbanos, tanto acaba em Georges Ohnet, como em páginas magníficas de *À La Recherche du Temps Perdu.* Essa imensa corrente — a que pertencem um George Eliot, algum Dickens, um Storm, um Fondane, etc., ascenderá a píncaros de concisa «verdade» com um Verga ou uma Galdoz e descerá sempre na escala até aos romances «roses» com que a França durante décadas inundou o mundo. Não sem razão Pinheiro Chagas comparava o prazer que Feuillet lhe dava ao que lhe davam os livros de Júlio Diniz ([16]). E muito agudo e discretamente um crítico houve, Ricardo Jorge, que pôs o dedo na ferida, ao associar o nome de Júlio Diniz aos de George Sand e de André Theuriet ([17]), como Sousa Viterbo faz com Dickens... e Henri Conscience.

Pode parecer um escândalo identificar Júlio Diniz a essa vasta galeria de escritores que prolongaram, sob a capa do realismo e até de um positivismo mais ou menos radical, uma idealização convencional de um mundo de gentis-homens *campagnards.* Acontece, porém, que, no tempo, as pessoas não recuavam em aproximar de alguns nomes hoje divinos os nomes hoje desprezados ou esquecidos desses escritores. E talvez valha a pena reflectir em que Júlio Diniz, integrado nessa corrente, menos inglês do que ela o foi por assimilação inglesa (e vice-versa), burguês de um Porto que era então o melhor da civilização burguesa agrário-mercantilista em Portugal, podia — como pôde — combinar o realismo de Champfleury, certa boémia literária (que foi do tempo, e ele não ignora Gérard de Nerval, citado nas suas crónicas assinadas Diana de Aveleda), o gosto de uma prosa funcional e desornada (menos de Inglaterra da ascendência e de

---

([15]) Comentários de 1869, nos *I. e E.,* à leitura da *Histoire de Sibyle* (1862).
([16]) Cit., por Egas Moniz, vol. I, p. 109, da ed. referida.
([17]) Prefácio à ed. cit., da obra de Egas Moniz.

educação (¹⁸)... que de toda essa corrente literária escrevendo num estilo límpido, às vezes elegante, impessoal, ao invés da *artisterie* dos Goncourt e de Flaubert) uma visão idealizada das relações humanas (em que, com mais ou menos psicologia profunda, George Sand, George Eliot, George Ohnet dão as mãos a Dickens), uma intencionalidade didática (que pode ir desde a vigorosa crítica da *Morgadinha* ao visionarismo discreto dos *Fidalgos,* sem que precisemos confundi-la com o humanitarismo de um Dickens, ou com uma filosofia de regresso à terra, que aliás seria mais peculiar do último Eça), e, criar uma obra superior, digna de melhor prestígio e das edições críticas que lhes faltam. Porque, com efeito, francês do 2.º Império como toda a Europa não-revolucionária o foi, mesmo a Ingletarra vitoriana, até às vésperas da derrocada de 1870, Júlio Diniz, apesar de tudo, saberia o suficiente ou teria o escrúpulo suficiente para não supor que Gray, o adaptado pela marquesa de Alorna, não era o autor de *The Beggar's Opera*... Grande ópera dos mendigos é o que é a crítica de Júlio Diniz.

Assis, Janeiro, 1960

(¹⁸) Qual o grande romancista vitoriano cuja prosa serve de exemplo a um tal estilo?

APÊNDICE

Nascido em 1839, a sua geração é a de Rodrigo Paganino, Júlio César Machado, Ramalho Ortigão, João Penha, Fernando Caldeira, dos historiadores Costa Lobo e Alberto Sampaio, do crítico Alexandre da Conceição e de Bulhão Pato e Pinheiro Chagas. Precisamente Antero e Júlio Lourenço Pinto, mais novos três anos do que ele e da mesma idade que aqueles dois últimos fazem a divisão que Ramalho transporá mais tarde, para outra mentalidade que é também, com variantes, a de Teófilo Braga (1843), a de Guilherme Braga, Oliveira Martins e Eça de Queiroz (todos de 1845). Mas, na França, a sua geração é a de Duranty e Theuriet (1833), de Villiers de l'Isle--Adam (1838), de Heredia (1839), de Alphonse Daudet e Émile Zola (ambos de 1840), de Mallarmé e François Copée e Verlaine (1844). Na Inglaterra, a sua geração é a de William Morris (1834), Samuel Butler (1835), Swinburne (1837), Walter Pater (1839) e Thomas Hardy (1840); mas também do americano Henry James (1843) e do jesuíta G. M. Hopkins (1844). Na Alemanha, o seu exacto contemporâneo é Nietzsche (1844). Na Espanha, são Pereda (1834), Becquer (1836) e Perez Galdoz (1843). Na Itália, Carducci (1836), Verga (1840), Fogazzaro (1842). Na Rússia, Puchkine fôra da idade de Garrett (1799), Gogol (1809) quase da de Herculano (1810), Lermontov (1814), (1814), Turgenev (1818) e Dostoievsky (1822) são da exacta geração de Rebelo da Silva (1822) e Tolstoi (1928) pertence à geração de Camilo (1825), Soares de Passos (1826), Arnaldo Gama (1828), à qual Ibsen (1828), na Escandinávia, pertence também. E, no Brasil, nasceram como ele, em 1839, Casimiro de Abreu e Machado de Assis.

Garrett (1799-1854)
Castilho (1800-1875)
I.P.M. Sarmento (1807-1870)
Herculano 1810-1877)
Teixeira de Vasconcelos (1816-1878)
Mendes Leal (1818-1886)
Rodrigues Cordeiro (1819-1900)
F.X. de Novais (1820-1869)
F.M. Bordalo (1821-1861)
Rebelo da Silva (1822-1872)
Andrade Ferreira (1823-1875)
Amorim Viana (1823-1901)
Camilo (1825-1844)
Latino Coelho 1825-1891)
Soares de Passos (1826-1860)
A.P. Lopes de Mendonça (1826-1865)
Gomes de Amorim (1827-1891)
Arnaldo Gama (1827-1891)
Coelho Lousada (1828-1859)
Silva Gaio (1830-1870)
João de Deus (1830-1896)
Tomaz Ribeiro (1831-1901)
Gama Barros (1833-1925)
Rodrigo Pagamino (1835-1863)
Júlio César Machado (1835-1890)
Ramalho Ortigão (1836-1915)
João Penha (1838-1919)
Costa Lobo (1840-1913)
Fernando Caldeira (1841-1894)
Alberto Sampaio (1841-1908)

Alexandre da Conceição (1842-1889)
Antero (1842-1891)
Bulhão Pato (1842-1905)
Pinheiro Chagas (1842-1895)
J. Lourenço Pinto (1842-1905)
Teófilo (1843-1924)
Simões Dias (1844-1899)
Luciano Cordeiro (1844-1900)
M. Duarte de Almeida (1844-1914)
G. Braga (1845-1874)
Oliveira Martins (1845-1894)
Eça (1845-1900)
G. de Azevedo (1846-1882)
G. Crespo (1846-1883)
M.M. Rodrigues (1847-1899)
António Enes (1848-1901)
Silva Pinto (1848-1911)
T. de Queiroz (1848-1919)
G. Leal (1848-1921)
Alberto Pimentel (1849-1925)
Campos Júnior (1850-1917)
Gervásio Lobato (1850-1895)
Junqueiro (1850-1923)
Alberto Braga (1851-1911)
João da Câmara (1852-1908)

Laplace (1749-1827)
Lavoisier (1743-1794)
Lamarck (1744-1829)
Mesmer (1734-1815)

Lavater (1741-1801)
Condorcet (1743-1794)
Volney (1757-1820)
Delille (1738-1813)
Fontane (1751-1821)
Florian (1755-1794
Parny (1753-1814)
André Chénier (1762-1794)
M.V. Chénier (1764-1811)
Beaumarchais (1732-1799)
Cazotte (1720-1792)
Charrière (1741-1806)
Sade (1740-1814)
La Bretonne (1734-1806)
Laclos (1741-1803)
Saint-Pierre (1737-1814)
Chamfort (1741-1794)
Rivarol (1753-1801)
Marmontel (1723-1799)
Pixérécourt (1773-1844)
Coudena de Geulis (1746-1830)
Mme. de Souza (1761-1836)
Ducray-Duminil (1761-1819)
Piganet-Lebrun (1753-1835)
Cuvier (1769-1832)
Saint-Hilaire (1772-1844)
Ampère (1775-1837)
Arago (1786-1853)
Cobanis (1757-1808)
Bonald (1754-1840)
Buffon (1707-1788)

Swedenborg (1688-1772)

Mme. de La Fayette (1634-1693)
Boyle (1647-1706)
Fénélon (1651-1715)
Fontenelle (1657-1757)
Helvétius (1717-1771)
Holbach (1723-1789)
La Mettrie (1709-1751)
D'Alembert (1717-1783)
Turgot (1727-1781)
Grimm (1723-1807)
Quesnay (1694-1774)

Dupont de Nemours (1739-1817)

LeSage (1668-1747)
Crébillon fils (1707-1777)
La Morlière (1701-1785)
Montesquieu (1689-1755)
Voltaire (1694-1778)
Marivaux (1688-1763)
Mme de Fontaine
Mme de Tencin
Mme de Graffigny
Ab. Prévost (1697-1763)
Vauvenargues (1715-1780)
Condillac (1715-1780)
Saint-Martin (1743-1772)
Gilbert (1751-1780)
Diderot (1713-1784)
Rousseau (1712-1778)
Claude Bernard (1813-1878)

Julio Dinis (1839-1871)

Saint-Simon (1760-1825)
Xavier de Maistre (1763-1852)
Chateaubriand (1768-1848)
Mme de Stael (1766-1817)
Maine de Biran (1766-1824)
B. Constant (1767-1830)
Sénancour (1770-1846)
Paul-Louis Courier (1772-1825)
Fourier (1772-1837)
Joseph de Maistre (1774-1831)
Fréderic Soulié 1800 ? (1780-1845)
Béranger (1780-1857)
Millevoye (1782-1816)
Stendhall (1783-1842)
Charles Nodier (1783-1842)
Lamennais (1783-1854)
H. Desbordes-Valmore (1786-1859)
Guizot (1787-1874)
Lamartine (1790-1869)
Scribe (1791-1861)
Victor Cousin (1792-1867)
Delavigne (1793-1843)

Paul de Kock (1794-1871)
A. Thierry (1795-1856)

«Revue des Deux Mondes»
«escola do bom senso»

Vigny (1797-1863)
Comte (1798-1857)
Michelet (1798-1874)
Balzac (1799-1850)
Henri Monnier (1799-1877)
Antony Deschamps (1800-1869)
Claude Tillier (1801-1844)
Littré (1801-1881)
Victor Hugo (1802-1855)
Mérimée (1803-1870)
Dumas pai (1803-1870)
Quinet (1803-1870)
Charles de Bernard (1804-1850)
Delphine Gay Girardin (1804-1855)
Eugène Sue (1804-1857)
Sainte-Beuve (1804-1869)
Jules Janin (1804-1874)
George Sand (1804-1876)
Tocqueville (1805-1859)
Auguste Barbier (1805-1882)
Émile Souvestre (1806-1854)
Aloysius Bertrand (1807-1841)
G. de Nerval (1808-1855)
Barbey d'Aurevilly (1808-1889)
Alphonse Karr (1808-1899)
Hégésippe Moreau (1810-1838)
Maurice de Guérin (1810-1839)
Musset (1810-1857)
Gautier (1811-1872)
Jules Sandeau (1811-1883)
Henri Conscience (1812-1883)
Ozanam (1813-1853)
Mme Ackermann (1813-1890)
Labiche (1815-1888)
Arsène Houssaye (1815-1895)
Gobineau (1816-1882)
Paul Féval (1817-87)
G. Aymard (1818-83)
Fromentin (1820-1876)
Émile Augier (1820-1889)

Leconte de Lisle (1820-1894) ou 1818?
Baudelaire (1821-1867)
Ernest Feydeau (1821-1873)
G. Flaubert (1821-1880)
Champfleury (1821-1889)
Octave Feuillet (1821-1890)
Murger (1822-1861)
E. Erchmann (1822-1885) e A. Chatrian (1826-1890)
Maxime du Camp (1822-1885))
Ed. Goncourt (1822-1896) e Jules Goncourt (1830-1870)
T. de Banville (1823-1891)
Renan (1823-1892)
Dumas Filho (1824-1895)
Emile Montégut (1826-1895)
Montépin (1826-1902)
Paul de Saint Victor (1827-1881)
Edmond About (1828-1885)
E. Mallo (1828-1885)
Taine (1828-1893)
Sarcey (1828-99)
Térrail (1829-1871)
V. Cherbuliez (1829-1899)
Fustel de Coulanges (1830-1889)
Ferdinand Fabre (1830-1898)
Hector Malot (1830-1907)
H. Meilhac (1831-97) e L. Halèvy (1834-1908)
Sardou (1831-1908)
Duranty (1833-1880)
Jules Vallès (1833-1885)
André Theurriet (1833-1907)
Léon Cladel (1835-1892)
H. Becque (1835-1899)
Villiers de l'Isle-Adam (1838-1889)
Léon Dierx (1838-1912)
Albert Glatigny (1839-1873)
Sully Prudhomme (1839-1907)
Alphonse Daudet (1840-1897)
Zola (1840-1902)
E. Schuré (1841-1929)
Charles Cros (1842-1888)
Mallarmé (1842-1898)
Heredia (1842-1905)
François Coppée (1842-1908)

Catulle Mendès (1842-1909)
Paul Arène (1843-1896)
Verlaine (1844-1896)
Anatole France (1844-1924)
Corbière (1845-1875)
Lautréamont (1846-1870)
Léon Bloy (1846-1917)
Georges Sorel (1847-1922)
Huysmans 1840 ?-(1848-1907)
Georges Ohnet (1848-1918)
Brumetière (1849-1906)
Porto-Riche (1849-1930)
Maupassant (1850-1893)
Octave Mirbeau (1850-1917)
Pierre Loti (1850-1923)

Defoe (1660-1731)
Swift (1667-1745)
Mandeville (1670-1733)
Shafterbury 1671-1713)
Addison (1672-1719)
Steele (1672-1729)
Young (1683-1765)
Gay (1685-1732)
Berkeley (1685-1753)
Pope (1688-1744)
Richardson (1689-1761)
Lillo (1693-1739)
Hutcheson (1694-1746)
Chesterfield (1694-1773)
J. Thomson (1700-1748)
Hartley (1705-1757)
Fielding (1707-1754)
Johnson (1709-1784)
Reid (1710-1796)
Hume (1711-1776)
Sterne (1713-1768)
Gray (1716-1771)
H. Walpole (1717-1797)
Collins (1721-1759)
Smollett (1721-1771)
Smart (1722-1771)
Adam Smith (1723-1796)
Goldsmith (1728-1774)
Burke (1729-1797)
C. Reeve (1729-1807)

Percy (1729-1811)
Cowper (1731-1800)
Priestley (1733-1804)
Gibbon (1737-1794)
Paine (1737-1832)
Boswell (1740-1795)
H. Mackenzie (1745-1823)
Bentham (1748-1832)
F. Burney (1753-1840)
Crabbe (1754-1832)
Godwin (1756-1836)
Blake (1757-1827)
Burns (1759-1796)
M. Wollstoncraft (1759-1797)
Cobbett (1762-1835)

Cronologia Inglesa:

Malthus (1766-1834)
M. Edgeworth (1767-1849)
James Hogg (1770-1835)
Wordsworth (1770-1850)
W. Scott (1771-1832)
S. Smith (1771-1845)
Ricardo (1772-1823)
Coleridge (1772-1834)
J. Mill (1773-1836)
T. Campbell (1774-1844)
Southey (1774-1843)
Jane Austen (1775-1817)
Monk Lewis (1775-1818)
Charles Lamb (1775-1834)
Landor (1775-1834)
Hazlitt (1778-1830)
J. Galt (1779-1839)
T. Moore (1779-1825)
C. Maturin (1782-1824)
Leigh Hunt (1784-1859)
De Quincey (1785-1859)
Peacock (1785-1866)
Byron (1788-1824)
Shelley (1792-1822)
Marryat (1792-1848)
Clare (1793-1864)
Keats (1795-1821)

Carlyle (1795-1881)
Mary W. Shelley (1797-1851)
Hood (1799-1845)
Macaulay (1800-1859)
Newman (1801-1900)
Beddoes (1803-1849)
Lytton (1803-1873)
Borrow (1803-1871)
Disraeli (1804-1881)
Elizabeth Barrett (1806-1861)
C. Lever (1806-1872)
Stuart Mill (1806-1873)
Darwin (1809-1882)
Fitzgerald (1809-1883)
Tennyson (1809-1892)
Mrs Gaskell (1810-1865)
Thackeray (1811-1863)
Dickens (1812-1870)
Browning (1812-1889)
C. Reade (1814-1884)
Trollope (1815-1882)
C. Brontë (1816-1855)
E. Brontë (1818-1848)
Fronde (1818-1892)
Clough (1819-1861)
C. Kingsley (1819-1875)
G. Eliot (1819-1880)
Ruskin (1819-1900)
Spencer (1820-1903)
Buckle (1821-1862)
M. Arnold (1822-1888)
Patmore (1823-1896)
Wilkie Collins (1824-1889)
T. H. Huxley (1825-1895)
Blackmore (1825-1900)
Bagehot 1826-1877)
D. G. Rossetti (1828-1882)
Meredith (1828-1909)
«Mark Rutherford» (1830-1913)
J. Thomson II (1834-1882)
Christina Rossetti (1830-1894)
Morris (1834-1896)
Shorthouse (1834-1903)
Butler (1835-1902)
Swinburne (1837-1909)
Pater (1839-1894)

Symonds (1840-1893)
Thomas Hardy (1840-1921)
Hudson (1841-1922)
Henry James (1843-1916)
Carpenter (1844-1929)
Hopkins (1844-1889)
Jefferies (1848-1887)
Stevenson (1850-1894)
Hearn (1850-1904)
George Moore (1852-1933)
Wilde (1856-1900)
Conrad (1856-1924)
Shaw (1856-1950)
G. Gissing (1857-1903)
John Davidson (1857-1909)

Alemanha

Jean Paul 1763-1825)
A. W. Schlegel (1767-1845)
Höelderlin (1770-1843)
Novalis (1772-1801)
Fr. Schlegel (1772-1829)
Wackenroder (1773-1798)
Tieck (1773-1853)
Hoffmann (1776-1822)
Kleist (1777-1811)
La Motte-Fouqué 1777-1843)
Brentano (1778-1842)
Arnim (1781-1831)
Chamisso (1781-1838)
Uhland (1787-1862)
Eichendorff (1788-1857)
Schopenhauer (1788-1860)
Rückert (1788-1866)
Grillparzer (1791-1872)
Platen (1796-1835)
Heine (1797-1856)
Lenau (1802-1850)
Moerike (1804-1875)
Stifter (1805-1868)
Grün (1806-1876)
Freiligrath 1810-1876)

Büchner (1813-1837)
Hebbel (1813-1863)
Otto Ludwig (1813-1865)
Wagner (1813-1883)
Storm (1817-1888)
Marx (1818-1883)
Keller (1819-1890)
Fontane (1819-1898)
C. F. Meyer (1825-1898)
Heyse (1830-1914)
Anzengruber (1839-1889)
Nietzsche (1844-1900)
Liliencron (1844-1909)

Espanha

Hartzenbusch (1806-1880)
Expronceda (1810-1842)
Baluns (1810-1842)
Zorilla (1817-1894)
Campoamor (1817-1901)
Amador de los Rios (1818-1878)
J. Valera (1827 1905)
Alárcon (1832-1891)
J. M. de Pereda (1834-1906)
E. P. Bazan (1851-1921)
Perez Galdoz (1843-1920)
«Fernán Caballero» (1797-1877)
Becquer (1836-70)
Pery Escrich (1829-1897)

Itália

Manzoni (1784-1874)
V. Fossolo (1776-1827)
S. Pellico (1789-1854) — M. Pilisões Trad. 1848
Leopardi (1798-1837)
Carducci (1836-1905)
Verga (1840-1922)
Fogazzaro (1842-1911)
Amicis (1846-1908) Holanda, 74
De Sanctis (1818-1883)

Rússia

Puchkine (1799-1837)
Gogol (1809-1852)
Herzen (1812-1870)
Goncharov (1812-1891)
Lermontov (1814-1841)
Turgenev (1818-1883)
Dostoievski (1822-1881)
Alexandre Ostrovsky (1823-1886)
Tchechedrine (1826-1889)
Tolstoi (1828-1910)
Leskov (1831-95)
Chekov (1860-1904)
Plekanov (1856-1918)
Sologub 1869-1927)
Soloviov (1853-1900)
Rosanov (1856-1919)
Gorki (1868-
Andreiev (1871-1919)

    Ibsen (1828-1906)
    Björnson (1832-
    Andersen (1805-1875)

Brasil

Gonçalves de Magalhães (1811-1882)
Teixeira e Sousa (1812-1881)
Martins Pena (1815-1848)
Varnhagen (1816-1878)
Joaquim Manuel de Macedo (1820--1882)
Gonçalves Dias (1832-1864)
Bernardo Guimarães (1825-1884)
José de Alencar (1829-1877)
M. António de Almeida (1830-1861)
Álvares de Azevedo (1831-1852)
Junqueiro Freire (1832-1855)
Juvenal Galeno (1836-1931)
Casimiro de Abreu (1839-1860)
Tavares Bastos (1839-1875)

Tobias Barreto (1839-1889)
Machado de Assis (1839-1908)
Fagundes Varela (1841-1875)
Franklin Távora (1842-1888)
Alfredo de Taunay (1843-1899)
Julio Ribeiro (1845-1890)

Castro Alves (1847-1871)
Araripe Jor. (1848-1911)
Joaquim Nabuco (1849-1910)
Rui Barbosa (1849-1923)
Domingos Olímpio (1850-1906)
Sílvio Romero (1851-1914)

J. M. MACEDO   TEIXEIRA E SOUSA

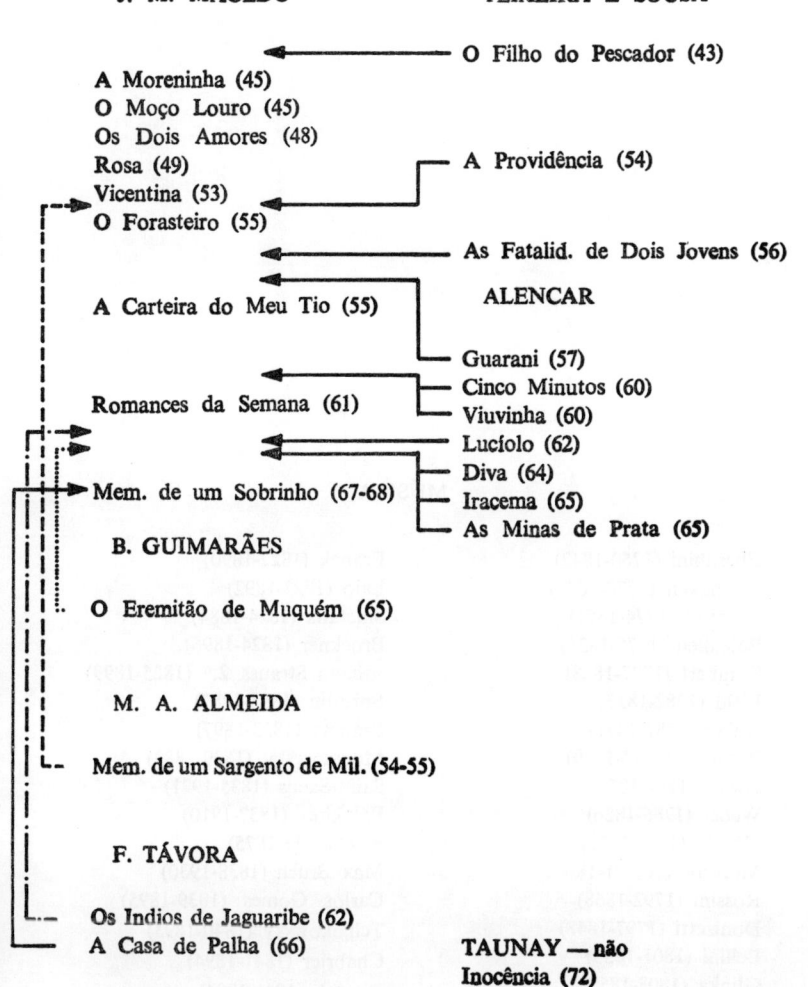

O Filho do Pescador (43)

A Moreninha (45)
O Moço Louro (45)
Os Dois Amores (48)
Rosa (49)
Vicentina (53)
O Forasteiro (55)

A Providência (54)

As Fatalid. de Dois Jovens (56)

A Carteira do Meu Tio (55)

ALENCAR

Guarani (57)
Cinco Minutos (60)
Romances da Semana (61)
Viuvinha (60)
Lucíolo (62)
Diva (64)
Mem. de um Sobrinho (67-68)
Iracema (65)
As Minas de Prata (65)

B. GUIMARÃES

O Eremitão de Muquém (65)

M. A. ALMEIDA

Mem. de um Sargento de Mil. (54-55)

F. TÁVORA

Os Indios de Jaguaribe (62)
A Casa de Palha (66)

TAUNAY — não
Inocência (72)

M. ASSIS

só poesia... Contos Fluminenses (1870)
Brás Cubas (1881)
Inglês de Sousa 1876 ⟶
Aluísio 1880 ⟶
J. Ribeiro 1876 ⟶
Dom. Olímpio 1903 ⟶
Adolfo Caminha 1892 ⟶

297

MÚSICA

Cherubini (1760-1842)
Beethoven (1770-1827)
Spontini (1774-1851)
Boïeldieu (1775-1834)
Schubert (1797-1828)
Field (1782-1837)
Auber (1782-1871)
Paganini (1784-1859)
Spohr (1784-1859)
Weber (1786-1826)
Hérold (1791-1833)
Meyerbeer (1791-1864)
Rossini (1792-1868)
Donizetti (1797-1848)
Bellini (1801-1835)
Glinka (1803-1857)
Berlioz (1803-1869)
Johan Strauss 1.º (1804-1849)
Mendelssohn (1809-1847)
Chopin (1810-1849)
Schumann (1810-1856)
Liszt (1811-1886)
Thomas (1811-1896)
Wagner (1813-1883)
Verdi (1813-1901)
Gounod (1818-1893)

Franck (1822-1890)
Lalo (1823-1892)
Smetana (1824-1884)
Bruckner (1824-1896)
Johann Strauss 2.º (1825-1899)
Borodin (1833-1887)
Brahms (1833-1897)
Moussorgsky (1839-1882)
Saint-Saens (1835-1921)
Balakirev (1837-1910)
Bizet (1838-1875)
Max Bruch (1838-1930)
Carlos Gomes (1839-1895)
Tchaikowsky (1840-1893)
Chabrier (1841-1894)
Dvorak (1841-1904)
Massenet (1841-1913)
Pedrell (1841-1933)
Boito (1842-1918)
Grieg (1843-1907)
Rimsky-Korsakov (1844-198)
Fauré (1845-1924)
Augusto Machado (1845-1924)
Alfredo Keil (1850-1907)
Vincent d'Indy (1851-1931)

ROMANCE INGLÊS E JÚLIO DINIS

E poetas? E ensaistas
como Lamb? Carlyle?

J. Dinis (1839-71)

— Que romance «realista» poderia ter conhecido?
  (parvoíce)
— De Foe; Richardson; Goldsmith; Sterne; Fielding; Smollett; Horace Walpole; Mrs. Radcliffe; Monk Lewis; Fanny Burney; J. Austen; Godwin; Peacock; Scott.
— Dickens († 1870) ele podia tê-lo lido *todo*
— Poderia ter lido: a obra central de Disraeli († 1881)
  Coningsby (44); Sybil (45)...
— Poderia ter lido Mr Gaskell. *Cranford* (19853)
— Poderia ter lido C. Kingsley: *Alton Locke* (1850)
  Westward Ho (1855)
— Poderia ter lido as *Brontës*
— Poderia ter lido Thackeray († 1863)
— Poderia ter lido *parte* de Trollope († 1882)
— Poderia ter lido *parte* C. Reade († 1884)
— Poderia ter lido os romances principais de W. Collins († 1889)
— Poderia ter lido Lord Lytton († 1873)
— De G. Elliot: Scenes of Clerical Life (1858); A. Bede (1859); Mill on the Floss (60); S. Marner (61); Romola (63); Felix Holt the Radical (66)
— *Middlemarch* não

— S. Butler *não* (Erewhon, 72)
— Meredith (1828-1909) — podia ter lido:
The Shaving of Shaghat, 56; R. Feveral, 59; E. Harrington, 61; Rhoda Fleming, 65. Não o «último» Meredith.
— T. Hardy *não* (Desperate Remedies, 71)
— Gissing *não*; Stevenson *não*; Pater *não*
— poderia ter lido Kinglake e Borrow

Quanto à *poesia inglesa* contemporânea:

Tennyson: Poems, 42; In Memorian, 50; ...
(1809-92)

T. Hood (1790-1845)	D. G. Rossetti (1828-82) ↓ Os poemas são de 1870 «fleshy»	W. Morris (1834-96) poemas desde 56	C. Rossetti (1830-94) poemas desde 62 à parte os de 47
C. Patmore (1823-96) The Angel in the House, 54-56	E. Barrett 1806-1861 Sonnets of Mrs P. 1850 A. Leigh — 57		A. H. Clough (1819-56)
M. Arnold (1822-88) Poems — 53 - 53 Empedocles, 52	E. Fitzgerald (1809-83) Rubayyat, 59		R. Browning (1812-89) Tudo até Ring and the Book 68-9

em *vol:* Pupilas (67); Família, 68; Morgadinha, 68; Serões (70); Fidalgos (póstuma), 71; Poesias, 73-4; Inéditos e Esp., 1910; Teatro, 46-47.
— Folhear cuidadosamente a *Família* e as *Poesias*.
— Ver: Teófilo: As M.I.; pref. a S. Passos; Fidel: lit. rom.;
S. Bruno, Port. Ilustres II (desculpa-se de não falar por ter falado na *G. Nova*); «Perspectiva» e Albino;
— Ver Moniz Barreto e crítica romântica: que se ocupou dele? Egas Moniz; Jacinto.

J. Dinis — Joaquim Guilherme Gomes Coelho

— filho de um cirurgião, nat. de Ovar, cujos pais daí eram.
— era o penúltimo de 9 filhos
— a mãe era do Porto, filha de um empregado da Comp. do Alto--Douro, e de Maria Potter, portuense também, filha de Thomas Potter, n. em Londres e de Mary Potter, irlandesa, ambos católicos. Era seu padrinho Pedro de Melo Breyner, Gov. das Justiças.
— lente substituto em 1867
— Lisboa — Madeira — Porto — Madeira
— m. 12 de Setembro
— há versões americ. e ingl. (Lord Stanley de Alderly), segdo Bruno na Enciclop. de Maximiniano Lemos.

— Os *Serões* sairam em folhetins no Jornal do Porto — 62-64. Na 3.ª ed. há a *Justiça* de 58.
— De 1856 a 60 — Teatro. Nos Esp. há parte de um drama dos 17 anos. Abandonou o género em 61 (E.M. — TI 1º v. pg. 16)
Ined. e Esp., 2.ª ed., 1910, c/ palavras preliminares de Sousa Viterbo

Diz J. Dinis:
— Pupilas: escrito em 1863. Publicado em folhetins (Março a Julho) 1866. Em vol. — Out.º 1867
— Exist. lit — 11 anos

1869 — cita Thackeray — The English Humourists of the Eighteenth Century
— cita: Duchanal (Étude sur la Rochefoucauld); Pascal
— rebela-se por acharem «desornado» o estilo dele.
— cita: Hist. de Sibyle, de Feuillet. E comenta, ora em 1866, havia eu escrito na *F.I.*
— cita Guizot
— refere-se a Luciano Cordeiro, rebatendo (pg. 25-6): «Os romances de costumes, bem compreendidos, pintando a maneira de viver e o pensar comum dos povos, sobre serem de irresistível interesse para a actualidade e os que mais prontamente adquirem os tão disputados foros de popularidade, são mina preciosa para o estudo da época fornecida aos vindouros (...)»
— pag. 29-30-31 refere-se ao descrédito do rom.à W. Scott — nos seus papéis há A *Excel. Senhora.* Ataca o excepcional, o extravagante. Cita o *Vigário de Wakefield.*
«A verdade parece-me ser o atributo essencial do romance bem compreendido» pg. 33. Discussão da «imaginação» (pg. 35-6)

Nota de 1869 — Nos meus romances não há indivíduos caracteristicamente maus. Não tenho pintado crimes, quando muito, vícios. Alguém há que me tem feito o favor de louvar essa falta como virtude, como se andasse nisso propriam.te literário. Verdadeiramente não há. (...) A razão porque me fogem do campo da minha intelig. aqueles tipos é outra. Tanto eu me deleito em conceber um carácter com que simpatise (...) O artista deve vencer essa repugnância (...) pg. 38-9
— Comove-me o lutuoso fim de Lucy Ashton (pg. 41)
    (é The Bride of Lamermoor)
— pg. 46-7 — o livro como *monumento,* e como *instrumento*

Castilho aponta-lhe a corrente *francesa* de *Pupilas* e de *F.I.*
— cita (folhetins) — A. Karr, V. Hugo, G. Sand, Michelet, *Gerard de Nerval,*
    │   Humphry Davy; Claude Bernard, Vigny (Chatterton),
    ↓   Souvestre.
Diana de Aveleda

Rodrigo Pagamino
A. Herculano

Cartas particulares:

a seu primo José: A complacência com que foram acolhidas as *Pupilas* há-de ser descontada em todas as publicações que eu fizer. A amortização começou com a F.I. e há-de continuar. (69)

Carta de Lisboa, 1868, ao *irmão de Soares de Passos, Custódio Passos:*
O mesmo Soromenho anuncia-me a visita de um inglês, parente de Lord Stanley, que aqui está estudando a história dos descobrimentos portugueses, o qual inglês tem a excentricidade de querer traduzir as «Pupilas» (...) Entendendo perfeitamente o português lido, não percebe palavra do pronunciado. Há-de ser curiosa a entrevista (pg. 385)

1868 — Viagem ao Oriente, do Lamartine, lê-a um amigo, enquanto de uma poesia de Schiller ou uma carta persa de Montesquieu (pg. 386)
1869 — Tenho empregado o tempo a ler um romance de Dickens traduzido em francês (pg 385)

Família Inglesa, Nova ed., act. e revista por V. Rodrigues s/d, Porto

Ref. a escritores ingleses

— cita Sterne, indirectamente pg. 8.

— «Nem é para admirar que o romancista inglês James (?) ousasse abrir o primeiro capítulo de um romance seu com a seguinte exclamação «Merry England» (...) o supracitado romancista pôs na boca do legendário Robin Hood   pg 9

— Dryden afirma que as comédias inglesas possuem sobre as de todo o mundo incontestável superioridade   pg 9

— Tom Jones e o próprio Falstaff são tipos mais ingleses talvez do que uns sombrios caracteres, que Byron pôs à moda   pg 10

— «cantos de Ossian» pg 13 (ref. a Jenny — virgem) (o jornalista) O humor morreu com Sterne. Sentimental Journey. Pope (é frio, é árido e marmóreo) Child Harold, cita o Poor paltry slaves.

— (jornalista) cita Richardson

 Kate entra a pags. 46

— Colecção de melodias publicadas naquele ano em Londres
Russell — com letra de R. Mackay — canção da camp. de Crimeia — Cheer, boys, cheer (eia, rapazes, eia) pg 52-2

— quarto de Charles: bustos de Shakespeare, Byron, Scott, Milton pg 59

— Charles (...) abriu ao acaso o livro que encontrou à mão, um romance de Dickens (...) pg. 61.

— Charles fala do «bom Thompson das Estações» e queixa-se de que, de ouvir o pai, sabe de cor o Tristram Shandy e o Tom Jones (pg 63)

Pg 79 — a referência ao Royal Exchange pressupõe o conhecimento de um guia histórico de Londres

Pg 91 — Charles cita Quentin Durward, de Scott, e, logo, «Chevalier d'Harmental» e Jules Sandeau.
Pg 147 — cita Fielding sobre o vinho e Sterne é referido.
Pg 148-9 — Longa ref. — conhecedora — a *Tristram Shandy*
Pg 149 — Fielding referido (sempre o *Tom Jones*)
Pg 151 — Os cantos Populares de Russell (é procurada uma poesia de Morris)
Pg 158 — Mr. Richard ia às óperas de assuntos ingleses
Pg 159 — The Bride of Lamermoor, de Scott
Pg 168 — Beggar's Opera, de *Gray* (!) — não será gralha de revisão?
Pg 170 — Hours of Idleness, de Byron. «Woman! experience might have told me...»
Pg 195 — Carlos leu (...) um romance inteiro de Walter Scott (...) nos últimos capítulos dos seus romances, raras vezes W. S. deixa de os unir sacralmente.
Capp XXVIII — a grande cena da morte de Kate
pg 306 e segs — Mrs Whiterton com os amigos. *Tristram Shandy*
Pg 319 — «Mr. Morlays (...) que parecia haver modelado (a sua saudação a Jenny) por a de um personagem de Dickens, como se verá do seguinte excerto»: salada dos nomes de família
pg 321 — canção de Sharpe (é traduzida)
pg 328 — canção do «Velho Coveiro

———→ o paralelo de Mr. Morlays e Mr. Brains sugere T.L. Peacock («um, o inglês que chora, outro o inglês que ri»)

Autores ingleses citados:

notas — Thackeray (English Humourists)
1869 — Walter Scott (género derrancado até Ponson du Terrail)
— está lendo Dickens em francês
— cita O Vigário de Wakefield (pg 32 — escola genuinamente inglesa)

II

Sterne — indirectamente pg 8
    nome citado pelo jornalista referido pg 147
T. Shandy longamente ref. 148-9
    » Mr. Whiterton e os amigos pg 306 e segs.
James — Robin Hood pg 9
Dryden — sobre comédias inglesas pg 9
Tom Jones — comparado com Falstaff e Byron, pg 10
        Referido por Charles (chateado), pg 63
        Fielding citado sobre o vinho, pg 147
        T.J. referido pg. 149
«Ossian» — ref. Jenny pg 13
Pope — nome citado pelo jornalista
Byron — cit. a prop. de T.J.
    cit (Child Harold) pelo jornalista
    busto no quarto de Carlos
    Carlos — Hours of Idleness
Richardson — citado pelo jornalista

Russell melodias — pg 52-3
        procurada uma poesia — pg 151
        canção pg 321
        canção pg 328

Milton — busto no quarto de Carlos

Scott — busto no quarto de Carlos
        Quentin Durward cit. por Carlos pg 91
        Bride of Lamermoor pg 159
        Carlos leu-lhe um romance inteiro pg 195

Shakespeare — busto no quarto de Carlos
        cit. a prop. de Guizot (notas)
        cit. indirect a prop. de Falstaff

Dickens — Carlos encontra um romance dele à mão
        Mr. Morlays identif. a um personagem de Dickens

Thomson — Carlos refere-se-lhe e queixa-se de estar farto do Tristram Shandy e do T. Jones.

Gay — Beggar's Opera pg 168 (c/ gralha)

J. Dinis (artigo de Túlio Ramires Ferro) no *Dicionário:*
«Trabalhado pelas influências convergentes da novelística inglesa e do seu senso positivista do real, do natural, e do útil...» pg 216
— Infl. inglesa na Lit. Port. (art. de L. de Sousa Rebelo) no Dicionário Marq. de Alorna — Pope, Gray, Goldsmith
      Rec. Bot. — Thomson
      Investig. Port. (1811-19)
Garrett: W. Scott, Byron
      (cit 1.º Rom. e Adoz.)
      Sterne
Herculano: Pároco — Goldsmith

«Júlio Dinis, que, por laços de sangue e pela formação mental, é um dos escritores portugueses mais britanizados, estudou atentamente a técnica, o plano de composição, a seriação dos episódios e a caracterização das personagens no romance inglês. É ele o primeiro a introduzir no nosso romance, num sábio doseamento de pormenores, a noção do tempo--atmosfera. N'*Uma F.I.* nota-se uma ironia urbana ao modo de J. Austen, a sátira a certos convencionalismos de casta regrada pelo tom de Thackeray, e a cor e o clima das hist. de H. Fielding, que aliás penetram, em circunstâncias diversas, toda a obra de J.D. As figuras de Jenny Whiterton, Madalena e Cristina são feitas da mesma argila que Sofia Western (T.J.) e Amalia (*Amalia*) (...) o paralelo pode estabelecer-se ainda entre a situação amorosa dos heróis e certa identidade de carácter. H. de Souselas só é vulnerável à muda adoração de Cristina após as noites de vigília que ela passa à sua cabeça de enfermo; do mesmo modo que T. Jones descobre o amor de Sofia durante a sua prolongada convalescença (...) A rota da ventura doméstica não se alcança, porém, sem graves e rijos

vendavais desencadeados por certos traços comuns de carácter (T.J.
— Carlos Whiterton) em que predominam o gosto da aventura cavalheiresca, uma leviandade logo repesa e uma natural generosidade de sentimentos» (Pg 376)

— Andrade Ferreira (Lit M. e B. A. Tomo I, 1871) no ensaio sobre «J. G. Gomes Coelho» refere que foi o interesse de Herculano pelas *Pupilas* que desenterrou a obra do olvido em que caíra em folhetim e em livro. O ensaio é publicado em vol. logo após a morte de J. Dinis, mas foi escrito em 1868 e publicado então.
Aponta *a sofisticação* do coração da mulher do campo, no livro.

— Luciano Cordeiro — artigo coligido em Livro de Crítica — 68-69 — publ. 69 O romance de Gomes Coelho tinha a novidade da bucólica, para a burguesia cansada. Era um desfastio. A. Herculano fizera cousa parecida no Pároco da Aldeia, Pg. 235

— Egas Moniz — pref. ao 3.º v. do TI
— 2 peças escritas em 1860
«Algumas das suas novelas são desse período e 'Uma família Inglesa' estava mais do que gizada» pg 9
— pref. ao 1.º vol — com 15 anos foi actor. pg 14
— Apreensões de Uma Mãe e Espólio do Snr. Cipriano
Março ⟶ 1862 ⟵ Nov.

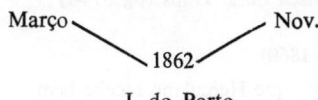

J. do Porto
— O romance Uma Família Inglesa começou a ser elaborado antes de 1860, talvez em 1858. É contemporâneo de Justiça de S. Magestade (1858), publ. na 3.ª ed. dos Serões (póstuma)

J. Ferreira acha que Dickens lhe é exterior
A Família Inglesa passa-se em 1855, é o único romance urbano.
Poesias, de J. Dinis, ed. de 1955
— Egas Moniz — «J.D. foi considerado, como poeta, um continuador de Soares de Passos» Pg 9
— 1.ºˢ versos aos 17 anos. Os versos vão, com alguns sem data, de 1857 a 1870
— «À morte do Poeta» (Soares de Passos)
— «À Inglesa», poesia de 1865
— «No teatro» que antecipa Cesário Verde é de 1868
— «A Oração do Reitor» que antecipa Junqueiro é de?
— *Hino ao Tabaco*, in *Justiça de Sua Magestade* e FI

Egas Moniz
Pref. de R. Jorge
— Refere George Sand e André Theuriet
A *FI* publicada em folhetins no Jornal do Porto, onde S. Viterbo lhe traçou o «epicédio».
P. Chagas, cit. a pag 109, compara o prazer que Feuillet, Scott e Dumas lhe dão com os livros de J. Diniz.
A mãe morreu-lhe aos cinco anos. É o que sucede às suas figuras femininas (pg. 124) Jenny, Cecília, Margarida, Clara, Madalena.
As relações de pai e filho na *FI* são as *dele* (pg 125) — diz o sobrinho almirante (um dos raros da família que não morreu tuberculoso)
— O pai era poeta, pg 197
— A *FI* começa a publicar-se em folhetins em 1867 e sai em 1868
    Trindade Coelho
    Pedro Ivo
    D. João da Câmara
— cita A. Pimentel (prólogo dos *Fidalgos*) que o dá como educado na leitura assídua de Dickens e Thackeray (pg 265)
— a «família», o 1.º romance de fôlego que escreveu (Pg 343-I)
— fala da «pré-psicanálise» de J. Dinis (pg 374-I)

Soares de Passos (1826-1860)
Poesias (1826), 2.ª ed. 58, que Herculano recebe bem
Teófilo: Pg XXXIX, da 9.ª ed., 1908 — diz: «autor das *Pupilas do Reitor* e de outros romances no tipo das novelas inglesas»
Custódio José Passos, morto tuberculoso também. Tradutor de Grün
Augusto Luso (da Silva)
Coimbra { Soares de Passos / Alexandre Braga (Vozes d'Alma) / Ayres de Gouveia } *Novo Trovador* (1851)
Porto: *O Bardo* (1852), de Faustino Xavier de Novais (que parte para o Brasil em 1855) e António Pinheiro Caldas amigos de S. de Passos
Noivado do Sepulcro.
Depois de 1856 parece que nada mais escreveu além de uma trad. da *Monja* de Uhland, e ainda três versões de Heine que saíu na Grinada.
Gomes Coelho é seu amigo íntimo e rememora as reuniões (em nota à poesia à «sua morte»).
— Poesia dedicada a Coelho Lousada, em 1852
    a Ayres Gouveia
    a Alexandre Braga

— epígrafe de Lamartine *(Jocelyne)* em *Um Sonho*
— versões de *Ossian*
Sousa Viterbo   Palavras Prelim. a *Inéditos e Esparsos*
Pg. XIII — herdeiro e continuador do género de Jorge de Montemor, Rodrigues Lobo, e de João Nunes Freire, seu patrício.
Pg. XIV — J. D. seguia na esteira de Henry Conscience e de Carlos Dickens, inspirando-se também, com toda a certeza nos românticos franceses. Na *Morgadinha* há porventura afinidades ou reminiscências do *Roman d'un Jeune Homme Pauvre*, de Octave Feuillet (...)
Refere Paganini e Herculano
— Nicot, nomeado embaixador da França em Portugal (1559) mas é Luis de Gois, colono do Brasil, quem o introduz. Raleigh levou-o para Inglaterra.
— O poema de Lamb é publ. em 1811 e coligido nas Works de 1818
Audrey Bell
F. de S. (Col. Patrícia)
M. Pinheiro Chagas — Novos Ens. Críticos, 1867
L. Cordeiro — Livro de Crítica, 69 *
Andr. Ferreira — Lit. e B.A., 71 *
Bruno: A Ger. Nova, 86
T. Braga: Mod. Ideias, 92
A. Prado Coelho: Ens. Críticos, 1919
Eça: Notas Contemp. e Comp. Alegre
Fidelino: Lit. Rom., 1913
F. Sampaio: Lit. Port. Il., 1942
Moniz Barreto:
1856 — Onde está a felicidade? e Um homem de brios
1858 — Carlota Angela
1861 — 12 casamentos, Romance dum homem rico
1862 — Amor de Perdição
1863 — Mem de G. do Amaral
1864 — No Bom Jesus — A F. do Dr. Negro
1865 — O esqueleto
1866 — O olho de vidro
1867 — A doida do Candal
1868 — Retrato de Ricardina

1875-77 — N. de Minho
1882 — A Brasil. de Prazins

1861 — trad. da Fanny de E.F.
1865 — Romance do R.P. — Feuillet

---

    * Indicações cortadas — N. da Organ.

Pup. — 1.ª 1867; 2.ª 1868; 3.ª 1869 — escrito de 58 ou 59 a 62 — e começou a ser pub. em folhetins em 1867
F.I. — 1.º 1868; 2.º 1870
Serões — 1.ª 1870 — 3.ª (1879, c/ Justiça)
Find. — 1.ª 1871
Ind. e Esp. — 1910 c/ p. de Sousa Viteibo; 2.ª 1918

D. Rita de Cassia, a madrinha é Jenny
ele é Carlos; o pai, o pai de Carlos

E.M. — J.D. e a sua obra, c/ incl. de uma carta-prefácio de R.J. 2.º Ed. 2 V., Lisboa 1924

Na A L.P.I. — Egas Moniz diz que ele «teve sempre má pronúncia para o inglês, chegou a conhecê-lo a fundo, traduzindo os clássicos com a maior facilidade» — IV — pg. 264.

NOTAS BIBLIOGRÁFICAS

Nota introdutória — Datada de «Lisboa, Junho de 1958», foi publicada in *Da Poesia Portuguesa*, Ática, Lx. 1959.

Sobre poesia, alguma da qual portuguesa — Foi primeiro publicada no suplemento literário de *O Comércio do Porto*, de 28/9/54, sendo depois inserido em *Da Poesia Portuguesa* — Ática — Lx. 1959.

Um esquecido prefácio de Oliveira Martins — «Esta breve nota, que aqui se inclui apenas pelas conexões estabelecidas com Fernando Pessoa, foi escrita para anteceder a publicação na revista PORTUCALE do então esquecido e interessante prefácio de Oliveira Martins. Escrito em Janeiro de 1951, só veio a sair no n.º 3, Vol. I, 3.ª série, Primavera de 1955» (Nota de J. de S. — corrigida — in *Da Poesia Portuguesa*, Ática, Lx. 1959).

Florbela Espanca — «Conferência proferida na sessão de homenagem ao Poeta, promovida pelo Clube Fenianos Portuenses, na noite de 28 de Janeiro de 1946. Foi posteriormente publicada em voluminho da "Biblioteca Fenianos", aparecido em fins de Abril de 1947.

O tom desta conferência exige talvez a uma dúzia de anos de distância explicação. Lavrava então a controvérsia sobre os méritos "morais" do Poeta, uma controvérsia menos publicada que pública. E as repercussões que a conferência tece — até suscitando outras!... — provaram a que ponto havia sido oportuna» (Nota de J. de S. in *Da Poesia Portuguesa* — Ática Lx. 1959).

Esta conferência cujo título original é: *Florbela Espanca ou a Expressão do Feminino na Poesia Portuguesa*, constituiu uma espécie de mobilização geral e teve o apoio e presença de dezenas de escritores e intelectuais, tendo sido a homenagem, de que era a peça de fundo, assistida por cerca de um milhar de pessoas, segundo a estimativa feita na altura. A causa imediata desta homenagem foi a proibição da colocação do busto de Florbela, em Évora, salvo erro, facto a que é feita velada alusão na conferência. A publicação de *Da Poesia Portuguesa*, tem algumas alterações em relação ao texto da publicação feita pelos Fenianos. Entre pequenos acertos, há por exemplo uma supressão entre o segundo e o terceiro parágrafo da pág. 34: «A nossa civilização esqueceu gravemente a dualidade dos sexos. Não é um paradoxo. Independência é uma coisa; consciência típica é outra».

E, a seguir nesta mesma página, foi suprimido todo um capítulo: «Vitória Ocampo, escritora argentina e cabotina, conta, numa conferência como esta, por comemorativa de outra poetisa — Anna de Noailles — a seguinte anedota:

«*Comíamos juntas, uma noite, em casa de uma amiga. Éramos, em volta da mesa, quatro mulheres. Anna (de Noailles). arrebatada pela sua própria eloquência, não cessava de barafustar contra o sexo fraco. Uma de nós, acérrima feminista, tentava, mas em vão, deter a torrente de invectivas.* «Citem-me — dizia ela — um só nome de mulher entre os grandes músicos; um só entre os grandes pintores; um só entre os grandes escultores; um só entre os grandes arquitectos; um só entre os grandes sábios». «Madame Curie» — respondemos nós, em coro e rindo. «E além dela?» — prosseguiu — «É tudo quanto encontram»? *E recomeçou a diatribe, como sempre exagerando, levada pela sua ânsia de travessuras. Ouvindo-a, a estupidez das mulheres tomava proporções monstruosas. Anna pintava essa estupidez com grande cópia de exemplos e anedotas, esquecendo-se mesmo de comer. Então uma das minhas amigas disse-lhe:* «Está a ser terrivelmente injusta. Para já, está aqui, nesta casa, uma pessoa em que V. tem confiança absoluta, que é o seu médico. Essa pessoa é mulher e não um homem, não é verdade?» *Tratava-se de Mme. Lobre, que, havia muitos anos, cuidava de Mm.º de Noailles com extrema abnegação. Ana rindo, interrompeu-a:* «Mas eu não falo das desgraçadas que estão sentadas a esta mesa. Nós somos a excepção. A eterna e desgraçada excepção.»

Vou falar-vos de uma dessas excepções. Com uma diferença: Anna de Noailles considerava-se excepção, porque achava estúpidas as outras mulheres. Florbela *era* uma excepção, porque *era* uma mulher.

Desde já vos afirmo que, em minha opinião, Florbela Espanca vale infinitamente mais do que Anna de Noailles. Anna permanece, desculpem-me a expressão, uma fêmea, apesar do subtil e delicado dos seus versos, e, talvez por isso, pior: uma fêmea intelectualizada — enquanto Florbela, menos intelectual, se revela sempre mulher. O celebrado panteísmo da condessa é, como todos os panteísmos, mais ou menos botânico; pode mesmo dizer-se que ajardinado, claro que à «francesa». Quanto a Florbela...

Mas, antes, vejamos como a história que vos contei encerra uma contradição. Anna, poetisa de estufa, atacar as mulheres, sendo mulher e escritora notável? Não... Anna proclamar-se, e às outras, uma excepção? Sim, Porque nunca foi desatendida, e não necessitava, como Florbela, escrever, para animar-se, versos de orgulho dos seus versos.

De resto, uma contradição de essência era natural — a mulher é ser em quem as antinomias se resolvem.

O poeta, que é, de certo modo, espiritualmente, um ser intermédio, é aquele em quem as antinomias, embora dolorosamente, não só coexistem, mas dão frutos — e os únicos de que eles são capazes (seja dito para escarmento de filósofos).
Uma mulher-poeta é, pois, simultâneamente, os dois seres que acabo de referir:

> *Dou-te, comigo o mundo que Deus fez!*
> *— Eu sou Aquela de quem tens saudades,*
> *A princesa do conto: «Era uma vez...»*

Igualmente foi suprimido, na pág. 42, 5.º páragrafo, na 6.º linha: «... cultura. Assim, haverá, por exemplo, no romance, tipos fortemente individualizados, que só por acidente serão homens ou mulheres».

Finalmente na pág, 43, o 6.º capítulo tinha um diferente começo: «A Europa nunca usou a sua vida espitirual como um produto que se coloca no mercado, mas como um meio para o progresso real dos povos. A moral...»

Acerca de um puro poeta — «este ensaio foi publicado, infelizmente em duas partes, dada a sua extensão, nas páginas literárias do *Diário de Notícias*, de 19/1 e 2/2/1956» (Nota de J. de S. in *Da Poesia Portuguesa*, Ática Lx. 1959).

Sobre Modernismo — «Foi a minha resposta ao inquérito sobre Modernismo, promovido por José-Augusto França e publicado in *Pentacórnio*, Dezembro de 1956. Apesar de expressamente se não referir a poesia, e poesia portuguesa, julguei interessante incluí-lo como uma espécie de fecho ou balanço de toda esta colectânea.» (Nota de J. de S. in *Da Poesia Portuguesa*, Ática, Lx. 1959.)

Tentativa de um panorama coordenado da Literatura Portuguesa — de 1901 a 1950. Datado de «Dezembro 1954», foi publicado em *Tetracórnio* que apareceu em Fevereiro de 1955.

Ambiente, de Jorge Barbosa — Esta crítica foi publicada in *Aventura* n.º 1, que saiu em Maio de 1942. Ver nota a «Dois escritos sobre António de Navarro», in *Régio, Casais, a «presença» e outros afins* — Porto, Brasília Ed. 1977, a cuja introdução «Poesia — algumas palavras», J. de S. se refere no início do segundo parágrafo. Será de lembrar que J. de S. tinha 21 anos quando esta crítica escrevia.

Introdução ao estudo da filologia portuguesa, M. Paiva Boléo — pub. in *Mundo Literário,* n.º 5, de 8/6/46.

Calenga, de Castro Soromenho — pub. in *Mundo Literário* n.º 18, de 7/7/1946.

Luz na sombra, de Vasco Miranda — pub. in *Mundo Literário,* n.º 40 de 8/2/1947.

A propósito de «Natureza Morta», de José-Augusto França — pub. em PORTUCALE — 3.ª série, Vol. I, n.º 1-2 Junho, 1951/52. Há, como vai indicado, em corte, no texto publicado.

Poemas escolhidos, de Ruy Cinatti — pub. in *Árvore* — Vol. v, n.º 2 — Inverno 1951/52.

Paisagem Timorense com vultos, de Ruy Cinatti — Nota de abertura datada de «Lx., Agosto 73» — Ed. Pax., Braga 1974.

António Nobre, por Luís da Câmara Cascudo — pub. no Suplemento Literário de *O Estado de S. Paulo,* de 9/4/1960.

Ofício de Trevas, de Carlos Maria de Araújo — pub. in *O Estado de S. Paulo,* de 7/8/1960.

Leituras Piedosas e prodigiosas, de P. Manuel Bernardes — resenha bibliográfica in *Estado de S. Paulo* de 13/10/1962.

Lettres Portugaises — Presença de Soror Mariana, de Victor Ramos — resenha bibliográfica in *O Estado de S. Paulo* de 9/2/1963.

Das singularidades e das anomalias da iconografia do Infante D. Henrique — resenha bibliográfica in *O Estado de S. Paulo,* de 16/2/1963.

Obras Poéticas, por Estêvão Rodrigues de Castro — em português, castelhano, latim, italiano — (inacabado).

Esta crítica deve ter sido começada a escrever nos fins de 1967 ou começos de 1968. Inclino-me que tenha sido nas férias da Páscoa deste ano e que tenha sido interrompida pelas aulas e depois pelos preparativos da sua primeira viagem à Europa, após ter saído de Portugal, em 1959. Juntamente com as nove páginas dactilografadas, com cópia, há vários elementos que apontam para uma maior extensão do texto que teria esquematicamente mais quatro pontos desenvolvidos: «acentuar a questão de Faria e Sousa não saber, pelo que terá variantes de *ms*»; «tratar da data de nascimento» (e num apontamento ao lado escreve que ou em «30 de Junho de 1638 estaria no 78.º ano da sua vida e então nasceu em 1560 — ou cumprira 78 em 1637 e então nascera em 1559»); «referir que alguns sonetos são belíssimos»; «discutir pontos da edição». E há ainda elementos para estudo dos textos de E. Rodrigues de Castro em conjunto com cancioneiros de mão, que mereceria alguma atenção.

Imagen de la vida Cristiana, de Fr. Heitor Pinto, por E. Glaser — pub. in *Luso-Brasilien Review* — Summer 1969, Vol. vi, n.º 1.

Da virtualidade poética à sua expressão — *Tomaz Kim* — Assinado: «Jorge de Sena (Teles de Abreu)» — Preparado que deve ter sido, este ensaio, para *Aventura,* o seu largo preâmbulo acabou sendo dividido em dois: cerca de metade acompanhou a crítica a *Poemas de África,* de António de Navarro, precedendo-a, e que saiu no n.º 1 daquela revista, em Maio de 1942. Ver a este respeito a nota: «Dois escritos sobre António de Navarro» — «Sobre *Poemas de África*», in *Régio Casais, a «presença» e outros afins,* Porto, 1977, págs. 255-58. Com uma nota minha, mais explicativa foi agora publicado in Colóquio/Letras, n.º 90, Março de 1986. Deve ser de Março de 1941, e constitui parte das primícias críticas de Jorge de Sena, como a crítica a *Ambiente,* de Jorge Barbosa, que aqui também se publica. Jorge de Sena, teria, pois, 21 anos quando escreveu este texto.

Gomes Leal — Ensaio escrito para a publicação em dois volumes: *Perspectivas da Literatura Portuguesa do Século XIX*, Vol. II, pp. 159/166, cuja organização coube a Gaspar Simões.

A propósito da memória de Carlos Queiroz — Esta homenagem estava inserida no comentário ao filme *O silêncio é d'ouro*, onde foi lido acrescido da leitura de três poemas: «Profecia», «Marinha» e «Apelo à poesia», nas chamadas «Tardes Clássicas», promovidas pela J.U.B.A., no cinema Tivoli, em 5/2/52. Extraído e retocado, deveria destinar-se a publicação que não foi feita. A versão original será em breve publicada, juntamente com outros comentários a filmes, em volume separado.

Zagoriansky — Sá-Carneiro — Nota a uma edição fora do mercado e com tiragem apenas de 30 exemplares.

Henrique Lopes de Mendonça — pub. in *República*, de 20/2/1956.

Paço d'Arcos — Palestra realizada na tertúlia «Tábua Rasa», em 12/3/1957.

«Le moi Haïssable» — pub. primeiro em *Europa*, n.º 4 — Maio de 1957, saída em 10/5/1957. Teve depois publicação em *O Poeta é um Fingidor*, Ática Lx. 1961.

Alguns poetas de 1958 — (*Merícia de Lemos, Ruy Cinatti, Alexandre O'Neill, Sophia de Melo Breyner Andresen*) — Palestra realizada na Livraria Guimarães para lançamento das obras destes autores, na tarde de 4/7/1958. Veio a ser parcialmente publicada no 1.º número de *Colóquio*, em Janeiro de 1959, com uma nota prévia, explicativa, e o título que aqui tem.

Oito poemas para a Nova Madrugada — carta-prefácio (badanas), de Mário Dias Ramos. Há aqui uma primeira frase que não está na publicação, mas fora escrita por J. de S. no seu exemplar. Edit., por Notícias de Guimarães, 1959.

Balança Intelectual, de Francisco de Pina e Melo — este manuscrito estava, inacabado, entre as folhas do livro que lhe dá o título. A ele há referência numa carta a J. B. de Portugal, de 29/12/1960 — o que no-lo permitiu datar. Menção à preparação deste estudo é feita em *Uma canção de Camões*, nota 1, pág. 332, 1.ª ed. Também em *O Reino da Estupidez* — I (pág. 53, 1.ª ed.), se faz referência a um estudo inédito. Tendo este livro saído em 1961, confirma-se a data de escrito.

O Infante D. Pedro e a Virtuosa Benfeitoria — sem data, mas provavelmente de 1960, ou começos de 61 penso que teria sido escrito para *Portugal Democrático*, onde com o afastamento, que então se deu, de membro do conselho de redacção, não chegou a ser publicado. Poderá ter sido escrito por altura ou após as *Jornadas Henriquinas*, em Novembro de 1960, quando J. de S. precisamente falou sobre o Infante D. Pedro.

Domingo à tarde — Fernando Namora — Pub. no Suplemento Literário de *O Estado de S. Paulo*, em 28/7/1962.

As memórias do Capitão, de João Sarmento Pimentel prefácio. Edit. Felman-Rego S. Paulo, Brasil, 1963. Reeditado pela Ed. Inova, Porto, 1974 e reproduzido parcialmente na *República*, em 29/4/74. Está datado de Setembro de 1962.

Idem — datado de Julho de 1974, pub. no *Diário Popular,* em 1/8/1974.
Este artigo provocou um esclarecimento de J. Santana Mota, que foi publicado no mesmo jornal, em 13-8-74. Nesse artigo se informava que, após vicissitudes que nos eram ditas, a hospitalização de H. Galvão fora promovida pelo *Estado de S. Paulo,* o grande jornal paulista. O mesmo jornal pagou o internamento durante quatro anos, tendo também durante esse tempo pago a renda do modesto apartamento em que Galvão vivera. No final, vinha a seguinte nota da redacção: «Comunicámos o teor desta carta ao nosso amigo e ilustre colaborador prof. Jorge de Sena, que nos disse não duvidar das informações nela contidas, acrescentando não ter igualmente dúvidas de que o capitão Sarmento Pimentel haja, de algum modo, ajudado o capitão Henrique Galvão na última e atribulada fase da sua vida no Brasil».

Almada Negreiros Poeta — conferência não escrita, pronunciada na SNBA no dia 12 de Fevereiro de 1969, a que assistiu Almada que todo o tempo aplaudiu chorando e rindo. Foi felizmente gravada e mandada transcrever com vista a publicação, por Ernesto de Sousa, publicação que não chegou a ser feita. Infelizmente a gravação parece ter levado descaminho, pelo que os pequenos acertos feitos o foram apenas quando necessário em matéria de excessiva repetição ou clareza. Postumamente, foi publicada com uma nota minha, em *Nova Renascença,* n.º 7 — Primavera de 1982 e foi utilizada como prefácio para o Vol. I da obra completa de Almada Negreiros — Imprensa Nacional, Lisboa, 1986.

António Sérgio — resposta a um inquérito organizado por *O Tempo e o Modo,* por ocasião da morte deste grande Pensador. Está datado de 18/1/1969. Este número, o n.º 69-70, de o *Tempo e o Modo,* foi especial e saiu em Abril de 1969. Entre os colaboradores estava; Joel Serrão, E. Lourenço Vasco Pulido Valente, A. H. de Oliveira Marques, F. Lopes Graça, Piteira Santos, Alçada Baptista, etc.

Sobre Jorge de Montemór e um poeta de Valência — este estudo deve ter sido começado a escrever no fim de Dezembro de 1972 ou começos de 1973. Em 28 de Fev. a Hispanic Society of America envia a J. de S. fotocópias das páginas que continham os poemas que lhe interessavam ao estudo e do frontespício do *Cancionero.* Antes disso, recebera de Norman Sacks, de 11-2-73, uma carta que respondia a perguntas feitas sobre a tradução em hebraico de *Monte Mayor* e a sua possível interpretação cabalística. Norman Sacks enviava-lhe a tradução, feita por Menahem Monsoor (do Departamento de Estudos Hebraicos e Semíticos), indicando-lhe dois outros especialistas que o poderiam ajudar, como ele não podia, e lembrando que Américo Castro considerara Montemór um converso.

As mãos e os frutos — Escrito para servir de prefácio à 5.ª edição desta obra de Eugénio de Andrade, em edição conjunta com *Os Amantes* sem dinheiro. Saiu em 1973.

A poltrona do realismo — António Gedeão — datado de «Dezembro de 1973», foi pub. no *Diário Popular,* de 14/3/1974.

Um Verão assim, de Mário Cláudio — badana — Ed. Paisagem, Porto 1974.

Sobre o ORPHEU — Resposta ao inquérito organizado pelo *Colóquio/Letras,* n.º 26 de Julho de 1975. O título do inquérito era: «O significado Histórico do ORPHEU» (1915-1975). Está datado de «Março de 1975». Responderam a este inquérito: Ana Hatherly, E. Lourenço, Eugénio de Andrade, Fernando Guimarães, José-Augusto França, José Blanc de Portugal, Vergílio Ferreira.

Problemática de Júlio Diniz — estudo datado de «Assis, Janeiro de 1960» mas jamais publicado.

ÍNDICE ONOMÁSTICO

(excluindo o *apêndice* sobre Júlio Diniz)

About, Edmond — 286
Abreu, Casimiro de — 283
Adam, Villiers de L'Isle — 283
Afonso III, rei de Portugal — 22, 224
Aires (Ramos da Silva de Eça), Matias — 97
Alcoforado, Mariana — 133-35
Almeida, (José Valentim) Fialho de — 62, 64, 70, 122
Almeida, Ramos de — 83
Alorna (Leonor de Almeida de Portugal Lorena e Lencastre), marquesa de — 280, 287
Amado, Jorge — 214
Amaro, Luis — 10
Amorim, (Francisco) Gomes de — 283
Andrade, Celeste — 83
Andrade Eugénio (pseud.) — 85, 259--60, 319
Andrade, Jacinto Freire de — 129
Andrade, João Pedro de — 79
Andresen, Sophia de Mello Breyner — 52, 85, 198-203
Aragão, Francisca, mulher de João de Borja, conde de Ficalho, filho de S. Francisco de Borja, geral dos Jesuítas — 146
Aragão, Joana, irmã de Francisco de Aragão — 146
Aragon, Louis — 84
Araújo, Carlos Maria de — 125-27

Araújo, Hamilton de — 67
Araújo, Norberto de — 81
Araújo, Norman de — 10,
Archer, Maria — 80
Arène, Paul — 286
Ariosto, Luigi — 257
Arnolds, Mattiew — 283
Arrais, Fr. Amador — 156
Artaud, Antonin — 84
Assis (Joaquim Maria) Machado de — 266, 283
Ataíde, Ana (irmã de António de Ataíde, mulher de Henrique de Portugal) — 145
Ataíde, António de, 1.º conde de Castanheira — 146
Ataíde, António, 5.º conde da Castanheira, 1.º conde de Castro Daire — 144, 145, 146, 151
Ataíde, António, poeta, pai de Gerónimo de Ataíde — 145
Ataíde, Jerónimo — 145
Augusto, imperador — 27
Aurevilly, Jules Barbey — 283
Austen, Jane — 281, 282
Aveleda, Diana de, pseud. — v. Júlio Diniz
Azambuja, Maria da Graça — 81
Azevedo, Guilherme de — 24, 171

Bacelar, José — 74

321

Balzac, Honoré de — 262, 285
Banvile, (Etienne Claude Jean Baptiste) Theodore De — 283
Baptista, António Alçada — 318
Baptista, Jacinto — 10
Barbosa, Jorge (Vera-Cruz) — 10, 82, 89-92
Barreto, (Guilherme Joaquim) Moniz — 65, 66, 175
Barros, João de — cronista — 129, 138
Barros, João de — 68,
Bastos, Raquel — 80,81
Batalha, Ladislau — 172
Baudelaire, Charles — 43, 269
Beckett, Samuel — 266
Bécquer, Gustavo Adolpho — 283
Beethven, Ludwig Van — 208
Beirão, Mário — 73
Belchior (Pontes), Maria de Lourdes — 207
Bernardes, Diogo — 44, 144, 152
Bernardes, P. Manuel — 43, 93, 129-31, 207
Bettencourt, Edmundo — 79, 261
Boléo, Manuel de Paiva — 93-5
Borja, S. Francisco de — 146
Borja, João, 1.º conde de Ficalho, filho de S. Francisco de Borja — 146, 147
Boscán-Almogaver, Juan — 257
Botas, José Loureiro — 82
Botelho, Abel (Acácio de Almeida) — 62,64
Botto, António (Tomás) — 75, 81, 261
Braga, Guilherme — 24, 142, 153, 207, 283
Braga (Joaquim) Teófilo (Fernandes) — 62, 72, 101, 122, 142, 153, 283
Brandão, Raul (Germano) — 61, 65, 70, 71, 74, 77, 80
Brito, Álvaro de — 95
Brito, Fr. Bernardo de — 131
Brito, Heitor Mendes de (*Cancioneiro*) — 151, 152
Brontë, Charlotte — 282

Brontë, Emily — 37, 282
Bruno (José Pereira de) Sampaio — 62, 71, 73
Büchner (Frederico, Carlos Christiano) Ludwig — 72
Búgalho, Francisco — 79, 261
Burgos, André de, impressor — 254
Butler, Samuel — 283
Byron, George Gordon, Lord — 43, 280

Caeiro, Alberto, heter. — v. Fernando Pessoa
Caldeira, Fernando — 282
Câmara, João da — 66, 71
Câmara, Marta Mesquita da — 69
Camões, Luis Vaz de — 27, 32 50, 95, 135, 137, 148, 151, 152, 153, 157, 175, 207, 221, 225
Campos, Agostinho de — 130
Campos, Álvaro, heter. — v. Fernando Pessoa
Campos, Manuel de — 144
Carducci, Josué — 283
Carlos V, imperador — 256, 257
Carvalho, Joaquim de — 73
Carvalho, Raul (Maria Penedo) de — 84
Cascudo, Luis da Câmara — 121-123
Castelo Branco, Camilo — 24, 64, 70, 71, 223, 224, 265, 266, 277, 282, 283, 284, 286
Castilho, António Feliciano de — 64, 130, 175, 277
Castilho, Guilherme de — 76, 123
Castro, Alberto Osório de — 65, 66
Castro, Américo — 320
Castro, Estevão Rodrigues (ou Roiz) de — 141-53
Castro (e Almeida), Eugénio de — 24, 38, 62, 65, 66, 67, 68, 69, 70, 77, 78, 95, 232, 233
Castro, Fernanda de — 68
Castro, José Maria Ferreira de — 74, 83, 214, 262

Castro, Francisco Rodrigues de, filho de Estevão Rodrigues de Castro — 142, 147
Castro, Inês de — 70
Cearense, Catulo da Paixão — 82
Cervantes Saavedra, Miguel de — 98, 253, 283, 286
Chagas, Fr. António das — 129
Chagas, Manuel Pinheiro — 184, 283, 286
Champfleury, Júlio Husson — 283, 285, 286
Chaves (José Adjuto), Castelo Branco — 72
Chianca, Ruy — 64
Cícero (Marco Túlio) — 211
Cidade, Hernâni (António) — 86
Cinatti (Vaz Monteiro Gomes), Ruy — 52, 85, 113-18, 119-20, 198-201
Claudel, Paul — 32
Cláudio, Mário — 269
Cochofel (Aires de Campos), João José (de Mello) — 82
Coelho, Jacinto do Prado — 207
Coelho, Joaquim-Francisco — 10
Coelho, José Joaquim Gomes, pai de Júlio Diniz — 279
Coelho (José Francisco) Trindade — 65, 66
Coelho, Pero — 224
Coimbra, Eduardo — 67
Coimbra, Leonardo (José) — 71, 73, 74
Colaço, Tomaz Ribeiro — 25, 75, 283
Collins, Wilkie — 282
Conceição, Alexandre da — 282
Conrad, Joseph — 284
Conscience, Henri — 286
Coppée, François — 283
Cordeiro, Luciano — 171
Correia, Gaspar — 253
Correia, João Araújo — 80, 262
Correia Luís Franco (do *Cancioneiro*) — 145, 152, 154
Correia, Romeu — 79

Côrtes-Rodrigues, Armando — 26, 78
Cortez, Alfredo — 71
Cortezão, Jaime — 73
Costa, Ferreira da — 99
Costa, Francisco — 75, 262
Costa, Joaquim — 75
Costa, Sousa — 74
Courbet, Gustave — 285
Craesbeeck, Pedro — 256
Crespo, (António Cândido) Gonçalves — 24,26
Cruz, Fr. Agostinho da — 152, 156
Cruz, S. João da — 51
Curie, Mme. —
Curtius, Ernest Robert — 156
Curto, Ramada — 74
Cysneiros, Violante, pseud. — v. Armando Côrtes-Rodrigues — 78, 182

Dantas, Júlio — 62, 215, 219
Dante (Durante) Alighieri — 255
Darwin, Erasmus — 283
Daudet, Alphonse — 283, 286
Denis, Ferdinand — 139
Deus (Ramos), João de — 62, 64, 65, 68, 122, 176, 177, 180, 277, 283
Dias, Carlos Malheiro — 65, 66, 74
Dias, Saul, pseud. de Júlio dos Reis Pereira, e pintor Júlio — 79, 261
Dickens, Charles — 279, 280, 281, 282, 283, 284, 285, 286, 287
Diniz, Júlio, pseud. de José Joaquim Guilherme Gomes Coelho — 10, 65, 277-287
Dionísio (de Assis Monteiro), Mário — 83
Dionísio, Santana — 74
Disraeli, Beaconsfield — 282, 283, 284
Dostoievsky, Fyodor Mikhail — 177, 283, 284
Dryden, John — 280, 281
Duarte, rei de Portugal — 211
Duarte, Afonso — 67, 73, 77, 80, 82, 114, 213, 214
Dumas Filho, Alexandre — 283

323

Duranty, Guillaume — 283, 285, 286
Durão, Américo — 72
Duro, José (António) — 65, 69

Eckermann, Johann Peter — 233, 283
Eliot, George, pseud. de Mary Anne Evans — 117, 281, 283, 284, 285, 286, 287
Eliot, T. S. — 117, 123
Éluard, Paul (Eugène Grindel) — 84
Eminescu, Mihail — 180
Espanca, Florbela (d'Alma da Conceição) — 29-45, 69, 313, 314
Esperança, (António) Assis — 74
Estêvão, José — 24, 67

Faria, Guilherme de — 68, 78, 80, 261
Feijó, Álvaro (de Castro e Sousa Correia) — 82
Feijó, António (Joaquim de Castro) — 24, 26, 65, 66, 68, 75
Fernandes, Jorge, o Fradinho da Rainha — 151
Fernando, príncipe de Aviz — 138
Fernando, infante, irmão de D. Afonso V — 139
Ferreira, José Gomes — 79, 261, 262
Ferreira, Vergílio — 83, 216, 217, 319
Ferrer, Joaquim — 81
Ferro, António (Joaquim Tavares) — 74
Feuillet, Octave — 283, 286
Feydeau, Ernest — 283, 285, 286
Figueiredo, Antero de — 74, 115
Figueiredo, Campos de — 73
Figueiredo, Fidelino (de Sousa) — 86
Figueiredo, José de — 139
Figueiredo, Tomaz (Xavier de Azevedo Cardoso) de — 77
Fielding, Henri — 280, 281
Filipa de Lancaster, rainha de Portugal — 211
Filipe II, de Espanha, I de Portugal — 48, 146, 157, 254, 257
Filipe, duque de Borgonha — 139

Flaubert, Gustave — 283, 284, 285, 286
Fogaça, António — 67
Fogazzaro, António — 283
Fondane, Benjemin — 286
Fonseca, (José António) Branquinho da — 79, 262
Fonseca, (José António) Branquinho da — 79, 261
Fonseca, Manuel da — 83, 261, 262
Fontane, Theodore — 284
Fontes, Amando — 214
França, José-Augusto (Rodrigues) — 84, 85, 105-11, 317, 321
France, Anatole — 76
Francisco, são — 147
Freire (dos Santos), Natércia (Ribeiro de Oliveira) — 81
Fromintin, Eugénio — 283

Gaio, António da Silva — 67
Gaio, Manuel da Silva — 65, 67, 68
Galdoz, Benito Perez — 283, 284, 286
Galvão, Henrique — 229, 320
Gama, Arnaldo — 283
Gama, Francisco da, 3.º conde da Vidigueira e almirante-mór — 146
Gama, Sebastião (Artur Cardoso) da — 81
Gama, Vasco da — 137, 224
Garcilaso de la Vega — 257
Garrett (João Baptista da Silva Leitão de) Almeida, Visconde de Almeida Garrett — 24, 175, 279, 283
Gaskell, Elizabeth Cleghorn, Mrs. — 282
Gay, John — 280, 281
Gedeão, António, pseud. de Rómulo de Carvalho — 261-67
Gide, André — 214
Gil, Augusto (César Ferreira) — 50, 65, 68, 69
Gil, Augusto (César Ferreira) — 50, 65, 68, 69

324

Glaser, Edward — 144, 147, 155-57
Gobineau, Joseph Arthur, conde de — 283
Goes, Damião de — 137
Goethe, Johann Wolfgang Von — 233
Gogol, Nikdai Vasilyevich — 283
Goldsmith, Oliver — 280
Gomes, (Joaquim) Soeiro Pereira — 83, 262
Gomes, Manuel Teixeira — 64, 65 68, 69, 70, 75
Gonçalves, Nuno (paineis de) — 137, 139
Goncourt, Edmond — 283, 287
Goncourt, Jules — 287
Gorki, Máximo — 214, 263
Graça, Fernando Lopes — 318
Grácián (y Morales), Baltasar — 207
Gray, Thomas — 280, 287
Grün, Anastasius — 284
Guerreiro (Francisco Xavier) Cândido — 65, 69
Guilleragues, Gabriel Joseph, marquês de Chamilly — 133-35
Guimarães, Fernando — 319
Guisado, Alfredo (ou Pedro de Meneses) — 78, 233, 272
Guizot, François — 283

Haeckel, Ernst Heinrich — 72
Hardy, Thomas — 283, 284
Haro, conde de — 152
Hatherly, Ana — 321
Haydn, Franz Joseph — 208
Henrique, infante de Aviz — 137-40
Herculano (de Carvalho e Araújo), Alexandre — 280, 283
Heredia, José Maria de — 283
Hölderlin, Friedrich — 50, 81
Hopkins, Gerald Manley — 283
Houssaye, Arsène — 286
Hugo, Victor — 123, 283
Huxley, Aldous — 109

Ibsen, Henrik — 283, 284
Inês de Castro — 70, 144, 145, 224

Isabel, Imperatriz — 146, 255, 257
Isabel, princesa de Aviz — 139
Istrati — 214

James, Henry — 283, 284
Jesus, Fr. Tomé de — 156
Joana de Austria — 254, 257
João I, rei de Portugal — 211, 224
João III, rei de Portugal — 137, 146, 157, 254
João, Príncipe herdeiro — 254
João, príncipe de Aviz — 138
João Evangelista, são — 147
Jorge, Ricardo (d'Almeida) — 286
Jovio, Paulo — 257
Joyce, James — 263
Julleville, Petit de — 281, 283
Junqueiro, (Abílio Manuel) Guerra — 24, 50, 62, 63, 66, 71, 122, 175, 277

Kafka, Franz — 43
Keller, Cristóvão — 284
Kim, Tomaz, pseud. de Joaquim Ferdes Thomaz Monteiro-Grillo — 85, 161-69
Kingsley, Charles — 282, 283

Lacerda, (Carlos) Alberto (Portugal Correia) de — 47-53, 84, 113, 117, 200
Lamas, Maria (da Conceição Vassalo e Silva) — 83
Laranjeira, Manuel — 64, 65, 193-96
Leal (António Duarte), Gomes — 24, 25, 62, 63, 69, 171-78
Leal, João António Gomes (pai do poeta) — 171
Leal (José da Silva), Mendes — 283
Leal, Olavo de Eça — 81
Leal, Raul (de Oliveira Sousa) — 79
Leão XIII, Papa — 122, 123
Leão, Francisco Cunha — 68
Leite, Miriam Moreira — 10
Lemos, Fernando — 84
Lemos, Merícia (Eugénia Vital) de — 198-204

León, Fr. Luis de — 157
Lessing, Doris — 266
Lima, Ângelo de — 65, 77, 272
Lima, Jaime de Magalhães — 71, 171
Lima, Manuel de — 80
Lisboa, Irene (do Céu Vieira) — 80
Lisle, Leconte de — 285
Littré, Maximiliam (Paul Emile) — 283
Lobo (António de Sousa da Silva da), Costa — 282
Lobo, Francisco Rodrigues — 129, 131, 207
Longland, Jean — 9
Lope de Vega Cáspio, Félix — 253
Lopes, Ana Constança Potter Pereira, mãe de Júlio Diniz — 279
Lopes, António, avô materno de Júlio Diniz — 279
Lopes, Baltazar — 82
Lopes, Óscar (Luso de Freitas) — 86
Lopes de Oliveira — 23
Lorca, Federico Garcia — 98, 117
Loureiro, Pinto — 214
Lourenço (Faria), Eduardo — 84, 320, 321
Lourenço, Jorge Fazenda — 10
Lúcio, João — 65, 69
Luis, Agustina Bessa — 83, 218
Lukács, György — 262

Machado, Diogo Barbosa — 145, 147
Machado, Júlio César (Augusto da Costa) — 282, 283
Magalhães, Fernão de — 137
Magalhães, Luis de — 23, 24, 25, 67
Maia, Samuel — 74
Maistre, Joseph de — 185
Mallarmé, Stephane — 178, 283
Mann, Thomas — 214, 262, 264
Manuel I, rei de Portugal — 138
Manuppella, Giacinto — 141-53
March, Ausias — 255
Margarida, Duquesa de Mântua — 146

Maria Tudor, mulher de Filipe II — 254
Marinho, José — 74
Marques, A. H. de Oliveira — 320
Martins, António Coimbra — 129--131
Martins, (Joaquim Pedro de) Oliveira — 23-7, 64, 67, 283
Marx, Karl — 284
Matisse, Henri (Emile Benoit) — 241
Matos (Guerra), Gregório de — 97
Mauriac, François — 115
Maurras, Charles — 72
Melo, Francisco de Pina e de Melo — 207-209
Melo, D. Francisco Manuel de — 129, 131, 142, 145, 149, 207
Melo, Pedro Homem de — 73, 261
Mena, Juan de — 257
«Mendes, Carlos Fradique» — v. Queiroz, Eça de
Mendes, Manuel — 81
Mendonça, (António Pedro) Lopes de — 64
Mendonça, Henrique Lopes de — 183-85
Mendonça, Nuno, 1.º conde de Val de Reis — 145, 146
Menendéz y Pelayo, Marcelino — 142, 207, 253
Menezes, Rui Teles de, 5.º senhor de Unhão, mordomo-mór da imperatriz Isabel — 146
Meredith, George — 282, 283, 284
Mesquita, Carlos de — 67
Mesquita, Marcelino (António da Silva) — 64
Mesquita, Roberto de — 65, 67
Michelet, Júlio — 283
Miguéis, José Rodrigues — 76, 79, 262, 264, 284
Mill, Stuart — 283
Milosz, O. W. de L. — 31
Milton John — 280
Miranda, Vasco, pseud. de Pe. Arnaldo Cardoso Ferreira — 84, 101-104

Moniz, Egas — 278, 279, 286
Monnier, Henri — 283
Monsoor, Menahem — 318
Montalvor, Luis de (pseud. de Luis Filipe de Saldanha da Gama de Silva Ramos — 78, 233
Montégut, Emile — 280, 281
Monteiro, Adolfo (Victor) Casais — 10, 52, 84, 103, 116 215, 261
Monteiro (Pereira), Domingos — 80, 262
Montemor, Jorge de — 253-58
Montemor, Nuno de — 115
Montesquieu, Charles Louis de Secontad, barão de — 135
Morais, (José) Wenceslau (de Sousa) de — 62
Morais, (João) Pina de — 80
Moreira, Joaquim — 107
Morgan, Charles — 215
Morike, Eduard Friedrich — 284
Mórris, William — 283
Mota, J. Santana — 318
Mourão, Carvalho — 181
Mourão-Ferreira, David (de Jesus) — 81
Mozart, Wolfgang Amadeus — 208
Muralha, Sidónio — 82

Namora, Fernando (Gonçalves) — 83, 213-19
Namorado, Joaquim — 82
Nascimento, João Cabral do — 75
Navarro, António de — 10, 79, 261, 316
Negreiros, José de Almada — 79, 80, 84, 231-250, 272
Nemésio (Mendes Pinheiro da Silva), Vitorino — 65, 67, 261, 262
Nerval, Gérard de — 286
Neto, Simões Lopes — 123
Newman, John Henry, cardeal — 283
Nietzsch, Friedrich — 195, 283
Noailles, Anna, condessa de — 69, 314

Nobre, António (Pereira) — 26, 27, 43, 62, 64, 65, 66, 67, 68, 71, 76, 77, 121-23
Nogueira, Albano — 76, 214
Nogueira, Franco — 76, 214

Ocampo, Vitória — 314
Ohnet, Georges — 286, 287
Oliveira, Alberto de — 65, 66, 68
Oliveira, António Correia de — 50, 65, 69, 74, 81
Oliveira, Carlos (Alberto Serra) de — 83
Oliveira, Botelho de — 97
Oliveira, José Osório de (Castro e) — 82
O'Neill (de Bulhões), Alexandre (Manuel Vahia de Castro) — 84, 198--204
Ortega y Gasset, José — 98
Ortigão (José Duarte) Ramalho — — 24, 62, 63, 70, 122, 188, 282, 283
Osório, João de Castro — 73
Osório (de Oliveira) João de Castro — 73

Paço d'Arcos, Joaquim — 75, 187-91, 262
Padrón, Juan Rodriguez de- — 258
Pagán, Diego Rodriguez — 253-58
Paganino, Rodrigo — 282
Pais, Sidónio — 68
Palazzeschi, Aldo — 249
Palissy, Bernard — 101
Pascoaes, Joaquim (Pereira) Teixeira de (Vasconcelos) — 27, 42, 50, 62, 65, 67, 71, 72, 73, 80, 175
Passos (António Augusto), Soares de — 65, 121, 283. 284
Passos, Bernardo de — 65, 68
Passos, Custódio José Soares de — 279, 284
Pater, Walter — 283
Patmore, Coventry — 283
Pato (Raimundo António), Bulhão — 62, 283

Patrício, António — 65, 69, 70, 73
Pavia, (Cristóvam) pseud. de Franco António (Lahameyer) Flores Bugalho — 84
Peacock, Thomas Love — 282
Pedro IV, rei de Portugal, I do Brasil — 213
Pedro, príncipe de Aviz e Regente — 138, 211-12
Pedro (da Costa), António — 80, 84, 261, 262
Péguy, Charles — 117
Pellicer y Tovar — 146
Penedo, Leão — 83
Penha (de Oliveira Fortuna), João — 62, 282, 283
Pereda, José Maria — 283
Pereira, Nuno Álvares — 27
Pessanha, Camilo (de Almeida) — 61, 65, 66, 67, 77, 79, 122, 179, 180
Pessoa, Fernando (António Nogueira) — 26, 27, 42, 50, 52, 62, 67, 68, 74, 75, 76, 77, 78, 79, 80, 81, 82, 117, 122, 179, 180, 181, 182, 205, 214, 215, 218, 231, 232, 233, 234, 240, 241, 246, 272, 313
Petronius Arbiter — 31
Piero della Francesa — 51
Pimentel, Alberto (Augusto de Almeida) — 62
Pimentel, João Sarmento — 221-25, 227-29, 318
Pina, Fernão — 254, 256
Pina, Rui de — 254
Pinheiro, António — 138
Pinto, António Dias — 143
Pinto, António José da Silva — 171
Pinto, Fr. Heitor — 155-57
Pinto, Júlio Lourenço — 283
Pires, José Cardoso — 83
Plotino — 15
Poe, Edgar — 178
Pope, Alexander — 280
Porto, Manuela — 81
Portugal, Francisco de, 1.º conde de Vimioso — 145

Portugal, Henrique de — 145, 146
Portugal, José (Bernardino) Blanc de — 85, 317, 319
Portugal, Manuel de — 146, 152
Potter, Maria, avó materna de Júlio Diniz — 279, 280
Potter, Mary, bisavó materna de Júlio Diniz — 279
Potter, Thomas, bisavô materno de Júlio Diniz — 279
Pousão, Henrique — 69
Praxiteles — 70
Proença, Raul (Sangreman) — 72
Proudhon, Pierre Joseph — 277
Proust, Marcel — 31, 214, 237, 263
Prudhomme, Sully — 283
Puchkine, Alexandre — 283

Quadros, António — 81
Queiroz, (Nunes Ribeiro), (José) Carlos — 78, 179-80, 261
Queiroz, Francisco Teixeira de — 263
Queiroz, José Maria Eça de — 23, 24, 62, 63, 64, 70, 94, 108, 122, 184, 185, 188, 216, 219, 263, 265, 277, 283, 284, 287
Quental, Antero (Tarquíno) de — 24, 25, 26, 39, 62, 63, 73, 121, 122, 175, 176, 205, 283
Quevedo, Francisco de — 207
Quevedo, Vasco Mousinho de — 152
Quinet, Edgar — 283
Quintela, Paulo — 81
Quintinha, Julião — 82

Racine, Jean — 134
Ramalho, Emília, mulher de Eça de Queiroz — 24
Ramirez Pagán — Diego
Ramos, Mário Dias — 205-6
Reads, Charles — 83, 282
Rebello, Luis-Francisco — 79
Rebelo, Luis de Sousa — 281
Redol, (António) Alves — 83, 262

Régio, José (Maria dos Reis Pereira) — 10, 50, 68, 75, 77, 78, 79, 101, 114, 261, 262
Reis, Ricardo, heter. — v. Fernando Pessoa
Remédios, Joaquim Mendes dos — 152
Renan, Ernest — 283
Renard, Jules — 33
Resende, Garcia de (Cancioneiro Geral) — 145
Ribas, Tomás — 83
Ricard, Robert — 130
Ribeiro, Aleixo — 81, 262
Ribeiro, Álvaro — 73
Ribeiro, Aquilino (Gomes) — 68, 69, 76, 77, 80, 188
Ribeiro, Bernardim — 116
Ribeiro, Manuel (António) — 74, 75
Ribeiro, Mário Sampayo — 137-40
Ribeiro, P.e Pedro (Índice) — 152
Ribeiro (Ferreira), Tomaz (António) — 25, 26, 62, 283
Ribeiro, Queiroz — 67
Ricard, Robert — 130
Richardson, Samuel — 280
Rilke, Rainer Maria — 81
Rimbaud, Jean Arthur — 50, 115, 199
Rio, Martim de Castro do — 144, 151, 152, 153
Rodrigues, Armindo — 80
Rodrigues, Jerónimo Nunes — 146
Rodrigues, Francisco, pai de Estevão Rodrigues de Castro — 143
Rosa, António Ramos — 84
Rossetti, Dante Gabriel — 283
Roth, Cecil — 143
Ruben A. (Leitão) — 76
Ruskin, John — 283
Sá, Vitor (Raul da Costa) Matos e — 84
Saa, Mario (Pais da Cunha e Sá) — 80

Sá-Carneiro, Mário de — 21, 27, 43, 50, 62, 66, 76, 77, 78, 79, 114, 122, 181-82, 214, 215, 218, 231, 232, 233, 271, 272
Sacks, Norman — 318
Sá de Miranda, Francisco — 116
Salazar, Abel — 83
Salazar, António Oliveira — 214, 228
Salgado Junior, António — 86, 277
Sampaio, Alberto — 282
Sand, George, pseud. de Armandine Lucie Aurore Dupin, baronesa Dudevant — 283, 285, 286, 287
Sandeau, Jules — 283, 286
Santos, Delfim — 74
Santos, Piteira — 318
Santos, Políbio Gomes dos — 82
Saraiva, António José — 86, 277
Saraiva, Augusto — 74
Sardinha, António (ou, pseud., António de Monforte) — 62, 67, 69, 73
Sauvestre, Émile — 286
Scott, Sir Walter — 280
Sebastião, rei de Portugal — 32
Segorbe, duque de, grão-condestável de Aragão, vice-rei e capitão-general de Valência — 257
Seixas, Cunha — 72
Selvagem, Carlos — 75
Sena, Isabel Maria de — 10
Sena, Jorge (Cândido) de — 144, 145, 152, 257, 265, 313, 315, 317, 318
Séneca, Lucius Annaecus — 146, 211
Sérgio (de Sousa) António — 23, 72, 74, 251-52
Serpa, (Esteves de Oliveira), Alberto de — 75, 103, 193, 261
Serrão, Joel — 26, 318
Shakespeare, William — 43, 135, 204, 280
Shaw, George Bernard — 284
Shelley, Percy Bysshe — 43
Silva, Marmelo e — 81

329

Silva, Rui Gomes da, príncipe de Eboli, 1.ª Duque de Pastrana — 146
Silveira, Pedro (Laureano de Mendonça da) — 10
Simões, João Gaspar — 26, 27, 76, 215, 317
Soares, Bernardo, semi-heter. — v. Fernando Pessoa
Soares, Rodrigo — 83
Soromenho (Fernando Monteiro de), Castro — 82, 97-100, 108
Soropita, Fernão Rodrigues Lobo — 151
Sousa, António de — 73, 79
Sousa, António Caetano de — 146
Sousa, Ernesto de — 318
Sousa, Eudoro de — 86
Sousa, Manuel de Faria e (cancioneiro) — 144, 147, 151, 152, 153
Sousa-Pinto, António — 213
Souza, Fr. Luis de (Manuel de Souza Coutinho) — 129, 131
Spencer, Herbert — 283
Steinbeck, John Ernst — 214
Sterne, Laurence — 280
Storm, Joham Rheodor Woldsen — 284, 286
Swift, Jonathan — 130
Swinburne, Algernon Charles — 283

Taine, Hippolyte Adolphe — 281, 283
Tavares, Eugénio — 82
Teixeira, Fausto Guedes — 65, 69
Tennyson, Alfred — 283
Tenreiro, Francisco José — 82
Teresa, Santa — 51
Terra, José (Fernandes da Silva) — 84
Thackeray, William Makepiece — 279, 280, 281, 282, 284, 285
Theuriet, André — 283, 286
Thibaudet, Albert — 283

Thomson, James — 280
Thompson, Francis — 173
Tiago de Oliveira, José — 10
Tolstoi, Leon — 283, 284, 285
Tomás, (Anibal) Fernandes (Cancioneiro) — 151, 152, 153
Torga, Miguel, pseud. de Adolfo Correia Rocha — 77, 82, 114, 188, 214, 261, 262
Torquemada — 253
Trollope, Anthony — 282
Turguenev, Ivan — 283, 284

Unamuno (y Jugo), Miguel de — 64, 194, 196
Usque, Samuel — 93, 151, 156

Valente, Vasco Pulido — 318
Vasconcelos, Carolina Michaelis de — 142, 153
Vasconcelos, Mário Cesariny — 84
Vaz, Gil — 101
Verba, Fr. João — 211
Verga, Geovanni — 283, 284, 286
Verde, (José Joaquim) Cesário — 24, 25, 27, 62, 68, 70, 71, 78, 122, 179, 277
Vergílio — 27
Verlaine, Paul — 173, 283
Verney, Luis António, *Verdadeiro Método de Estudar* — 252
Viana, António Manuel Couto — 81
Vieira, Afonso Lopes — 64, 65, 67, 68, 69, 70, 73, 75
Vieira, P. António — 129, 130, 131, 207
Vigny, Alfred de — 90
Vila-Moura — 74
Vilhena, Guiomar, avó de António de Ataíde, e mulher de Francisco da Gama, 2.º conde da Vidigueira — 146
Viterbo (Francisco Marques de) Sousa — 286

Vitorino, Virgínia — 74

Wagner, Richard — 284
Waley, Arthur — 49

Yeats, William Butler — 123

Zola, Emile — 283, 285
Zurara, Gomes Eanes de — 137, 139

ÍNDICE

Introdução 9

I — DE «DA POESIA PORTUGUESA» 11
    Nota introdutória — 1958 13
    Sobre poesia, alguma da qual portuguesa — 1954.................. 19
    Um esquecido prefácio de Oliveira Martins — 1955................ 23
    Florbela Espanca — 1946 29
    Acerca de um puro poeta — 1956 47
    Sobre Modernismo — inquérito — 1956 55

II — TENTATIVA DE UM PANORAMA COORDENADO DE LITERATURA PORTUGUESA — 1901 A 1950 59

III — CRÍTICAS E RESENHAS BIBLIOGRÁFICAS 87
    Ambiente — Jorge Barbosa — 1941 89
    Introdução ao estudo de filologia portuguesa — M. Paiva Boléo — 1946 93
    Calenga — Castro Soromenho — 1946 97
    Luz na sombra — Vasco Miranda — 1947 101
    A propósito de Natureza Morta — J. A. França — 1951 105
    Poemas escolhidos, de Ruy Cinatti — 1952........................... 113
    Paisagens timorenses com vultos — Ruy Cinatti — prefácio — 1974 119
    António Nobre, poesia por Luís da Câmara Cascudo — 1960... 121
    Ofício de Trevas, Carlos Maria de Araújo — 1960 125
    Leituras Piedosas e Prodigiosas — P. Manuel Bernardes por A. Coimbra Martins — 1962 129
    Lettres Portugaises — presença de Soror Mariana — Victor Ramos — 1963 133

Das singularidades e das anomalias da iconografia do Infante
D. Henrique — 1963 137
Obras poéticas, em português, castelhano, latim, italiano — (ina-
cabado) — Estêvão Rodrigues de Castro — 1968 141
Imagen de la vida Cristiana — Fr. Heitor Pinto — E. Glaser
— 1969 155

IV — ENSAIOS, PREFÁCIOS, PALESTRAS, NOTAS, INQUÉRI-
TOS E BADANAS 159
Da virtualidade poética à sua expressão — Tomaz Kim — 1941   161
António Duarte Gomes Leal (1848-1921) — 1948 171
A propósito da memória de Carlos Queiroz — 1952 179
Zagoriansky — Indícios d'oiro — 1952 181
Henrique Lopes de Mendonça — 1956 183
Paço d'Arcos — 1957 187
«Le moi Haïssable» — 1957 193
Alguns poetas de 1958 — (Mericia de Lemos, Ruy Cinatti, Ale-
xandre O'Neill, Sophia de Melo Breyner Andresen) — 1958...   197
Oito poemas para a Nova Madrugada — carta-prefácio (bada-
na), Mário Dias Ramos — 1959 205
Balança intelectual — Francisco de Pina e Melo — (inacabado)
— 1960 207
O Infante D. Pedro e a Virtuosa Benfeitoria — prov. 1960 ou 61   211
Fernando Namora — Domingo à tarde — 1962 213
As Memórias do Capitão — João Sarmento Pimentel — prefácio
— 1963 221
As Memórias do Capitão — João Sarmento Pimentel — prefácio
— 1974 227
Almada Negreiros Poeta — 1969 231
António Sérgio — inquérito — 1969 251
Sobre Jorge de Montemór e um poeta de Valência — 1973 —
(inacabado) 253
As Mãos e os frutos, prefácio (5.ª ed.) — Eugénio de Andrade
— 1973 259
A poltrona do realismo — António Gedeão — 1974 261
Um Verão assim — Mário Cláudio — badana — 1974 269
Sobre o ORPHEU — inquérito — 1975 271

V — PROBLEMÁTICA DE JÚLIO DINIZ — 1960 275

APÊNDICE 289

NOTAS BIBLIOGRÁFICAS 313

ÍNDICE ONOMÁSTICO 321

BIBLIOGRAFIA DE JORGE DE SENA
OBRAS EM VOLUME

POESIA:

Perseguição — Lisboa, 1942
Coroa da Terra — Porto, 1946.
Pedra Filosofal — Lisboa, 1950.
As Evidências — Lisboa, 1955.
Fidelidade — Lisboa, 1958.
Post-Scriptum-I (in Poesia-I).
Poesia-I (Perseguição. Coroa da Terra, Pedra Filosofal, As Evidências, e o volume inédito *Post-Scriptum)* — Lisboa, 1961, 2.ª ed., 1977; 3.ª ed., 1987.
Metamorfoses, seguidas de *Quatro Sonetos e Afrodite Anadiómena,* Lisboa, 1963.
Arte de Música — Lisboa, 1968.
Peregrinatio and Loca Infecta — Lisboa, 1969.
90 e mais Quatro Poemas de Constantino Cavafy (tradução, prefácio, comentários e notas) — Porto, 1970; 2.ª ed. Lisboa, 1986.
Poesia de Vinte e Seis Séculos: I— De Arquiloco a Calderón: II — De Bashó a Nietzsche (tradução, prefácio e notas) — Porto, 1972.
Exorcismos — Lisboa, 1972.
Trinta Anos de Poesia (antologia) — Porto, 1972; 2.ª ed., Lisboa, 1984.
Poesia-II (Fidelidades, Metamorfoses, Arte de Música) — Lisboa, 1978.
Poesia-III (Peregrinatio ad loca infecta, Exorcismos, Camões Dirige-se aos Seus Contemporâneos, Conheço o Sal... e Outros Poemas, Sobre Esta Praia) — Lisboa, 1978.
Poesia do Século XX, de Thomas Hardy a C. V. Cattaneo (prefácio, tradução e notas) — Porto, 1978.
Quarenta Anos de Servidão — Lisboa, 1979; 2.ª ed., revista, 1982.
80 Poemas de Emily Dickinson (tradução e apresentação) — Lisboa, 1979.
Sequências — Lisboa, 1980.
Visão Perpétua — Lisboa, 1982.
Post-Scriptum-II (2 vols.) — Lisboa, 1985.
Dedicácias — a publicar.

TEATRO:

O Indesejado (António, Rei) tragédia em quatro actos, em versos — Porto, 1951; 2.ª ed., Porlo, 1974, ed. não autorizada dita 2.ª, Porto, 1982;3.ª ed., com um apêndice de trechos excluídos, Lisboa, 1986.
Amparo de Mãe e Mais Cinco Peças em Um Acto — Lisboa, 1974.

FICÇÃO:

Andanças do Demónio, contos — Lisboa, 1960.
Novas Andanças do Demónio, contos — Lisboa, 1966.
Os Grão-Capitães, contos — Lisboa, 1976; 2.ª ed., 1979; 3.ª ed., 1982; 4.ª ed., 1985.
Sinais de Fogo, romance — Lisboa, 1979; 2.ª ed., Lisboa, 1980; 3.ª ed., 1985.
O Físico Prodigioso, novela — Lisboa, 1977; 2.ª ed., Lisboa, 1981; 3.ª ed., Lisboa, 1983; 4.ª ed. 1986.
Antigas e Novas Andanças do Demónio (ed. conjunta e revista), Lisboa, 1978; 2.ª ed., Lisboa, 1981; ed. «book clube», Lisboa, 1982; 3.ª ed., Lisboa, 1983; 4.ª ed. 1985.
Génesis, contos — Lisboa, 1983; 2.ª ed. 1986.

OBRAS CRÍTICAS DE HISTÓRIA GERAL, CULTURAL OU LITERÁRIA:

Fernando Pessoa — Páginas de Doutrina Estética (selecção, prefácio e notas) — Lisboa, 1946-1947 (esgotado); 2.ª ed. não autorizada, 1964.
Líricas Portuguesas, 3.ª série da Portugália Editora — selecção, prefácio e notas — Lisboa, 1985; 2.ª ed. revista e aumentada, 2 vols.: 1.º vol., Lisboa, 1975; 2.º vol., Lisboa, 1983; 1.º vol., 3.ª ed., Lisboa, 1984.
Da Poesia Portuguesa — Lisboa, 1959.
Nove capítulos originais constituindo um panorama geral da cultura britânica e a história da literatura moderna (1900-1960), e prefácio e notas, na *História da Literatura Inglesa,* de A. C. Ward — Lisboa, 1959-1960.
O Poeta é Um Fingidor — Lisboa, 1961.
O Reino da Estupidez-I — Lisboa, 1961; 2.ª ed., 1979; 3.ª ed., 1984.
A Literatura Inglesa, história geral — São Paulo, 1963.
Teixeira de Pascoais — Poesia (selecção, prefácio e notas) — Rio de Janeiro, 1965, 2.ª ed., 1970, 3.ª ed. rev. e aum. Porto, 1982.
Uma Canção de Camões (análise estrutural de uma tripla canção camoniana precedida de um estudo geral sobre a canção petrarquista e sobre as canções e as odes de Camões, envolvendo a questão das apócrifas)) — Lisboa, 1966; 2.ª ed., 1984.
Estudos de História e de Cultura, 1.ª série (1.º vol., 624 páginas; 2.º vol., a sair, com os índices e a adenda e corrigenda) — «Ocidente», Lisboa.
Os Sonetos de Camões e o Soneto Quinhentista Peninsular (as questões de autoria, nas edições da obra lírica até às de Álvares da Cunha e de Faria e Sousa, revistas à luz de um critério estrutural à forma externa e da evolução do soneto quinhentista ibérico, com apêndice sobre as redon-

dilhas em 1595-1598, e sobre as emendas introduzidas pela edição de 1898 — Lisboa, 1969; 2.ª ed., Lisboa, 1981.

A Estrutura de «Os Lusíadas» e Outros Estudos Camoneanos e de Poesia Peninsular do Século XVI — Lisboa, 1970; 2.ª ed., Lisboa, 1980.

«Os Lusíadas» comentados por M. de Faria e Sousa, 2 vols. (introdução crítica) — Lisboa, 1973.

Dialécticas da Literatura — Lisboa, 1973; 2.ª ed., ampliada, 1977, como *Dialécticas Teóricas da Literatura*.

Francisco de la Torre e D. João de Almeida — Paris, 1974.

Maquiavel e Outros Estudos — Porto, 1974.

Poemas Ingleses, de Fernando Pessoa (edição, tradução, prefácio, notas e variantes) — Lisboa, 1974; 2.ª ed., 1983.

Sobre Régio, Casais a «presença» e Outros Afins — Porto, 1977.

O Reino da Estupidez-II — Lisboa, 1978.

Dialécticas Aplicadas da Literatura — Lisboa, 1978.

Trinta Anos de Camões (2 vols.) — Lisboa, 1980.

Fernando Pessoa & C.ª Heterónima (2 vols.) — Lisboa, 1982; 2.ª ed. (1 vol.), 1984.

Estudos sobre o Vocabulário de «Os Lusíadas» — Lisboa, 1982.

Estudos da Literatura Portuguesa-I — Lisboa, 1982.

Inglaterra Revisitada (duas palestras e seis cartas de Londres), Lisboa, 1986.

Sobre o Romance (ingleses, norte-americanos re outros) — Lisboa, 1986.

Estudos de Literatura Portuguesa-II — Lisboa, 1988

Estudos de Literatura Portuguesa-III — No prelo.

Estudos de Cultura e Literatura Brasileira — No prelo.

Teatro em Portugal — no prelo.

«Amor», e outros verbetes — a publicar.

CORRESPONDÊNCIA:

Jorge de Sena/Guilherme de Castilho — Lisboa, 1981.

Mécia de Sena/Jorge de Sena — Isto Tudo Que Nos Rodeia (cartas de amor) — Lisboa, 1982.

Jorge de Sena/José Régio — Lisboa, 1986.

Jorge de Sena/Vergílio Ferreira — Lisboa, 1987.

Cartas a Taborda de Vasconcelos, in — *Correspondência Arquivada* — Porto, 1987.

Eduardo Lourenço/Jorge de Sena — no prelo.

Jorge de Sena/Raul Leal — no prelo.

EM PREPARAÇÃO:

Jorge de Sena/Rui Knopfli.
José Rodrigues Migueis/Jorge de Sena.
António Ramos Rosa/Jorge de Sena.
Jorge de Sena/Vasco Miranda.

José Blanc de Portugal/Jorge de Sena.
António Gedeão/Jorge de Sena.
Jorge de Sena/Ruy Cinatti.
Jorge de Sena/José Saramago.
João Sarmento Pimentel/Jorge de Sena.

PREFÁCIOS CRÍTICOS A:

A Abadia do Pesadelo, de T. L. Peacock.
As Revelações da Morte, de Chestov.
O Fim de Jalna, de Mazo de la Roche.
Fiesta, de Hemingway.
Um Rapaz de Geórgia, de Erskine Caldwell.
O Ente Querido, de Evelyn Waugh.
Oriente-Expresso, de Graham Greene.
O Velho e o Mar, de Hemingway.
Condição Humana, de Malraux.
Palmeiras Bravas, de Faulkner.
Poema do Mar, de António Navarro.
Poesias Escolhidas, de Adolfo Casais Monteiro.
Teclado Universal e Outros Poemas, de Fernando Lemos.
Memórias do Capitão, de Sarmento Pimentel.
Confissões, de Jean-Jacques Rousseau.
Poesias Completas, de António Gedeão.
Poesia (1957-1968), de Hélder Macedo.
Manifestos do Surrealismo, de André Breton.
Cantos de Maldoror, de Lautréamont.
A Terra de Meu Pai, de Alexandre Pinheiro Torres. m
Camões — Some Poems, trad. de Jonathan Griffin.
Qvybyrycas, de Frei Ioannes Garabatus.

OBRA TRADUZIDA

EDIÇÕES BILINGUES:

Esorcismi (Antologia) — port./it., Introdução e Tradução de Carlo Vittorio Cattaneo, Ed. Accademia, Milão, 1975.

Su Questa Spiaggia (Antologia) — port./it., Introdução de Luciana Stegagno Picchio, Tradução de Ruggero Jacobbi e Carlo Vittorio Cattaneo, Fogli di Portucale, Roma, 1984.

Sobre esta praia... — port./ingl., Tradução de Jonathan Griffin, Santa Barbara, 1979.

Poetry (Antologia) — port./ingl., Santa Barbara, 1980.

In Crete with the Minotaur and Other Poems (antologia) — port. ingl., Tradução e Prefácio de George Monteiro, Ed. Gávea-Brown, Providence, 1980.

Genesis — port./chinês, Tradução de Wu Zhiliang, Ed. Instituto Cultural de Macau, 1986.

Metamorfosi — port./it., Tradução e Prefácio de Carlo Vittorio Cattaneo, Ed. Empiria, 1986.

TRADUÇÕES:

Físico Prodigioso:

The Wondrous Physician. Tradução de Mary Fitton, J. M. Dent & Sons Ltd., Londres, 1986.

Le Physicien Prodigieux. Tradução de Michelle Giudicelli, Posfácio de Luciana Stegagno-Picchio, Ed. A. M. Metaillé, 1985.

Il Medico Prodigioso, Tradução e Prefácio de Luciana Stegagno-Picchio, Ed. Feltrinelli, 1987.

El Fisico Prodigioso (Castelhano), Tradução de Sara Cibe Cabido e A. R. Reixa, Ed. Xerais de Galicia, 1987.

Macau — no prelo (chinês).

Frankfurt — no prelo (alemão).

Sinais de Fogo:

Signes de Feu, Tradução e Prefácio de Michelle Giudicelli, Ed. Albin Michel, 1986.

Senyals de Foc, Tradução de Xavier Moral, Prefácio de Basilio Lousada, Ediciones Proa, 1986.

Signales de Fuego, Madrid, no prelo, Castelhano.

Metamorfoses:

Metamorfosi — Roma, 1987.

Methamorfosis — (inglês) — no prelo.

Arte e Música

em inglês — no prelo.

Inglaterra Revisitada

England Revisited — em inglês, Lisboa, 1987.

História do Peixe-pato

Storia del peixe-pato, italiano, Roma, 1987.

Antigas e Novas Andanças
Super Flumina... and other stories, em inglês — no prelo.

Os Grão-Capitães
italiano, Roma — no prelo.

Fernando Pessoa: The man who never was,
Ed. by Georges Monteiro, Providence, 1982.

NOTAS SOBRE JORGE DE SENA, REUNIDOS EM VOLUME:

Studies on Jorge de Sena (Actas) — port./ingl., francês e espanhol. Santa Bárbara, 1982.
Estudos sobre Jorge de Sena, comp., org. e introd. de Eugénio Lisboa, Lisboa, 1984.
Quaderni Porthogesi n.º 13/14, comp., introd. e org. de Luciana Stegagno--Picchio, port., francês, ital. — Pisa, 1985.
O Essencial sobre Jorge de Sena, Jorge Fazenda Lourenço — Lisboa, 1987.

Composto, paginado e impresso
por *Tipografia Guerra — Viseu*

em Janeiro de 1988
para Edições 70

Depósito legal n.º 18388